LA TIERRA DESPREVENIDA

LA TIERRA DESPREVENIDA

LA PRIMERA GUERRA FÓRMICA

ORSON **S**COTT **C**ARD
Y **A**ARON **J**OHNSTON

Traducción de Rafael Marín

GRUPO ZETA

Barcelona • Madrid • Bogotá • Buenos Aires • Caracas • México D.F. • Miami • Montevideo • Santiago de Chile

Título original: *Earth Unaware*
Traducción: Rafael Marín
1.ª edición: abril 2013

© 2012 Orson Scott Card and Aaron Johnston
© Ediciones B, S. A., 2013
 Consell de Cent, 425-427 - 08009 Barcelona (España)
 www.edicionesb.com

Printed in Spain
ISBN: 978-84-666-5293-3
Depósito legal: B. 4.944-2013

Impreso por LIMPERGRAF, S.L.
Mogoda, 29-31 Polígon Can Salvatella
08210 - Barberà del Vallès (Barcelona)

A Eric Smith,
por los acentos tontos, las muertes sangrientas
y los musicales espontáneos.
En el escenario eres mil personajes,
pero fuera de él, el más constante de los amigos

1

Víctor

Víctor no salió a la cámara estanca para ver a Alejandra marcharse de la familia para siempre y casarse en el clan italiano. No se fiaba de sí mismo a la hora de decirle adiós a su mejor amiga, no sin revelar lo cerca que había estado de hacer que la familia cayera en desgracia al enamorarse de alguien de su propia nave minera en los asteroides.

Los italianos eran un conjunto de cuatro naves, y su nave insignia, una excavadora colosal llamada *Vesubio*, llevaba una semana acoplada a la *Cavadora*, mientras las familias intercambiaban artículos e información. A Víctor le caían bien los italianos. Los hombres cantaban, las mujeres reían con frecuencia, y la comida no se parecía a nada que hubiera comido jamás, con especias pintorescas y salsas cremosas y tallarines de formas extrañas. El invento de Víctor, un impulsor HVAC que podía aumentar la temperatura de calefacción central de las naves italianas hasta once grados, había sido un éxito inmediato entre ellos.

—¡Ahora todos llevaremos un solo jersey en vez de tres! —llegó a decir uno de los mineros italianos, entre grandes risas y estruendosos aplausos. De hecho, los italianos se quedaron tan impresionados con el impulsor de Víctor, que consiguió más artículos de intercambio y prestigio que ninguna otra cosa que hubiera ofrecido la familia. Así que cuando Concepción llamó a Víctor para hablar con él justo antes de que los italianos se desacoplaran, supuso que iba a felicitarlo.

—Cierra la puerta, Víctor —dijo Concepción.

Víctor así lo hizo.

La oficina de la capitana era un pequeño espacio adyacente al puente de mando. Concepción rara vez se encerraba aquí, prefiriendo en cambio estar fuera con la tripulación, igualándolos o superándolos en la cantidad de trabajo que hacían cada día. Tenía poco más de setenta años, pero disfrutaba de la energía de alguien de la mitad de su edad.

—Alejandra se marcha con los italianos, Víctor.

Este parpadeó, seguro de que había escuchado mal.

—Se marcha hacia la cámara estanca dentro de diez minutos. Discutimos si era aconsejable decírtelo antes y permitir que os despidierais, pensando tal vez que sería más fácil para ti enterarte más tarde. Pero creo que no podría perdonármelo jamás, y dudo que tú pudieras perdonármelo tampoco.

El primer pensamiento de Víctor fue que Concepción le estaba diciendo esto porque Alejandra, a quien él llamaba Janda para abreviar, era su amiga más querida. Eran íntimos. Obviamente, quedaría devastado por su marcha. Pero medio segundo después comprendió lo que estaba pasando en realidad. Janda tenía dieciséis años, dos años demasiado joven para casarse. Los italianos no podrían menearla. La familia la enviaba lejos. Y la capitana de la nave se lo estaba contando a Víctor en privado apenas unos minutos antes de que sucediera. Lo estaban acusando. La expulsaban por su causa.

—Pero no hemos hecho nada malo —dijo Víctor.

—Sois primos segundos, Víctor. Nunca podríamos comerciar con las otras familias si de repente empezáramos a tener fama de endogar.

Endogar, de endogamia, palabra inventada para designar la costumbre de casarse dentro del clan. Era como una bofetada.

—¿Endogar? Pero yo no me casaría con Alejandra ni en un millón de años. ¿Cómo puedes sugerir siquiera que haríamos una cosa así? —Era repugnante incluso pensarlo: para las familias del Cinturón, era peor que el tabú del incesto.

—Alejandra y tú habéis sido amigos íntimos desde vuestra infancia, Víctor —dijo Concepción—. Inseparables. Os he observado. Todos os hemos observado. En las reuniones siempre os buscáis el uno al otro. Conversáis continuamente. A veces ni siquiera necesitáis hablar. Es como si supierais exactamente qué está pensando el otro y os bastara con compartir una mirada de pasada para comunicarlo todo.

—Ella es mi amiga. ¿Vas a enviarla al exilio porque nos comunicamos bien?

—Vuestra amistad no es única, Víctor. Conozco varias docenas de amistades similares en esta nave. Y todas son entre marido y mujer.

—Enviáis lejos a Alejandra sobre la base de que ella y yo tenemos una relación romántica —argumentó él—. Cuando no la tenemos.

—Es una relación inocente, Víctor. Todo el mundo lo sabe.

—¿Todo el mundo? ¿A quién te refieres exactamente? ¿Ha habido una Reunión Familiar sobre nosotros?

—Solo un Consejo. Nunca tomaría esta decisión yo sola, Víctor.

No era un gran alivio. El Consejo estaba formado por todos los adultos de más de cuarenta años.

—Entonces ¿mis padres están de acuerdo con esto?

—Y los padres de Alejandra también. Fue una decisión difícil para todos nosotros, Víctor. Pero fue unánime.

Víctor imaginó la escena: todos los adultos congregados, tías y tíos y abuelos, gente que conocía y amaba y respetaba, gente cuya opinión valoraba, gente que siempre lo había tratado con cariño y cuyo respeto siempre había esperado mantener. ¡Todos ellos sentados juntos y discutiendo sobre Janda y él, discutiendo una vida sexual que Víctor ni siquiera tenía! Era repulsivo. Y sus padres habían estado presentes. Qué embarazoso para ellos. ¿Cómo podía Víctor mirar de nuevo a esta gente a la cara? Nunca podrían mirarlo sin pensar en esa reunión, sin recordar la acusación y la vergüenza.

—Nadie sugiere que vosotros dos hayáis hecho nada impropio, Víctor. Pero por eso actuamos ahora, antes de que vuestros sentimientos sigan floreciendo y os deis cuenta de que estáis enamorados.

Otra bofetada.

—¿Enamorados?

—Sé que es difícil, Víctor.

¿Difícil? No, «injusto» era una palabra mejor. Completamente injusto y sin fundamento. Por no decir humillante. ¿Enviaban lejos a su mejor amiga, quizás a su única amiga verdadera, solo porque «pensaban» que iba a suceder algo entre ellos? Como si Janda y él fuesen animales impelidos por impulsos carnales incontrolables. ¿Era demasiado imaginar que un chico y una chica adolescentes podían simplemente ser amigos? ¿Tan mal pensaban los adultos de los adolescentes que asumían que cualquier relación entre una chica de dieciséis años y un chico de diecisiete tenía que estar motivada por el sexo? Era exasperante e insultante. Estaba aquí, creando una contribución adulta en el comercio con los italianos, trayendo a la familia la porción más grande de ingresos, y ellos no lo consideraban lo bastante maduro para actuar con corrección con su prima segunda. Janda no estaba enamorada de él, y él no estaba enamorado de ella. ¿Por qué pensaba nadie lo contrario? ¿Qué había iniciado esto? ¿Había visto alguien del Consejo algo entre ellos y lo había malinterpretado como un signo de amor?

Y entonces Víctor recordó. Aquella ocasión en que Janda lo miró de forma extraña, y él lo descartó pensando que era fruto de su imaginación. Y una vez posó una mano en su brazo y se demoró un poco más de lo normal. No tenía la menor connotación sexual, pero a él le había gustado aquel contacto físico entre ambos. La conexión había estado lejos de repugnarle. La había disfrutado.

Advirtió que ellos tenían razón.

Él no se había dado cuenta, y ellos, en cambio, sí. Era verdad que estaba a punto de enamorarse de Janda. Y ella se había enamorado de él, o al menos sus sentimientos iban en esa dirección.

Todo se hinchó en su interior al mismo tiempo: la ira por ser acusado; la vergüenza al saber que todos los adultos mayores de la nave habían hablado de él a sus espaldas, creyendo que se dirigía a una conducta desgraciada; la pena por perder a la persona que significaba más para él en la vida. ¿Por qué no podía Concepción haberle contado sus sospechas antes de ahora? ¿Por qué no podrían el Consejo y ella haber dicho «Víctor, tienes que controlarte. Parece que Alejandra y tú estáis intimando demasiado». No tenían que enviar lejos a Janda. ¿No sabían que los dos eran lo bastante maduros para actuar adecuadamente cuando los temores de la familia hubieran sido expresados? Pues claro que obedecerían. Pues claro que Janda y él querían ceñirse al código exogámico. Víctor nunca querría hacer nada que la deshonrara a ella o a la familia. Ninguno de los dos había advertido siquiera que su relación pudiera encaminarse hacia aguas peligrosas. Ahora que lo sabían, las cosas serían distintas.

Pero discutir solo haría que quedara como un niño. Y además, discutiría por mantener a Janda aquí, cerca de él. ¿No era eso prueba de que la familia estaba en lo cierto? No, Alejandra tenía que marcharse. Era cruel, sí, pero no tan cruel como mantenerla allí delante de él todos los días. Eso sería una tortura. Ahora que su amor (o preamor, o lo que fuera) les había sido señalado de forma tan flagrante, ¿cómo podían Janda y él pensar en otra cosa cada vez que se vieran? Y se verían. Todo el tiempo, cada día. En las comidas, en el salón, mientras hacían los ejercicios. Sería inevitable. Y por su deber de honrarse el uno al otro y a la familia, se volverían distantes y fríos. Exagerarían para compensar. Se abstendrían de toda mirada, toda conversación, todo contacto. Sin embargo, mientras intentaran en vano evitarse mutuamente, estarían pensando en la necesidad de evitarse. Consumirían los pensamientos del otro, aún más que antes. Sería espantoso.

Víctor supo de inmediato que Alejandra comprendería esto

también. Se sentiría desolada al enterarse de que dejaba a su familia, pero también advertiría la sabiduría inherente en ello, tal como que lo hacía Víctor. Era uno de los muchos motivos por los que la respetaba tanto. Janda podía ver siempre el panorama general. Si había que tomar una decisión, consideraba todas las ramificaciones: ¿Quién resultaría afectado y cuándo y durante cuánto tiempo? Y si la decisión la afectaba, siempre la consideraría de manera desapasionada, con ojo casi científico, sin dejar que sus emociones anularan cualquier sabiduría, siempre poniendo las necesidades de la familia por delante de las suyas propias. Ahora, allí en la oficina de Concepción, Víctor advirtió que quizá no era respeto lo que sentía por ella. Era otra cosa. Algo más grande.

Miró a Concepción.

—Sugeriría que fuera yo quien se marchara con los italianos en vez de Alejandra, pero eso no funcionaría. Los italianos se preguntarían por qué renunciamos a nuestro mejor mecánico —entendía que parecía vanidoso, pero los dos sabían que era verdad.

Concepción no discutió.

—Alejandra es inteligente y posee talento y es trabajadora, pero todavía tiene que elegir su especialidad. Pueden adaptarla a lo que necesiten. Tú, sin embargo, estás especializado ya. ¿Qué harían con su propio mecánico? Te pondría en competencia de inmediato. No, ellos no aceptarían la situación, y nosotros no podríamos pasarnos sin ti. Pero has sido muy generoso al considerarlo, aunque no sirva de nada.

Víctor asintió. Ahora era cuestión de aclarar unas cuantas preguntas.

—Alejandra solo tiene dieciséis, de modo que es dos años demasiado joven para casarse. Doy por hecho que los italianos accedieron a esperar al momento adecuado para presentarla formalmente a pretendientes potenciales de su familia. Comprenden que ahora no pueden menearla.

—Nuestro acuerdo con los italianos es muy claro. Alejandra se instalará con una familia que tiene una hija de su edad y ningún hijo varón. He conocido a la hija y me ha parecido simpática y agradable. Sospecho que Alejandra y ella se llevarán muy bien. Y, sí, los italianos comprenden que Alejandra no debe ser considerada para el matrimonio hasta que sea mayor de edad. Cuando llegue ese momento, no será obligada a ninguna relación ni a tener que decidir. Se moverá a su propio ritmo. La decisión de con quién casarse y cuándo hacerlo es enteramente suya. Conociendo a Alejandra, sospecho que tendrá donde elegir de una buena selección de solteros.

«Pues claro que Janda tendría dónde elegir», pensó Víctor. Cualquier pretendiente con ojo para la belleza (tanto física como en todos los demás aspectos) vería inmediatamente la vida de felicidad que le esperaba con Janda a su lado. Víctor lo sabía desde hacía años. Todo el que pasara cinco minutos con Janda sabría que un día sería una esposa atractiva. Todo lo que los hombres esperaban en una compañera estaba allí. Una mente brillante, una disposición amable, una devoción profunda hacia la familia. Y hasta este momento, Víctor no había considerado que esta opinión sobre ella fuera otra cosa que una observación inteligente. Ahora, sin embargo, detectaba otro sentimiento enterrado en su interior. Envidia. Envidia por el hombre que fuera lo bastante afortunado por tenerla. Era curioso, en realidad. Los sentimientos que había albergado todo el tiempo hacia Alejandra eran como emociones archivadas en un clasificador equivocado. Siempre habían estado allí. Solo que les había dado un nombre diferente. Ahora la verdad de su significado era amargamente obvia. Una larga amistad había evolucionado lentamente hacia otra cosa. No se había desarrollado del todo ni había provocado acción alguna, pero su rumbo estaba fijado. Era como si el límite entre amistad y amor fuera tan delgado e imperceptible que uno podía cruzarlo sin enterarse siquiera de que estaba allí.

—Los italianos nunca sabrán el motivo auténtico de la marcha de Alejandra —dijo Víctor—. No pueden saber que se dirigía hacia una relación inaceptable. Eso la mancharía para siempre y espantaría a los pretendientes potenciales. Tenéis que haberles dicho algún motivo inventado. Las familias no dejan marchar sin más a sus hijas de dieciséis años.

—Los italianos creen que Alejandra se marcha pronto para tener tiempo para adaptarse a estar lejos de su familia y así evitar la nostalgia del hogar que afecta a tantas esposas meneadas —dijo Concepción—. Esas emociones, aunque naturales, pueden causar tensión en un matrimonio joven, y les hemos explicado a los italianos nuestro deseo de evitarlo.

Era una tapadera inteligente. La nostalgia del hogar daba sus frutos. Víctor lo había comprobado. Sooman, una esposa que había llegado a la *Cavadora* unos cuantos años antes para casarse con su tío Lonzo, se había pasado las primeras semanas de su matrimonio llorando desconsoladamente en su habitación por la pérdida de su familia coreana. Había venido voluntariamente (ningún meneo es un matrimonio forzoso), pero la nostalgia se había apoderado de ella, y sus constantes llantos habían impresionado a Víctor hasta hacer que se sintiera responsable de un secuestro o una violación. Pero ¿qué podía hacerse? El divorcio o la anulación eran impensables. Su familia ya estaba a millones de kilómetros de distancia. Con el tiempo se recuperó, pero la experiencia fue una carga para todos.

—¿Qué seguridad tenemos de que los italianos cumplirán estas condiciones? —preguntó Víctor.

—Alejandra no va sola. Faron la acompaña.

Una vez más, un movimiento inteligente. Faron había llegado a la familia cuando terminaba su adolescencia, cuando la familia lo rescató a él y a su madre de una nave minera a la deriva después de que unos piratas la hubieran saqueado, dejándolos librados a la muerte. La madre no sobrevivió por mucho tiempo, y Faron, aunque era trabajador y estaba agradecido, nunca se convirtió del todo en parte de la familia.

—Faron es un buen minero, Víctor. Ha estado esperando una oportunidad para contactar con un clan mayor. Quiere pilotar su propia cavadora algún día. No conseguirá eso aquí. Es su propia decisión. Cuidará a Alejandra y se encargará de que sus necesidades queden satisfechas, no como tutor, sino como protector y consejero. Si algún pretendiente trata de abordar a Alejandra demasiado pronto, Faron le recordará cuál es su sitio.

Víctor no tenía ninguna duda de eso. Faron era grande y musculoso. Defendería a Janda como si fuera su propia hermana si la ocasión lo requería, circunstancia que probablemente no se produciría nunca. Los italianos no eran tan estúpidos como para amenazar su reputación y aislarse de las demás familias. El meneo era crucial para mezclar el poso genético. Todas las familias consideraban que la práctica era sacrosanta. Casarse bien era preservar la familia y construir el clan. Cierto, había cinturoneros que endogaban y se casaban solamente dentro de su propio clan, pero eran considerados los más bajos de la clase más inferior y estaban aislados de todos los demás, siendo rara vez capaces de encontrar familias dispuestas a intercambiar artículos con ellos. No, con toda probabilidad Janda disfrutaría de todo el lujo y la protección que los italianos pudieran permitirse. Faron era solo un formalismo.

—Es una situación ideal —dijo Concepción—. Funciona bien para todo el mundo. Ahora, si te das prisa, podrás alcanzarla en la cámara estanca. Estoy seguro de que a ella le gustaría despedirse.

Víctor se mostró sorprendido.

—Pero no puedo ir a decirle adiós.

—Eres la persona de la que más querrá despedirse.

—Y por eso exactamente no puedo ir —dijo Víctor—. Los italianos estarán allí. Puede que capten algún signo de emoción especial en nuestra despedida. Alejandra y yo nunca advertimos que estábamos albergando ninguna emoción mutua, pero al parecer era así o vosotros no habríais tenido nunca la necesidad de celebrar un Consejo. Así que podríamos revelar algo que nosotros no detectamos pero que todos los demás sí. Y los italianos son agudos y recelosos. Me hicieron desmontar por tres veces el impulsor HVAC antes de convencerse de que funcionaba. No, por mucho que quisiera despedirme de Alejandra, le causaría un riesgo innecesario. Jamás sospecharían que ha habido algo entre nosotros. Te agradezco que vinieras antes y confiaras en mí lo suficiente para darme la oportunidad, pero debes comprender por qué, respetuosamente, declino.

Concepción esbozó una triste sonrisa.

—Tu razonamiento es claro, Víctor, pero también sé el dolor que hay detrás. Y el dolor que tu decisión causará en Alejandra —suspiró, se cruzó de brazos y lo examinó un momento—. No me decepcionas. Eres el hombre que siempre esperé que llegaras a ser. Ahora espero que nos perdones por lo que os hemos hecho a ti y a tu querida amiga.

—No hay nada que perdonar, Concepción. Soy yo quien pide perdón. He hecho que perdamos a Alejandra dos años antes de tiempo. La he arrebatado de sus padres y su familia. No era mi intención, pero eso no cambia el hecho de que haya sucedido.

Lo que no dijo fueron sus otros motivos para no ir a la cámara estanca. Simplemente, para empezar, no podía enfrentarse a Janda. No por vergüenza, aunque de esta sentía bastante. Era más bien la finalidad del hecho. No podía mirarla sabiendo que probablemente fuera la última vez que la veía. No podía soportarlo; no se fiaba lo suficiente de sus emociones. Podía hacer alguna tontería, como llorar o tartamudear o ponerse colorado como una bengala de señales. Y no quería que su parte débil fuese la última impresión que Janda tuviera de él. Tampoco estaba dispuesto a apretar los dientes y cuadrar los hombros y despedirla con un frío y severo apretón de manos, como esperaría el Consejo. Eso sería una afrenta a su amistad. Implicaría (para Víctor, al menos) que su relación no había significado nada para él después de todo, que podía ser terminada con tan poca pasión como dos conocidos que se marchan por caminos distintos. No podía permitir eso. No dejaría que su momento final fuera un ejercicio de fingimiento y torpeza.

Además, no despedirse de Janda era lo mejor para ella. Si lo amaba, entonces que la abandonara en su partida solo le facilitaría olvidarlo. Le estaría haciendo un favor. Y claro, Janda conocía a Víctor. Podría sospechar que no había venido por ese mismo motivo, y por tanto el plan saldría al revés. En vez de dispersar su amor, la acercaría más a ella.

O ella podía llegar a una conclusión completamente equivocada. Podría pensar que él no había ido a despedirse porque ahora que los verdaderos sentimientos habían quedado al descubierto, la encontraba repulsiva. Podría pensar: ahora me odia. Me desprecia. Yo soy quien lo miraba con amor en los ojos. Yo soy la que le tocó el brazo. Y ahora que sabe cuáles eran mis sentimientos, me considera vil y repulsiva.

Este pensamiento casi hizo a Víctor salir corriendo de la habitación y correr a la cámara estanca para decirle a Janda que no, que no pensaba mal de ella. Nunca podría.

Pero no hizo nada de eso. Se quedó exactamente donde estaba.

—Los miembros del Consejo serán absolutamente discretos en lo que a este asunto atañe —dijo Concepción—. Ni un atisbo de chismorreo escapará de nuestros labios. Por lo que a nosotros concierne, ni siquiera nos hemos reunido para hablar del tema.

Intentaba tranquilizarlo, pero oírla recalcar la confidencialidad de la situación hizo que Víctor se sintiera cada vez avergonzado. Significaba que estaban tan disgustados con Janda y con él, tan asqueados, que iban a fingir que no había sucedido nada. Iban a continuar a lo suyo como si el recuerdo hubiera sido borrado de sus mentes. Lo cual, por supuesto, era imposible. Nadie podría olvidar aquello. Fingirían haber olvidado, sí. Podrían sonreírle y continuar como si no hubiera sucedido nada, pero sus rostros solo serían una máscara.

No había nada más que decir. Víctor le dio las gracias a Concepción y se excusó y salió de la oficina. El pasillo que conducía a la cámara estanca estaba justo delante, pero Víctor le dio la espalda. Necesitaba trabajar. Necesitaba ocupar su mente, construir algo, arreglar algo, desmontar algo. Sacó el palmar de su cadera y comprobó el plan de reparaciones de hoy. Había una larga lista de reparaciones menores que necesitaban su atención, pero ninguna de ellas era una emergencia acuciante. Podría encargarse de ellas pronto. Aprovecharía mejor el tiempo instalando el estabilizador de la perforadora que había construido recientemente. Necesitaría permiso de los mineros antes de tocar la perforadora, pero podría conseguirlo si lo solicitaba hoy. Los italianos no se habían desacoplado todavía, así que los mineros no estarían listos para perforar durante otra hora como mínimo. Víctor cambió de pantallas en su palmar y recuperó el localizador. Mostraba que Mono estaba en el taller.

Víctor pulsó el botón de llamada.

—Mono, soy Víctor.

Respondió la voz de un niño.

—*Épale, pana cambur.* ¿Qué pasa, Vico?

—¿Puedes reunirte conmigo en la bodega de carga con las piezas del estabilizador de la perforadora?

Mono pareció entusiasmado.

—¿Vamos a salir a instalarlo?

—Si los mineros nos dejan. Voy para allá ahora.

Mono silbó y aulló.

Víctor cortó la comunicación, sonriendo. Siempre podía contar con el entusiasmo de Mono para aliviar su estado de ánimo.

A los nueve años, Mono era el aprendiz más joven de la nave, aunque llevaba ya varios años siguiendo a Víctor y viéndole hacer reparaciones. Seis meses atrás el Consejo había acordado que un interés tan agudo como el de Mono debería ser recompensado, no ignorado, y habían convertido su aprendizaje en oficial. Mono decía que aquel fue el día más feliz de su vida.

El verdadero nombre de Mono era José Manuel, como su padre, el tío de Víctor. Pero cuando Mono era un bebé había aprendido a subirse a los muebles y cajones de la guardería antes de saber andar, y su madre lo llamaba cariñosamente «mi mono pequeñín». El nombre se le había quedado.

Víctor voló por los diversos corredores y pozos hasta la bodega de carga, lanzándose recto como una flecha por cada pasadizo, moviéndose con rapidez en gravedad cero. Ahora que los italianos estaban desacoplando y el comercio y las celebraciones habían terminado la vida volvía a la normalidad y todo el mundo reemprendía la actividad que se le había asignado. Mineros, cocineros, trabajadores de la lavandería, operarios de las máquinas, pilotos, todos los deberes que mantenían en marcha las operaciones de la familia en el Cinturón de Kuiper.

Víctor llegó a la entrada de la bodega de carga y encontró a Mono esperándolo, con una gran mochila flotando en el aire a su lado.

—¿Lo tienes todo? —preguntó Víctor—. ¿Las tres piezas?

—Comprobado, comprobado y comprobado —respondió Mono, haciendo un signo con el pulgar hacia arriba.

Atravesaron la cámara estanca para entrar en la bodega de carga y luego se dirigieron a las taquillas de equipo, donde los mineros estaban ocupados reuniendo y preparando su material para la excavación del día. La nave estaba actualmente anclada a un asteroide, pero las perforaciones habían cesado desde que llegaron los italianos. Ahora los mineros parecían ansiosos por volver al trabajo.

Víctor observó a la multitud y advirtió que muchos de los hombres tenían más de cuarenta años, lo que significaba que eran miembros del Consejo y por lo tanto conocían el verdadero motivo de la marcha de Janda. Se preguntó si evitarían su mirada cuando lo vieran, pero ninguno de ellos lo hizo. Todos estaban muy ocupados haciendo sus preparativos y nadie pareció advertir que Mono y él estaban allí.

Víctor encontró a su tío Marco, el jefe del equipo perforador, junto al compresor de aire, comprobando los tubos de aire en busca de alguna fuga. Los mineros cuidaban al máximo su material, pero ninguna pieza del equipo recibía más cuidados que las mangueras de conexión, ya que eran su fuente de aire, energía y calor. Como rezaba el cartel sobre las taquillas: CUIDA TU MANGUERA. TU MANGUERA ES TU VIDA.

—*Épale*, Marco —dijo Víctor.

—*Epa*, Vico —respondió Marco, alzando la cabeza del trabajo y sonriendo.

Era miembro del Consejo, pero no mostró ningún indicio de

ocultar nada. Parecía como siempre, tranquilo y feliz. Víctor desechó esos pensamientos. No podía vivir así, cuestionando continuamente los pensamientos de todos los tripulantes de más de cuarenta años de la nave.

—Buen trabajo ese que hiciste con el aparato calentador de los italianos —dijo Marco—. Conseguimos un buen equipo con ese cambalache. —Señaló una gran jaula de metal anclada al suelo, llenada con trajes de presión, cascos, lectores minerales y otro equipo esencial poco usado. La mayoría parecía más nuevo que nada de lo que los mineros de la *Cavadora* habían usado jamás, lo cual podía funcionar a favor de Víctor: iba a pedir permiso para acceder a la perforadora, y estar en gracia con los mineros podría serle de ayuda.

—¿A qué hora salís esta mañana? —preguntó Víctor.

Marco enarcó una ceja.

—¿Por qué lo preguntas?

—He estado trabajando en algo —dijo Víctor—, una mejora para una de las perforadoras. Todavía es un prototipo, pero me gustaría probarlo. Y como la perforadora no puede ponerse en marcha hasta que los italianos se marchen, he pensado que tal vez podría instalarlo antes de que vosotros salgáis y empecéis a perforar.

Marco miró la mochila.

—Es un estabilizador para la perforadora —dijo Víctor—, por si topamos con bolsillos de hielo. Es una forma de impedir que la nave se incline hacia delante y de estabilizar la perforadora.

Víctor advirtió que la curiosidad hacía que Marco picara el anzuelo.

—Bolsillos de hielo, ¿eh?

Nada resultaba más molesto a un minero del Cinturón de Kuiper que los bolsillos de hielo. Los asteroides que estaban tan lejos del sol eran sucias bolas de nieve, masas de roca rellenas de alguna bolsa ocasional de agua, metano o amoníaco congelados. La perforadora láser podía horadarlo, pero producía una reacción como un cohete. A menos que la nave estuviera anclada a la roca con los retrocohetes encendidos como fuerza contraria, el láser simplemente alejaba al asteroide de la nave.

Así que mientras que el láser excavara a través de roca (para lo que habían sido calibrados todos los retrocohetes), la nave se mantenía firme y la perforación no daba problemas. Pero en el momento en que el láser alcanzaba un bolsillo de hielo, lo atravesaba, perdiendo la fuerza de reacción de la nave. Los retrocohetes, sin embargo, seguían funcionando, así que toda la nave se abalanzaba hacia delante, causando caos para la tripulación de su interior. La gente se caía, los bebés no podían dormir.

Luego, después de que el láser hubiera atravesado el hielo y volviera a golpear roca, la fuerza de reacción regresaba, las dos fuerzas se equilibraban, y la nave volvía a su nivel. Todo el mundo lo llamaba el rodeo de los bolsillos de hielo.

—Sé lo que estás pensando —dijo Víctor—. La perforadora funciona. ¿Y si mi «mejora» lo daña?

—La idea se me ha pasado por la cabeza —respondió Marco—. No me gusta que nadie toque las perforadoras a menos que sea absolutamente necesario.

—Puedes observar todo lo que haga —dijo Víctor—. Paso a paso. Pero en realidad la instalación no es nada invasiva. El sensor principal sube con los retrocohetes. Otra pieza es inalámbrica y baja con el sitio de prospección en el asteroide. Todo lo que voy a hacer con la perforadora es instalar esta tercera pieza, el estabilizador. Hace ajustes menores en el objetivo de la perforadora cuando la nave se mueve porque encuentra un bolsillo de hielo. Está diseñado para mantener al láser apuntando directamente al sitio de prospección, en vez de temblar o cambiar a mitad de excavación.

Víctor sacó el aparato de la mochila y se lo tendió a Marco. Era pequeño e intrincado, y Marco claramente no tenía ni idea de lo que estaba mirando, aunque en realidad lo que se esperaba era que no se pareciera a nada ya existente. Víctor lo había construido a partir de chatarra, fragmentos de metal y plástico policarbonado.

Marco devolvió el estabilizador.

—¿Y esto se encargará de los bolsillos de hielo?

—No del todo —respondió Víctor—. Pero debería minimizarlos, sí. Suponiendo que funcione.

Víctor pudo ver la mente de Marco en funcionamiento. Lo estaba considerando. Finalmente, Marco alzó un dedo y dijo:

—Si dañas la perforadora haré que te chupen de vuelta a la nave a través de tu manguera.

Víctor sonrió.

Marco miró su reloj.

—Tienes cuarenta y cinco minutos. Nosotros estaremos comprobando el equipo hasta entonces.

—No es problema —dijo Víctor.

—Y eso incluye el tiempo que tardes en prepararte. Cuarenta y cinco minutos en total, a partir de este momento.

—Entendido.

—Y trabaja en la perforadora vieja —dijo Marco—. No en la nueva.

Víctor le dio las gracias, y Mono y él corrieron a las taquillas. Mientras se ponían sus trajes presurizados, Mono acribilló a Víctor a preguntas, como siempre solía hacer. La mayoría de ellas eran de naturaleza mecánica, así que Víctor pudo responderlas sin pensárselo mucho. El resto de su mente estaba en la cámara estanca. ¿Qué aspecto tenía Janda cuando se marchó? ¿Había reconocido la ausencia de Víctor o había fingido no advertirla? Probablemente lo segundo. Janda era demasiado lista para arriesgarse a revelar ahora sus sentimientos.

—Hola —dijo Mono, agitando una mano delante de la cara de Víctor—. Tierra a Vico. Tenemos luz verde, y el reloj corre.

Víctor parpadeó y salió de su ensimismamiento. Estaban en la cámara estanca, sellados y listos para actuar. La luz sobre la compuerta de la cámara estanca se había puesto verde, indicando que tenían permiso para salir.

Víctor introdujo el mando en el teclado. Hubo un siseo de aire, y la compuerta exterior se deslizó para abrirse. Mono no perdió el tiempo. La atravesó y se impulsó fuera del casco, lanzándose al espacio, aullando y vitoreando mientras volaba. Víctor se lanzó tras él, el tubo de conexión desenmarañándose tras él como si fuera un hilo de telaraña. El pulgar de Víctor encontró el disparador de su traje, y la propulsión de gas se puso en marcha, deteniendo gradualmente su movimiento hacia delante. Rotó el cuerpo de vuelta hacia la *Cavadora* y vio a la nave italiana *Vesubio* mientras maniobraba para alejarse.

Janda se marchaba.

Las otras tres naves del clan italiano (también llamadas como volcanes de Italia: *Estrómboli*, *Mongibello* y *Vulture*) estaban a poca distancia, esperando a la *Vesubio*. Pronto acelerarían y desaparecerían.

Víctor se negó a verlas marchar. Era mejor estar ocupado.

—Vamos, Mono. No hay tiempo para volar.

Víctor pulsó el gatillo de propulsión y se lanzó de vuelta hacia la nave, dirigiéndose hacia la cara que miraba al asteroide, donde estaba alojada la vieja perforadora láser. Varios gruesos cables de atraque se extendían desde la nave hasta sus anclajes en el asteroide. Víctor pasó de largo, cuidando de no enredar su manguera. Cuando llegó a la perforadora, se detuvo, alzó los pies y conectó los imanes de sus botas. Las suelas se pegaron la superficie, y Víctor se irguió.

Mono y él se pusieron a trabajar retirando los paneles de la perforadora y revelando sus componentes internos. El estabilizador era rápido de instalar. Solo era cuestión de atornillarlo y conectarlo a una de las tomas de salida de la perforadora. La mayoría de las grandes máquinas permitían bastantes modificaciones y tenían tomas de energía incorporadas para acomodarlas. Víctor tendría que reiniciar la perforadora antes de que reconociera el estabilizador, pero su manguera tenía cables de conexión con la nave, podría hacerlo desde allí empleando su pantalla de acceso. Parpadeó y recuperó la pantalla. El casco siguió sus ojos, y Víctor dio las necesarias órdenes parpadeando para reiniciar la perforadora. Cuando volvió a estar en línea, vio en la pantalla que reconocía el estabilizador.

—Estamos dentro, Mono. Ahora a por los retros.

Volvieron a colocar en su sitio los paneles de la perforadora y volaron hasta los retrocohetes. Víctor miró a la izquierda mientras volaban. Los italianos se habían marchado. Un puntito blanco en la distancia tal vez fueran sus impulsores, pero lo mismo podía ser una estrella. Víctor dejó de mirar. Volvió al trabajo.

La instalación de los retros fue más difícil ya que sus tomas eran muy antiguas, y Víctor tuvo que hacer un adaptador con los componentes que llevaba en su cinturón de herramientas. Mono le fue haciendo preguntas a lo largo de todo el proceso. ¿Por qué hacía Víctor esto o aquello? ¿Por qué no probaba esto otro?

—Así es como lo hacemos, Mono. Nos las apañamos con lo que tenemos. Los mineros corporativos tienen montones de repuestos y recursos en sus naves. Nosotros no tenemos nada. Si hay que reparar algo, tiramos la chatarra y usamos nuestra imaginación. Ahora déjame que te haga unas cuantas preguntas.

Fue entonces cuando empezó la instrucción. Víctor le pasó a Mono las piezas y herramientas y le hico preguntas que no le decían explícitamente al niño cómo terminar la instalación, pero que lo guiaban en el camino adecuado. De esa manera, Mono descubría los pasos por sí mismo y veía la lógica que había detrás de todo. Así había entrenado su padre a Víctor, dejándole no solo poner las manos en la reparación, sino también su mente, enseñándole cómo pensar mientras hacía una reparación.

Mientras Mono trabajaba, Víctor se permitió mirar otra vez al espacio. Ya no se veía ni rastro de los impulsores. Solo negrura y estrellas y silencio. Víctor no era piloto, pero conocía los grandes asteroides que estaban ahora en sus inmediaciones, y se preguntó qué podrían estar haciendo los italianos. No estarían en ningún lugar cercano, naturalmente. En el Cinturón de Kuiper se tardaban varios meses en viajar entre asteroides. Pero incluso así, tal vez Víctor pudiera deducirlo.

Cerró los ojos. Era absurdo. Había miles de objetos en el Cinturón de Kuiper. Podrían dirigirse a cualquier parte. Y de todas formas, ¿de qué le servía conocer su destino? Eso no cambiaría nada. Eso no traería a Janda de vuelta. Y, sí, la quería de vuelta. Lo advirtió ahora. Nunca se había mostrado físicamente afectuoso hacia ella de ningún modo que no fuera inocente. Y sin embargo, ahora, cuando no podía tenerla, de repente anhelaba tenerla cerca.

Amaba a su prima. ¿Por qué no lo había visto antes? «Soy exactamente lo que el Consejo temía. Sea lo que sea que piensen de mí ahora, me lo merezco.»

Mono le estaba haciendo una pregunta. Víctor volvió a prestar atención a la tarea que los ocupaba. Terminaron la instalación y regresaron al sitio de prospección en el asteroide.

En términos mineros, el asteroide era un «terrón», o una roca rica en hierro, cobalto, níquel y otros minerales ferromagnéticos. Los mineros usaban escáneres para buscar concentraciones de metal en la piedra, que llamaban «terrones». Cuantos más terrones o vetas de metal encontraban, más alta era la proporción de metal a piedra. Que no hubiera metal significaba que la roca era una «escoria» o un «vertedero», un trozo de nada sin valor.

Víctor y Mono se posaron en el asteroide. Los imanes de sus botas estaban fijos a máxima potencia, y los minerales de la roca eran suficientes para sujetar sus pies a la superficie. Caminaron hasta el borde del pozo minero y se asomaron. La perforadora láser había abierto un bonito círculo en el asteroide, aunque no con un movimiento cortante continuo. En realidad disparaba una serie de estallidos únicos que perforaban la roca a una profundidad predeterminada, creando un tenso anillo de agujeros. Los mineros rompían entonces las estrechas paredes entre los agujeros con los martillos, y luego sacaban la roca a pedazos, construyendo el pozo.

Pero este pozo no era lo bastante profundo. Los mineros no habían alcanzado todavía el terrón. Cuando lo hicieran, traerían los tubos de presión y refinarían y derretirían el metal del sitio, dándole forma de cilindros para que pudiera ascender hasta la nave. Era un trabajo duro y tedioso, pero si el terrón era lo bastante grande, merecía la pena el esfuerzo.

Víctor encontró un lugar en la pared interior del pozo donde podía instalarse el sensor de vapor, y entonces llamó a Marco.

—Casi estamos preparados para ponerlo a prueba. ¿Tienes un momento para venir a ayudarnos?

—Voy para allá —dijo Marco.

Víctor consideraba que era mejor que fuera Marco quien instalara el sensor. Era un procedimiento sencillo y permitiría que Marco se sintiera algo propietario del aparato. Además, los mineros serían los que movieran el sensor de vapor cada vez que movieran la perforadora, así que necesitaban saber cómo instalarlo en el sitio de perforación. Tenía sentido que Marco, como jefe de equipo, fuera el primero en probarlo.

Marco no vino solo. La noticia se había extendido, y todos los mineros de la familia se reunieron ahora en torno a la boca del pozo para mirar.

—Cuando el hielo se derrite produce vapor —dijo Víctor—. Este sensor entra en el pozo y lo detecta. En el momento en que el nivel de vapor en el detrito sube a cierta cantidad, le dice a los retros que reduzcan. Luego, cuando las partículas de roca suben de nuevo y el vapor disminuye, los retros aceleran. Mientras tanto, envía ajustes a la perforadora, para impedir que se sacuda cuando la nave se mueva. Así el rayo siempre está clavado en el sitio de perforación.

—¿No quemará el calor del láser el sensor de vapor? —preguntó Marco.

—Para eso es el bastidor —dijo Víctor—. Es un material muy duro. Creo que aguantará.

—¿Entonces no más bolsillos de hielo? —preguntó uno de los mineros.

—No librará por completo a la nave del movimiento —respondió Víctor—. Seguirá habiendo un ligero temblor ya que el sensor tardará un momento en detectar el vapor, pero el movimiento será mucho más suave, como ondas leves en vez de sacudidas bruscas.

Marco voló al interior del agujero y perforó el sensor de vapor en la pared interna de la roca, como Víctor sugería. Cuando regresó, hizo que todos retrocedieran a distancia segura y bajaran sus escudos sobre sus visores.

—Es todavía un prototipo —les recordó Víctor—. No puedo garantizar que el rayo no se desvíe del centro. Sin duda necesitará algunos ajustes serios.

—Calla y perfora —dijo Marco.

Víctor parpadeó las órdenes en la pantalla de su casco, y el láser cayó sobre la roca. En cuestión de segundos, alcanzó el hielo, y la nave empezó a escorarse. Los retros ajustaron y la perforadora compensó. No fue perfecto: el rayo todavía oscilaba un poco.

—Necesita afinamiento —dijo Víctor. Dio las órdenes en su pantalla. Sus ojos se movían con rapidez, y dio las órdenes parpadeantes adecuadas, haciendo los ajustes necesarios. Veinte segundos más tarde el láser alcanzó otro bolsillo de hielo. El vapor brotó por el agujero, pero los retros respondieron con rapidez y suavidad esta vez. La perforadora respondió también a la perfección, sin el menor movimiento de un lado a otro.

Todos vitorearon. Mono daba puñetazos al cielo, silbando. Marco sonreía.

—Va bien. Muy bien.

—Así que estoy en buen camino —dijo Víctor—. Ahora puedo ponerme a trabajar en la versión real.

—¿Sabe esto Concepción? —preguntó Marco.

—No quería decírselo a nadie hasta que supiéramos si funcionaba. Ahora que muestra alguna promesa, implicaré a mi padre. Puede que se le ocurra alguna mejora.

—Pediré dos —dijo Marco, sonriente—. Una para la perforadora nueva también. —Le dio a Víctor un afectuoso pescozón en el casco.

Cuando Víctor y Mono regresaron por fin a la nave, el niño estaba entusiasmado.

—En la Tierra estarías forrado, Vico. Asquerosamente forrado. Todas esas ideas tuyas. Te pagarían millones de créditos.

—Tengo diecisiete años, Mono. Tendría suerte si consiguiera

un trabajo en una línea de montaje. Nadie me tomaría en serio. Aquí fuera podemos hacer lo que queramos. En la Tierra es distinto. Además, esto lo hemos hecho tú y yo juntos. El estabilizador es de los dos.

—Yo ayudé soldando a alta y baja temperatura sin saber qué hacía en el taller. Las ideas eran tuyas.

—Tus manos son más firmes que las mías. Haces el microtrabajo mucho mejor que yo. Ni siquiera mi padre puede soldar como tú.

Mono sonrió.

Cuando salieron flotando de la cámara de descompresión y volvieron a la bodega de carga, Isabella los estaba esperando. Era chilena, meneada por la familia cuando Víctor era solo un niño, y estaba casada con el primo segundo de su madre. Más importante, era íntima de Janda.

—Tengo que hablar con Vico en privado, Mono —dijo Isabella—. ¿Quieres dejarnos un momento?

Mono se encogió de hombros.

—Tengo circuitos que reconstruir en el taller. Nos vemos, Vico.

Isabella esperó a que Mono se marchara, y entonces se volvió hacia Vico.

—Sé que estás molesto. Y no te lo reprocho.

Víctor se mantuvo inexpresivo. Isabella no era lo bastante mayor para estar en el Consejo, así que tal vez no se estuviera refiriendo a Janda.

Isabella hizo un gesto de fastidio.

—No te hagas el tonto, Vico. No soy idiota. Sé lo que acaba de suceder aquí. Han enviado lejos a Jandita. Y tú te escondiste con la maquinaria en vez de decirle adiós.

—Sí, fui un cobarde —dijo Víctor.

—No, no lo fuiste —repuso Isabella—. Intentabas asegurarte de que nadie en la *Vesubio* acusara jamás a Jandita de estar enamorada de su primo. Y no pongas cara de sorprendido. Que yo lo haya supuesto no significa que nadie más lo haya hecho.

Jandita fue un modelo de compostura en la cámara estanca. No creo que nadie sospechara nada. Hasta hizo creer a los italianos que estaba emocionada con su marcha.

—¿Cómo lo dedujiste?

—Jandita es mi sobrina, Vico. Soy su tía favorita. Conozco sus pensamientos tal vez mejor que su propia madre. Además, soy observadora. Lo veo y lo oigo todo. —Le hizo un guiño a Víctor, y él frunció el ceño—. Relájate —dijo—. Nunca vi nada impropio entre vosotros dos. Lo que quiero decir es que conozco los signos. Jandita no es la primera chica que se enamora de su primo, ¿sabes?

Víctor leyó la triste expresión en su cara.

—¿Es una confesión propia?

—Yo tenía dieciocho años. Él también era mi primo segundo. Dudo que supiera siquiera que lo amaba. El año que me di cuenta vine a esta nave y me casé con tu tío Selmo.

Técnicamente, Selmo no era tío de Víctor. Era su primo en segundo grado por parte de abuelo, pero todos los hombres de la nave eran tíos, más o menos.

—¿Lo sabe Selmo? —preguntó Víctor.

Isabella se echó a reír.

—Pues claro que lo sabe. Ahora nos reímos. Yo era joven y soñadora. Entonces apenas sabía lo que quería en un marido.

—Así que Alejandra es ingenua y soñadora.

—En absoluto. Sospecho que pensará en ti durante el resto de su vida. Es mucho más madura a los dieciséis de lo que yo lo era a los dieciocho. Mi argumento es que tú no eres un villano, Vico. Te conozco. Te echarás la culpa por esto, y no deberías. Ella es tu prima segunda. En cualquier lugar de la Tierra os podríais haber casado, y nadie habría pestañeado siquiera.

—Tal vez por eso hay más tipos infames y retorcidos en la Tierra.

Isabella se rio.

—Son humanos, Vico. Igual que nosotros. No podemos evitar querer ser superiores. —Le puso una mano en el hombro—. Prométeme que no te torturarás con esto.

¿Qué esperaba de él? ¿Que pudiera quitarse esto de encima y archivarlo como una de esas experiencias vitales que tiene todo el mundo? Isabella tenía buena intención. Eso estaba claro. Lo quería como él quería a Janda. Pero las palabras de consuelo no podían dar el consuelo que ella quería dar. Víctor no iba a despertarse mañana y pensar: Qué valiosa lección vital ha sido. No iba a pasar página. No aquí, al menos. Se dio cuenta ahora. Allá donde se volviera, vería a Alejandra. Todo encendería la chispa de un recuerdo suyo. ¿Cómo podría casarse en esta nave? Aunque la familia meneara a alguien por él dentro de un año o dos, ¿cómo podría pasear a un esposa por los pasillos que le recordaban a otra persona? Naturalmente que el meneo había funcionado para Isabella. Naturalmente que pudo seguir adelante. Había dejado atrás su vida anterior. Había cerrado esa puerta. Nada en su nueva vida le recordaría la antigua. Víctor no tendría esa suerte. No si se quedaba aquí.

«Tengo que marcharme —comprendió—. Ir a Luna, tal vez. O a la Tierra o a Marte.» —No sabía cómo conseguirlo, pero supo en este mismo instante que era lo que tenía que hacer.

Miró a Isabella y le dirigió la sonrisa que ella esperaba.

—Lo haré lo mejor que pueda.

Ella pareció alegrarse.

—Bien. Te estaré vigilando. Si siento algo de autorrepulsa, te daré una paliza que te dejará sin sentido.

—Estoy seguro de que serías capaz de hacerlo. Pero, sinceramente, estaré bien.

—No, no lo estarás. Pero me alegra que lo intentes.

Se despidieron entonces. Víctor fue a las taquillas y se quitó el traje espacial. Tendría que decirle a sus padres que se iba. Su madre discutiría con él, pero su padre le vería el sentido. Por mucho que odiara admitirlo, estaría de acuerdo con Víctor. No se marcharía inmediatamente, claro. No tenía los medios. Pasarían meses antes de que encontraran a otra familia dispuesta a darle a Víctor pasaje en esa dirección. Pero podía prepararse ahora. Podía empezar hoy. Luna, la Tierra y Marte tenían gravedad, y las piernas de Víctor no eran lo bastante fuertes para soportar ges. Necesitaba entrenamiento de fuerza. Necesitaba la fuga.

La cámara centrífuga estaba en el corazón de la nave. Solo dejaba de girar dos veces por hora, para dejar a la gente entrar o salir, así que Víctor tuvo que esperar unos minutos a que la compuerta se abriera. Dentro había una docena de personas dispersas por toda la sala, la mayoría de ellas de pie en la pared o en el suelo, esperando a que la fuga volviera a adquirir velocidad para poder continuar con sus ejercicios. Unos cuantos como Víctor acababan de entrar, y estos se dirigieron a la pared donde colgaban todas las grebas magnéticas. Víctor los siguió, sintiendo ya la fuerza centrípeta tirar de él hacia el suelo.

Encontró un par de grebas que parecían ser de su tamaño y se las ató a las espinillas. Pronto estuvo erguido, sus pies sujetos firmemente al suelo por los imanes. Las grebas no eran como la gravedad de verdad. Más bien como un sexto de g, o lo que se podía experimentar en la superficie de Luna. El truco con las grebas era que tenías que trabajar duro para mantener las piernas bajo tu cuerpo, empujando constantemente los pies hacia delante cuando dabas un paso, y tirando contra el tirón de las grebas.

Pero las grebas no eran suficientes para condicionar sus piernas, sobre todo si pensaba en Marte o la Tierra. Necesitaba también tiempo en las cintas sin fin. Se dirigió al centro de la sala hasta la escotilla que conducía a la fuga dentro de la fuga: la pista, la sala donde se guardaban las cintas sin fin. Notó que se hacía más pesado a medida que la fuga adquiría velocidad. Cuando estuviera a plena potencia, el tirón de los imanes combinado con el giro sería de medio g.

A su derecha estaba la guardería, una larga fila de salas de paneles de cristal donde vivían los niños menores de dos años. En una sala, un bebé daba unos pocos brazos vacilantes en brazos de un adulto, dirigiéndose a los brazos expectantes de otro. Sin la gravedad simulada de la fuga, los bebés nunca desarrollarían los músculos necesarios para caminar, ni aprenderían a hacerlo.

Había algunas familias de mineros libres que no tenían fugas ni grebas magnéticas y que preferían volar siempre en gravedad cero. Pero los murciélagos, como eran conocidos, eran completamente inútiles en los suelos planetarios. Sus niños no sabían andar ni mantenerse en pie, pues sus piernas eran delgadas y atrofiadas.

Concepción no quería oír hablar del tema. Se obligaba a todos ellos a pasar al menos dos horas al día allí abajo, para impedir que los músculos de las piernas se atrofiaran y que los huesos se volvieran quebradizos. Algunas personas se mantenían en la vertical dondequiera que se encontrasen en la nave, con las grebas puestas mientras trabajaban. Era cuestión de equilibrio y eficacia. La mayor parte del trabajo en la nave requería un asidero seguro para los pies. Era mucho más fácil empujar y tirar y levantar si tus pies estaban anclados.

Víctor llegó a la escotilla y bajó a la pista. Había menos personas allí que en la fuga principal, y todos eran más jóvenes que él y caminaban, corrían, escuchaban música en sus cascos, llevaban gafas de películas, leían. Sin embargo, todos estaban en vertical. Víctor se ató a una cinta sin fin y la calibró a tres cuartos de g. Caminó despacio al principio, luego gradualmente fue aumentando hasta una carrera ligera. Después de veinte minutos las pantorrillas le picaban y los muslos le ardían. Cuando bajó el nivel de gravedad y empezó a enfriarse, se preguntó cuánto tendría que entrenar cada día para prepararse para su partida.

Su palmar empezó a destellar.

Víctor paró la cinta sin fin. El mensaje era de Edimar, la hermana de catorce años de Janda. Era aprendiz de oteadora y observaba el movimiento en el espacio: cometas, asteroides, todo lo que pudiera suponer una amenaza de colisión para la nave. El mensaje decía: «Ven al nido del cuervo. ¡¡Urgente!!»

Víctor no vaciló. Salió de la fuga en cuanto dejó de girar, luego se movió con rapidez por la nave, las piernas todavía ardiendo, la camisa empapada de sudor.

El nido del cuervo era una cúpula de cristal situada en lo alto de la cubierta superior, muy por encima del cuerpo principal de la nave. Víctor subió volando por el largo y estrecho tubo que conducía a la sala y luego se metió por el agujero para llegar a la planta. La sala estaba oscura, y los miles de millones de estrellas más allá de la cúpula de cristal brillaban con tal claridad y tan nítidamente que Víctor sintió como si estuviera fuera de la nave.

Edimar flotaba ingrávida por la sala, llevando sus gafas de datos. Los ordenadores eran enormemente sensibles a la luz, así que los oteadores llevaban gafas pegadas a la piel con pantallas interiores en vez de usar brillantes monitores informáticos.

—*Epa*, Mar. ¿Cuál es la emergencia? —preguntó Víctor.

Edimar se quitó las gafas.

—Siempre me has tomado en serio, Vico. Incluso cuando nadie más lo hacía. Siempre me has tratado como si fuera lista.

—Eres lista, Edimar. ¿Qué ocurre?

—Y Jandita dijo que si alguna vez necesitaba ayuda con algo, podía acudir a ti. Dijo que me tratarías justamente, que me ayudarías.

—Por supuesto, Mar. ¿Qué ocurre?

—Quiero enseñarte una cosa. Y quiero que seas sincero conmigo y me digas qué crees que es.

—De acuerdo.

Buscó otro par de gafas y se las tendió.

—El Ojo vio algo que no tiene sentido. Y no quiero que un montón de gente se ría de mí si no es nada.

El Ojo era el sistema informático que escaneaba constantemente el cielo en todas direcciones, buscando cualquier objeto que pudiera chocar con la nave. En términos de seguridad, era una de las piezas de equipo más importante a bordo. Incluso las rocas pequeñas, si se movían lo suficientemente rápido, podían lisiar la nave y resultar fatales.

—¿Se lo has enseñado a tu padre? —preguntó Víctor.

Ella pareció horrorizada.

—Pues claro que no.

—¿Por qué? Él es el oteador. Será mejor ayuda que yo interpretando lo que el Ojo ve.

—Mi padre cree que no valgo para este trabajo, Vico. Tiene confianza cero en mí. Quería hijos y tuvo tres hijas. El único motivo por el que soy su aprendiz y no algún chico es porque Concepción le obligó a aceptarme. No puedo acudir a él con algo que es un error. Nunca me lo dejaría pasar. Hasta puede que vaya a ver a Concepción con la prueba de que no soy adecuada para este trabajo.

Víctor conocía bien al padre de Janda y Edimar, y le parecía una descripción muy precisa. Sabía que no debería preguntar, pero lo hizo de todas formas.

—Entonces ¿por qué trabajas con tu padre, Mar? Si es tan difícil, tal vez te gustaría hacer otra cosa, estar con otra gente.

Ella pareció irritarse.

—Porque me gusta lo que hago, Vico. Me gusta trabajar en el Ojo. Y porque él es mi padre. ¿Por qué no trabajas tú en la lavandería o en la cocina, si es tan fácil cambiar?

Él alzó las manos en gesto de rendición.

—Lo siento. Olvida lo que he preguntado. ¿Qué ha visto el Ojo?

Ella pareció molesta y no dijo nada durante un momento, como si considerara si quería implicarlo después de todo. Entonces su rostro se suavizó y ella se relajó.

—Las gafas —dijo, poniéndose las suyas.

Víctor se puso las gafas y miró la pantalla en blanco.

—¿Se supone que debo ver algo?

—Todavía no. Primero déjame explicar. He programado el Ojo para que me notifique si algún movimiento exterior es eclíptico, aunque no parezca que vaya a haber una colisión. El movimiento ahí es más raro, pero me gustan los cometas fríos. Antes de que el sol los caliente y les dé cola, creo que molan mucho. Pienso que si soy la primera persona en divisar uno nuevo, podré ponerle mi nombre. Es una tontería, lo sé.

—En absoluto —dijo Víctor—. Que le pongan a un cometa tu nombre parece bastante chévere.

Pudo oír la sonrisa en su voz.

—Yo también lo creo —dijo, y entonces volvió al tema—. El Ojo estaba mirando más allá de la eclíptica, recibiendo datos realmente limpios.

Los datos limpios quería decir que había habido relativamente poco polvo espacial u otras partículas flotando ante el campo de visión del Ojo. Significaba que podía ver muy lejos.

—Entonces el Ojo detectó movimiento y me alertó —dijo Edimar—. Pedí una visual y recibí esto.

Una imagen del espacio apareció en las gafas de Víctor. No parecía muy distinta de cualquier otra imagen del espacio.

—¿Se supone que tengo que ver algo no habitual? —preguntó él.

—El movimiento fue aquí. —Edimar dibujó en la tableta con su punzón, y un círculo diminuto apareció en la imagen del espacio. Entonces hizo zoom hasta que el diminuto círculo llenó la pantalla.

Víctor entornó los ojos.

—Sigo sin ver nada.

—Ni yo tampoco. Lo que significa que lo que el Ojo vio está en el espacio profundo. Si estuviera cerca, tendríamos mejor resolución visual. Y si está ahí fuera y el Ojo detectó su movimiento, entonces debe moverse a una velocidad de locura. El problema es que el Ojo no me da suficientes datos para determinar la trayectoria del objeto. Todo lo que sé es que hay un movimiento rápido. Pero la velocidad disminuye con el tiempo. Significa que el objeto o bien cambia de velocidad o de dirección, una cosa o la otra. O bien frena, o bien se vuelve hacia nosotros o se aleja, haciendo que parezca que frena respecto a nosotros. Pero nada de eso es muy probable. He hecho análisis basándome en una docena de distancias diferentes y posibles direcciones de movimiento y lo único que explica los datos que me proporciona el Ojo es la deceleración.

—¿Está frenando? —dijo Víctor—. Los objetos naturales en el espacio no frenan por sí mismos, Mar.

—No, no lo hacen. Y cuando digo que se mueve rápido, Vico,

quiero decir rápido. Al cincuenta por ciento de la velocidad de la luz de rápido. Y esa es su velocidad ahora, después de continuar decelerando. Los objetos interestelares no van tan rápido, no se giran sin un pozo de gravedad, y no deceleran. Así que dime, ¿me están gastando una broma?

—No lo creo.

—¿Debería olvidarlo?

—Edimar, creo que estamos viendo una nave espacial.

—Nada va tan rápido.

—Nada hecho por los humanos.

Con estas palabras de Víctor, Edimar se relajó visiblemente y una sonrisa tonta apareció en su cara.

—¿Entonces no estoy loca por pensar que tenemos una astronave alienígena? ¿Una nave que viaja casi a la velocidad de la luz y que entra en nuestro sistema y frena?

—O bien es una nave hiperlumínica o alguien ha rebatido un montón de leyes de la física. Y es alienígena o alguna corporación o gobierno está experimentando con una tecnología tan avanzada que los hará dueños del universo.

—Así que debería llamar a un adulto.

—Deberías llamar al Consejo. O lo haré yo. Esto no es solo importante: es tan importante que tienen que tomar decisiones al respecto ahora mismo.

—¿Por qué tanta prisa?

—Porque bien puede estar dirigiéndose a la Tierra.

2

Lem

La *Makarhu* no estaba hecha para ser una nave científica, y desde luego no la habían construido para la guerra. Era una nave minera, propiedad de Juke Limited, la corporación minero-espacial más grande del sistema solar. Pero Lem Jukes, piadosa abreviatura de Lemminkainen Joukahainen, heredero de la fortuna de Juke Limited y capitán de la nave, estaba preparado para usar la *Makarhu* para cualquier propósito si eso significaba convertir una misión fallida en lo que el consejo de dirección considerara un éxito.

Era una hora después del final del turno de sueño, y Lem flotaba ingrávido en la sala de observación, esperando que un asteroide explotara. El asteroide era poca cosa, un «guijarro» no más grande que el propio Lem que se movía perezosamente por el espacio a medio kilómetro de la nave. Si no fuera por las luces láser de la nave que moteaban la superficie del asteroide y lo iluminaban, habría sido completamente invisible contra el fondo del espacio, incluso con la ayuda de las gafas de magnitud especial que Lem llevaba puestas.

Lem se bajó las gafas y miró por la ventanilla a su derecha. Las puertas de la bodega de carga estaban abiertas, y el láser de gravedad en posición, apuntando al guijarro en el cielo. Lem no podía ver a los ingenieros desde esta posición, pero sabía que estaban abajo en el laboratorio adyacente a la bodega de carga, preparando el láser para la prueba.

Según el equipo de investigación de Juke que lo desarrollaba, el láser de gravedad (o gláser, como habían dado en llamarlo) iba ser el futuro de la industria minero-espacial, un modo revolucionario de romper la superficie de roca y excavar profundamente a través del más duro de los asteroides. Estaba diseñado para configurar la gravedad del mismo modo que un láser daba forma a la luz, aunque siendo la gravedad no-reflectiva, actuaba siguiendo principios muy distintos: comprenderlos estaba muy por debajo el nivel salarial de Lem. La compañía había invertido miles de millones de créditos para construir este prototipo, y bastante más para mantenerlo en secreto. El trabajo de Lem era simplemente supervisar las pruebas de campo. Un dulce de misión.

Es decir, si el láser de gravedad llegaba a encenderse alguna vez. Era la primera prueba en espacio profundo, así que Lem esperaba los retrasos típicos de la cautela extrema. Pero empezaba a parecer que algo iba muy mal con el aparato y todo el mundo tenía miedo de decírselo.

—Estoy esperando, doctor Dublin —dijo Lem, manteniendo un tono agradable en la voz.

Un voz de hombre sonó en los auriculares de Lem.

—Solo unos instantes, señor Jukes. Estamos casi preparados para empezar.

—Estaban casi preparados para empezar hace diez minutos —dijo Lem—. ¿No ha impreso nadie la palabra «conexión» junto al botón adecuado?

—Sí, señor Jukes. Lamento el retraso. No debería tardar ya.

Lem se frotó la frente justo encima de los ojos, combatiendo los principios de una migraña. La nave llevaba ya seis semanas en el Cinturón de Kuiper, donde el fracaso no tendría testigos y no habría ningún objeto enorme que hacer pedazos si la reacción se salía de madre. Pero los ingenieros, que supuestamente estaban preparados incluso antes de que se lanzara este vuelo, no habían producido más que retrasos. Sus explicaciones podrían haber sido completamente legítimas, o una chorrada del tres.

Debido al enorme lapso temporal entre el envío y la recepción de mensajes al consejo de dirección allá en Luna, Lem no tenía ni idea de qué pensaba el Consejo... o su padre, aunque estaba seguro de que no sentían alegría desatada. Si Lem quería conservar su reputación y regresar a Luna con algún sentido de la dignidad, necesitaba agitar las cosas y conseguir resultados rápidamente. Cuanto más larga era la espera, más grande era el suspense, y mayor la decepción si el gláser fracasaba.

Lem suspiró. El problema era Dublin. Era un ingeniero brillante pero un terrible jefe de ingenieros. No podía soportar la idea de que le achacaran ningún error, así que abortaba la pruebas al menor indicio de mal funcionamiento. A Dublin le preocupaba tanto dañar un prototipo caro o forzarlo más allá de su capacidad (costando por tanto su inversión a la compañía), que se paralizaba de miedo.

No, Dublin tenía que irse. Era demasiado cauteloso, demasiado lento para correr riesgos. En algún momento había que dar el salto, y Dublin no sabía cómo detectar ese momento. Lem necesitaba enviar resultados positivos al Consejo ahora. Hoy, si era posible. No tenía que ser mucho. Solo algunos datos que sugirieran que el láser de gravedad hacía algo como lo que estaba diseñado para hacer. Eso era todo lo que el consejo de dirección quería oír. Si hacían falta más desarrollos antes de que pudiera ser utilizado comercialmente, bien. Al menos eso daba la impresión de que Lem y el equipo estaban haciendo algo. «No es pedir demasiado, señor Dublin. Deme solo una prueba semiválida. El láser de gravedad funcionaba en el laboratorio allá en Luna, por el amor de Dios. No hemos venido hasta aquí sin probarlo primero. ¡El maldito trasto funcionaba antes de que partiéramos!»

Lem pulsó una orden en su pad de muñeca y ordenó al dispensador de bebidas que le preparara algo. Necesitaba un pelotazo, un combinado de fruta mezclado con algo que le quitara el dolor de cabeza y le diera energía.

Sorbió la bebida y pensó en Dublin. No podía despedirlo. Estaban en el espacio. No se puede mandar a un hombre a hacer las maletas cuando no tiene ningún sitio al que ir, aunque la idea de lanzarlo al espacio puso una sonrisa en sus labios. No, tenía que tomar medidas menos drásticas. Volverse un poco creativo.

Lem volvió a pulsar su muñeca, y la pared a su derecha se iluminó. Iconos y carpetas aparecieron en la pared-pantalla, y Lem fue parpadeando a través de una serie de carpetas, zambulléndose en los archivos de la nave hasta que encontró los documentos que estaba buscando. Una foto de una mujer nigeriana de cincuenta y tantos años apareció junto con un grueso dossier. La doctora Noloa Benyawe era una de las ingenieras de a bordo y llevaba treinta años con Juke Limited, o sea, tanto tiempo como hacía que Lem existía, lo que significaba que había soportado a Ukko Jukes, el padre de Lem, presidente y director ejecutivo, tanto tiempo como el propio Lem. Era como conocer a alguien que había sobrevivido a la misma horrible campaña militar, una hermana en el sufrimiento.

No, tal vez eso era demasiado duro. Lem no despreciaba a su padre, que había hecho grandes cosas, conseguido grandes riquezas y poder presionando a los que lo rodeaban para que innovaran, sobresalieran, y aplastaran cualquier obstáculo de su camino. Por desgracia, su padre había dirigido a la familia del mismo modo.

«¿Es otra de tus pruebas, padre? ¿Me diste un equipo de ingenieros dirigidos por un indeciso de corazón de mariposa para ver si podía manejar la situación y poner en su lugar a una persona que se lo mereciera más y fuera más fiable?» Era el tipo de cosas que haría su padre, poner trampas en el camino de Lem, crear obstáculos para que los superara. Siempre había actuado así, incluso cuando Lem era un niño. «No por crueldad —decía—, sino para enseñarte, Lem. Para endurecerte. Para recordarte que como niño privilegiado, nadie es tu amigo. Dirán que lo son, se reirán con tus chistes y te invitarán a sus fiestas, pero no te aprecian. Les gusta tu poder, les gusta lo que serás algún día.» Así se educaba a un niño según su padre. Los padres no deberían mimar a sus hijos cuando los matones los acosan en el colegio, por ejemplo. Los padres de verdad como el suyo le pagan a los matones para que atormenten a su hijo. Eso le enseña al niño la dura verdad de la vida. Eso le enseña al niño a usar subterfugios, a ganarse aliados, a devolverle el golpe a los que son más fuertes que ellos, no necesariamente con violencia, sino con todas las otras armas que el niño tiene a su disposición: humillación pública, temor, el desprecio de tus iguales, aislamiento social, todo lo que rompe a un matón y lo convierte en un manojo de lágrimas.

Lem descartó el pensamiento. Su padre no lo estaba poniendo a prueba. Había demasiado en juego para eso. No, Lem no era tan engreído como para creer que su padre arriesgaría el desarrollo del láser de gravedad simplemente para enseñarle una de sus «lecciones vitales». Esto era puramente problema de Lem. Y se encargaría de él.

—Doctor Dublin —dijo al micrófono—, cuando dijo usted que la prueba empezaría en unos instantes, supuse que definía unos instantes del mismo modo que yo, simples minutos como máximo. Pero según mi reloj han pasado casi quince minutos adicionales. Reconozco que el gláser es de la mayor importancia para esta nave, pero hay otros asuntos que requieren la atención del capitán. Por mucho que me guste contemplar el espacio y reflexionar sobre el significado del universo, sinceramente no tengo tiempo. ¿Vamos a realizar la prueba o no?

La voz del doctor Dublin sonó débil y vacilante.

—Bueno, señor, parece que nos hemos encontrado con un problemilla.

Lem cerró los ojos.

—¿Y cuándo iba a informarme de este problemilla?

—Esperábamos poder arreglarlo rápidamente, señor. Pero ahora no parece probable. Estábamos a punto de llamarlo.

«Estoy seguro de que sí», pensó Lem. Dejó el vaso en el receptáculo.

—Voy a bajar.

Lem se abrió paso hasta el tubo de impulsión, uno de los muchos estrechos pozos que atravesaban la nave. Se metió dentro y se cruzó de brazos sobre el pecho. Las paredes, como el suelo y los laterales de la nave, producían un campo magnético ondulante. Los imanes atraían o repelían los avambrazos y las grebas que llevaba en las espinillas.

—Catorce —dijo Lem. De inmediato fue absorbido hacia abajo. Cuando llegó, el laboratorio estaba en tal estado que nadie reparó en él cuando entró flotando en la sala. La mayoría de los ingenieros flotaban ingrávidos alrededor de la pantalla-pared que se extendía por toda la sala. Contenía incontables ventanas de datos, diagramas, planos, mensajes, garabatos y ecuaciones. A Lem le lastimó los ojos solo de mirarlo. Los ingenieros discutían amablemente sobre algunos detalles técnicos que Lem no comprendía. El doctor Dublin y unos cuantos ayudantes se encontraban de pie ante la pantalla situada a la izquierda de Lem, contemplando un holograma del láser de gravedad que tenía un quinto del tamaño del real. A Lem le molestaba que en una habitación la gente no mantuviera la misma orientación vertical. Estar en perpendicular a todos los demás era indecoroso.

—Me encanta ver a los ingenieros jugando —dijo Lem, lo bastante alto para que todos lo oyeran.

La sala quedó en silencio. Los ingenieros se volvieron ante él. Sin mirar, Lem marcó en su muñeca, y el ataque a los ojos que era la pantalla-pared se redujo a la mitad de la luz.

Dublin se separó de la pared a la izquierda y se irguió en el suelo de Lem, doblándose torpemente mientras ajustaba sus avambrazos. Una mente tan brillante y sin embargo con la gracia de un nabo.

—Señor Jukes —dijo Dublin—, gracias por venir. Le pido de nuevo disculpas por este retraso. Parece que la fuente del problema...

—No soy ingeniero —replicó Lem con una sonrisa alegre—. Explicar el problema no acelerará su reparación. No quiero distraerlo más de lo necesario mientras resuelve el problema. Esa sería una forma mucho mejor de emplear su tiempo, ¿no cree?

Dublin tragó saliva e intentó sonreír.

—Oh, bueno, sí, es muy amable. Gracias. —Dio un paso atrás.

Lem los miró a la cara.

—Quiero darles las gracias a todos por sus incansables esfuerzos —dijo—. Sé que muchos de ustedes trabajan con solo unas pocas horas de sueño, y reconozco que los retrasos y contratiempos que hemos experimentado son más frustrantes para ustedes que para ningún otro. Así que agradezco su paciencia y perseverancia. Mi padre me aseguró que había reunido el mejor equipo posible, y sé que tenía razón. —Lem sonrió para indicar que hablaba en serio—. Así que hagamos un momento de pausa y respiremos hondo —continuó—. Sé que todavía es por la mañana, pero a excepción de la gente que trabaja físicamente en la reparación, tengamos un descanso de dos horas. Una siesta, para muchos de ustedes. Una comida para otros. Luego volveremos y haremos pedazos a ese asteroide como si fuéramos un estornudo en un pañuelo de papel.

Lem tuvo cuidado de no mirar a Dublin, aunque advirtió que algunos de los ingenieros lo hacían. Si el láser no iba a estar preparado dentro de las dos próximas horas, esta era la oportunidad de Dublin para armarse de valor y hablar.

Silencio en la sala.

—Magnífico —dijo Lem—. Dos horas.

Lem se impulsó desde el suelo y se dirigió al tubo de impulsión. Se detuvo en la entrada y se volvió, como si acabara de ocurrírsele algo que no tenía nada que ver.

—Oh, doctora Benyawe, ¿quiere venir a verme a mi oficina, por favor?

La doctora Benyawe asintió.

—Sí, señor Jukes.

Cinco minutos más tarde la doctora Benyawe estaba de pie frente a Lem en su oficina, anclada al suelo por sus grebas.

—Me ha puesto en una situación delicada, señor Jukes —dijo.

—¿Ah, sí?

—Al llamarme a su oficina. Los otros ingenieros pensarán

que me reúno con usted para contarle el fracaso de las pruebas. Pensarán que he venido aquí a acusar con el dedo y repartir las culpas.

—He sido yo quien la ha llamado.

—Pensarán que he hablado con usted antes sin su conocimiento, dándole información a sus espaldas.

—Entonces son burócratas y no ingenieros, ¿es eso lo que me está diciendo, doctora Benyawe?

—Son seres humanos antes que nada, señor Jukes. E ingenieros segundo. Les preocupa su medio de vida.

—Si no regresamos a Luna con algo que no sea un éxito absoluto, doctora, creo que todas nuestras carreras se habrán acabado.

—Es una buena deducción, sí —dijo Benyawe—. Pero siempre es así, ¿no? Fracasa y acabarás buscando trabajo,

—Solo una pregunta, doctora Benyawe. Si estuviera usted al mando, ¿habría realizado ya la prueba?

—Quiere saber si responsabilizo al doctor Dublin por el retraso.

—Quiero saber si está dispuesta a seguir adelante a pesar de que exista algún grado de incertidumbre. Quiero saber si ha llegado al punto en que piensa que aprenderemos más del fracaso o de un éxito parcial que de seguir vacilando sobre posibilidades.

—El doctor Dublin encontró inquietantes algunas de las lecturas previas a las pruebas —dijo Benyawe—. Aprecio su cautela. Sin embargo, si yo hubiera estado en su lugar, habría seguido adelante. El gláser está construido para acomodar un margen de error dentro de las lecturas que encontremos.

—De modo que si usted estuviera a cargo de este equipo, ya tendríamos nuestros resultados.

—El láser de gravedad, señor Jukes, no es un aparato que tomar a la ligera. La gravedad es la fuerza más poderosa de la naturaleza.

—Yo creía que era el amor.

Benyawe sonrió.

—Es usted muy distinto a su padre.

—Ha trabajado usted con él mucho tiempo.

—Me ha dado la posibilidad de formar parte de grandes cosas. También hizo que se me pusiera el pelo blanco a los cincuenta años.

—¿Entonces por qué no la puso mi padre al mando de este equipo, doctora? Tiene mucha más experiencia que Dublin. Y tanto conocimiento del láser de gravedad.

—¿Por qué no dirige usted su propia corporación? Desde luego, ha tenido montones de oportunidades para hacerlo. Ayudó a lanzar cuatro IPOs antes de tener veinte años, recuperó nueve divisiones y compañías distintas al borde de la bancarrota, y se rumorea que ha construido un imperio inversor privado que tiene pocos rivales. Y sin embargo está aquí, en cabeza de una expedición de pruebas en el Cinturón de Kuiper. Su padre no siempre toma decisiones basándose en resúmenes.

—Acepté este trabajo, doctora Benyawe, porque creo en el láser de gravedad.

—Pero esta prueba es peligrosa. Si sale mal en objetos con masa como este asteroide, esta nave podría desaparecer sin más.

—Estoy dispuesto a correr riesgos. ¿Lo está Dublin?

—Tal vez Dublin recibió órdenes estrictas de su padre para asegurarse de que volviera a casa con vida.

De repente las vacilaciones y retrasos de Dublin adquirieron un significado completamente distinto.

—¿Entonces mi padre me puso al mando pero le dio instrucciones a Dublin para que cuidara de mí?

—Su padre lo quiere.

—Pero no lo suficiente para dejarme tomar mis propias decisiones.

Lem sabía que parecía petulante, pero también que tenía razón. Su padre no confiaba en él. «Después de todos estos años, después de todo lo que hecho fuera de su sombra, de todos mis logros, de todas las formas en que he superado sus expectativas, sigue considerándome incapaz de tomar decisiones, sigue considerándome débil. Y no pensará lo contrario hasta que tome esta compañía.» Esa era la solución. Lem lo sabía desde hacía mucho tiempo. Ocupar el trono de su padre era el único logro que este no podría discutir ni cuestionar. Era el único modo de que su padre lo viera como a un igual. Por eso Lem no dirigía su propia corporación en otra parte, como sugería Benyawe. Podría haberlo hecho fácilmente. Había recibido varias ofertas. Pero Lem las había rechazado. Cualquier otra corporación no era suficiente. Su padre siempre la despreciaría.

No, Lem iba a coger el mayor logro de su padre y lo iba a hacer suyo, e iba a hacerlo de manera tan convincente que el mundo entero e incluso su propio padre se darían cuenta de que se lo merecía. Ningún golpe. Ninguna traición. ¿Qué sentido tendría? Su padre tenía que ser un partícipe dispuesto. Tenía que saber que Lem se lo había ganado sin una pizca de ayuda suya. De lo contrario, siempre creería que era un logro suyo y no de Lem. No, tomar la compañía era la única manera de acabar con todo. Solo entonces comprendería su padre que no había más trampas que tender, no más juegos que jugar ni lecciones que enseñar. La escuela había terminado.

Pero ¿y si lo que Benyawe decía era verdad? ¿Y si la única motivación de su padre era el amor? Dudaba de su forma pura y destilada. Eso era algo que Lem no había visto nunca.

Lem sonrió para sí. «¿Ves lo que me haces, padre? —pensó—. Siempre me haces cavilar. Justo cuando creo que lo tengo resuelto, me haces cuestionarte otra vez.»

Lem tenía que enfrentarse a Dublin. Si su padre le había dado órdenes referidas a él, entonces los retrasos no eran cosa de Dublin. Lem despidió a Benyawe y se dirigió al laboratorio. Encontró a Dublin en la sala de control adyacente a la bodega de carga. Dublin movía su punzón a través de un holo del gláser. Los bots de la bodega de carga seguían sus órdenes y ejecutaban ajustes diminutos en el gláser. Lem observó desde lejos, pues no quería interrumpir. Era obviamente un procedimiento delicado. Sin embargo, a pesar de lo sensible que era el trabajo, las manos de Dublin danzaban a través del holo y los comandos táctiles como un concertista de piano. Lem observó fascinado, experimentando una nueva sensación de asombro hacia Dublin. El gláser era para él una segunda naturaleza: cada componente, cada circuito, era tan conocido para él como sus propias manos. Su padre no había llevado a Dublin hasta allí para poner a Lem a prueba. Dublin tenía el trabajo porque se lo merecía.

Dublin apartó el punzón, se desperezó, y advirtió a Lem.

—Señor Jukes. No le había visto entrar. Espero no haberlo hecho esperar.

—Admiro lo que ha conseguido con el gláser, doctor Dublin.

Dublin se encogió tímidamente de hombros.

—Seis años de mi vida.

Estaban solos. Lem se sintió cómodo para continuar.

—Mi padre depositó mucha confianza en usted cuando le pidió que dirigiera este proyecto.

Dublin sonrió.

—Su padre ha sido bueno conmigo.

—No tiene que hablar bien de él solo porque yo sea su hijo. Sé tan bien como cualquiera que puede ser un poco duro.

Dublin se echó a reír.

—Oh, no es tan malo como dicen. Un exterior duro, tal vez, pero por debajo de la superficie es un hombre agradable.

Lem tuvo que hacer un esfuerzo por no reírse. ¿Agradable? Había oído todo tipo de palabras pintorescas para describir a su padre. «Agradable» nunca había sido una de ellas. Sin embargo, Dublin parecía sincero.

—¿Me mencionó alguna vez mi padre en relación con esta misión antes de que partiéramos?

—Me dijo que iba a ser usted capitán de la nave —respondió Dublin—. Dijo que estaba «muy capacitado».

¿Un cumplido por parte de su padre? Un signo del apocalipsis. Naturalmente, lo que probablemente pretendía era tranquilizar a Dublin respecto a la tripulación.

—¿Le aconsejó que tomara alguna precaución por mi bien?

—preguntó Lem—. ¿Sugirió de algún modo que cuidara usted de mí? ¿Que me echara un ojo?

Dublin pareció confuso.

—Su padre se preocupa por su bienestar, señor Jukes. No puede reprochárselo.

—Un sí o un no, doctor Dublin. ¿Le dio instrucciones especiales referidas a mi persona?

Dublin se quedó desconcertado. Vaciló, buscando las palabras adecuadas, tratando de recordar.

—Me dijo que me asegurara de que no le sucediera a usted nada.

Así que eso era. Menospreciado de nuevo por su padre. ¿No se daba cuenta de que esto añadiría otra capa de ansiedad a las indecisiones de Dublin? Lo advirtiera o no la mente consciente de Dublin, la amenaza de «algo le va a pasar a Lem» pendía cada vez que se disponía a encender el láser. Pues claro que era cauto. Todo lo que hacía conllevaba la posibilidad de incitar la furia y la decepción del jefazo. Pero más importante: ¿No se daba cuenta el padre de Lem que con este tipo de instrucciones lo hacía quedar como un niño? «Asegúrese de que no le pasa nada a mi chico, doctor Dublin.» ¿Cómo podía Dublin respetarlo como capitán de la nave si le habían hecho creer que necesitaba una niñera, que necesitaba ser vigilado? Eso sugería que Lem no sabía cuidar de sí mismo. Y sí, su padre sabía lo que estaba haciendo. Sabía cómo esto disminuía a Lem ante los ojos de Dublin. Así era como trabajaba su padre. Se hace parecer un padre mimoso y amoroso que solo siente preocupación por su hijo, y sin embargo lo que hacía de verdad era minar la confianza que la gente había depositado en Lem. Era irritante porque nadie más lo veía. Nadie conocía a su padre como lo hacía Lem. No había duda de que si revelara su frustración a Dublin o a Benyawe, ellos le dirían que estaba exagerando y que su padre tenía en mente lo mejor para él. Demonios, probablemente su propio padre lo creía también. Pero Lem sabía la verdad. Estás a ocho mil millones de kilómetros de distancia, papá, y sigues tirando de los hilos.

Lem sacudió la cabeza. Y yo aquí me he permitido creer durante unos momentos que el amor podría ser su única motivación.

Dublin tenía que marcharse. O al menos ser privado de su poderes de toma de decisión. No era culpa suya, pero Lem tenía que enviar un mensaje claro a su padre: no necesito una niñera.

—Voy a ascender a la doctora Benyawe —dijo Lem—. Ella será nuestra nueva directora de Operaciones Especiales. Usted mantendrá su puesto como ingeniero jefe, pero dará cuentas a ella, que decidirá si continuamos con las pruebas o no. Por favor, no piense que esto es una degradación, doctor Dublin. Su trabajo ha sido impecable. Pero nuestros retrasos me obligan a realizar algunos cambios. El consejo de dirección lo esperará.

Dublin sin duda comprendió que lo estaban despojando de la autoridad para tomar las decisiones finales, pero también fue lo bastante prudente para comprender que era una baja temporal en una guerra por el poder entre padre e hijo. Era eso o que era aún más dócil de lo que Lem había imaginado. Fuera cual fuese el motivo, no discutió.

Lem fue a buscar a Benyawe al laboratorio, la llevó aparte, y le contó su ascenso. Ella se sorprendió.

—¿Directora de Operaciones Especiales? —dijo—. No estoy familiarizada con ese título.

—Me lo acabo de inventar.

—Me asciende porque le dije que habría continuado con la prueba —dijo Benyawe—. Pero ¿cómo sabe que mi decisión de llevar a cabo una prueba cuando otro ingeniero decida abstenerse de hacerlo no será una temeridad? Por lo que sabemos, la cautela del doctor Dublin bien puede habernos salvado la vida. Es una máquina muy potente.

—He leído sus trabajos, doctora Benyawe, o al menos los que ha puesto a nuestro alcance a nivel interno, que no son pocos. Si usted fuera académica y permitiera hacer públicos sus descubrimientos, sospecho que sería una de las investigadoras más reverenciadas de su especialidad.

—El doctor Dublin es igualmente respetado.

—¿Rechaza el ascenso?

—En absoluto. Solo quiero asegurarme de que comprende que mis cualificaciones no superan las suyas.

—Usted asume riesgos cuando él no lo hace. —«Y, lo más importante, sus acciones no han sido influidas por mi padre»—. Ahora, demuéstreme que he tomado la decisión adecuada.

La prueba terminó en cuanto comenzó. En un segundo el asteroide se movía por el espacio. Al segundo siguiente quedó reducido a cenizas. El fragmento de roca más grande superviviente salió girando del estallido hacia la nave, pero el sistema de evitación de colisiones entró en funcionamiento y convirtió en polvo el fragmento de roca mucho antes de que alcanzara la nave.

Lem y Benyawe siguieron la prueba desde la sala de observación. Lem se quitó las gafas escópicas.

—Bueno, ha sido bastante teatral. ¿Lo consideraría un éxito, doctora Benyawe?

Benyawe estaba ya introduciendo datos en su palmar, recuperando el vídeo de la implosión del asteroide y viendo de nuevo las imágenes a velocidad reducida.

—Está claro que aún no sabemos cómo controlar el gláser hasta el punto en que nos gustaría —dijo Benyawe—. El campo de gravedad era obviamente demasiado amplio y demasiado potente. Todavía tenemos que hacer ajustes. —Miró a Lem—. Las vacilaciones de Dublin no carecían de motivos, Lem. El gláser crea un campo de gravedad centrífuga, un campo donde la gravedad deja de mantener unida a la masa porque se alinea con el láser. Crea un campo a través de la continuidad de la masa. El campo se extiende con la explosión de la masa, luego sigue destruyendo hasta que la masa está tan dispersa que ya no funciona como una unidad de masa. La cuestión a la que tenemos que responder es: ¿hasta dónde persiste el campo en relación a la masa?

¿Los asteroides más grandes generan un campo más grande? ¿Y se extendería ese campo lo suficientemente lejos para alcanzar la nave? Esperemos que no, porque si lo hiciera, lo mismo que le ha sucedido a ese guijarro nos sucedería a nosotros.

—A mí el campo me ha parecido contenido —dijo Lem.

—En una roca de este tamaño, sí —dijo Benyawe—. Pero ¿y con una masa mayor? Por eso tenemos que continuar haciendo pruebas, eligiendo objetivos que sean cada vez más grandes que los anteriores.

Lem no quería esperar. Quería enviar un mensaje muy claro a su padre ahora. Uno que le demostrara lo libre y a salvo que estaba de sus manipulaciones. Si su padre pensaba que podía controlarlo con los guijarros, entonces Lem se iría al extremo opuesto. Directo a las grandes ligas.

—En un mundo ideal, sí, iríamos paso a paso hasta los asteroides más grandes —dijo Lem—. Pero esta prueba acaba de demostrar que Dublin era innecesariamente cauteloso. Digo que pasemos directamente a una roca que tenga cien veces el tamaño de ese guijarro.

—Su padre no estaría de acuerdo con eso.

Y precisamente por eso lo hago, quiso decir Lem, pero no lo hizo.

—Mi padre me encargó que demostrara que el gláser podría ser una herramienta minera segura y efectiva. Quiere ponerlo en funcionamiento lo antes posible. Las naves de Juke explotarán grandes rocas mineras, no guijarros.

Benyawe se encogió de hombros.

—Mientras conozca los riesgos.

—Ha sido usted muy clara. Buscaré nuestro próximo objetivo mientras Dublin y usted preparan un informe breve pero concienzudo para mi padre y el Consejo. Solo texto. Envíe el vídeo en un mensaje posterior. Quiero que reciban la buena noticia en cuanto sea posible.

Lem sabía que los mensajes láser con mucha memoria se movían lentamente a través de los receptores de datos de la compañía.

Si quería enviar rápido un mensaje a su padre, un breve mensaje de texto era lo mejor.

Lem se metió en el tubo de impulsión, ajustó sus avambrazos, y dio la orden para que los imanes lo impulsaran hasta el puente de mando. De todas las salas de la *Makarhu*, el puente de mando era lo más difícil de acostumbrarse. En forma de cilindro, con la tripulación posicionada a lo largo de la pared circular interna, el puente de mando podía ser un poco mareante. Al entrar en la sala por un extremo, había tripulantes por todo tu alrededor: arriba, abajo, izquierda y derecha, todos de pie ante sus puestos de trabajo con los pies con grebas anclados a la pared. En el centro de la sala había una carta esférica del sistema, un gran holograma rodeado de proyectores. En el centro de la esfera había un pequeño holograma de la nave, y cuando esta se movía, también se movían los objetos celestiales del espacio alrededor, manteniendo el holo de la nave siempre en el centro. Lem se lanzó hacia la carta del sistema y se detuvo junto a su oficial jefe, un americano llamado Chubs.

—Buen disparo —dijo Chubs—. Podemos borrar oficialmente ese guijarro de la carta del sistema.

—Necesitamos un nuevo objetivo —replicó Lem—. Cien veces el tamaño de ese guijarro. Preferiblemente cerca y rico en minerales.

Chubs sacó su punzón del bolsillo frontal de su mono.

—Eso es fácil. —Chubs seleccionó un asteroide en la carta del sistema que estaba cerca de la nave y lo amplió de modo que la llenara entera—. Se llama 2002GJ166. No tiene el tamaño de los del Cinturón de Asteroides, pero es grande para los que hay ahí fuera.

—¿A qué distancia está? —preguntó Lem.

—Cuatro días.

Teniendo en cuenta que esto era el Cinturón de Kuiper y que la mayoría de los objetos grandes solían estar a meses de distancia unos de otros, eso era ridículamente cerca.

—Parece perfecto —dijo Lem.

Chubs pareció vacilante.

—Lo cierto es que no es perfecto. No si quiere volarlo con el gláser.

—¿Por qué?

—Mantenemos observación constante del movimiento a nuestro alrededor —dijo Chubs—. Nuestros chicos saben dónde están todas las otras naves mineras en las inmediaciones. Su padre insistió en que realizáramos estas pruebas de campo lejos de los ojos curiosos de WU-HU o MineTek o cualquier otro competidor. Así que si hay alguien cerca, nos encargamos de saberlo. Y este asteroide, 2002GJ166, está ocupado ahora mismo.

—¿Alguien lo está explotando?

Chubs hizo unos cuantos movimientos con el punzón. El asteroide se minimizó, y apareció un holo de una nave minera.

—Una familia minera libre. No es un clan grande. Una sola nave. Se llama la Cavadora. Según los archivos que tenemos del Departamento Comercial Lunar, son una familia venezolana. Su capitana es una mujer de setenta y cuatro años llamada Concepción Querales. Y la nave no es más joven. Probablemente la han remendado tantas veces que a estas alturas parecerá basura espacial. Alberga cómodamente a sesenta personas, pero conociendo a los mineros libres, probablemente habrá cerca de ochenta o noventa a bordo.

—No podemos realizar la prueba si están allí —dijo Lem.

—Estoy seguro de que agradecerían que no los redujéramos a cenizas —contestó Chubs—. Pero no espere que hagan las maletas y se marchen pronto. Llevan unas cuantas semanas en la roca perforando pozos. Han invertido un montón de tiempo y dinero en esa perforación. Y les está dando fruto. Ya han realizado dos envíos en naves rápidas a Luna.

Las naves rápidas en realidad no eran naves. Eran proyectiles impulsados por cohetes que llevaban los metales procesados de las familias mineras de camino a Luna. Los cohetes servían para maniobrar, y los pondedores insertados emitían el emplazamiento de la nave rápida, su trayectoria, su destino, y el nombre de la familia. La identidad de la familia estaba siempre insertada en la nave rápida para que no pudiera ser pirateada. Pero los piratas tenían pocas posibilidades de capturar las naves rápidas de todas formas. Se movían increíblemente veloces, mucho más de lo que podía hacerlo ninguna nave tripulada. Cuando las naves rápidas se acercaban a Luna, se entregaban a Luna Guía, o LUG, donde eran «lugeadas» hasta la órbita lunar para ser recogidas y distribuidas.

—Si esperáramos a que se marchen —dijo Lem—, ¿de cuánto tiempo estaríamos hablando? ¿Una semana? ¿Un año?

—Es imposible de decir —respondió Chubs—. Juke no ha hecho muchos escaneos de roca a esta distancia. Solemos ceñirnos al Cinturón de Asteroides. No tengo ni idea de cuánto metal han encontrado. Podría ser un mes. Podrían ser ocho meses.

—¿Cuál es el siguiente asteroide más cercano? —preguntó Lem.

Chubs volvió a consultar la carta y empezó a buscar.

—Si tiene prisa, no le gustará la respuesta. La siguiente roca más cercana está a cuatro meses y dieciséis días de distancia. Y son cuatro meses en la dirección equivocada, más lejos hacia el espacio profundo. Así que serían cuatro meses de ida y cuatro meses de vuelta, solo para regresar a este punto.

—Ocho meses. Demasiado tiempo.

Chubs se encogió de hombros.

—Así es el Cinturón de Kuiper, Lem. Espacio y más espacio.

Lem miró la carta. Necesitaban tomar el asteroide más cercano. Y cuanto antes, mejor. Lem no quería que los mineros se llevaran todos los metales. El tema era demostrar al consejo de dirección la viabilidad económica del gláser. Lem no pretendía destruir la roca. Iba a romperla, recoger los metales que pudiera, vender el alijo, y colocar de golpe el estadillo de cuentas en la mesa del Consejo allá en Luna.

Pero ¿cómo expulsar a los mineros libres de una mina que daba beneficios? No podía pagarles, cosa que, en un hombre rico, había sido siempre su estrategia por defecto para cualquier cosa. Los mineros libres estaban posados en su fuente de ingresos, posiblemente una fuente de ingresos durante mucho tiempo. No querrían renunciar a ella. Lo que significaba que la única opción real era tomarla por la fuerza.

—¿Y si los empujamos de ahí?

Lem nunca había visto llevar a cabo la práctica, pero sabía que existía. «Empujar» era una técnica corporativa, aunque nadie la encontraría documentada en ninguna corporación. Era la versión en asteroide de reclamar un lugar al salto. Las naves corporativas se cernían sobre los sitios operados por los mineros libres y expulsaban a los mineros. Eran ataques coordinados que requerían muchos técnicos, pero funcionaba. Así, los mineros libres hacían la mayor parte del trabajo, pero los corporativos saqueaban todos los beneficios. Era artero, sí, y a Lem no le gustaba pensar en hacerlo, pero un viaje de ocho meses al segundo asteroide más cercano quedaba descartado como opción. Además, si los rumores eran ciertos, su padre había empujado lo suyo en sus primeros días, lo que sugería que apenas podía poner pegas si Lem lo hacía también... mientras no se hiciera público.

Chubs alzó una ceja.

—¿Lo dice en serio, Lem? ¿Quiere empujarlos?

—Si ve otra opción, me encantaría oírla. No me gusta la idea tampoco, pero no podemos pedirles que se marchen. No lo harían. Y la *Makarhu* puede claramente con ellos. Mi preocupación es con el gláser. No quiero ponerlo en peligro en una escaramuza. ¿Podríamos empujarlos sin sacudir el gláser?

—Depende de cómo lo haga —dijo Chubs—. Están atracados en el asteroide. Si los pillamos desprevenidos, cortamos sus amarras y estropeamos su energía, podremos expulsarlos con suavidad, como si fueran un gatito. A esas alturas estarían completamente indefensos. El verdadero peligro son sus mata-guijarros.

Mata-guijarros, argot para «láseres para evitar colisiones».

—No podríamos acercarnos a ellos hasta que desconectáramos su energía —dijo Chubs—. De lo contrario, podrían alcanzarnos con sus láseres.

—¿No los mataría eso? —preguntó Lem—. Si les cortamos la energía les cortaríamos los sistemas de soporte vital.

—Tendrán potencia auxiliar para eso —dijo Chubs—. Eso no me preocupa. El verdadero problema es acercarse lo suficiente para golpearlos. Puede que sepan ya que estamos aquí. Tienen un escáner celestial. Si avanzamos ahora hacia ellos, incluso a cuatro días de distancia, lo sabrán. Sobre todo si nos apresuramos. Detectarán ese movimiento inmediatamente y tendrán tiempo de sobra para construir una posible defensa.

—Ha hecho usted esto antes, Chubs. Sin duda habrá tácticas para colarse en un asteroide.

Chubs suspiró.

—Hay una maniobra de aproximación que suele funcionar si se hace bien. La llamamos «Luz Roja Luz Verde». ¿Conoce el juego?

Lem lo conocía, y pudo imaginar lo que implicaba el nombre.

—Nos acercamos a ellos cuando no están mirando.

—Cuando no pueden mirar —dijo Chubs—. Recuerde, están atracados al asteroide. Así que rotan con él. Nosotros solo avanzamos hacia ellos cuando están en la cara opuesta del asteroide desde nuestra posición. Cuando rotan hacia nosotros, nos quedamos quietos como una estatua antes de entrar en su línea de visión, con todas nuestras luces apagadas. Punto muerto. Totalmente invisibles. Entonces, en cuando rotan con el asteroide, en cuanto nos dan la espalda, como si dijéramos, metemos caña y salimos disparados hacia delante. Son necesarias un montón de paradas y arranques con los impulsores y retros, y consume demasiado combustible, pero es factible. Aunque se tardará mucho más tiempo en llegar.

—Fije el curso —dijo Lem—. Y prepare todo lo que necesitamos para el empujón. Si nos detectan antes de lo que nos gustaría, quiero estar preparado para abalanzarnos y ocuparlos.

Chubs sonrió, sacudiendo la cabeza, y empezó a teclear en su pad de muñeca.

—Me sorprende, Lem. Le había tomado por alguien de gran altura moral. Ir a la guerra no parece su estilo.

—Somos hombres de negocios, Chubs. La altura moral es la que nosotros establezcamos.

3

Wit

El capitán Wit O'Toole se acercó a la entrada principal del campamento militar Papakura en Auckland del Sur, Nueva Zelanda, y presentó su pasaporte norteamericano al soldado de la garita. Papakura era la sede del Servicio Aéreo Especial de Nueva Zelanda, o NZSAS, la versión kiwi de las fuerzas especiales. Wit había venido a reclutar a algunos hombres. Como oficial de la Policía de Operaciones Móviles —o POM, una pequeña fuerza de elite internacional para salvaguardar la paz—, Wit estaba siempre buscando soldados cualificados que añadir a su equipo. Si los candidatos que había identificado aquí en Papakura eran tan listos y habilidosos como esperaba, si podían pasar la única y pequeña prueba de Wit, alegremente les daría la bienvenida a bordo.

Caía una lluvia ligera que nublaba el parabrisas. El soldado que examinaba el pasaporte de Wit permanecía de pie bajo la llovizna, pasando las páginas, escrutando todos los datos. Encontró la foto de Wit y la comparó con su aspecto. Wit le dirigió al hombre su sonrisa más amigable. Un segundo soldado con un pastor alemán rodeó el vehículo, dejando que el perro olisqueara el maletero y los bajos del coche.

Los hombres estaban perdiendo el tiempo adrede. Wit había advertido las cámaras de seguridad montadas sobre la garita cuando se detuvo. Los ordenadores sin duda estaban ejecutando su software de reconocimiento facial para determinar si Wit era

cto quien decía que era. Wit solo esperaba que las cámaras
dieran obtener una toma lo bastante clara a través del parabrisas salpicado por la lluvia o esto tardaría un rato.

El pasaporte mostraba su nombre completo: DeWitt Clinton
O'Toole, llamado así en honor al gobernador de Nueva York que
fue la fuerza impulsora tras la construcción del Canal Erie, un
antepasado lejano de su madre. Había sellos y visados de una docena de países, aunque en modo alguno eran un archivo completo
de sus viajes. Representaban sus visitas «oficiales» a suelo extranjero. Mucho más numerosas eran sus inserciones no documenta-
das en países de todo el mundo cuando su equipo y él golpeaban
con rapidez y dureza a quien estuviera dañando a civiles. Oriente
Medio, Indonesia, Micronesia, África, Europa del Este, Centro y
Sudamérica.

El soldado que tenía el pasaporte tocó con su dedo el comunicador de su oído y escuchó un instante. Luego le devolvió a
Wit el pasaporte.

—Puede usted continuar, señor O'Toole.

Wit le dio las gracias al hombre y se acomodó mientras el
vehículo lo llevaba al aparcamiento y ocupaba una plaza. Recogió el sobre del asiento que tenía al lado, salió del vehículo, y se
dirigió hacia la muralla que rodeaba el campus interior. El sargento mayor lo esperaba ante la puerta con un paraguas de más.
Llevaba uniforme de faena y una boina parda con el emblema de
los NZSAS bordado: una daga alada con las palabras QUIEN SE
ATREVE VENCE.

Wit iba vestido de paisano, pero saludó de todas formas.

—Bienvenido, capitán O'Toole. Soy el sargento mayor Manaware —le tendió a Wit el segundo paraguas—. Lástima que su
primera visita a Auckland sea pasada por agua.

—En absoluto, sargento. Me gusta la lluvia. Convence al enemigo de quedarse en casa y no salir a matarnos.

Manaware se echó a reír.

—Habla como un verdadero SEAL. Siempre feliz de evitar
una pelea.

Wit sonrió a su vez. Fanfarronadas militares. Nuestras Fuerzas Especiales pueden darle una paliza a vuestras Fuerzas Especiales. Sois un puñado de tontos de baba. Nosotros somos los guerreros duros. Los soldados hablaban así unos a otros desde que los cavernícolas usaban palos. Sin embargo Manaware estaba diciendo algo más también: los kiwis habían hecho su trabajo. Habían estudiado el historial militar de Wit y, más precisamente, se lo estaban haciendo saber. Decían: «Te hemos estado observando con tanta atención como tú a nosotros, amigo.» Lo cual estaba bien para Wit. Lo prefería así. Odiaba las conversaciones donde todo el mundo fingía no saber qué sabían los otros. Así eran los militares, sobre todo a medida que ascendías en el rango. No había nada más parecido al juego del gato y el ratón que una conversación entre dos generales del mismo ejército, ambos reservando información por beneficio personal. Era algo que volvía loco a Wit. Y era el primer motivo por el que no tenía un puesto entre ellos. Wit no jugaba a ese juego.

Manaware lo condujo al complejo. Era como cualquier otra base militar que Wit hubiera visto. Hangares, instalaciones para entrenamiento, barracones, edificios de oficinas. Llegaron a un edificio a la derecha y sacudieron sus paraguas en la antesala. Dentro, dos soldados del SAS barrían el suelo con grandes escobas. Se pusieron firmes cuando entró Manaware.

—Descansen —dijo el sargento mayor, continuando hacia las escaleras.

Los soldados continuaron barriendo inmediatamente. A Wit le había impresionado siempre que el SAS instalara en sus hombres la idea de que ningún trabajo era demasiado bajuno para ellos: ninguna tarea era indigna para un hombre que servía a su patria. El chiste era que en la ceremonia de graduación que seguía a los nueve meses de entrenamiento, los graduados del SAS recibían la ansiada boina parda en una mano y una escoba en la otra.

Manaware condujo a Wit hasta una puerta y llamó suavemente.

Una voz dentro les dijo que pasaran.

El despacho del coronel Napatu era un espacio pequeño con pocos adornos. Napatu saludó a Wit con un apretón de manos más fuerte de lo que Wit esperaba en un hombre de su edad y lo invitó a sentarse ante una mesa de café.

—¿Puedo ofrecerle algún refresco, capitán O'Toole? —preguntó Manaware—. ¿Quizás un té afrutado con limón?

Manaware sonrió. Era una última pulla de jerga militar. ¿No es lo que beben ustedes las mujeres de la marina? ¿Té afrutado con limón?

Wit sonrió, aceptando la derrota.

—No, gracias, sargento mayor. Ha sido usted muy amable.

Manaware le hizo un guiño y se marchó.

El coronel Napatu se sentó frente a Wit.

—He oído que perdió usted tres hombres en Mauritania.

—Sí, señor. Buenos hombres. Nuestro convoy fue alcanzado por un AEI. El vehículo punta recibió lo peor. Yo estaba en el segundo vehículo y por eso salí ileso.

—Aparato explosivo improvisado —dijo Napatu—. Un arma de cobardes. He oído que cargó usted con uno de los heridos durante cuatro kilómetros hasta el punto de extracción.

—Era un buen amigo, señor. Murió más tarde en el quirófano.

Napu asintió gravemente.

—El mundo es un sitio peligroso, capitán O'Toole.

—Por eso existe la POM, señor. La guerra siempre causa sus mayores bajas entre los inocentes. Nuestro trabajo es detener el caos antes de que se pierdan más vidas inocentes.

—Eso parece habla de libro de texto, O'Toole. ¿La recita para todos los oficiales en jefe?

—No, señor. Es simplemente lo que somos.

—Al menos no son como las malditas Naciones Unidas, que envían a sus muchachos solo después de que haya terminado la guerra.

Wit no dijo nada. No estaba allí para expresar puntos de vista políticos ni para criticar a otras fueras. Estaba aquí en busca de hombres.

Napatu captó la indirecta y cambió de tema.

—Sus chicos deben de encontrarse con mucha resistencia con los agentes de la ley.

—Casi siempre. Pero donde vamos, señor, los agentes de la ley suelen ser parte del problema.

—¿Corrupción?

—Asesinato. Tráfico de drogas. Tráfico humano. La policía local en estas situaciones a menudo no es más que hampones de uniforme. No hace falta mucho para cambiarse de bando en los países inestables, coronel. Si eres un caudillo tribal, y eliminas al jefe de policía, de repente todos los oficiales de policía tienen una opción. Pueden jurarte alianza y conservar su arma y su placa, o pueden ver cómo cortas en pedazos a tu esposa y tus hijos. O, como sucede igual de a menudo, el caudillo ejecuta a todos los policías de todas formas y puebla el cuerpo policial con sus propios hombres leales.

Napatu se echó hacia atrás en su silla.

—El jefe de la Fuerza de Defensa me dijo que debo darle libertad para reclutar a cualquiera de mis hombres. Pleno acceso a todas nuestras instalaciones y tropas. El máximo nivel de acceso.

—Tengo aquí la carta oficial —dijo Wit, colocando el sobre encima de la mesa—, firmada por el jefe de la Fuerza de Defensa además de por el ministro de Defensa.

Napatu no miró el sobre.

—Usted y yo sabemos, capitán, que estas firmas no significan nada. Puedo poner todo tipo de excusas legítimas para que no se lleve a ninguno de mis hombres, y los peces gordos trajeados estarán todos de acuerdo. Asuntos familiares, asuntos de salud, asuntos emocionales. Le dan estos documentos porque tienen que hacerlo. Sería políticamente suicida hacer lo contrario. Pero no significan nada para mí. La única de que pueda usted llevarse a alguno de mis muchachos es si estoy de acuerdo con usted.

Napatu tenía razón. Las firmas eran más bien una formalidad. Wit se sintió aliviado al advertir que Napatu era también consciente de ello. Prefería que le entregara sus hombres porque quería y no porque alguien lo hubiera obligado.

—¿Qué le hace pensar que alguno de mis hombres querrá renunciar a su puesto aquí para unirse a usted? ¿Tiene idea, capitán, de lo casi imposible que es entrar en esta unidad? ¿Sabe lo que han sufrido estos hombres, la horrible tortura a la que los sometemos para que tengan la oportunidad de llevar la boina parda?

—Lo sé, señor. He estudiado su proceso de selección y su ciclo de entrenamiento. Estos hombres han ido al infierno y han vuelto, y solo una pequeña fracción de ellos pasó el corte.

—¿Ha estudiado? —dijo Napatu—. Con el debido respeto, capitán, abrir un libro por nuestro proceso difícilmente le dará una perspectiva adecuada de lo que significa convertirse en un hombre del SAS.

«No puede haber sido más difícil que mi entrenamiento SEAL», pensó Wit. Pero no dijo nada. No hacía falta convertir esto en una competición para ver quién meaba más lejos.

El coronel Napatu golpeó la mesa con un dedo.

—Estos hombres se ponen a una pulgada de la muerte para unirse a nosotros, capitán. Los forzamos hasta que pensamos que se romperán, y luego los forzamos el doble. Rechazamos a tantos en el proceso de entrenamiento que es un milagro que tengamos algún hombre aquí. Pero de algún modo, unos cuantos lo logran. Hombres que no se rinden. Hombres que soportarán todo tipo de sufrimiento físico, que harán cualquier sacrificio. Uno no se hace soldado del SAS para impresionar a las chicas solteras en los bares, capitán. La motivación tiene que ser sólida como una roca. Tienes que quererlo tanto que ni siquiera la amenaza de la muerte pueda quitártelo. Y cuanto están aquí, cuando estos hombres se han unido a nuestras filas, se convierten en parte de una hermandad tan fuerte que nada puede romperla. ¿Y cree que usted, un total desconocido, puede venir aquí y convencerlos de que dejen todo aquello que tanto han luchado por conseguir para que puedan unirse a usted? Me parece increíblemente arrogante.

Era la respuesta típica que Wit recibía siempre. No importaba en qué idioma hablaran o de qué rincón del mundo procedieran, todos los oficiales al mando de las unidades de fuerzas especiales tenían la misma reacción. Consideraban a sus soldados sus propios hijos. Y la idea de que alguno de sus hijos considerara marcharse a otra parte era impensable.

Pero Wit conocía a los soldados mejor que Napatu. Comprendía la mente del guerrero. La mayoría de los soldados de elite no se unían a las Fuerzas Especiales por formar parte de una hermandad o por el prestigio. Los hombres se unían a las Fuerzas Especiales porque querían acción. No se enrolaban para entrenarse durante cincuenta y dos semanas al año y dormir en cómodos camastros con almohadas de plumas. Se enrolaban para dormir bajo la lluvia con el dedo en el gatillo.

Pero Wit tenía que decirlo con delicadeza: los oficiales al mando tenían egos frágiles.

—Sus reservas son comprensibles, coronel. Sus hombres son un modelo de lealtad a su país y su unidad. Sin embargo, la POM les ofrece algo más. Acción. Y a raudales. Como somos tan pocos en número, nos desplegamos por todo el mundo mucho más a menudo que fuerzas más grandes como la suya, que a menudo requieren aprobación del congreso o el parlamento. La POM no está a merced de políticos preocupados por su autoconservación y lo que significará para ellos una acción militar en las urnas. Nosotros nos movemos por todas partes, señor.

—Nosotros también realizamos misiones encubiertas, capitán. No creerá que nuestras operaciones son solo lo que lee en la prensa.

—Soy consciente de sus operaciones, coronel. Tanto sus acciones encubiertas como las misiones que nunca llegan a su mesa porque uno de sus superiores las vetó simplemente porque no eran idea suya. Hay gente de carrera en este ejército, coronel, como los hay en todos. No es usted uno de ellos, pero los hay en abundancia más arriba.

El coronel Napatu no tenía respuesta para eso. Sin duda sabía que había hombres por encima de su nivel que encajaban con esa descripción. Había sufrido a sus órdenes durante toda su carrera. Lo que probablemente lo irritó fue saber que Wit sabía más que él de las operaciones clasificadas que circulaban entre el alto mando.

—También ofrecemos algo más —dijo Wit—. Le parecerá que sigue siendo arrogancia, coronel, pero la POM es indiscutiblemente la mejor fuerza de combate de elite del mundo. Al menos a pequeña escala. Reclutamos entre los mejores grupos de Fuerzas Especiales que hay. Los Alfa rusos, la Delta Force americana, el SAS británico, los Navy SEALS, la Shayetet 13 de Israel, los Boinas Verdes franceses. Estas unidades solo aceptan a los mejores soldados, señor, lo que llaman «el uno por ciento». Pero los POM son el cero coma uno por ciento. Solo aceptamos a los mejores de los mejores. Ser uno de nosotros es un honor increíble. Nuestros soldados no fingen amor a su país ni patriotismo cuando se unen a nosotros. Yo diría que el servicio en nuestra unidad es una demostración aún mayor de amor al país porque representan a su nación a escala global. Pregúntese a sí mismo, coronel, ¿si tuviera la oportunidad de representar a Nueva Zelanda, de ser uno de los pocos hombres que su gobierno considera el soldado perfecto de su país, el guerrero ideal, no le intrigaría al menos la idea?

—Concedo que algunos puedan querer aprovechar la oportunidad de tener más acción —dijo Napatu—, pero ¿por qué cederíamos a nuestros mejores soldados a otro ejército fuera de nuestra propia jurisdicción?

—Porque la POM permite que Nueva Zelanda tenga que ver en la estabilidad global sin preocuparse por las ramificaciones políticas, señor. Envíe una brigada de neozelandeses al norte de África, y el chaparrón político sería catastrófico. De repente Nueva Zelanda sería el matón del mundo. Pero envíe a unos pocos neozelandeses que formen parte de una unidad militar internacional que pretende proteger los derechos humanos, y no habrá ningún chaparrón. Nadie podrá acusar a Nueva Zelanda de imperialismo. Toda acción emprendida por la POM es claramente un acto de buena voluntad global.

—Hay quienes dicen que los POM son los perros de Occidente, capitán O'Toole, que sus muchachos no son más que matones de la inteligencia americana. Marionetas de la CIA disfrazados de coalición miniinternacional.

Wit se encogió de hombros.

—También hay quienes dicen que somos asesinos de niños que ejecutan venganzas particulares de la actual administración norteamericana. Es propaganda, coronel. Usted y yo sabemos quiénes somos y lo que hacemos.

Napatu guardó silencio un momento. Wit permaneció callado, dejando que el hombre se lo pensara, aunque sabía que acabaría por ceder.

—¿Qué tenía en mente? —preguntó Napatu por fin.

Wit sacó su palmar del bolsillo y lo colocó en la mesa ante él. Extendió los brazos y tocó los costados y la fina barra de la parte superior y encendió el holo. Una pared de datos con fotos e historiales de cinco soldados flotó en el espacio sobre él. Wit le dio la vuelta al aparato para que quedara mirando a Napatu.

—Hay cinco hombres suyos a quienes nos gustaría examinar.

—¿Examinar?

—Un test de capacidades, señor. Queremos a los candidatos mejores y más dispuestos. Si los cinco pasan nuestro examen y demuestran deseos de servir, alegremente los aceptaremos. Si ninguno lo pasa, les daremos las gracias y a usted por su tiempo y no los molestaremos más. Es así de simple.

El coronel Napatu escrutó los nombres y no mostró ninguna sorpresa hasta que llegó al último de los cinco, el más joven y más pequeño del grupo. Era la elección más improbable, debido sencillamente a su inexperiencia. Se merecía estar entre los SAS como cualquier otro hombre de la unidad, pero no tenía experiencia de combate como los otros cuatro. Solo llevaba cinco meses con los SAS y todavía estaba verde.

—Podía haber escogido a cualquiera de mis hombres —dijo Napatu—, algunos de los cuales son guerreros probados con intachables hojas de servicios y las más altas puntuaciones. ¿Y sin embargo elige a este, un novato?

—Sí, señor —respondió Wit—. Estamos muy interesados en el teniente Mazer Rackham.

A la mañana siguiente, justo después de amanecer, Wit se encontraba en un pequeño valle frondoso a dos horas al noreste de Papakura. En torno a él, más allá del valle, se extendía el tupido bosque Mataitai con sus altos árboles Tanekaha y sus vibrantes helechos de hojas anchas. Delante de Wit había cinco hombres en posición de firmes, la mirada al frente, los pies separados en un ángulo de cuarenta y cinco grados, los talones juntos. Llevaban camisetas militares, pantalones de faena, y tenían expresiones solemnes. Wit los había dejado en aquella posición, sin pestañear en el frío del amanecer, durante casi una hora.

Miró a cada hombre por turno. Todos eran físicamente fuertes, pero solo dos de ellos eran del tipo fornido y musculoso. Otros dos eran de constitución y altura media, y el último, un maorí, Mazer Rackham, era delgado y algo más pequeño.

No obstante, el tamaño importaba en las Fuerzas Especiales. De hecho, los torsos gruesos y los brazos grandes podían proporcionarte mayor fuerza, pero también te convertían en un blanco más fácil y más difícil de ocultar, por no mencionar el mayor peso y la agilidad menor. Wit, que era más grande que cualquiera de estos hombres, lo sabía por experiencia. Había sufrido suficientes narices rotas en combates de entrenamiento con hombres de la mitad de su tamaño para saber que los soldados más grandes no eran necesariamente mejores.

El palmar del bolsillo de Wit vibró, indicando que sus hombres estaban en posición. Hora de empezar el espectáculo.

Wit se dirigió a los cinco hombres.

—Buenos días, caballeros. Saben quién soy, y saben por qué

están aquí. Esta mañana llevaremos a cabo un ejercicio preliminar. Si lo pasan, serán elegibles para un examen. Déjenme recalcar que, pasen ese examen o no, pueden enorgullecerse de haber sido seleccionados de entre toda la Fuerza de Defensa de Nueva Zelanda para participar en estos procedimientos. Representan ustedes el grado más alto de disposición y entrenamiento, y son un honor para su país.

Los hombres continuaron mirando al frente, sin mostrar ninguna emoción.

—Mientras hemos estado aquí disfrutando del fresquito de la mañana —dijo Wit—, mis compañeros de equipo se han escondido en el bosque a nuestro alrededor. Acabo de recibir confirmación de que están preparados para empezar y ansiosos por avergonzarlos haciéndolos fracasar. En el suelo ante ustedes hay mochilas de cuarenta kilos. Cada uno de ustedes cargará con ellas hasta una casa segura a cinco kilómetros de aquí. Las coordenadas de la casa así como un mapa y una brújula están en sus mochilas. También tienen delante su arma, un pequeño fusil automático que probablemente no habrán manejado nunca. Es exclusivo de los POM. Tiene muchos nombres, el Aplanador, el Hacedor de Ángeles, o mi favorito personal, el Billete al Infierno, ya que envía a tantos de nuestros desafortunados enemigos a un viaje de ida con el mismo diablo. No obstante, su nombre técnico es el P87, y si se unen ustedes a nosotros, caballeros, se convertirá en su compañero más fiel y devoto y no se apartará nunca de su lado. Mearán con el, comerán gachas con él, se ducharán con él, y dormirán con él. No piensen en él como en su arma. Piensen que es el apéndice que no sabían que tenían. En el SAS se entrenan ustedes con muchas armas poco convencionales, pero el P87, cuando aprendan sus características, puede sorprenderlos incluso a ustedes.

»Pero como esto es un ejercicio y no una situación real, sus P87 están cargados con veinte balas araña —Wit alzó un cartucho rojo—. Las balas araña no son letales, pero los incapacitarán. Si los alcanzan, recibirán una descarga eléctrica difícil de olvidar. Si alguno de ustedes tiene un marcapasos o está embarazado, les invito a retirarse.

Un par de hombres mostraron un atisbo de sonrisa.

—Ah —dijo Wit—. No son ustedes zombis, después de todo —les mostró de nuevo el cartucho—. Mis compañeros de equipo están equipados con estas mismas balas. Si son ustedes alcanzados, y créanme, lo sabrán, su participación en el ejercicio se habrá terminado. Al contrario que en la guerra real, tienen ustedes órdenes de dejar atrás a sus compañeros caídos. Si uno de ustedes cae, siga moviéndose. Su misión no es llevar a su equipo a la casa segura. Su misión es llevarme *a mí* a la casa segura. Yo representaré el papel de un diplomático a quien tienen ustedes que proteger. Si soy herido, el ejercicio se ha acabado. Como mis hombres ocultos en el bosque, llevo lo que se llama un traje amortiguador. Si me alcanzan, absorberá la descarga eléctrica de una bala araña sin hacerme daño. Como están todos ustedes tan preocupados por mi seguridad personal, pensé que sería mejor mencionarlo.

Otra sonrisa por parte de los hombres.

—Por favor, tengan sus cascos y visores puestos en todo momento. Tienen cinco horas para llevarme a la casa segura. —Wit se puso el casco y abrochó las correas—. Comencemos.

Los hombres inmediatamente se pusieron en acción, se pusieron los cascos y formaron un perímetro alrededor de Wit, dándole la espalda.

—Por favor, arrodíllese, señor —dijo uno de los hombres.

Wit hincó una rodilla en tierra, ocultándose tras el círculo de soldados.

Mazer se había quedado atrás y cargaba los cartuchos en los fusiles y se los iba lanzando al soldado que tenía más cerca en el perímetro. Ese hombre pasó dos fusiles a su izquierda y uno a su derecha hasta que todos los hombres del círculo estuvieron armados.

Wit se sintió impresionado. Toda la maniobra había tardado solo unos pocos segundos, y los hombres habían reaccionado con fluidez sin hablar entre sí, como si esto fuera una maniobra que hubieran ensayado cientos de veces.

Unos disparos desde los árboles al norte levantaron la tierra alrededor. Fallaban adrede. Algo para avivar la sangre.

Unas rudas manos levantaron a Wit, y los hombres se retiraron a la línea de los árboles al sur, manteniendo una muralla defensiva alrededor de ellos. Uno de los neozelandeses disparó fuego de cobertura, haciendo que su P87 descargara rondas de tres disparos. Mazer cogió tres mochilas y los siguió. Los hombres emplazaron una defensa en los árboles y vaciaron una de las mochilas. Mazer encontró las coordenadas y la brújula y trazó una ruta.

Cuando supieron su destino y se sintieron a salvo del fuego enemigo, comenzó la verdadera discusión. Lo tuvieron todo en cuenta. Había un francotirador al norte. Todavía quedaban dos mochilas en el campo. Las tres que habían recuperado tenían todas el mismo equipo, así que no era probable que encontraran nada nuevo en las otras dos. Tenían munición limitada. Los bosques se estrechaban en algunos puntos, que eran emplazamientos ideales para una emboscada. Tenían agua, sí, pero no comida. Y el reloj corría.

Wit advirtió cómo cada uno de ellos hablaba con calma e inteligencia, destacando peligros potenciales o posibles alteraciones en su ruta. No había considerado algunas de las sugerencias, y le gustó ver que los demás reconocían la sabiduría de estos comentarios. Nadie intentó dominar a los demás, y todos fueron lo bastante humildes para reconocer las ideas mejores que las suyas.

Naturalmente, todos eran conscientes de que Wit los observaba. Sabían que este momento era tan importante como cualquier acción que emprendieran por el camino. Y sin embargo Wit tenía claro que ninguno de ellos intentaba impresionarlo. Habían sido entrenados para actuar así. Ordenada, eficiente, cohesivamente, y sin ego.

Mazer Rackham se volvió hacia Wit.

—¿Es usted soldado en este ejercicio, señor, además de diplomático? Quiero decir, para el propósito de nuestro ejercicio, ¿sabe disparar esta arma?

—Sí.

—¿Y la usará para defenderse lo mejor que pueda?

—Sí.

Mazer le entregó inmediatamente su fusil.

Un segundo soldado intervino.

—Señor, como diplomático familiarizado con este escenario hostil, ¿tiene información sobre los hombres que pretenden hacerle daño?

Wit sonrió. Los soldados normales tratarían a Wit como poco más que un cuerpo caliente del que ir tirando. Sonsacarle información iría contra las «normas». Estos hombres sabían qué se hacían.

—Conozco bien a nuestro enemigo —dijo Wit—. Sus habilidades y sus tácticas.

Las preguntas fueron rápidas. ¿Cuántos hombres? ¿Cuáles son sus fuerzas? ¿Qué armas poseen? ¿Dónde podían tomar posiciones? ¿Cómo se comunican?

El grupo de levantó dos veces y cambió de localización, sin quedarse en ningún punto demasiado tiempo. Cuando agotaron las preguntas modificaron su ruta e hicieron preparativos para moverse. El primer objetivo era recuperar las dos últimas mochilas.

En vez de aventurarse al descubierto, tres hombres pasaron media hora cazando al francotirador, que se había ocultado dentro de un árbol. El francotirador opuso poca resistencia. Cuando fue localizado, permitió que le dispararan, y su traje amortiguador brilló en rojo.

Los neozelandeses recuperaron las dos últimas mochilas y entonces, con Wit, se dirigieron al este, hacia la casa segura. Avanzaron con dos hombres por delante, cubriendo el terreno. Otros dos protegían a Wit en el centro, aunque uno de ellos, Mazer Rackham, iba ahora desarmado. El último hombre cubría la retaguardia.

La emboscada se produjo dos kilómetros más tarde.

Dos de los neozelandeses cayeron, retorciéndose, antes de

que los demás pudieran devolver el fuego. Los POM estaban por todas partes, en los árboles, detrás de los troncos, en madrigueras.

Wit disparó tres veces, y tres trajes amortiguadores brillaron rojos en los árboles. Dos disparos más, y dos madrigueras quedaron en silencio. Los neozelandeses restantes abatieron a otros tres POM antes de empujar a Wit hacia el sur. Mazer Rackham, advirtió Wit, había recuperado un arma de uno de los soldados caídos. Las balas araña picoteaban en los árboles y matorrales alrededor.

Setenta metros más adelante, estuvieron despejados, corriendo hacia un barranco.

Se movían con rapidez, tomando una ruta circular hacia el barranco, permaneciendo cerca unos de otros y moviéndose con cautela. A pesar del peso de las mochilas y el subidón de adrenalina causado por el tiroteo, ninguno parecía sin aliento.

—¿Por qué me dio su arma? —le preguntó Wit a Mazer—. Al armarme, me ha metido en la lucha. Ha atraído más fuego hacia mí puesto que ahora soy una amenaza para el enemigo además de un blanco.

—Iban a dispararle de todas formas, señor. Y después de sopesar las ventajas, después de considerar todo lo que teníamos que ganar armándolo, corrí ese riesgo.

—¿Qué ventajas?

—Está usted más familiarizado con nuestros perseguidores. Es un soldado habilidoso y condecorado, así que al menos será tan vigilante como yo. También conoce la munición mejor que yo, y por eso está más familiarizado con su velocidad y otras consideraciones de objetivos. También conoce íntimamente el arma y todas sus capacidades. Yo no. Lo que significa que probablemente es mejor tirador que yo. Considerando cómo ha actuado ahí atrás, veo que tenía razón. Lo más importante, tiene la capacidad para defenderse solo. En el caos de un combate, puede que no veamos todas las amenazas que lo acosan. Si algo escapa a nuestra vigilancia, usted tiene la capacidad para eliminar esa amenaza.

Nuestra misión no es sobrevivir, señor. Nuestra misión es llevarlo a la casa segura. Si está armado, podría alcanzarla aunque los demás hayamos muerto.

Wit se detuvo.

—Alto.

Los tres hombres se detuvieron.

—Deberíamos seguir moviéndonos, señor —dijo uno de los otros soldados—. La casa segura está solo a dos kilómetros, y nuestra posición ha quedado comprometida.

—No hay ninguna casa segura —dijo Wit—. Es un campo vacío. Ya hemos llegado bastante lejos.

—¿El ejercicio ha terminado?

—Así es. Vengan conmigo, caballeros.

Wit introdujo una orden en su palmar. Cinco minutos más tarde bajaron por el barranco, donde una docena de soldados de la POM estaban esperando.

Los dos neozelandeses que habían sido abatidos en la emboscada estaban allí también, visiblemente decepcionados, convencidos de su fracaso.

—Enhorabuena, caballeros —dijo Wit—. Los cinco han pasado este ejercicio preliminar. Mi objetivo era evaluar cómo funcionan como equipo, y no me han decepcionado. Sus acciones fueron especialmente impresionantes considerando que cada uno de ustedes fue elegido de unidades diferentes y nunca habían trabajado juntos antes. Esto me sugiere que podrían integrarse fácilmente en nuestro equipo si pasan nuestro examen. Sin embargo he de advertirlos. El examen es difícil. Si se lo piensan mejor y prefieren no participar, ahora es el momento de decirlo.

Ninguno dijo nada.

—Muy bien —dijo Wit—. En cuanto despierten, empezaremos.

Uno de los neozelandeses parecía confuso.

—¿Despertar, señor?

Cinco POM alzaron sus pistolas y dispararon a los cinco neozelandeses con tranquilizantes. Los neozelandeses parecieron sorprendidos. Luego pusieron los ojos en blanco y se desplomaron.

Wit estaba sentado en la parte trasera de un camión semitráiler alquilado, dirigiéndose al noroeste por la Ruta 1 hacia Auckland. El tráiler era largo y bien ventilado, con espacio más que suficiente para los cinco hombres que dormían en las camillas.

A Wit no le gustaba especialmente disparar a los hombres con tranquilizantes. Sobre todo a soldados hábiles y capaces que habían servido bien a su país. Sin embargo, sabía que era necesario. Necesitaba hombres que fueran completamente implacables en la ejecución de su deber, y el examen, por feo que fuera, por inhumano que fuera, medía exactamente lo que Wit necesitaba saber.

Un soldado filipino de escasa altura llamado Calinga se acercó a las camillas, deteniéndose ante cada una para comprobar las constantes vitales de los hombres. Cuando terminó se sentó junto a Wit y señaló las camillas.

—¿Cree que pasarán el examen?

—Todos ellos, espero. Necesitamos muchos más que cinco.

—Apuesto por Mazer Rackham. El que le dio su arma.

—Entregar el arma difícilmente es la característica de un supersoldado, Calinga.

—Dadas las circunstancias, a mí me pareció inteligente.

—¿Entregaría alguna vez su arma?

Calinga se encogió de hombros.

—Depende. Si significa que a cambio obtendría un arma mejor y más poderosa, un arma más adecuada a la tarea a mano, entonces por supuesto. Entregaría ese cachorrillo en un plisplás. Y eso es lo que hizo Rackham. Al darle su arma, consiguió a cambio un arma mejor y más poderosa. Usted. Sabía que usted con su arma era mejor que él con la misma arma. Y dio resultado. Eliminó a varios hombres, incluido yo. Y no soy de los que caen fácilmente.

—No me necesito a mí mismo para abatir al enemigo. Necesito hombres que puedan abatir al enemigo sin mi ayuda.

—Necesita hombres que puedan pensar de manera no convencional y hacer cosas que los soldados tradicionales no considerarían nunca. Que él le entregara el arma me parece un pensamiento original.

—No es suficiente con pensar de manera original. Necesitamos hombres que sean capaces de darle la vuelta a la tortilla y hacerla trizas.

—¿Entonces tendría que haber roto su arma en pedacitos y ponerla al fuego?

—No estoy criticando su decisión —dijo Wit—. Dadas las circunstancias, puede que haya sido el curso de acción más inteligente. Pero habría sido mejor si hubiera conservado el arma y hubiera eliminado a todos esos hombres él mismo en vez de ponerme a mí a hacerlo por él. Además, saber *a qué* y *dónde* atacar es mucho más importante que saber *cómo* hacerlo.

—Pero Rackham fue lo bastante humilde para comprender que no era tan bueno como usted. Eso tiene que contar algo. He leído el historial del tipo. Es joven, pero tiene una cabeza sobre los hombros.

—Todos la tienen —respondió Wit—. Aunque un ejército sin cabeza desde luego intimidaría al enemigo. ¿Cómo deberíamos llamarnos, El Escuadrón Sleepy Hollow?

—La Banda Guillotina —dijo Calinga.

El ruido ante el camión aumentó a medida que se acercaron a Auckland y se sumaron al tráfico. Salieron por la autovía al norte de la ciudad y se dirigieron al oeste, hacia los muelles. Tras una serie de paradas y arranques, el camión aparcó. Wit oyó abrirse las puertas delanteras, y luego la puerta trasera del tráiler se alzó. Dos soldados POM con ropa de paisano esperaban fuera.

El semi estaba aparcado dentro de un almacén abandonado en el muelle. Wit había pagado en efectivo para alquilarlo durante un mes, pero no se había molestado con ninguna de las instalaciones. Aparte de una fila de pequeños generadores que zumbaban silenciosamente en el rincón, el almacén estaba vacío y silencioso.

Uno de los soldados POM habló con acento británico:

—¿Qué tal el viaje con los fiambres, capitán?

—No están muertos, Deen —dijo Wit—. Están durmiendo.

—Cuando despierten, lo mismo desean estar muertos —respondió Deen, riendo.

—Todo el que abra los ojos y vea tu cara, Deen, pensará que se ha muerto —dijo Calinga—. Y que no está en el cielo.

—Eres un saco de risas hoy, Cali —replicó Deen.

Deen pulsó un botón en la trasera del camión. Las ruedas se separaron, y el lecho del camión bajó hasta el suelo. Junto con otro POM, un israelí llamado Averbach, sacó las camillas y las depositó en el suelo del almacén. Mientras Wit comprobaba las constantes vitales de los candidatos una última vez, Deen y Averbach se pusieron el uniforme de combate. Armadura corporal negra, botas, casco, pistolas, fusiles de asalto. Cuando terminaron, parecían invencibles.

—¿Todo preparado? —preguntó Wit.

—La habitación está lista y acondicionada —dijo Averbach—. Díganos quién va primero, y los pondremos en posición.

Wit señaló.

—Ese. Mazer Rackham.

Deen y Averbach cogieron cada uno un extremo de la camilla y la llevaron hacia las oficinas administrativas situadas al fondo del almacén. Wit los siguió. Calinga se quedó atrás con las otras camillas.

Llevaron a Mazer a través de una serie de puertas hasta que llegaron a la habitación diseñada para las pruebas. Tenía unos diez metros cuadrados, probablemente fuera una antigua sala de reuniones. No había ventanas ni muebles. Paredes peladas. Una puerta. Techo alto. Como una celda, solo que para oficinistas trajeados.

Deen y Averbach llevaron la camilla hasta el centro de la habitación, soltaron las correas y luego levantaron a Mazer de la camilla y lo depositaron con cuidado en el suelo.

Wit sacó una corona metálica de la mochila que llevaba y la colocó en la frente de Mazer. La corona tenía tres bandas: dos que se envolvían alrededor de la cabeza de Mazer y una tercera que subía y se extendía tres cuartas partes hacia atrás. Wit introdujo un código en la parte delantera de la corona y luego alzó la cabeza de Mazer mientras las dos bandas de los lados se extendían y se unían por detrás, asegurando la corona. Wit le dio un tironcito para asegurarse de que estaba bien puesta. Mazer probablemente tendría migraña por la presión, pero ese era el menor de sus problemas. Wit sacó entonces un punto de inyección de su bolsa. El punto era un pequeño disco del tamaño de una moneda con adhesivo en la parte posterior. Lo pegó en las venas de la curva del brazo de Mazer, luego se incorporó y se volvió hacia Deen y Averbach.

—¿Estáis preparados?

Los soldados asintieron y ocuparon sus posiciones en la habitación, protegiendo la puerta. Wit colocó un holopad plano en el suelo y extendió dos finos postes verticales de las esquinas. Recogió entonces su bolsa y se llevó la camilla al pasillo, cerrando la puerta tras él. Moviéndose con rapidez, se dirigió a una pequeña oficina tres puertas más abajo, donde un holopad idéntico estaba emplazado y preparado. Wit encendió un monitor, y una imagen de Mazer Rackham dormido en el suelo apareció en la pantalla. Allí estaban Deen y Averbach, los fusiles al hombro, a cada lado de la habitación, bloqueando cualquier camino de huida.

Wit se inclinó hacia delante y metió la cara en el holoespacio sobre el holopad. En el monitor, un holograma de la cabeza de Wit apareció sobre el holopad del suelo junto a Mazer, como si un fantasma de una planta más abajo asomara la cabeza por el suelo para echar un vistazo alrededor.

Wit introdujo una orden en su palmar, y en la otra habitación el punto de inyección comenzó. Una aguja diminuta penetró la vena de Mazer e inyectó la droga para contrarrestar el tranquilizante. Mazer abrió los ojos. Dos segundos más tarde estaba en pie, en posición agazapada, una mano en el suelo ante él, ayudándolo a mantener el equilibrio. Parecía una posición débil e indefensa, pero Wit sabía que no: Mazer estaba preparado para saltar adelante y atacar. Durante un instante, Wit pensó que Mazer los atacaría y pondría fin a la prueba. Pero entonces Mazer se quitó el punto de inyección del brazo y lo arrojó a un lado, todavía parpadeando y obligándose a despertar.

El holograma de Wit habló.

—Teniente Rackham, si alguna vez es capturado, existe una alta probabilidad de que sea torturado para extraerle información. El aparato que lleva puesto en la cabeza estimula directamente varias zonas cerebrales. Con él, puedo hacer que experimente un dolor agónico, vea luces cegadoras que no puede evitar, o sienta tantas ganas de orinar que la vejiga le explotará. No es agradable. Sin embargo, si me da la información que quiero, detendré el dolor. Compliquemos más las cosas diciendo que la información que busco probablemente pondrá en peligro a miembros de su unidad y con toda certeza llevará a sus muertes. Ahora, finjamos que la información que quiero es el nombre de su primera mascota de cuando era niño. Dígame ahora el nombre o aténgase las consecuencias.

Mazer sonrió.

—¿En serio? ¿Tortura? ¿Ese es su examen especial? Me sorprende, capitán. Esperaba algo un poco más innovador.

Una luz en la parte delantera de la corona de Mazer parpadeó, y el teniente echó atrás la cabeza y gritó. Todo su cuerpo se encabritó, y se desplomó en el suelo, aturdido. Se quedó allí tendido intentando recuperar la respiración.

El holo de Wit permaneció impasible y frío.

—En una escala de dolor del uno al diez, Mazer, siendo diez la más dolorosa, la descarga que acabo de darle era un cinco. Y fue solo un estallido de dos segundos. Estoy preparado para ir mucho más allá y mucho más tiempo si se niega a cooperar. Ahora, el nombre de su mascota, por favor.

Mazer se apoyó en las manos y lentamente logró sentarse. Sacudió la cabeza, se puso en pie, y empezó a dar saltos de tijeras.

—La calistenia difícilmente me satisfará, Mazer. Dígame ahora el nombre del animal.

Mazer empezó a cantar una canción de marcha mientras continuaba haciendo los saltos de tijeras, algo procaz y tonto, sin duda aprendido en el SAS. Wit le permitió que terminara la primera estrofa simplemente porque le pareció entretenida, luego golpeó a Mazer con otra descarga y lo hizo caer de rodillas. Mazer se llevó las palmas de las manos a los ojos cerrados y rechinó los dientes.

Wit odiaba hacer esto. Todo el proceso lo asqueaba. Pero necesitaba hombres con suficientes recursos para coger cualquier situación y ver inmediatamente su salida.

—Sus ojos creen estar mirando directamente al sol, Mazer. Le suplican que ponga fin a esta inútil resistencia y entregue la información que quiero. Dígame el nombre, y pararé.

Con los ojos cerrados, los músculos tensos, Mazer volvió a ponerse en pie y continuó dando saltos, aunque con mucho menos fervor y coordinación.

—Muy bien —dijo Wit—. Volveremos luego con la mascota. Probemos con otra cosa. El apellido de soltera de su madre. Dígame eso. Sin duda recordará el apellido de soltera de su madre.

Mazer respondió contando sus saltos de tijera en voz alta.

—Empiezo a perder la paciencia, Mazer. Esto no es difícil. Entregue la información o lo haré pedazos.

Mazer continuó contando en voz alta, casi gritando.

El grito se convirtió en un alarido.

Mazer cayó, retorciéndose, todos los músculos tensos, la espalda arqueada, los dedos y las manos engarfiados torpemente, el rostro deformado en un rictus de agonía.

Wit dejó de infligir dolor e hizo una pausa, dándole a Mazer la oportunidad de moverse. Mazer no lo hizo.

—Tal vez se está diciendo a sí mismo que puesto que estamos en el mismo bando —dijo Wit—, puesto que esto es simplemente una prueba no le causaré ningún daño serio y duradero. Es natural que llegue a esa conclusión, Mazer, pero se confunde. Yo no soy el ejército de Nueva Zelanda, soldado. No estoy atado por su código ético. Nuestro ejército es único. No nos preocupamos por ninguna supervisión. Hacemos lo que hay que hacer, por doloroso y horrible que pueda ser. Eso incluye torturar a hombres como usted hasta el punto de infligir daños neurológicos permanentes. Si acaba con un tic por mi manipulación de su cerebro o una pérdida de audición o de coordinación, o una parálisis, nadie nos tocará. Si convierto su cerebro en puré, ni siquiera me darán una palmada en la mano. Estamos por encima de la influencia de quienes podrían protegerlo. Así que por su propio bien y seguridad, dígame el apellido de soltera de su madre y el nombre de su primera mascota o este pequeño ejercicio se convertirá en extremadamente doloroso.

Nada de todo aquello era cierto. Los POM nunca torturaban al enemigo. No era necesario. Si hacían algún prisionero, estos estaban habitualmente tan aterrorizados que soltaban información sin que les preguntaran. Pero Mazer no lo sabía, y Wit quería causar un miedo profundo y lacerante en el hombre.

Mazer no dijo nada.

Wit volvió a golpearlo.

Mazer se sacudió, pero luego rodó sobre su estómago y logró sentarse. Wit cesó el dolor y vio, asombrado, cómo Mazer recuperaba el aliento. El hombre tendría que estar de espaldas, incapaz de levantarse, y sin embargo allí estaba, obstinado y erguido.

—¿Está dispuesto a cooperar, Mazer? —preguntó Wit—. ¿Podemos terminar ya con este ejercicio? Me gustaría. Estoy aburrido. Dígame los nombres y acabaremos con esto.

Mazer permaneció sentado con la cabeza gacha, callado e inmóvil. Sus labios empezaron a moverse, y al principio Wit pensó que lo había vencido, que estaba entregando los nombres pero ya no tenía fuerzas para pronunciarlos en voz alta. Entonces, lentamente, la voz de Mazer aumentó de volumen. Wit advirtió que no hablaba en inglés. Era maorí. Y las palabras no eran nombres. Eran una canción. Una canción guerrera. Wit no hablaba el idioma, pero había visto los cánticos tradicionales de los guerreros maoríes antes. Era medio gruñido media canción, con una danza donde se pisaba con fuerza el suelo y se hacían exageradas muecas faciales. La cara de Mazer ni siquiera se agitó, pero las palabras brotaron de él, ganando fuerza e intensidad. Pronto su voz llenó la habitación, áspera y resonante.

Wit continuó enviando agudas descargas de dolor. Mazer se revolvió cada vez, cayendo al suelo, la canción interrumpida, el cuerpo sacudiéndose. Pero en cuanto el dolor remitía, volvía a sentarse y empezaba a cantar de nuevo. Suavemente al principio, mientras buscaba la voz, y luego más fuerte cuando recuperaba su energía.

Una hora más tarde, Wit se detuvo. Apagó el holopad, desconectó la corona de Mazer, y fue directamente a la habitación de la prueba. Deen y Averbach se quitaron los cascos.

Mazer estaba a cuatro patas, la camisa empapada de sudor, sus brazos y piernas temblando.

—Hemos terminado, Mazer —dijo Wit. Tecleó una orden en la parte delantera de la corona. El aparato se desprendió y cayó en la mano de Wit.

La voz de Mazer sonó débil.

—¿Tan pronto? Estaba empezando a gustarme esto.

—Ya ha sido suficiente —respondió Wit.

—No me desmoroné, O'Toole.

—No se desmoronó. Muy bien.

—¿Podría haberme causado daños neurológicos permanentes de verdad? —preguntó Mazer.

—No. Eso fue un farol. El aparato no daña los tejidos. Simplemente anula los receptores sensoriales y los de dolor. No haría nada que pudiera lisiarlo. Es usted un soldado demasiado valioso para eso. También era un farol cuando dije que los POM no tienen supervisión y carecen de escrúpulos y de ética. Nada podría estar más lejos de la verdad. La libertad individual y los derechos humanos y civiles motivan todo lo que hacemos.

—¿Y sin embargo sus jefes les permiten torturar a los candidatos potenciales? Interesante ética.

—Nuestros enemigos suelen ser asesinos y terroristas, Mazer. A menudo requieren una muestra de fuerza y brutalidad igual a la suya antes de que cedan. Mi trabajo es encontrar a hombres lo bastante inteligentes para saber cuándo es necesaria la brutalidad.

Mazer pugnó por ponerse en pie, tambaleándose un poco, pero pronto estuvo de pie y erguido.

—¿Bien? —preguntó—. ¿Soy ese hombre? ¿Pasé su examen? ¿Estoy en su unidad?

—No —dijo Wit—. Porque nadie entra en mi unidad a menos que se desmoronen. Someterte a tortura significa que ya has perdido una vez. Tienes que odiar tanto perder que prefieres morir intentando escapar. Y luego ser lo bastante bueno para escapar sin morir. Cualquier hombre de mi unidad habría derrotado a los dos hombres que protegían la puerta y habría escapado de este almacén en tres minutos. Usted estuvo aquí esperando durante una hora.

Mazer lo miró, aturdido.

—Lo siento, soldado —dijo Wit—. Ha suspendido.

4

Consejo

El puente de mando de la *Cavadora* siempre hervía de actividad, pero hoy la tripulación parecía especialmente ocupada. Ahora que los italianos se habían marchado y una semana de comercio y banquetes había terminado, toda la nave estaba sumergida en un apresurado frenesí para compensar el tiempo perdido con la excavación. Había naves rápidas que preparar, rumbos de vuelo que programar, escaneos de la roca que tomar y descifrar, máquinas que operar para los mineros abajo, docenas de planes y decisiones y órdenes que sucedían a la vez, con Concepción en el centro de todo, recibiendo preguntas, interpretando datos, dando órdenes, y volando de puesto en puesto con la agilidad de una mujer de la mitad de su edad.

Víctor y Edimar flotaban en la escotilla de entrada, observándolo todo, esperando una pausa en el caos para acercarse a Concepción y contarle lo de la nave espacial alienígena que Edimar había encontrado. Por la pinta de la situación, no parecía probable que fueran a conseguir esa oportunidad pronto.

—Tal vez deberíamos volver en otro momento —dijo Edimar—. Parece ocupada.

—Nada es más importante que esto, Mar —dijo Víctor—. Créeme, se alegrará de que la hayamos interrumpido.

Víctor conectó sus grebas, permitió que sus pies descendieran al suelo, y cruzó la sala hacia Concepción, que se había anclado ante la holomesa con un grupo de tripulantes.

Dreo, uno de los navegantes, un hombretón de cincuenta y tantos años, se plantó delante de Víctor y puso suavemente una mano sobre su pecho, deteniéndolo.

—Eh, eh. ¿Adónde vas, Vico?

Víctor suspiró por dentro. A Dreo le gustaba considerarse el segundo al mando, aunque ese puesto lo tenía oficialmente Selmo, el tío de Víctor. El muchacho señaló a Edimar, que no se había movido de su sitio junto a la escotilla.

—Edimar y yo tenemos que hablar con Concepción inmediatamente. Es urgente.

—No se puede molestar a Concepción —dijo Dreo—. Casi hemos llegado al terrón.

—Esto es más importante que el terrón.

Dreo sonrió sardónicamente.

—¿De verdad? ¿Qué es?

—Preferiría hablar con Concepción directamente, si no te importa. Es una emergencia.

Víctor hizo la intención de rodear a Dreo, pero el hombre extendió de nuevo la mano y lo detuvo por segunda vez.

—¿Qué clase de emergencia? ¿Un escape, un incendio, un miembro cortado? Porque será mejor que sea cuestión de vida o muerte si vas a molestar a la capitana ahora mismo.

—Digamos que es una emergencia muy única —dijo Víctor.

—Voy a decirte una cosa —repuso Dreo—. Edimar y tú esperáis a Concepción en su oficina mientras yo le transmito vuestro mensaje. Irá en el momento en que pueda —Dreo se volvió hacia la gráfica del sistema en su pantalla.

Víctor no se movió.

Después de un momento, Dreo suspiró y se volvió hacia él.

—No has ido todavía a la oficina, Vico.

—Y no lo haré hasta que transmitas mi mensaje o te apartes de mi camino.

Dreo pareció molesto.

—Hoy estás un poco problemático, ¿no?

Se refería a Janda, naturalmente. Como miembro del Consejo, Dreo lo sabría todo. Víctor permaneció donde estaba y no dijo nada.

Dreo gruñó, dejó sus gráficas, y se dirigió hacia Concepción. La llamó tocándole el hombro, y hablaron en tono bajo. Concepción miró a Víctor a los ojos y luego miró hacia la escotilla donde esperaba Edimar. Le dio breves instrucciones a Dreo que Víctor no pudo oír y entonces devolvió su atención a la holomesa.

Dreo volvió con una sonrisa triunfante.

—Tienes que esperarla en su oficina como te he dicho.

—¿Le has contado que es una emergencia?

—Sí —Dreo alzó una mano y señaló la oficina—. Ahora vete.

Víctor se volvió con Edimar y los dos se dirigieron a la oficina. Era la segunda vez que enviaban a Víctor a esta habitación hoy, aunque la reunión con Concepción esta mañana para hablar de la partida de Janda parecía ya un recuerdo lejano.

—¿Y si resulta no ser nada? —dijo Edimar—. ¿Y si es solo un fallo del sistema? Es la explicación más lógica. Es mucho más probable que no una nave alienígena o una nave secreta corporativa que viaja casi a la velocidad de la luz.

—Repasaste los datos varias veces, Edimar. Si estás equivocada, y no es nada, que no es el caso, entonces acudir a Concepción sigue siendo lo mejor. Ella agradecerá que se lo presentes. No te reprenderá por hacer tu trabajo.

—Concepción tal vez no. Pero mi padre se pondrá furioso.

—No es demasiado tarde para acudir a tu padre primero, Mar.

Ella negó con la cabeza.

—No. Esto es lo adecuado. Concepción primero.

Ya habían hablado de esto antes. Edimar estaba convencida de que si acudía primero a Toron, su padre, él se quedaría con los datos para revisarlos más tarde o descartaría todo el asunto inmediatamente. Víctor dudaba muy mucho que Toron se mostraba despectivo ante pruebas tan abrumadoras, pero Edimar se había mostrado inflexible: «No lo conoces, Vico.»

En eso se equivocaba. Víctor sí que lo conocía. Toron era padre de Janda también. Pero Víctor no iba a discutir ese asunto.

Edimar creía que acudir ahora a Concepción causaría a la larga menos fricción entre su padre y ella. Si Edimar acababa teniendo razón, entonces la inmediatez de la situación podría excusar que se saltara a Toron y fuera a ver directamente a Concepción. Pero si Edimar acudía a Toron primero y era rechazada, entonces sentiría la obligación moral de esquivar a su padre y acudir a ver a Concepción de todas formas. Edimar había tratado de evitar cualquier escenario hasta que Víctor se hartó. Era una nave alienígena, por el amor de Dios. Una nave que podía estar potencialmente dirigiéndose a la Tierra. ¿De verdad que nos vamos a preocupar por los sentimientos de Toron?

—Concepción puede leer los datos, Mar —dijo Víctor—. Que los vea y decida lo que significa.

Esperaron diez minutos. Finalmente Selmo, el tío de Víctor y auténtico segundo al mando de Concepción, entró flotando en la oficina.

—Concepción os verá, pero os pide que os reunáis con ella en el invernadero.

A Víctor le pareció extraño.

El invernadero era húmedo y estrecho y resultaba un lugar terrible para reunirse.

—¿Por qué no en la oficina?

Selmo se encogió de hombros, pero Víctor notó por su expresión y por la manera en que miraba a Edimar que lo sabía, o que al menos lo sospechaba. Entonces tuvo claro lo que Selmo debía de estar pensando: Selmo era miembro del Consejo, y allí estaba Víctor con la hermana pequeña de Janda, pidiendo reunirse con Concepción apenas unas horas después de la partida de Janda. La deducción natural sería que esto tendría algo que ver con Janda. Pero ¿qué? ¿Que Víctor y Edimar exigían su regreso? Eso era una locura. Víctor nunca le revelaría a Edimar su amor por su hermana. Eso sería impensable. Edimar y él nunca podrían ser aliados en eso, y Víctor nunca querría intentarlo de todas formas.

Pero Selmo no sabía eso. Simplemente veía a un chico con el corazón roto y a la hermana de la chica que había tenido que marcharse y saltó a la conclusión equivocada. Al parecer, Concepción había pensado lo mismo. Reunirse en el invernadero era una forma de ser cautelosa. Estarían lejos de los ojos y oídos de todos los demás en caso de que esto tuviera que ver con Janda.

«Así será mi vida si me quedo aquí —comprendió Víctor—. Nadie del Consejo me mirará sin ver también a Janda.»

—El Ojo detectó algo —dijo—. Por eso necesitamos ver a Concepción.

Selmo pareció momentáneamente aliviado hasta que comprendió lo que aquello implicaba. Se volvió hacia Edimar, preocupado.

—¿Qué es?

—No estamos seguros —dijo Víctor—. Esperamos que Concepción lo sepa. Puede que no sea nada. No hay motivo para alarmarse. No se lo digas a nadie. Solo queremos asegurarnos. Gracias por tu ayuda —se impulsó para salir de la habitación y recorrió el pasillo en dirección al invernadero.

Edimar lo alcanzó, molesta.

—¿Por qué se lo has chivado a Selmo? Ahora todo el mundo sabrá que he visto algo.

—Selmo se estará callado. Y todos los demás lo sabrán pronto de todas formas.

—¡No si Concepción no dice nada! Existe la posibilidad de que yo esté equivocada, Vico. Y si lo estoy, podría haber olvidado toda la historia y nadie se las habría dado de listo. Ahora mi padre se enterará de todas todas.

Víctor se detuvo en un mamparo para volverse a mirarla.

—Primero, esto es algo. Lo hemos establecido. Dejemos de cuestionarlo. Segundo, si quieres que los adultos y tu padre te tomen en serio, Mar, tienes que dejar a un lado tu preocupación por tu padre y pensar como una persona adulta. Pon la seguridad de la familia por encima de las reacciones que prevés en tu padre y haz lo que sabes que es tu trabajo.

No pretendía que pareciera una reprimenda, pero acabó pareciéndolo.

—Tienes razón —dijo Edimar—. Claro que tienes razón.

Víctor sintió entonces un diminuto retortijón de culpa. Había puesto fin a los errores de interpretación de Selmo, pero al hacerlo había hecho posible que Toron se enterara a través de los canales equivocados. Pero ¿qué podía hacer? La alternativa era mucho peor. Que Selmo o los demás creyeran que Edimar era de algún modo consciente o estaba implicada en la relación tabú entre Víctor y Janda sería un golpe devastador para la reputación de la chica en el Consejo. Víctor no podría soportarlo. No permitiría que la vergüenza de lo ocurrido salpicara a Edimar.

—No le diré ni una palabra más a nadie —dijo Víctor—. Ni siquiera iré al invernadero si lo prefieres. Este descubrimiento es tuyo, no mío.

La respuesta de ella fue rápida.

—No, no. Quiero que estés presente.

—De acuerdo. Vamos.

El invernadero era un largo tubo de cuatro metros de ancho, con cultivos de verduras en canalones que se extendían a lo largo de toda la sala. Los canalones ocupaban todo el espacio disponible en la pared, creando un grueso túnel verde alrededor. Tomates, okra, cilantro, coles, todos con sus hojas y cuerpos flotando al asomar en los agujeros de los canalones como si fueran algas. Era un sistema aeropónico y sin tierra, y aunque las brumas atomizadas ricas en nutrientes se esparcían por todos los canalones hasta los sistemas de las raíces solo dos veces por hora, parte de la bruma escapaba siempre, y la habitación estaba siempre incómodamente húmeda. También era excepcionalmente brillante, y mientras Víctor y Edimar atravesaban la antesala para llegar al invernadero en sí, los ojos de Víctor tardaron un instante en ajustarse a las lámparas de vapor. El aire estaba cargado con aromas de verde y cilantro y la solución nutriente.

Concepción estaba al fondo de la sala con los pies apuntando hacia ellos, el cuerpo perpendicular a su orientación, esperando. Víctor y Edimar cambiaron su orientación para igualar la suya y se lanzaron hacia lo que ahora era arriba, más adentro en el invernadero. Ahora el invernadero parecía un silo, y Víctor pudo ver por qué Concepción prefería reunirse con ellos con los pies colocados de esta forma. No tendrían que agacharse para mantener los pies y cabezas alejados de las plantas.

Concepción flotaba junto a una larga sección de coles. Allí las plantas eran más pequeñas, y por tanto el «túnel» era más ancho y les permitía tener más espacio para mirarse. Víctor se agarró a uno de los asideros y se detuvo delante de Concepción.

—Estoy segura de que no necesito deciros lo ocupados que estamos con la perforación —dijo Concepción—. Pero también sé que ninguno de los dos diría que algo es una emergencia a menos que sea una absolutamente.

—El Ojo detectó algo —dijo Edimar—. Un movimiento en el espacio profundo. He repasado los datos docenas de veces, y la única explicación que puedo ver es que se trata de algún tipo de nave espacial que decelera después de casi haber alcanzado la velocidad de la luz.

Concepción parpadeó.

—¿Cómo dices?

—Sé que no tiene ningún sentido —respondió Edimar—. A mí también me cuesta trabajo creerlo, pero a menos que esté equivocada, ahí fuera hay algo que se mueve más rápido de lo que es humanamente posible. Incluso se lo mostré a Víctor para ver qué pensaba porque todo me parecía completamente ridículo.

Víctor asintió.

—Parece auténtico.

—¿Se lo has enseñado a tu padre? —preguntó Concepción.

—Todavía no. He estado manejando el Ojo yo sola hoy. Mi padre está ayudando en la perforación. Víctor y yo pensamos que era mejor acudir a ti directamente.

Concepción los miró uno a uno antes de señalar las gafas de Edimar.

—¿Los datos están ahí?

—Sí —dijo Edimar, entregándole las gafas.

Concepción se las puso y ajustó las correas. Mientras parpadeaba para ver los datos, Víctor y Edimar esperaron. Después de cinco minutos, Concepción se quitó las gafas y las sostuvo en sus manos.

—¿Quién más sabe esto?

—Nadie —respondió Edimar.

—Le mencioné a Selmo que el Ojo había detectado algo —dijo Víctor—. Pero no dije qué era.

Concepción asintió y luego se volvió hacia Edimar.

—¿Puedes descifrar su trayectoria?

—Todavía no —dijo Edimar—. No a esta distancia. Está demasiado lejos.

—Suponiendo que su trayectoria se dirigiera hacia nosotros —dijo Concepción—, ¿podrías deducir cuánto tiempo tardará en alcanzarnos?

—No con mucha precisión —respondió Edimar—. A ojo de buen cubero, unas cuantas semanas como mínimo, pero no más de unos pocos meses en total. El problema es que no sé a qué distancia está. Todo lo que sé es que se mueve casi a velocidad de la luz y que podemos ver la luz que desprende, que obviamente se mueve a la velocidad de la luz. Así que podría estar mucho más cerca de lo que creemos. No lo sé.

Concepción sacó el palmar que llevaba en la cadera y empezó a teclear órdenes.

—Estoy convocando una reunión de emergencia del Consejo. Nos reuniremos esta tarde en el puente de mando. Quiero que los dos estéis presentes. —Se guardó el palmar—. Mientras tanto, no habléis de esto con nadie. La única excepción es Toron. Me gustaría que viera esto lo antes posible. No es que dude de tu interpretación de los datos, Edimar. Yo habría llegado a la misma conclusión. Pero tal vez Toron vea algo que nosotros no vemos. Hiciste bien al venir a mí, pero espero que Toron demuestre que estamos equivocados. No me gustan las cosas que no puedo comprender, y no comprendo nada de esto.

Víctor acompañó a Edimar cuando fue a buscar a su padre. Le había sugerido que hablara con él a solas, pero Edimar insistió en que fuera con ella.

—No se enfadará tanto si hay alguien más conmigo —dijo.

Víctor no tenía muchas ganas de ver tan pronto a Toron después de la partida de Janda. ¿Cómo reaccionaría? ¿Le echaría la culpa de lo que había sucedido? ¿Creía que Víctor tendría que haber visto adónde se dirigía la relación y haber tenido más cuidado para ponerle fin? ¿Sentía rencor hacia él? Víctor prefería no averiguarlo, sobre todo hoy, con el dolor de la marcha de Janda todavía fresco en la mente de Toron. Pero ¿qué podía hacer Víctor? No tenía modo de esconderse de Toron. Tarde o temprano sus caminos se cruzarían: era una nave pequeña. En realidad, tampoco quería esconderse. Había una parte de él que quería disculparse, una parte que quería asegurarle a Toron que no había sucedido nada impropio. Víctor no había sabido que nada fuera malo. Había sido un error inocente. Eso no cambiaría el resultado, no disminuiría el dolor. Pero tal vez le daría a Toron y a él un poco de paz.

Toron se encontraba en la bodega de carga, haciendo reparaciones en el equipo minero que Víctor había conseguido en el cambalache con los italianos. No era ningún secreto que Toron había querido siempre trabajar con los mineros, pero su eficacia y formación con el Ojo lo había mantenido en el nido del cuervo de la nave. Estaba tan absorto en su trabajo que no advirtió que Víctor y Edimar se lanzaban desde la escotilla y aterrizaban cerca de él.

—Hola, padre —dijo Edimar.

Toron parecía cansado y derrotado. Cuando vio a Edimar, su expresión fue de sorpresa.

—¿Quién está vigilando el Ojo? —preguntó.

—Está en auto —respondió Edimar.

—Nunca deberías dejarlo en auto a menos que sea una emergencia absoluta, Mar. —Toron miró a Víctor, reparando en él por primera vez. Frunció el ceño—. ¿Qué es esto, Mar? —preguntó.

—El Ojo detectó algo, padre, más allá de la eclíptica en el espacio profundo.

Toron señaló a Víctor.

—¿Y qué tiene él que ver?

—Se lo enseñé.

—¿Por qué?

—Porque quería asegurarme de que estaba interpretando los datos correctamente antes de enseñárselos a un adulto.

—No es oteador —dijo Toron—. No sabe leer los datos.

«Lo cierto es que sí sé», pensó Víctor. Pero no dijo nada.

—Tampoco es tu maestro, Mar —dijo Toron—. Lo soy yo. Si tienes alguna pregunta respecto al Ojo, llámame a mí y a nadie más. Víctor no ha recibido instrucción con el Ojo. Buscar su opinión es una pérdida de tiempo.

Edimar alzó levemente la voz, cosa que sorprendió a Víctor.

—¿Has oído siquiera lo que he dicho, padre? El Ojo detectó algo.

—Te he oído perfectamente —respondió Toron—. Y si me vuelves a levantar la voz, jovencita, no te gustarán las consecuencias. Cualquier aprendiz de esta nave perderá su comisión con esa actitud, y no seré más paciente contigo simplemente porque seas mi hija.

—Es una nave espacial —dijo Edimar—. Viaja casi a la velocidad de la luz.

Eso hizo vacilar a Toron. Estudió sus rostros y pudo ver que lo decían en serio. Hizo un gesto con la mano.

—Pásame las gafas.

Edimar se las pasó, y Toron se las puso sobre los ojos. Después de un momento, empezó a hacerle preguntas a su hija, la mayoría de las cuales Víctor no entendía: ¿Qué algoritmos había considerado Edimar? ¿Qué medidas había tomado el Ojo? ¿Qué secuencias de procesamiento había empleado? ¿Qué órdenes en código había introducido? Después de eso, las preguntas de Toron empezaron a parecer más una reprimenda: ¿Intentaste esto y aquello? ¿Se te ocurrió hacer esto y lo otro? Al principio Edimar respondió que sí. Lo había intentado todo. Pero a medida que Toron continuó asediándola con posibles acciones que podía haber emprendido, la confianza de Edimar empezó a desvanecerse. No, no había intentado eso. No, no se le había ocurrido hacer aquello. No, no había ejecutado ese escenario. Al final de las preguntas, Edimar pareció a punto de llorar.

Toron se quitó las gafas.

—Vuelve al Ojo, Edimar, y cuando yo llegue allí, examinaremos esto con más atención. Si resulta ser algo, iré a enseñárselo a Concepción.

—Lo cierto es que ya hemos acudido a Concepción —dijo Víctor.

—¿Antes de acudir a mí? —preguntó Toron.

—Pensamos que ella tenía que verlo inmediatamente —dijo Edimar.

—¿Pensamos? ¿Te refieres a Vico y tú? Esto no es asunto suyo, Mar. Él sustituye bombillas y arregla retretes. Lo que el Ojo encuentra es mi especialidad, no suya, y por el modo en que has respondido a todo esto, añadiría que tampoco tuya. No veo que sea un concepto muy difícil de comprender, Edimar. El oteador soy yo. Yo. Te enseñaré a vigilar el cielo. Te ayudaré a descifrar los datos. Y decidiré si algo merece la atención de la capitana y cuándo.

Las mejillas de Edimar se encendieron.

—Ve al Ojo y espérame —dijo Toron—. No pidas ayuda por el camino. No pidas la opinión de uno que pase. Tú y yo trataremos esto solos.

—No es culpa suya que acudiéramos a Concepción —dijo Víctor—. Es mía. Soy yo quien lo sugirió.

—¿Y quién te dio esa autoridad?

—Todo el que ve una amenaza potencial para la nave tiene la obligación de informar sobre ello —dijo Víctor, recitando amablemente.

—Conoces todas las reglas, ¿no, Vico? —dio Toron.

Se refería a endogar. Esto había empezado como una conversación sobre un objeto en el espacio, pero de pronto, al menos para Toron, se había convertido en el tema de Janda. Toron le echaba la culpa a Víctor. O lo odiaba tan intensamente que consumía sus pensamientos, incluso ahora, cuando se le presentaba algo tan extraño y potencialmente amenazador como una nave estelar alienígena.

—No es culpa de Vico, padre —dijo Edimar—. Le pedí que me ayudara.

Toron no apartó los ojos de Vico.

—Ve al Ojo, Edimar.

—Pero...

—¡Ve al Ojo!

Fue casi un grito, y Edimar retrocedió, temiendo tal vez que volara una mano o un puño. Se lanzó del suelo hacia la escotilla. Toron se quedó mirando a Víctor hasta que oyó cerrarse la puerta de la escotilla. Estaban solos.

—Quiero ser muy claro en una cosa, Vico. Quiero que escuches lo que voy a decir porque solo voy a decirlo esta vez. Es algo que tendría que haberte dicho hace mucho tiempo. Aléjate de mis hijas. ¿Me entiendes? Si Edimar te pide ayuda, ignórala. Si te suplica tu opinión, márchate. Si te mira a los ojos desde el otro lado de una habitación, finge que no existe. Es un fantasma para ti. Invisible. ¿Lo estoy dejando claro? Porque me parece que no conoces los límites de lo que es apropiado y lo que no.

Era una acusación ridícula. La idea de que Víctor hiciera algo inapropiado con Janda era irritante. Pero insinuar que su conducta hacia Edimar podía ser menos que honorable era un insulto indignante. Era lo más cruel y repugnante que Toron podía decir, sobre todo considerando lo dolorido y culpable que sabía que Víctor debía sentirse a causa de Janda.

Pero naturalmente Toron sabía que la acusación era infundada. Sabía que Víctor solo estaba ayudando, que sus intenciones eran puramente apoyar y proteger a la familia. Ese no era su motivo para volverse contra él. Estaba furioso porque su hija mayor se había ido y su segunda hija había buscado consejo con la misma persona que le había hecho perder a la primera.

Víctor no perdió la calma.

—La marcha de Alejandra no tiene nada que ver con esto, Toron.

El empujón en el pecho sucedió rápido, y como Víctor no estaba anclado en el suelo con las grebas como Toron, la fuerza lo impelió a seis metros de distancia. Su espalda chocó contra uno de los grandes tanques de aire, y el tañido metálico del impacto reverberó a través de toda la bodega de carga. No dolió mucho, pero sorprendió a Víctor e inmediatamente le hirvió la sangre. Volvió a reorientarse, conectó sus grebas y dejó que sus pies se engancharan en el suelo. Cuando alzó la cabeza, pudo ver que Toron estaba tan sorprendido como él. No había pretendido que el empujón fuera tan fuerte, y desde luego no había intentado que Víctor volara hacia atrás como lo había hecho. Pero entonces la expresión de Toron se ensombreció y señaló con un dedo.

—Nunca vuelvas a pronunciar el nombre de mi hija.

Toron desconectó sus grebas y se lanzó hacia la escotilla. Un momento más tarde, se marchó. Víctor se quedó allí de pie y estiró la espalda. Tendría un feo moratón como mucho, pero podría haber sido peor. Si hubiera aterrizado mal podría haberse roto algo. Edimar tenía razón al temer a su padre. Víctor dudaba que Toron hubiera sido alguna vez violento con su familia: Janda se lo habría dicho si algo así hubiera sucedido, y sería imposible mantener un secreto en la nave. Sin embargo, estaba claro que Toron tenía esa tendencia.

Víctor quería sentirse furioso. Quería que el fuego de la furia ardiera en su interior para que lo incendiara y lo espoleara para ir a buscar a Toron, enfrentarse a él, agarrarlo por los brazos y arrancarle el orgullo y la altivez y el desprecio. El dolor de su espalda lo exigía. Pero las llamas que pudiera haber en su interior fueron extinguidas por la compasión y la vergüenza.

El Consejo se reunió en el puente de mando después de que todos los jóvenes se hubieran ido a dormir. Todos llevaban puestas las grebas, y a medida que se iban reuniendo hablaban en voz baja, intentando conseguir la información que pudieran de los demás sobre el motivo de la reunión. Víctor había llegado temprano y encontró un rincón al fondo de la sala donde la luz era más tenue y las sombras más pronunciadas. No sería invisible, pero pasaría inadvertido para algunos.

Era extraño asistir a la reunión del Consejo, en parte porque esta era una parte de la familia que Víctor no había visto nunca antes, pero también porque no podía desprenderse de la idea de que la última vez que el Consejo se reunió habían hablado de Janda y él. Le hacía sentirse incómodo. Aún más, no tenía ningún motivo para estar aquí. La nave casi-hiperlumínica era hallazgo de Edimar, no suyo. Él no tenía nada que añadir.

Llegaron sus padres. Vieron a Víctor y se acercaron a él. Su madre parecía preocupada.

—¿De qué va todo esto, Vico?

—El Ojo detectó algo —respondió Víctor—. Yo solo lo sé porque Edimar me lo contó. Toron lo explicará todo, estoy seguro.

Ella le puso una mano en el brazo.

—¿Cómo estás?

Era su forma de preguntar cómo estaba aceptando la marcha de Janda.

—Bien, madre. Ha sido un día largo.

Para todos los demás, su madre era Rena. Su clan original era de Argentina, y Víctor los había visto solo una vez, de niños, cuando la *Cavadora* contactó con su nave para zoguear a una prima. La experiencia lo había hecho aprender a admirar a su madre. Había dejado atrás una familia vibrante y amorosa para unirse a la *Cavadora* y casarse con su padre, y eso debió requerir un valor increíble.

—He oído lo del estabilizador de la perforadora —dijo su padre, sonriendo—. ¿Cuándo ibas a contármelo?

—No estaba seguro de que fuera a funcionar —respondió Víctor—. Necesitaré tu ayuda para refinarlo.

—Por la forma en que hablaba marco, no parece que necesite mucho refinamiento.

El nombre de su padre era Segundo. Lo habían llamado así porque era el segundo hijo de sus padres, y a Víctor el nombre siempre le había parecido un poco cruel. ¿Quién le pone un número a su hijo? Los números eran para el ganado. Y aún peor, ¿no se daban cuenta sus abuelos que llamarlo Segundo equivalía a decir que era el «relegado» o el «que no ganó», siempre por debajo del primer hijo, inferior a él? Víctor dudaba que esa hubiera sido su intención, pero le molestaba de todas formas, sobre todo porque su padre siempre había sido el primero en hacerlo todo por la familia. Se merecía un nombre mejor.

Concepción, Toron, y Edimar salieron de la oficina de la capitana, y todos guardaron silencio. Los tres se dirigieron hacia la holomesa, y Concepción se enfrentó a la multitud.

—He convocado esta reunión porque tenemos que tomar algunas decisiones importantes.

A Víctor le sorprendió ver lo informal que era todo el asunto, con todos allí de pie, apiñados en pequeños grupos de maridos y esposas y amigos. No había ningún estrado, ninguna maza que golpear, ningún ritual ni procedimiento ni orden que seguir. Era simplemente todos reunidos.

—Dejaré que Edimar y Toron lo expliquen —dijo Concepción.

Se hizo a un lado, y Toron insertó las gafas en la holomesa. Un holograma de la imagen que Víctor había visto antes en el nido del cuervo apareció en el holoespacio. No era mucho, principalmente puntos de luz que representaban a las estrellas.

Toron fue breve. Simplemente dio contexto a la imagen que estaban viendo, explicando cuándo habían sido recogidos los datos y qué cuadrante del cielo estaban viento. Entonces, para sorpresa de Víctor, cedió la palabra a Edimar. Ella estaba claramente nerviosa, y una persona tuvo que pedirle que hablara más alto para que todos en la sala pudieran oírla, pero Edimar inmediatamente alzó la voz y la proyectó hacia el fondo de la habitación. El volumen aumentado pareció insuflarle valor, y se lanzó a hablar durante diez minutos, dando una explicación clara y concienzuda. Entró en detalles para explicar los procedimientos que había seguido para verificar los datos, incluido llamar a Víctor para que validara su valoración inicial. Hubo unos cuantos detalles y procedimientos muy técnicos concretos del Ojo que Edimar sabía que nadie más comprendería, pero lo explicó hábilmente en términos de profano para que todos los entendieran. Luego detalló las comprobaciones cruzadas que su padre y ella habían realizado después y cómo todo los había llevado, a los dos, a creer lo que ahora resultaba obvio para todos los presentes. Era una astronave alienígena que deceleraba hacia el sistema solar. No, no conocemos todavía su trayectoria. No, no sabemos cuándo llegará aquí. Y no, no sabemos cuáles pueden ser sus intenciones.

Cuando terminó, los demás continuaron en silencio. Los padres de Víctor contemplaban el holo, los rostros un poco pálidos.

Finalmente, Concepción habló.

—La cuestión que tenemos que responder es: ¿Qué hacemos con esta información?

—¿Hemos oído algún comentario al respecto? —dijo el padre de Víctor—. ¿Alguna de las otras familias ha informado de algo?

—Ni una palabra —contestó Concepción—. Hay pocos clanes tan lejos ahora mismo, y es improbable que ninguno de ellos esté mirando más allá de la eclíptica.

—Obviamente, tenemos que avisarlos a todos —dijo la madre de Víctor—. Deberíamos enviar transmisiones lo más rápido que podamos. Todo el mundo necesita estar enterado de esto.

—Como le he dicho a Concepción —intervino Toron—, yo aconsejaría actuar con cautela. No queremos incitar el pánico. Considerad las implicaciones. Si es una nave alienígena que se mueve casi a la velocidad de la luz tiene claramente capacidades tecnológicas muy superiores a las nuestras. Si puede moverse a tal velocidad, ¿qué más podrá hacer? ¿Puede detectar la radio? No lo sabemos. Si enviamos cien transmisiones enfocadas y laserizadas en todas las direcciones, podríamos llamar su atención sin querer. Podríamos hacer que nos cayeran encima. No ha hecho nada para reconocer que sabe que existimos. Probablemente lo mejor sea continuar como estamos.

—No podemos no hacer nada —dijo Marco—. Por lo que sabemos, esto podría ser una invasión.

—O podría ser completamente pacífica —dijo Toron—. No lo sabemos. Tenemos un poco de información, sí, pero no mucha. Casi ninguna, en realidad. ¿Es una nave de investigación? ¿Pretenden siquiera entrar en el sistema solar? ¿Está tripulada? No tenemos ni idea. Podría ser un dron o un satélite enviado a tomar imágenes de nuestro sistema planetario. Si es así, tiene que ser un satélite enorme, mayor que ninguno que hayamos construido jamás los humanos. Pero eso significa que esa no sea su intención. Podría ser completamente benigna.

—O podría no serlo —insistió Marco.

—Sí —dijo Toron—. O no. Tanto más motivo para no precipitarnos y llamar la atención sobre nuestra existencia. Edimar y yo la vigilaremos con atención. Evaluaremos los datos constantemente, e informaremos a todos de cualquier nuevo desarrollo.

—Eso no es suficiente —dijo el padre de Víctor—. Estoy de acuerdo con Marco. Esta cosa podría ser pacífica, pero no deberíamos dar por hecho que lo es. Tendríamos que prepararnos para lo peor.

—Deberíamos conservar la calma —dijo Toron—. Sugiero que emprendamos acciones cautelosas.

—¿Como cuales?

—Si enviamos una transmisión general a todo el que pueda recibirla llamaremos la atención sobre nosotros mismos sin querer. Podríamos atraer a piratas o ladrones o peor. Pero si identificamos unas cuantas naves en las que confiemos en la vecindad, podemos enviarles transmisiones láser muy enfocadas solo a ellas.

—Hace tiempo que no vemos piratas —dijo Selmo.

—Eso no significa que no estén ahí fuera —repuso Toron—. No podemos ser demasiado cautelosos. Sobre todo en una situación desconocida como esta.

—¿Quién está cerca de nosotros ahora mismo? —preguntó Marco.

Selmo se acercó a la holomesa y conectó la carta del sistema.

—Los que están más cerca son los italianos. Se marcharon esta misma mañana. Pero se mueven rápido. Podríamos alcanzarlos si les enviamos un mensaje ahora, pero lo dudo.

Las transmisiones de radio laserizadas, o líneas láser, tenían que ser enviadas con extrema precisión. Las naves estacionarias y las estaciones espaciales podían recibirlas con bastante facilidad en distancias cortas ya que el emisor conocía su posición exacta en el espacio. Pero pocas naves permanecían perfectamente estacionarias, sobre todo si estaban atracadas a un asteroide. Incluso la más leve desviación en la posición podía causar un mensaje perdido. Tratar de alcanzar una nave en vuelo era casi imposible. Se había hecho, pero solo cuando las naves estaban extremadamente cerca.

—Si los italianos se ciñen a su plan de vuelo previsto —dijo Selmo—, decelerarán dentro de diez días. Nos dieron un punto de objetivo para comunicarnos cuando paren. Si quisiéramos enviarles una línea láser a ese punto, podríamos hacerlo.

—¿Entonces básicamente no hacemos nada durante diez días? —preguntó Marco—. Si esto es una invasión, podríamos estar perdiendo un tiempo precioso. ¿Y si esa cosa se dirige a la Tierra? Diez días podrían marcar toda la diferencia.

—¿Entonces no hay nadie más cerca? —preguntó el padre de Víctor.

—Hay una nave corporativa a unos cuantos días de aquí —dijo Selmo—. Una nave Juke. Llevan allí algún tiempo sin hacer nada, por lo que sabemos. Suponiendo que no se hayan movido desde nuestro último escaneo, podríamos enviarles un mensaje.

—¿Qué les diríamos? —preguntó Javier, uno de los tíos de

Víctor—. «Eh, hay una nave alienígena ahí fuera. Mantened los ojos abiertos.» No nos creerían.

—No tendrían que creernos —dijo Toron—. Si les mostráramos dónde mirar y si tienen un escáner estelar decente, podrían verlo ellos mismos.

—Dijiste que podríamos enviar el mensaje a gente en quien confiáramos —replicó Maco—. ¿Desde cuándo nos fiamos de las corporativas?

Hubo un murmullo de asentimiento por parte de la multitud.

—Son la nave más cercana —dijo Toron—. Y, por tanto, son los más cualificados para ver exactamente lo que hemos visto. Si queremos corroborar nuestros datos, son la opción más sensata.

—No me gusta trabajar con las corporativas —dijo Marco.

—Ni a mí —coincidió Toron—. Pero si este objeto es de verdad una nave estelar, ¿a quién mejor decírselo que las corporativas? Sus sistemas de comunicación son muy superiores a los nuestros. Tienen satélites relé por todo el sistema. Si hay que enviar un aviso a la Tierra, ellos son los que tienen que hacerlo, no nosotros.

La habitación quedó en silencio un momento.

—Sea lo que sea ese objeto —dijo Concepción—, no estará cerca durante varias semanas al menos y probablemente no lo estará hasta dentro de unos cuantos meses. Creo que la recomendación de Toron para actuar con cautela es la más sabia a estas alturas. Estoy tan alarmada como vosotros, pero si tenemos que enviar una advertencia, quiero tener cierto grado de certeza respecto a qué nos enfrentamos. Sugiero que se lo notifiquemos a esa nave Juke y enviemos el mismo mensaje a los italianos dentro de diez días. Con los tres analizando esto, tenemos muchas más posibilidades de comprenderlo. Mientras tanto, mantenemos nuestra posición, continuamos con la perforación, y dejamos que Toron y Edimar sigan el rastro a esta cosa. ¿Alguna objeción?

—Sí —dijo Víctor.

Todos se volvieron hacia él. Concepción pareció sorprendida.

—¿Tienes una objeción, Víctor?

Víctor escrutó la habitación. Todos lo miraban. Algunos parecían molestos. No era nadie para cuestionar a Concepción. Ni siquiera debería estar aquí.

—No pretendo faltarle el respeto a nadie, y a ti menos, Concepción. Pero no creo que esta decisión sea nuestra.

—Pues claro que es nuestra decisión —dijo Toron—. ¿Quién más podría hacerla?

—Todos —contestó Víctor—. Esto afecta a todos. Esto lo cambia todo. Es una nave alienígena. No tenemos ningún derecho a elegir cuándo se lo revelamos a los demás. Esto afecta a toda la raza humana. Todos estamos de acuerdo en que aquí hay dos escenarios. O bien es pacífica, o no lo es. Si es pacífica, entonces no tenemos nada que perder si nos soltamos de la roca ahora y enviamos una transmisión a tantas naves y estaciones como podamos alcanzar. Si hay piratas, reaccionarán a la información, no a la gente que la envía. Deberíamos difundir la noticia. Deberíamos informar al mundo. Hacer llegar la noticia a la Tierra lo más rápidamente posible. Que ellos decidan por sí mismos cómo actuar. Y si las intenciones de esta nave no son pacíficas, entonces hacemos exactamente lo mismo. Advertimos a tanta gente como podamos y empezamos a construir defensas de inmediato. Toron sugiere que enviar una transmisión podría atraer la atención de la nave alienígena y convertirnos en su primer objetivo. Pero aunque eso sea cierto, ¿qué más da? Somos ochenta y siete personas. Hay más de doce mil millones de personas en la Tierra. Si tenemos que sacrificarnos para proteger a millones o miles de millones más, entonces hay que hacerlo.

—No está tan claro —dijo Toron—. Estás haciendo grandes suposiciones sobre esta nave cuando no sabemos todavía si es una nave siquiera. No sabemos casi nada.

—Ese es mi argumento —replicó Víctor—. ¿Qué derecho tenemos para asumir que somos expertos en el tema? ¿No es mucho más probable que haya otra gente mejor equipada que nosotros para interpretar esta cosa? ¿Y quién dice que los italianos o incluso la nave Juke serán expertos? Deberíamos decírselo, sí, pero también deberíamos decírselo a todos los demás. Así tendremos más probabilidades de saber tanto como podamos lo más rápido posible.

Toron se volvió hacia Concepción.

—Con el debido respeto, capitana, precisamente por esto las reuniones del Consejo están reservadas para gente de cierta edad y madurez. Las intenciones de Vico son buenas. Y si esto fuera un problema mecánico valoraría su aportación en gran medida. Pero este no es un problema mecánico. Está hablando de asuntos que no entiende del todo. Y tampoco debería hablar, puesto que no es miembro de este Consejo.

—No soy miembro de este Consejo, cierto. Pero soy miembro de esta familia. Y más importante, soy miembro de la raza humana, que muy bien podría estar amenazada ahora mismo.

—¿Sugieres de verdad que pongamos la seguridad de otras naves, otras familias, completos desconocidos, sobre la nuestra? —dijo Toron—. ¿Por encima de la seguridad de tus propios padres? ¿De tus primos y tíos?

—Estoy sugiriendo que la preservación de la raza humana es más importante que la preservación de esta familia.

—¿Tan rápido abandonas a la familia? —dijo Toron—. Bueno, espero no tener que luchar jamás por esta familia contigo a mi lado.

Dreo asintió.

—Todo el mundo aprecia lo que haces, Vico, pero esto es una conversación de adultos.

—¿Qué me estoy perdiendo? —dijo Víctor—. ¿Qué no comprendo debido a mi edad?

—¿Sabes lo que es tener una esposa? —dijo Toron—. ¿Tener hijos?

—Pues claro que no.

—Entonces tal vez puedas comprender por qué consideramos que tu sugerencia es un poco ingenua. Rechazaré enfáticamente cualquier idea que ponga en peligro a mi esposa y mis hijos. Preferiría salvar a una de mis hijas que a diez desconocidos. O a cien.

Y lo mismo harían todos los padres de esta sala. Para ti es fácil hablar de nobles sacrificios cuando no tienes nada que perder.

—Toron tiene razón —dijo Dreo—. Nuestra primera obligación es para con nosotros mismos. Y pensemos en esto de forma diplomática también. Si provocamos la alarma y resulta no ser nada, pareceremos idiotas ante las demás familias. Nadie meneará con nosotros, nadie comerciará. Nos causaremos un daño irreparable por ningún motivo.

—No estoy diciendo que gritemos «invasor» al mundo —dijo Víctor—. Simplemente secundo la sugerencia original de mi madre. Le decimos a todo el mundo exactamente lo que sabemos y les permitimos examinarlo igual que nosotros. ¿Por qué van a pensar mal de nosotros por darles pruebas irrefutables? No tenemos por qué darles predicciones ominosas. Solo hay que darles los hechos. Si acaso, esto nos dará reputación entra las familias. Nos ganaríamos la gratitud y el respeto de todo el mundo por informarlos. Considerad la situación a la inversa: si nos enteráramos después de ser atacados por una nave alienígena que otra familia conocía su existencia y no hizo nada para advertirnos, despreciaríamos a esa familia. Les echaríamos la culpa de nuestras pérdidas.

Toron se volvió hacia Concepción.

—Víctor es tu invitado, Concepción. Pero está monopolizando el debate.

—No ha hablado más que tú —dijo el padre de Víctor.

—Sí —replicó Toron—. Y yo soy miembro de este Consejo. Él no. Está mostrando falta de respeto a la capitana.

—Ella ha preguntado si había alguna objeción —dijo la madre de Víctor—. Él ha expresado amablemente una.

—Para lo cual no tenía ninguna autoridad —contestó Toron—. Reconozco que tu hijo no puede hacer ningún mal a tus ojos, pero según el código de este Consejo, está fuera de su terreno.

—Y yo estoy de acuerdo con él —dijo Marco.

—Yo también estoy de acuerdo con él —dijo Toron—. Todos los presentes queremos hacer lo adecuado. Naturalmente que enviaremos una advertencia a todo el mundo si eso resulta necesario en su momento. Pero ahora mismo es demasiado pronto. No sabemos los suficiente. Y que Víctor presuma de saber cómo responderán los piratas es risiblemente ingenuo.

—Ni siquiera sabemos si hay piratas por aquí —dijo el padre de Víctor.

—Exactamente. No lo sabemos. Por eso deberíamos ser prudentes, no atrevidos. Propongo que lo sometamos a votación general.

—Lo secundo —dijo el padre de Víctor.

Concepción contempló al grupo.

—¿Objeciones?

No hubo ninguna.

—Muy bien —dijo la capitana—. Todos los que estén de acuerdo con enviar una transmisión general inmediatamente.

Una tercera parte de los presentes levantaron la mano, incluyendo los padres de Víctor y Marco. Edimar levantó la mano también, pero una mirada fulminante de su padre la hizo volver a bajarla. Víctor mantuvo la mano bajada, puesto que no era miembro del Consejo. Concepción hizo el recuento y asintió.

—Todos los que piensen que en este momento deberíamos informar solo a los italianos y la nave Juke.

El resto de las manos se alzó, una porción de gente mucho más grande. Toron se permitió una pequeña sonrisa triunfal.

No iban a hacer nada, advirtió Víctor. Nada inmediato al menos, nada significativo, nada que asegurara su seguridad en los meses venideros. Enviarían dos mensajes y luego se sentarían a esperar a ver si se enteraban de algo nuevo.

Víctor no iba a esperar con ellos. No podía controlar cómo y cuándo la familia avisaba a los demás, pero sí podía controlar la funcionalidad mecánica de la nave. Podría hacer mejoras en las defensas y armas de la nave. No necesitaba la aprobación del Consejo para eso.

La reunión se levantaba. La gente se dispersaba.

—Lo intentaste, Vico —dijo su madre—. Estoy orgullosa de ti por eso.

—Gracias, madre —se volvió hacia su padre—. Deberíamos concentrarnos primero en el problema de los mataguijarros.

—De acuerdo —respondió su padre, que tecleaba ya una orden en su palmar—. Despertaré a Mono.

Víctor sabía que no tendría que haberse explicado ante su padre. Lo que tenían que hacer era obvio. Tenían que encontrar un modo de lograr que los mataguijarros fueran más potentes y letales. Con toda la nave ayudando, el trabajo habría ido mucho más rápido, pero ahora iban a ser solo ellos tres. Víctor salió corriendo de la sala. Toron y los demás pensarían probablemente que su rápida marcha era la de un adolescente enfadado que había perdido una discusión, pero a Víctor no le importaba. Que pensaran lo que quisieran. Él tenía trabajo que hacer.

5

Benyawe

Lem estaba en su oficina con las luces apagadas, viendo una simulación holográfica del asteroide 2002GJ166 al ser alcanzado por el gláser. Era una sencilla holosim. Solo duraba diez segundos. Pero los ingenieros que la habían preparado habían pasado tres días trabajando en ella. Cada detalle del asteroide había sido recreado meticulosamente. Los ingenieros incluso se habían tomado la molestia de recrear a conciencia el pozo que los mineros libres habían abierto en la roca. En todos los aspectos era idéntico al de verdad, aunque mil veces más pequeño. Al principio, no sucedía nada. Entonces, cuando el gláser lo alcanzaba, el asteroide explotaba, enviando miles de fragmentos de roca disparados en todas direcciones como una creciente esfera de gravilla. Pronto los pedazos se distanciaban tanto que la esfera perdía todo parecido de su forma y lo único que quedaba era el espacio vacío. La holosim se apagó. Lem se volvió hacia el doctor Dublin y la doctora Benyawe, que estaban de pie junto a su mesa, esperando pacientemente su reacción.

—Queda completamente destruido —dijo Lem—. ¿Cómo se supone que voy a explotar un asteroide destruido?

La *Makarhu* estaba a menos de un día del asteroide real. La aproximación «Luz Roja Luz Verde» de Chubs había funcionado a la perfección durante nueve días. La *Cavadora* no sabía nada. Los mineros libres no tenían modo de saber que otra nave se acercaba a su posición. No había mensajes de radio amenazantes, ni disparos de advertencia, nada. O bien eran excepcionalmente buenos haciéndose los tontos o les esperaba la sorpresa de su vida.

Sin embargo, los ingenieros le estaban diciendo ahora a Lem que no importaba de todas formas, porque el gláser iba a destruir el asteroide por completo y los iba a dejar con las manos vacías.

—Esto es inaceptable —dijo—. No va a quedar nada del asteroide.

—Nuestros cálculos podrían estar equivocados —respondió Dublin—. Nunca hemos disparado el gláser contra un objeto tan grande antes. Esta simulación solo ejecuta los datos que le suministramos, y no tenemos muchos. Gran parte de todo esto es conjetura.

—¿Entonces cuál es el sentido de hacer una simulación? —dijo Lem—. ¿Me están mostrando lo que podría suceder? Eso lo sé hacer yo. Tengo una imaginación bastante potable. Perdóneme por ser brusco, doctor Dublin, pero suponer no nos ayuda en nada. Necesito hechos. Lo que me está mostrando son medio-hechos. Y para ser completamente sinceros, no los medio-hechos que quiero ver. El gláser es una herramienta minera. Nuestro negocio es extraer minerales. Lo que me está mostrando es tiro al plato. No me importa si vuela el asteroide, pero enviar miles de piezas volando en todas direcciones no va a funcionar. Los mineros no pueden ir persiguiendo fragmentos de roca todo el día. Se supone que el gláser va a simplificar el proceso minero, no a complicarlo. Puedo tolerar esta reacción con guijarros, pero no con rocas grandes. No es eso lo que el consejo de dirección tenía en mente.

—Usted no quiere suposiciones, Lem —dijo Benyawe—, pero es casi lo único que tenemos. No hemos hecho suficientes pruebas de campo para predecir con un alto grado de precisión lo que va a suceder exactamente. Por eso la misión fue diseñada de esta forma, con nosotros realizando muchas pruebas usando gradualmente asteroides cada vez más grandes.

Lem sacudió la cabeza.

—El plan original ya no existe. Vamos con siete semanas de retraso. Ahora tenemos un nuevo plan, un plan que llevamos nueve días siguiendo. Estoy de acuerdo en que el plan ideal era el original, pero las circunstancias han cambiado.

—Entonces lo único que podemos mostrarle son posibilidades —dijo Benyawe—, nada definitivo. No lo sabremos hasta que disparemos al de verdad. Podemos intentar minimizar el campo de gravedad más, y eso podría reducir la explosión, pero no podemos predecir hasta dónde se extenderá el campo.

Lem se frotó los ojos, exhausto. No habían sido nueve días muy agradables. Y otra ronda de «charla de datos» con los ingenieros no ayudaba. Parte del problema eran las luces, o más bien, la falta de ellas. Siguiendo las indicaciones de Chubs, Lem había ordenado que la nave estuviera «a oscuras» cuando se dirigían hacia el asteroide. Esto significaba apagar toda las luces externas y la mayoría de las internas para permanecer invisibles al escáner celestial sensible a la luz de la *Cavadora*. Lem esperaba que esto fuera un desafío. Acostumbrarse a moverse por la nave en la oscuridad tardaría tiempo. Lo que no había previsto era cómo la falta de luz había puesto a todos de malhumor. Normalmente Lem podía moverse por los pasillos de la nave y oír risas y conversaciones amigables. Ahora los pasillos estaban silenciosos además de oscuros.

Aún más molesto eran las continuas paradas y arranques de la nave. Para avanzar sin ser detectada, la *Makarhu* permanecía inmóvil cuando quedaba expuesta al lado del asteroide donde estaba la *Cavadora*, y aceleraba cada vez que estaba en la cara oculta. Detenerse. Arrancar. Detenerse. Arrancar. Era casi imposible dormir, y Lem se sentía ansioso y fatigado por eso.

—Tienen razón —dijo—. Estoy pidiendo lo imposible. Les pido que me digan lo que sucederá sin permitirles recopilar datos para formular una respuesta. Eso no es justo. Me doy cuenta. Pero estamos en las últimas, y solo tenemos una posibilidad de disparo. Solo les pido que hagan todo lo posible para que ese disparo funcione.

Dublin empezó a recoger sus cosas.

—Veremos qué podemos hacer, señor Jukes.

—Tengo plena confianza en ustedes —dijo Lem.

Dublin se lanzó hacia la salida, pero Benyawe se quedó atrás.

—¿Podemos hablar un momento, Lem? —preguntó.

—Podemos hablar horas, doctora Benyawe. Así me mantendré despierto.

—He guardado silencio en este asunto desde que partimos hacia este asteroide —dijo Benyawe—, pero si no digo algo ahora, antes de que lleguemos allí, me sentiré decepcionada conmigo misma.

Lem sabía adónde iba a ir a parar. Como esperaba, la decisión de expulsar a los mineros libres no le hacía ninguna gracia a los ingenieros. Su mundo era blanco o negro. Un experimento fracasaba o no lo hacía. Los datos eran buenos o no. El prototipo funcionaba o no. La idea de una zona gris, donde era aceptable en determinadas circunstancias tomar un sitio por la fuerza, era difícil de tragar por un ingeniero. Todos sabían que Juke Limited estaba implicada en prácticas comerciales turbias, pero era mucho más fácil volver la cabeza desde las salas cómodas y seguras de tu laboratorio allá en Luna. Aquí, en lo profundo del espacio, la dura verdad te miraba a la cara.

Lem levantó una mano.

—Si va a decirme que piensa que expulsar a esos mineros libres es moralmente equivocado, ahórrese las palabras. Yo pienso lo mismo.

—¿Ah, sí?

—Absolutamente. Básicamente, es hacer trampas. Y acosar. Por no mencionar extremadamente peligroso.

—¿Entonces por qué lo hacemos?

—Porque la alternativa es un viaje de ocho meses. Si vamos tan lejos, agotaremos nuestras reservas de combustible. Además, no tenemos garantías de que el asteroide más lejano esté más vacío que este. ¿Quién dice que no hay toda una flota de mineros libres anclados en ese otro asteroide?

—Esas no son nuestras únicas opciones —dijo Benyawe—. Podríamos continuar con la misión tal como fue planeada. No es demasiado tarde para eso. Buscamos más guijarros de tamaño gradualmente más grande y ajustamos el gláser a medida que avanzamos. Los mineros libres no tocan los guijarros. Así no habría problemas.

—Tenemos que probar con un asteroide grande de todas formas —dijo Lem—. Todo lo que estamos haciendo es saltarnos pasos. Es una desgracia que tengamos que desahuciar a los mineros libres, pero así es el mundo en el que vivimos ahora. Chubs me asegura que podemos hacer esto con daños estructurales mínimos a su nave y sin dañar a ningún miembro de su tripulación.

—No está bien. Les vamos a quitar lo que es suyo.

—Técnicamente, doctora, no es suyo. No tienen ninguna escritura. Ningún derecho de propiedad. Esa roca es nuestra tanto como suya. Pregunte a la ASCE.

Lem no estaba exactamente seguro de tener razón. La Autoridad de Seguridad y Comercio Espacial, la organización internacional que supervisaba la industria minero-espacial, bien podría darle la razón a Benyawe en esto. Pero si Lem no conocía los detalles de esa política, estaba seguro de que Benyawe tampoco. Si parecía seguro de sí mismo, no discutiría.

—Pero ellos llegaron primero —dijo Benyawe—. Eso tiene que servir para algo.

—Ha servido para algo. Han enviado dos naves rápidas con metal. No los vamos a dejar en la pobreza, doctora. Considerando cuánto han extraído del pozo, probablemente ya están al final de la excavación. Solo los enviamos a casa prematuramente.

Ella sonrió con reproche.

—No sabemos si están al final de su excavación, Lem. Eso es una especulación sin fundamento solo para ayudarnos a dormir esta noche.

—Tiene razón. Pero eso no cambia nuestra situación. A menos que otro asteroide grande aparezca dentro de las próximas horas, vamos a seguir con esto.

—Entonces me gustaría que quedara registrado en los archivos oficiales de la nave que me opongo a esta acción.

Eso sorprendió a Lem.

—¿Tanto se opone?

—Tanto. Y no soy la única. Muchos de los ingenieros se sienten incómodos con esto, no solo porque les parece que es robar sino también porque temen por sus vidas. ¿Y si esos mineros libres están mejor defendidos y mejor equipados de lo que creemos? Somos científicos, Lem, no soldados.

—Le aseguro, doctora, que expulsar a un puñado de comedores de guijarros es lo más seguro del mundo.

—Por favor, no use es término. Lo encuentro ofensivo. Son seres humanos.

—Comedores de guijarros. Chupadores de rocas. Basura de ceniza. Perros cavadores. Ácaros de las minas. Carroñeros. Estas expresiones existen, doctora Benyawe, porque ese tipo de gente vive un estilo de vida que no llega a ser civilizado. Se casan con sus hermanas. Carecen por completo de educación. Sus piernas son solo hueso y tendón porque nunca las desarrollan. Es como si se estuvieran convirtiendo en una especie distinta.

—Habla de incidentes aislados. No todos son así. La mayoría son bastante innovadores.

—¿Ha visto a los expósitos, doctora? ¿Ha visto los documentales sobre esa gente? Es suficiente para que den ganas de vomitar.

—Sensacionalismo, Lem. Lo sabe. La inmensa mayoría de los mineros libres son familias inteligentes y trabajadoras que aman a sus hijos y obedecen la ley del espacio. Al asaltarlos vamos a quitarle a una familia su medio de vida.

—Y a asegurar el nuestro. Este es el mundo en el que vivimos ahora, doctora. Ya no estamos en un laboratorio ni en Luna. Esto es la frontera. Aquí no todo es perfectamente limpio. ¿Nos permitimos fracasar para que un grupo de mineros libres pueda vaciar un asteroide de todo lo que tiene? No, no podemos. Lo tomamos. ¿Me gusta esa opción? No, pero no es algo que estos mineros libres no hayan visto antes. Este es su mundo. Con toda probabilidad, ellos expulsarán también a naves. ¿Quién dice que no han echado a alguien de esa roca para quedársela ellos?

—Más especulaciones sin base ninguna.

—Estoy pintando un escenario, Benyawe. Le recuerdo que las reglas son diferentes aquí en lo Profundo. No me gusta más que a usted. Estos mineros libres tienen una obligación hacia su familia, sí, pero nosotros tenemos una obligación también.

Benyawe frunció el ceño.

—¿Al Consejo, quiere decir? ¿A nuestros accionistas? En serio, Lem. No puede comparar eso con una familia.

—Que esta gente tenga parentesco no hace que su causa sea más noble que la nuestra. Han sacado de esa roca dos naves rápidas llenas de metal. No tendrán problemas.

La holopantalla de Lem trinó, y un mensaje de solicitud de aceptación apareció. Lem atravesó con la mano el holoespacio, y la cabeza de Chubs apareció.

—Tenemos un problema, Lem —dijo Chubs—. Expulsar a esta nave va a ser más difícil de lo que pensábamos. ¿Puede venir al puente de mando?

Lem salió de su oficina inmediatamente. No quería que Benyawe lo siguiera, pero ella o bien no captó las pistas de su lenguaje corporal o decidió ignorarlo por completo. Fuera como fuese, ella lo siguió por el pasillo hasta el tubo de impulsión. Antes de entrar, Lem se volvió hacia ella.

—Si escribe una objeción formal —dijo—, la firmaré y la archivaré en los ordenadores de la nave. Ahora, si me disculpa, tengo asuntos en el puente de mando.

—Me gustaría acompañarle.

Era una mala idea. Los ingenieros nunca iban al puente de mando, y este no era un buen momento para empezar, sobre todo sabiendo cómo se oponía a la embestida.

—Este no es asunto para los ingenieros —dijo Lem.

—No soy solo una ingeniero. Soy la directora de Operaciones Especiales, un nombramiento que usted me ha otorgado. Yo diría que embestir a una nave entra claramente en la categoría de operación especial.

Lem comprendió de pronto por qué su padre puso a un hombre como Dublin al mando de los ingenieros. Los Dublins del mundo nunca te cuestionaban. Si estaban en desacuerdo con tus superiores, cerraban la boca y acataban las órdenes. Eso no los convertía en mejores líderes per se, pero desde luego facilitaba el trabajo de Lem y su padre. Benyawe era de otra pasta. Quedarse callada no estaba en su ADN. Pero ¿no era por eso por lo que la había ascendido en primer lugar? Quería consejos sinceros.

—Puede venir —dijo Lem—. Pero no pudo permitir que discuta conmigo en el puente de mando.

—Yo no discuto —respondió Benyawe.

—Está discutiendo conmigo ahora.

—Estoy fuertemente en desacuerdo. Hay una diferencia.

—Bien. No esté fuertemente en desacuerdo conmigo entonces. Mi argumento es que en el puente de mando soy el oficial en jefe. Puede hacer preguntas. Puede hacer observaciones. Pero si tiene algo que discutir sobre lo que diga, guárdeselo para usted hasta que estemos a solas.

—Muy bien.

Chubs los estaba esperando ante la carta del sistema. El mapa había sido sustituido por un gran holo de la *Cavadora*. No se parecía en nada al holo original que Lem había visto de la nave: eso era una versión 3-D que el ordenador tenía archivada de la marca y modelo concretos de la nave. Esta era la de verdad. La *Makarhu* estaba ahora lo bastante cerca del asteroide para hacer escaneos de alta resolución de la nave de los miembros libres, y Lem no podía creer lo que estaba viendo.

—Parece un tanque —dijo.

—Llevamos haciendo escaneos con los ordenadores toda la mañana —respondió Chubs—. Nunca he visto nada igual, al menos en una nave de mineros libres. Tienen placas blindadas soldadas por toda la superficie. Además, nunca he visto tanta tecno original en una sola nave. Mire estas protuberancias aquí, aquí y aquí. Es tecno.

—¿Qué clase de tecno? —preguntó Lem.

—No lo sabemos. Esas cajas de aquí podrían ser mataguijarros. Nuestros ordenadores no pueden distinguir nada. La mayoría parece construido con parches. El ordenador reconoce piezas individuales de máquinas, pero como las piezas se combinan de forma rara, no tenemos ni idea de para qué es realmente la tecno. Sea quien sea esta gente, o están locos de remate o son innovadores geniales.

—Preferiría que fueran locos.

—Ya somos dos —dijo Chubs—. No me gusta que tengan máquinas que no podemos comprender. Me pone nervioso. Y eso no es lo peor. —Miró incómodo a Benyawe.

—No hay problema —dijo Lem—. Está aquí por invitación mía.

Lem le sonrió a Benyawe, dándoselas de tranquilo, aunque en realidad sentía algo de pánico. La *Cavadora* parecía más dura de lo que había previsto. No tendría que haber traído a Benyawe.

Chubs se volvió hacia la carta del sistema y pulsó una orden. Una docena de cables que se extendían desde la *Cavadora* hasta la superficie del asteroide brillaron de pronto en amarillo.

—Esta es la mala noticia. Tienen doce líneas de atraque que los anclan al asteroide. Es el triple de lo normal.

—¿Y eso qué significa? ¿Que nos han visto? ¿Añaden más cables para hacerse fuertes?

—Nada de eso —respondió Chubs—. Nadie lleva tanto cable por si acaso. Tienen que anclar así todo el tiempo.

—Tal vez los hayan empujado antes —dijo Benyawe—. Y ahora tienden más cables para disuadir cualquier intento de repetirlo.

—Es lo que yo pienso —coincidió Chubs—. Por el aspecto de la nave y el número de cables de atraque, diría que esta gente ha visto lo suyo de piratas y de expulsiones.

—Y de corporaciones —dijo Benyawe.

Lem la fulminó con la mirada, pero ella estaba observando el holo y no le vio los ojos.

—La otra cosa que me molesta es la actividad que hemos detectado fuera de su nave —dijo Chubs.

—¿Qué clase de actividad?

—Paseos espaciales. Y montones de ellos. Algunos para colocar más blindaje en el casco. Algunos para trabajar en su sistema de evitación de colisiones. Han estado muy, muy activos. No hemos visto más de tres o cuatro tipos juntos. Pero es como si supieran que se avecina una guerra.

—Obviamente nos han detectado —dijo Lem—. Están construyendo defensas para nuestro ataque.

—No estoy tan seguro. Solo hay tres o cuatro tipos ahí fuera. Si estuvieran en modo pánico pre-batalla, tendrían una cuadrilla entera. Pondrían todos los hombres disponibles tras un esfuerzo como ese.

—Tal vez esos sean todos los hombres disponibles —dijo Benyawe—. Tal vez solo quedan tres o cuatro personas. Tal vez han tenido una fuga o algo. Ha sucedido con los mineros libres antes.

—Pero sí que tienen más gente —dijo Chubs—. Los hemos visto. Mientras esos tres tipos están reforzando la nave tienen treinta tíos trabajando en la mina. Básicamente es la vida como de costumbre.

Lem se encogió de hombros.

—No es tan extraño si se piensa. Nos han visto venir, y intentan extraer tanto mineral como puedan antes de que lleguemos allí. Es lo que yo haría.

—La otra posibilidad —dijo Benyawe— es que no sepan que venimos, y reforzar la nave es simplemente lo que hacen esos tres o cuatro tipos. Es su trabajo. Simplemente hacen lo que deben. Podríamos comentar que el estado de la nave favorece esa idea. Está bien defendida. No se consigue una cosa así de la noche a la mañana. Se ven abolladuras y marcas de quemaduras por todo el blindaje, lo que sugiere que lleva allí mucho tiempo.

—Tal vez —dijo Chubs—. También podría significar que las placas del blindaje se quemaron cuando las aplicaron.

—No es probable —repuso Benyawe—. Algunas de estas marcas y abolladuras se extienden por múltiples placas. Esta es una nave que ha visto acción, lo cual nos presenta otra posibilidad. Tal vez no se estén preparando para la guerra contra nosotros. Tal vez tienen una disputa con otra familia, o hay una nave de ladrones en la zona.

—No hay nadie más en la zona —dijo Chubs.

Benyawe se encogió de hombros.

—Entonces tal vez se estén preparando para partir a un viaje de seis meses donde esperan encontrar a su enemigo. ¿Quién sabe?

—Ya he tenido suficientes suposiciones por un día —dijo Lem—. Quiero respuestas. ¿Cómo afecta esto al empujón? ¿Vamos a hacerlo o no?

—Los cables de atraque son el mayor problema —respondió Chubs—. Son un montón de cables. No podemos empujar la nave a menos que todos y cada uno de esos cables sean cortados. Podríamos hacerlo con los láseres, pero sería un trabajo tedioso. Tardaría demasiado. Los empujones tienen que ser rápidos. Dos minutos como máximo. Darles la mínima posibilidad de contraatacar. Sugiero cortar los cables de una forma distinta.

—¿Cómo?

Chubs tecleó más órdenes en la carta del sistema, y el holo de la *Cavadora* desapareció. Un holo del asteroide ocupó su lugar, con la *Cavadora* convertido ahora en una nave pequeña anclada a la superficie.

—Aterrizaremos aquí —dijo Chubs—. En el lado ciego.

Lem contempló el holograma donde la *Makarhu* se acercaba a la cara oculta del asteroide y aterrizaba en un punto justo por debajo de lo que sería la línea del horizonte de la *Cavadora*, ocultándose de la vista pero manteniéndose a distancia de tiro.

—Todavía no nos han visto —dijo Chubs—. Esperaremos aquí hasta que lleven cuatro horas de ciclo de sueño, cuando todo el mundo está pillando moscas. Entonces enviaremos doce rompedores.

Los bots rompedores eran pequeños drones explosivos en forma de disco. Las corporaciones los usaban para extraer mineral, enviándolos a pozos estrechos para que rompieran grandes trozos de roca.

—Aquí hay una cordillera —dijo Chubs, iluminando el accidente en el asteroide—. Se extiende desde nuestro lugar de aterrizaje a cien metros de la *Cavadora*. Podemos seguir la cordillera en lanzadera sin que nos vean. La lanzadera se detiene aquí, en la linde del terreno descubierto. Lanzamos los rompedores desde aquí. Nuestro piloto envía cada uno a una línea de atraque distinta. Los bots atacan los cables, luego los detonamos todas a la vez. Ahí es cuando empieza el ataque. Cuando los cables estén cortados, avanzamos con la nave y eliminamos con nuestros láseres sus mataguijarros y su potencia. Ya se habrá acabado a esas alturas. Podremos empujarlos fácilmente. Noventa segundos máximo.

Lem miró el holo un momento.

—¿Lanzar los rompedores? ¿Puede enviarlos tan lejos con tanta precisión?

—Los rompedores tienen minicámaras. Tenemos un piloto muy bueno. Puede dirigirlas hacia donde quiera.

—¿No detectará el movimiento la *Cavadora*? —preguntó Lem—. ¿No verán venir a los rompedores?

—Su sistema de evitación de colisiones no monitoriza la superficie del asteroide. No puede. Tienen mineros caminando por la superficie todo el día. Créame, es el último sitio de donde esperarían un ataque.

A Lem no le gustaba. Se suponía que esto iba a ser una operación limpia. Llegarían, colocarían unos cuantos artilugios en el casco, empujarían la nave a un lado, y se habría terminado. Sencillo. Nada de rompedores. Nada de explosiones. Nada de acercarse subrepticiamente en lanzadera. Esto tenía muchas más variables de las que Lem pretendía.

Uno de los tripulantes se lanzó desde su puesto de trabajo y aterrizó cerca de Lem.

—Están rotando, señor —informó—. Podemos acelerar en cuanto estén preparados.

Este sería el último salto. Ya estaban cerca. Aterrizarían en la roca en cuestión de horas. Lem se volvió hacia Benyawe. Su rostro era una máscara. Parecía tranquila, pero él sabía que estaba furiosa. Odiaba esta nueva situación más que él.

—¿Cuál es la expresión, Lem? —dijo Chubs—. Podemos cortar la carnada ahora y largarnos si quiere. Si no, hay que actuar. Tenemos una ventana muy breve.

Nueve días. Habían viajado hasta allí en nueve días. Tenían la roca justo delante. «¿Qué harías tú, padre? ¿Dar media vuelta y dispararle a unos cuantos guijarros? ¿Volar durante ocho meses hasta un asteroide diferente? ¿O expulsar a estos chupadores de grava de la roca?» Lem casi podía sentir a su padre junto a él, mirando por encima de su hombro, sacudiendo la cabeza con disgusto, rezumando decepción. «¿Por qué se te ha tenido que ocurrir esto, Lem?», diría. «¿Eres un Jukes o eres un niño?»

Lem se volvió hacia Chubs.

—Llévenos a la roca.

6

Marco

Víctor caminaba por el exterior de la *Cavadora*, atornillando un mataguijarros con el torno de mano. Lo acompañaba Mono, los pies anclados al casco, sosteniendo el MG con cables. Habían quitado el láser hacía unos cuantos días y lo habían llevado a la bodega de carga para hacerle algunas modificaciones. Terminadas ya, estaban volviendo a instalarlo en el costado de la nave.

Víctor no estaba seguro de que sus esfuerzos fueran a servir para algo. Si la nave alienígena demostraba ser agresiva, probablemente no podrían hacer mucho para detenerla. La nave se movía casi a la velocidad de la luz, lo que requería una cantidad de energía casi inconcebible y enormes saltos tecnológicos, muy por encima de nada de lo que ningún tecno humano hubiera conseguido jamás. Y si los constructores de la nave podían hacer eso, no se podía saber lo que eran capaces de hacer sus armas.

Víctor insertó un tornillo en el taladro y pasó al siguiente agujero. Advirtió que el agujero estaba levemente desviado. Alzó la cabeza y vio que Mono se había quedado dormido. El cable de sujeción había escapado perezosamente de las manos abiertas del chico, y sus brazos flotaban flácidos. Si no fuera por sus botas magnéticas, Mono probablemente se habría alejado flotando de la nave.

—Mono —dijo Víctor bruscamente.

Mono despertó de golpe, súbitamente alerta, los ojos muy abiertos. Agarró el cable y lo tensó.

—Lo siento. Estoy despierto.

—No, no lo estás. Estás agotado. Y no te lo reprocho. Te he obligado a esforzarte demasiado hoy.

—No, no. Estoy bien. De verdad. Ahora estoy bien. —Mono parpadeó de forma exagerada y sacudió la cabeza para obligarse a permanecer despierto.

—Tres tornillos más —dijo Víctor—. Luego volvemos dentro. Ya pasa una hora del turno de sueño. Deberías estar atado a tu hamaca.

—Estoy bien —repitió Mono, aunque Víctor pudo ver por el aspecto de su rostro que si dispusiera de cinco minutos más de silencio, el niño volvería a quedarse dormido.

Un mensaje de su madre apareció en la visera de Víctor: «Es tarde, Vico. Trae a Mono. Su madre está preocupada.»

Víctor y Mono terminaron la instalación, recogieron sus cosas, y corrieron a la cámara estanca. Su madre los recibió en el interior con contenedores de chile y dos arepas calientes envueltas en un paño. Víctor se quitó el traje presurizado y sorbió el chile a través de la pajita. Estaba caliente y picante, con pimientos muy bien mezclados, tal como le gustaba.

—Perfecto como siempre —dijo.

Su madre frunció el ceño.

—No me vas a ganar con cumplidos, Vico. Tienes problemas. Vico debería de haberse acostado hace una hora.

—No estoy cansado —dijo Mono, aunque apenas podía mantener los ojos abiertos.

La madre sonrió.

—No, estás animado como una liebre. —Miró a Víctor con el ceño fruncido—. No estás descansando y comiendo como te dije, Vico. Necesitas ocho horas de sueño. Y Mono también. Tiene nueve años.

—Nueve y tres cuartos —dijo Mono—. Mi cumpleaños se acerca.

—Tienes razón, Patita —dijo Víctor—. Lo siento.

La madre entornó los ojos. Siempre tenía ese brillo receloso en la mirada cuando Víctor la llamaba por el apodo que le había puesto de niño, como si estuviera ocultando algo.

—¿Te acostaste anoche, Vico? No estabas en tu hamaca esta mañana.

Víctor mordió la arepa. Estaba caliente y cremosa.

—Dormí unas cuantas horas en el taller.

La madre suspiró y miró a Mono.

—¿Y tú, Monito? ¿Estás aprendiendo algo de mi hijo aparte de religión y desobediencia?

Mono tenía la boca llena de arepa. Dijo algo, pero fue ininteligible.

—Dice que duerme como un bebé —dijo Víctor—. Ocho horas al día.

Mono sonrió y asintió para mostrarle a la madre que la traducción había sido correcta.

—Al menos uno de vosotros se preocupa —manifestó la madre.

Víctor guardó silencio. Sabía que su madre no estaba realmente enfadada. Sabía que el trabajo que estaban haciendo tenía que hacerse. Simplemente, no le gustaba.

—La reprimenda tendrías que hacérsela a papá —dijo Víctor—. Duerme menos que yo.

—Oh, no te preocupes —contestó la madre—. Ya ha recibido bastante hoy.

Todos habían estado trabajando febrilmente desde la reunión del Consejo. Su padre más que nadie.

—Los italianos deben de estar a punto de recibir la línea láser —dijo la madre.

Víctor asintió.

—¿Sigue sin haber noticias de la nave Juke?

La madre negó con la cabeza.

—Ya tendríamos que haber recibido una respuesta, al menos el reconocimiento del mensaje recibido. Pero hasta ahora, nada.

Selmo cree que se marcharon antes de recibir el mensaje. Ya no aparecen en nuestros escáneres.

—O tal vez recibieron el mensaje y salieron disparados hacia Luna, huyendo por sus vidas —dijo Mono.

—Entonces al menos el mensaje le llegó a alguien —dijo la madre.

—Tendríamos que habérselo dicho a todo el mundo —insistió Víctor—. Tendríamos que habérselo dicho al mundo entero hace diez días.

Ella asintió y le puso una mano en el brazo.

—Prométeme que dormirás más.

—Solo si tú me prometes hacer este chile más a menudo.

—Sí —dijo Mono, lamiéndose los labios—. Qué sabroso.

El palmar de Víctor trinó, y se oyó la voz de su padre.

—A Marco y a mí nos vendría bien tu ayuda, Vico. Si has acabado con ese mataguijarros, envía a Mono a dormir y ven a echarnos una mano.

Cuando no trabajaba en la mina, Marco ayudaba al padre de Víctor construyendo las defensas de la nave.

—Estoy aquí con mamá. Puede oírte. Me está echando la bronca.

—No quiero dejar esto instalado a la mitad esta noche —dijo el padre—. Y esos nuevos componentes tuyos están dando un poco la lata. Dile a tu madre que te necesito.

—Dile a tu padre que va a tener un problema gordo —dijo la madre.

—Dice que te quiere mucho —dijo Víctor.

La madre puso los ojos en blanco, y Víctor supo que no iba a discutir.

—Voy para allá —dijo Víctor.

—¿Puedo ir? —preguntó Mono.

—Por supuesto que no —dijo la madre—. Le dije a tu madre que te enviaría directamente a tu hamaca, y ahí es donde vas a ir.

Mono pareció a punto de poner alguna pega, pero una rápida mirada y un dedo severo le hicieron pensárselo mejor. Se encogió de hombros y se lanzó hacia la escotilla. Cuando se marchó, la madre le puso a Víctor una mano en el hombro.

—Por favor, ten cuidado, Vico. Cuando estamos cansados, cometemos errores. Y no se pueden cometer errores ahí fuera. Ni siquiera pequeños.

—Tendré cuidado.

Cinco minutos más tarde estaba en el exterior con su padre y Marco, la línea de seguridad extendiéndose tras él hasta la bodega de carga.

—Hemos reiniciado —dijo su padre, indicando el recién instalado MG—. Pero sigue sin entrar en línea.

Usando su visualizador de cabeza alzada (o VCA), Víctor fue parpadeando hasta el ordenador de la nave para localizar el problema. No era codificador, pero había aprendido suficiente código para manipularlo cuando lo necesitaba para acomodar las modificaciones. Cuando descubrió el problema, reparó el código y el MG cobró vida, había pasado otra hora. Marco y su padre estaban cerca, atornillando una de las nuevas placas blindadas al casco. El metal procedía directamente del sitio de perforación, donde las máquinas fundidoras habían sido modificadas para producirlo. Se discutió mucho en la nave sobre el uso de ese metal: algunos insistieron en que lo enviaran directamente a Luna con el resto de los minerales para conseguir más ingresos. Sin embargo, al final Concepción se puso de parte de su padre, y las fundidoras llevaban haciendo placas adicionales desde entonces.

Víctor se reunió con Marco y su padre y empezó a ayudarles a asegurar las placas en el casco. No podía oír el taladro que tenía en la mano, pero sabía que las vibraciones estarían haciendo ruido dentro de la nave. La mayoría de la gente estaba durmiendo, así que si el sonido era lo bastante fuerte para despertarlo, Víctor estaba seguro de que recibiría un mensaje en su casco diciéndoles que pararan. Después de varias horas más de trabajo, no llegó ningún mensaje. Inicialmente, Marco hizo que el tiempo pasara rápido contando viejas historias de mineros, algunas de las cuales eran tan hilarantes que Víctor y su padre se rieron hasta que les dolió la barriga. Era la primera vez que Víctor sentía algún tipo de normalidad con un adulto, aparte de con sus padres, desde la marcha de Janda.

Sin embargo, las historias se terminaron al cabo de un rato, y los tres continuaron trabajando en silencio. Podían parar en cualquier momento, naturalmente: los adultos habían empezado a instalar placas para mantenerse ocupados mientras Víctor trabajaba en el MG. Una vez terminado eso, en realidad no había motivos para que estuvieran fuera tan tarde. Víctor se irguió para sugerir que dieran la faena por terminada, cuando algo en la distancia, en la superficie del asteroide, llamó su atención. Un parpadeo de movimiento, una veta de algo con el rabillo del ojo. Víctor entornó los ojos en la oscuridad, esforzándose por ver. Parpadeó para ampliar la visión de su casco y aumentó la imagen donde una de las líneas de atraque estaba anclada al asteroide. Era difícil ver muchos detalles en la oscuridad, pero parecía que había algo en el cable.

—¿Padre?

—¿Sí?

—Creo que hay algo en el...

Hubo doce cegadores destellos simultáneos de luz cerca del asteroide. Víctor cerró instintivamente los ojos, sintiendo que la nave se movía levemente bajo sus pies.

—¿Qué ha sido eso? —preguntó Marco.

Víctor abrió los ojos y vio entre los puntos de luz que aún ardían en sumisión que las doce líneas de atraque habían sido cortadas. La nave iba a la deriva. Alguien había volado los cables.

—¡Nos atacan! —gritó el padre—. ¡Agarraos a algo!

El primer láser alcanzó al MG apenas a dos metros de donde se encontraba Víctor, cortándolo desde la base. Un mecanismo en el interior del MG explotó, haciendo que el MG saliera despedido hacia atrás como un cohete en gravedad cero. Golpeó a Marco en untado de la cabeza justo cuando se agachaba, arrancándolo de la nave y enviándolo al espacio dando vueltas.

—¡Víctor, agáchate! —gritó su padre.

Benyawe inició los imanes de sus manos y cinturón y rápidamente pegó el estómago al casco. La alarma de su VCA sonaba. Su padre debía de haberla iniciado. Por toda la nave, la sirena estaría ululando ahora, despertando a todo el mundo.

Dos láseres impactaron en el casco cerca de donde estaban Víctor y su padre, cortando más sensores e instrumentos. Otro láser cortó ampliamente a la izquierda de Víctor, y el muchacho volvió la cabeza y vio horrorizado cómo el transmisor de línea láser era alcanzado. Con un rápido sesgo, el láser cortó todo el mecanismo, dejando solo la placa base y unos cuantos circuitos quemados. La pieza cortada se quedó flotando en el espacio, alejándose lentamente. La principal fuente de comunicación a larga distancia de la nave había desaparecido.

Víctor dio un respingo cuando tres láseres más barrieron la superficie de la nave a su derecha, sin abrirse paso profundamente en el casco, pero cortando todos los instrumentos que sobresalían en su camino. Cerró los ojos, esperando lo inevitable, pero los láseres no lo tocaron. Un momento después su alarma quedó en silencio, y su VCA se apagó. No tenía energía. Su traje estaba muerto. ¿Había cortado un láser su cable de seguridad? No, las luces de la superficie de la *Cavadora* estaban apagadas también: los láseres debían de haber alcanzado los generadores principales. Víctor inspiró. No recibía aire fresco. Ya no tenía calefacción. Trató de moverse, y la rotación de su cuerpo hizo que se alejara del casco. No tener energía significaba no tener imanes. Advirtió un instante demasiado tarde que nada lo anclaba a la nave. Extendió la mano, arañando la lisa superficie, tratando de encontrar asidero, desesperado por aferrarse a algo. Miró a su padre, que estaba gritando, aunque Víctor no podía oír nada. Tenía una mano extendida y con la otra agarraba un asidero. Víctor extendió la mano hacia la suya, pero estaba a más de un metro más allá de su alcance.

Otro láser alcanzó el casco, cortando otro sensor.

Víctor volvió la cabeza, escrutando frenéticamente el cielo en torno a él. ¿Era la astronave alienígena?

Entonces lo vio.

Al principio fue solo un espacio negro en el cielo, donde deberían estar las estrellas. Entonces la nave se acercó, y Víctor pudo distinguir los detalles. No era una nave estelar. Era una corporativa. Una nave Juke.

Los reflectores lo cegaron. Víctor alzó el brazo, protegiéndose los ojos, bizqueando ente la luz. La nave corporativa se había acercado en la oscuridad y ahora cargaba, las luces destellando. No frenaba. Iba a embestir a la *Cavadora*.

Víctor miró a su padre, que seguía gritándole que lo agarrara. Víctor agitó los brazos, los extendió, esforzándose, estirándose, extendiendo los dedos.

La nave golpeó.

Su padre se alejó rápidamente.

El cuerpo de Víctor chocó contra algo duro y se quedó sin aire por el violento impacto en el pecho. Sintió un destello de dolor. Los corporativos lo habían alcanzado. Quedó de plano contra su nave, y luego dejó de estarlo, girando, libre de nuevo, dando vueltas, desorientado. Volvió la cabeza y vio a la *Cavadora* alejándose de él, su cable de conexión vital extendiéndose, tensándose. No podía respirar. Sus pulmones gritaban pidiendo aire. Miró su cable de conexión y supo que un tirón fuerte podría arrancárselo de la espalda. Extendió la mano hacia atrás y lo agarró justo cuando se tensaba. El cable lo hizo sacudirse con fuerza, pero continuó conectado. Resistió. Volvía a dar vueltas, siguiendo a la *Cavadora* como un pez en el sedal.

Entonces con una sola y dolorosa inspiración, sus pulmones volvieron a expandirse. Tomó aire. Le ardía el pecho. Su traje estaba frío. La cabeza le resonaba. El aire era rancio.

—¡Padre!

No hubo respuesta. Seguía sin tener energía.

La *Cavadora* se alejaba torpemente, moviéndose a un lado de manera anormal, como un barco volcado en una corriente implacable. Los doce cables de atraque cortados colgaban sueltos bajo la nave. Dos impactos láser más golpearon los sensores del costado de la nave, aunque Víctor no pudo ver cuáles eran. Seguía girando, volando, deslumbrado, flácido. Todo sucedía demasiado rápidamente.

Tras él, vio la nave corporativa disparar sus retros y reducir velocidad, hasta detenerse donde había estado la *Cavadora*. Víctor comprendió que querían la roca. Los hijos de puta los habían empujado.

Hizo girar su cuerpo, tratando de controlar la rotación. La *Cavadora* seguía flotando a la deriva, alejándose de él. Su cable de conexión seguía tenso. Probablemente estaba a cuarenta metros de la nave. Tiró del cable, usando el impulso para detener la rotación. Su cuerpo se reafirmó. La rotación cesó. Pudo ver a su padre aferrado a la nave.

La sirena empezó a trinar de nuevo en su casco. Su pantalla de cabeza cobró vida. Tenía energía. Los generadores auxiliares se habían puesto en funcionamiento.

—¡Víctor! —Era la voz de su padre.

—Estoy aquí —pulsó al momento el gatillo de propulsión de su pulgar y voló hacia delante, corriendo hacia la nave.

—¿Estás herido? —preguntó su padre.

Víctor pudo ver que su padre se ponía en pie y saltaba de la nave, volando hacia él. Víctor giró el brazo. No estaba roto. O al menos no se lo parecía.

—No. Estoy bien.

La *Cavadora* seguía a la deriva. Su padre y él se dirigían rápidamente al encuentro. Víctor anuló su propulsión, igual que su padre. Incluso así, chocaron, aferrándose el uno al otro. Su padre escrutó el casco, buscando fracturas.

—¿No estás herido? ¿No tienes fugas?

—No. —Nunca había visto a su padre tan agitado antes—. ¿Y tú?

—Bien. Es Marco. Ayúdame a llevarlo dentro. No responde.

Solo entonces advirtió Víctor que había una segundo cable de conexión vital colgando tras la nave, aunque más abajo de su posición. El cable de Marco se había enganchado en una de las abrazaderas de sujeción, y el cuerpo de Marco estaba flácido y sin vida. El padre de Víctor se orientó y pulsó su gatillo de propulsión, volando derecho hacia Marco. Víctor lo siguió.

Llegaron a Marco y se anclaron a la nave. Marco estaba flácido y no respondía. Le dieron la vuelta. Tenía los ojos cerrados. Su casco estaba agrietado, aunque no parecía que hubiera fuga de aire.

—Creo que no respira —dijo el padre de Víctor. Alzó la cabeza, pensando, sin saber qué hacer. Entonces tomó una decisión—. Ve y abre la escotilla de la cámara estanca. En cuanto Marco y yo la atravesemos, tira del sobrante nuestros cables de seguridad lo más rápido que puedas. Luego ven tras nosotros y sella la escotilla. ¿Comprendes?

—Sí, señor.

Su padre se colocó detrás de Marco y pasó un brazo alrededor de su pecho y otro alrededor de su cintura. Iba a volar con él.

—Vamos, Víctor.

Víctor se lanzó, pulsando el gatillo hasta el máximo, volando directo hacia la escotilla que conducía a la bodega de carga. Las luces exteriores de advertencia giraban, bañando toda la nave de rayos de rojo en movimiento. Había daños por todas partes: marcas de quemaduras, bollos donde antes estaba el equipo. Víctor llegó a la escotilla, la abrió, luego se hizo a un lado. Su padre llegaba rápidamente, cargando con el cuerpo flácido de Marco. Las piernas de Marco chocaron contra el marco de la escotilla cuando pasó, pero no reaccionó. Víctor los siguió al interior y empezó a recoger los cables de seguridad, tirando mano sobre mano lo más rápido que pudo. Su padre lo acompañaba ahora, tirando frenéticamente. Finalmente, todo quedó recogido. Víctor selló la escotilla, y el sire empezó inmediatamente a entrar en la cámara estanca para llenar el vacío.

—Ayúdame a anclarlo al suelo.

El cable de seguridad sobrante estaba por todas partes, flotando alrededor de ellos. Víctor hizo a un lado tanta como fue posible, apartándola. Entonces golpeó el interruptor del cinturón de Marco para poner en marcha el imán. Entre su padre y él bajaron el cuerpo de Marco al suelo. Su padre cogió dos correas de anclaje y rodó con una de ellas el pecho de Marco y con la otra sus piernas, dejándolo de plano contra el suelo. Para entonces la cámara estanca estaba casi llena de aire.

—En cuanto recibamos la conformidad, quítale el casco con cuidado. No lo agites. Hay que tener cuidado con su cuello.

Víctor asintió, y los dos se situaron en posición.

Su padre miró el reloj de la pared y vio que faltaban veinte segundos para que la sala quedara completamente presurizada.

—Ya es suficiente. Vamos.

Empezó a quitarse el casco mientras Víctor delicadamente soltaba el de Marco. Cuando finalmente lo retiró, la señal de conformidad sonó, y la luz sobre la salida hacia la bodega de carga se puso en verde.

Su padre buscó el pulso en el cuello de Marco mientras Víctor se quitaba el casco.

—Llama a Isabella con tu palmar. Que venga inmediatamente. Dile que no puedo encontrarle el pulso y que no respira.

Las manos de Víctor temblaban mientras marcaba el código en su palmar. Marco se estaba muriendo. O tal vez ya estaba muerto. Su padre echó la cabeza de marco levemente hacia atrás y empezó a hacerle la respiración boca a boca. Isabella no respondió.

—No contesta —dijo Víctor.

—Probablemente ya estará atendiendo a la gente o dirigiéndose a la fuga. Búscala. Tráela. Que traiga su botiquín si lo lleva encima. Ve.

Víctor soltó su cable de seguridad y se levantó y salió de la cámara estanca en un instante, lanzándose a través de la bodega de carga hasta la escotilla situada al otro lado de la sala. La sirena sonaba con fuerza dentro de la nave, y solo las luces de emergencia estaban encendidas, dejando gran parte de la sala a oscuras. No había nadie en la bodega de carga, pero Víctor encontró a mucha gente en el pasillo, una arteria principal de la nave. Todos llevaban sus mascarillas de emergencia y se dirigían hacia la fuga de manera ordenada, como habían sido entrenados. Los bebés y los niños pequeños lloraban detrás de sus máscaras, pero sus padres los apretaban contra sus pechos y les decían palabras de consuelo. Todo el mundo parecía alarmado, pero a Víctor le alegró ver que nadie había sucumbido al pánico. La mayoría de la gente iba erguida, con las grebas puestas, pero unos cuantos como Víctor volaban, moviéndose tranquilamente entre la multitud.

Escrutó los rostros, pero no vio a Isabella. Conociéndola, sería una de las últimas personas en dirigirse a la fuga. Como enfermera de experiencia, se quedaría atrás y ayudaría a todos los que hubieran resultado heridos en la colisión, asegurándose de que llegaran a la fuga. Era lo más parecido a un médico que había en la *Cavadora*, e incluso había realizado unas cuantas operaciones a lo largo de los años, aunque solo en situaciones de vida o muerte y siempre como último recurso.

Víctor localizó un rostro familiar.

—¡Edimar!

Edimar lo vio y se abrió paso entre la gente para alcanzarlo. La mascarilla le cubría por completo el rostro.

—¿Qué ha pasado? —preguntó—. ¿Por qué llevas un traje de presión? ¿Estabas fuera? ¿Dónde está tu mascarilla?

—¿Has visto a Isabella?

Edimar señaló el lugar de donde había venido.

—Estaba ayudando a Abuelita. ¿Por qué? ¿Quién está herido? ¿Qué ha pasado?

Víctor no se paró a responder. Ya estaba en camino, abriéndose paso entre la gente, contra el tráfico, usando la barandilla para impulsarse hacia delante. Edimar lo llamó, pero él no se volvió. Varias personas le gritaron cuando las rozó al pasar, pero no le importaba. Marco se estaba muriendo. No respiraba. Cada segundo contaba.

Cuando más se internaba en el pasillo abajo, menos gente había. Con más espacio para moverse, Víctor empezó a lanzarse hacia delante, moviéndose más rápido, cubriendo más terreno.

Llegó junto a Abuelita, su bisabuela, que recibía la ayuda de dos de sus tíos.

—¿Dónde está Isabella?

Señalaron pasillo abajo. Víctor salió disparado, lleno de pánico. Había muy poca ente ahora. ¿Y si Isabella había entrado en la habitación de alguien para ayudarlos y Víctor había pasado de largo? ¿O si había tomado otro pasillo para llegar a la fuga y por eso no la había encontrado?

La vio. Estaba allí al fondo, poniendo en cabestrillo el brazo de la prima Nanita.

—¡Isabella!

Ella alzó la cabeza.

—Es Marco. No respira.

Ella cogió su maletín y se lanzó hacia él.

—¿Dónde?

Víctor giró el cuerpo y se lanzó por el camino por el que había venido.

—En la cámara estanca de la bodega de carga.

—¿Estaba fuera?

—Estábamos colocando algunas placas cuando los corporativos atacaron.

—¿Los corporativos?

Le contó lo que pudo mientras volaban por el pasillo. Víctor tuvo que gritar por encima del gemido de la alarma. Había poca gente ahora. La mayoría estarían ya en la fuga. Llegaron a la bodega de carga. Isabella entró primero. Bajaron a la cámara estanca. «Tal vez Marco esté bien ya —pensó Víctor—. Tal vez papá lo ha revivido. Llegaremos allí y Marco estará de pie, tosiendo y dolorido tal vez, pero vivo, y nos dará las gracias a papá y a mí por ayudarlo, y entonces todos bajaremos a la fuga juntos y nos reiremos del susto.»

Pero Marco no estaba bien. Su padre seguía haciéndole la respiración boca a boca. Nada había cambiado. Marco continuaba sin vida. El padre los vio y se hizo a un lado para que Isabella se hiciera cargo. Parecía agotado, asustado y sin aliento.

—No responde a nada —dijo.

Isabella se subió las grebas hasta las rodillas y se arrodilló en el suelo junto a Marco, abrió su maletín y actuó con rapidez.

—Ayudadme a quitarle el traje para que pueda llegar a su pecho.

Tenía unas tijeras en la mano y empezó a cortar el traje. Víctor y su padre retiraron en tejido mientras Isabella cortaba la camiseta interior de Marco. Víctor observó el pecho, deseando que se elevara solo, que se moviera, que mostrara un poco de vida. No lo hizo.

Isabella le colocó unos sensores en el pecho y le metió un tubo en la boca. La máquina empezó a insuflarle aire y el pecho de Marco empezó a elevarse y caer. Eso no le dio a Víctor ningún consuelo. La máquina hacía todo el trabajo. Isabella sacó una jeringuilla de su maletín, quitó la tapa, la escupió, y la clavó en el brazo de Marco. Conectó una segunda máquina, y Víctor oyó el pitido sostenido de una línea plana. El corazón no latía. Isabella apretó un disco contra el pecho de Marco. Lo giró, y el cuerpo se retorció. Durante medio segundo Víctor pensó que Isabella lo había revivido, que Marco recuperaba el sentido y se despertaba entre estertores. Pero no era así. Su cuerpo se quedó quieto de nuevo, Isabella le dio otras tres descargas. Cuatro. La línea plana continuó.

Isabella parecía perdida. Retiró el disco del pecho de Marco y lo hizo a un lado. Volvió a meter las manos en el maletín. Sacó la placa ósea. La colocó sobre el pecho de Marco y la estructura del esqueleto apareció en la pantalla. Lentamente, Isabella subió la placa hasta el pecho de Marco y la dejó allí durante largo rato, su rostro a unas pocas pulgadas de la placa. Finalmente, desconectó la placa y alzó la cabeza, derrotada.

—Tiene el cuello roto. Le cortó la columna vertebral. Lo siento.

Las palabras resonaron huecas para Víctor, como si surgieran de un sueño. Ella les estaba diciendo que Marco estaba muerto, que no había nada más que pudiera hacer. Se rendía.

No, Marco no podía estar muerto. Víctor había estado con él hacía unos momentos. Habían estado trabajando juntos, riendo.

Su padre hablaba en voz baja por el palmar, llamando a alguien a la cámara estanca.

—Tiene que haber algo que podamos hacer —dijo Víctor.

—No lo hay, Vico —respondió Isabella, quitándole a Marco el tubo de la boca.

—¿Entonces nos rendimos?

—No puedo arreglar lo que está roto. Ya estaba muerto cuando lo trajisteis. Lo siento.

Víctor se sintió aturdido. Los dedos le cosquillearon. Marco estaba muerto. La palabra le golpeó como lo había hecho la nave Juke. Muerto. ¿Por qué los habían atacado los corporativos? Esto no era el Cinturón de Asteroides. Esto era el Cinturón de Kuiper. La familia había dejando el Cinturón A por este mismo motivo: para escapar de las naves corporativas.

«¿Cómo se han acercado tanto sin que las detectáramos?»

Víctor miró a Marco. «Tiene una familia» —se dijo. Una esposa, Gabi, y tres hijas, una de las cuales, Chencha, era solo un año más joven que Víctor.

Su padre desconectó el cable de seguridad de la espalda de su traje y se dirigió a la puerta de la bodega de carga.

—Vamos, Vico.

—¿Nos marchamos?

—Tenemos trabajo que hacer.

Se refería a la nave. Víctor había visto algunos de los daños. El generador de potencia estaba frito. Los sensores habían desaparecido. Los MG también. Y los generadores auxiliares no durarían eternamente. Si la familia quería sobrevivir, Víctor y su padre necesitaban hacer grandes reparaciones rápido.

Víctor asintió y se dirigió a la escotilla.

—Gabi y Lizbét vienen de camino —le dio su padre a Isabella—. Me quedaría, pero Concepción nos quiere en el puente de mando inmediatamente.

Lizbét era la madre de Marco. Seguía mimando a su hijo.

—Id —dijo Isabella—. Yo las esperaré aquí.

Su padre se irguió y echó a volar. Víctor se lanzó tras él. Un momento después, estaban en el pasillo, que ahora estaba vacío. Su padre se volvió hacia el puente de mando, tomando por un pasillo lateral. Ante de seguirlo, Víctor se volvió a mirar en la dirección opuesta, hacia la fuga, y vio a dos mujeres, todavía lejos, que se encaminaban hacia la bodega de carga. Gabi y Lizbét. Esposa y madre. Incluso en la distancia, pudo ver el terror y el pánico en sus rostros.

—Vico, vamos.

Víctor volvió a ponerse en movimiento, siguiendo a su padre entre los pasillos de la nave. Llegaron al puente de mando, y Víctor se sorprendió al ver a toda la tripulación aquí, ocupados trabajando. Algunos tendían cables y emplazaban luces. Otros estaban en sus puestos de trabajo, hablando a sus auriculares o tecleando órdenes. Concepción vio al padre de Víctor y voló hacia él inmediatamente. Por su expresión, Víctor se dio cuenta de que sabía lo de Marco. Su padre debía de haberla llamado.

—Gabi y Lizbét están ahora con él.

Concepción asintió.

—¿Alguno de vosotros está herido?

—La nave corporativa golpeó a Víctor —dijo el padre.

—Estoy bien —repuso el muchacho.

Concepción parecía preocupada.

—¿Seguro? Voy a necesitarte, Víctor, como nunca te he necesitado antes.

—Estoy bien —repitió, aunque se sentía de todo menos bien. Marco estaba muerto. La nave estaba dañada, quizás irreparable.

—Ven conmigo —dijo Concepción, volviéndose y volando de regreso a la holomesa.

Selmo estaba allí, mirando un gran esquema holográfico de la nave en el holoespacio sobre la mesa. Una docena de parpadeantes puntos rojos en el esquema indicaban las zonas dañadas.

—El generador eléctrico no funciona, naturalmente —dijo—. Todavía no sabemos la gravedad de los daños. Esa debería ser nuestra primera prioridad. Los generadores secundarios están bien, pero solo pueden producir el cincuenta por ciento de la energía que solemos usar cada día. De modo que tendremos que racionar la energía y apagar un puñado de luces y todo el equipo que no sea esencial. La mayor parte de la energía tendrá que ir a los ventiladores de aire y los calefactores. Prefiero trabajar en la oscuridad que morir congelado.

—Víctor y yo nos encargaremos del generador principal —dijo su padre—. ¿Qué hay de los reactores?

—Los reactores están bien —contestó Selmo—. Y por tanto los impulsores también. Los corporativos sabían lo que se hacían. Nos lanzaron hacia arriba, pero nos dejaron con la capacidad de huir lo más rápido que podamos.

—Y eso es exactamente lo que vamos a hacer —dijo Concepción—. Cuando nos recuperemos y controlemos el rumbo, nos largamos de aquí. No somos rival para una nave de ese tamaño ni tan bien defendida. Sé que a algunos de vosotros os gustaría borrarlos del cielo ahora mismo, pero no estamos en disposición de hacerlo. No tenemos las capacidades, y no vamos a poner en peligro a nadie más de esta nave. No merece la pena morir por este asteroide. Nos vamos.

—No hay discusión —dijo el padre de Víctor—. Pero si podemos, deberíamos intentar recoger tantos componentes y sensores arrancados de la nave como sea posible. Están flotando ahí fuera en el espacio ahora mismo, y podríamos rescatar algunas partes. Sobre todo los láseres. Algunos de esos componentes son irremplazables. No quiero abusar de nuestra suerte y agravar a los corporativos quedándonos por aquí, pero deberíamos recoger tanto como podamos antes de salir pitando.

—De acuerdo —dijo Concepción—. Selmo, en cuanto terminemos aquí, trabaja con Segundo y Víctor en un plan para recoger rápidamente tanto equipo cortado como sea posible.

Selmo asintió.

—Los mineros pueden ayudar con eso. Tengo ya treinta hombres preguntado qué pueden hacer.

—¿Qué más hay dañado? —preguntó Segundo.

Selmo suspiró.

—Las dos perforadoras láser han desaparecido. Los corporativos las arrancaron de la nave y luego las cortaron en pedazos. Ya tengo el vídeo del ataque. Las perforadoras son insustituibles. Míralo tú mismo.

Introdujo algunas órdenes en la holomesa, y el vídeo de vigilancia del exterior de la nave apareció en el holoespacio. Allí estaba la vieja perforadora láser, la que tenía el estabilizador de Víctor, iluminada por un par de luces de seguridad. Selmo avanzó rápidamente el vídeo, y Víctor y su padre vieron cómo los láseres reducían la perforadora a pedazos. La luz era tan brillante, y los cortes se produjeron tan rápidamente que Selmo rebobinó el vídeo y se los enseñó de nuevo a cámara lenta. Víctor se sintió enfermo. Todas sus modificaciones y mejoras para la perforadora, todo lo que había escrito en su cabeza y rara vez había anotado antes de construirlo, se había perdido. Reducido a basura sin valor. Aún peor, las perforadoras eran el modo de vida de la familia, las dos piezas más importantes del equipo, el medio con el que la familia ganaba dinero y sobrevivía.

Y ahora las habían perdido.

Su padre no dijo nada durante un momento. Comprendía las implicaciones. Los corporativos había dañado algo más que la nave: habían dañado el futuro de la familia. ¿Cómo podrían extraer mineral ahora? ¿Cómo podrían conseguir dinero para los suministros necesarios o los repuestos? ¿Cómo podían existir en lo Profundo sin buenas perforadoras?

—¿Qué más? —preguntó Segundo.

—Cuatro de nuestros MG han desaparecido también —contestó Selmo—. Eso nos deja con dos. Una vez más, los corporativos sabían lo que se hacían. Nos dejaron con un MG a cada lado de la nave, suficiente para que salgamos de aquí y nos defendamos contra la mayoría de las amenazas de colisión, pero no lo bastante para contraatacar y volvernos contra su nave. Lo único positivo, si hay algo, es que no destruyeron los MG. Solo los soltaron. Entiendo que eso significa que esperan que los recuperemos y los reparemos en otra parte.

—Qué amable por su parte —dijo el padre de Víctor—. Recuérdame que les envíe flores. ¿Qué más?

—Nuestra otra gran pérdida es la comunicación. Hemos perdido el transmisor de línea láser. No podemos enviar un mensaje de socorro aunque quisiéramos.

—Eso significa que no podemos avisar a nadie de la presencia de la astronave —dijo Víctor.

—Cierto —reconoció Selmo—, pero esa es la menor de nuestras preocupaciones ahora mismo.

—¿Y el hielo? —preguntó Segundo—. ¿Cómo andamos de aire y combustible?

Selmo sonrió.

—Eso es un rayo de luz. La bodega de carga está llena de hielo al noventa y cinco por ciento. Cosechamos tanto como pudimos en el asteroide cuando llegamos. Así que estamos bien de oxígeno y combustible durante algún tiempo. Es más que suficiente para llenarnos donde queramos ir dentro de, digamos, cinco o seis meses.

Víctor se sintió aliviado al oír esas palabras, al menos. El hielo era la vida. Los reactores lo derretían y disociaban el hidrógeno del oxígeno. Usaban el hidrógeno como combustible. El oxígeno lo respiraban.

Selmo movió su punzón en el holoespacio e hizo rotar el esquema.

—Si queréis más buenas noticias, parece que los otros sistemas de soporte vital están ilesos. Los purificadores de agua están bien. Las bombas de aire también. Sean quienes sean esos corporativos, eligieron sus objetivos con cuidado.

—¿Fugas?

—Ninguna que podamos detectar —dijo Selmo—. Vamos a hacer otro escaneo para asegurarnos, pero parece que sobrevivimos sin ninguna brecha. Tuvimos suerte. El impacto no fue tan duro, y sus láseres no intentaban penetrar. Además, el blindaje ayudó.

—¿Quiénes son? —preguntó el padre de Víctor—. ¿Por qué no lo vimos llegar?

Selmo suspiró.

—Fue culpa mía. Es la nave corporativa a la que enviamos la línea láser hace diez días. Tendría que haber sospechado algo cuando dejó de aparecer en los escáneres. Supuse que se habían marchado. Nunca pensé que se estuvieran acercando sin ser vistos.

—No es culpa de nadie —dijo Concepción—. Conocían nuestras capacidades escaneadoras y las explotaron. Fin de la historia.

—Si recibieron nuestro mensaje, ¿por qué nos atacaron? —preguntó Segundo.

—Selmo y yo hicimos los cálculos —dijo Concepción—. Cuando enviamos la línea láser, ya venían hacia nosotros. Nunca recibieron el mensaje. No les llegó. Esto no tiene nada que ver con la línea láser. Querían el asteroide, simple y llanamente.

Dreo se acercó a la holomesa.

—Tengo su red. Dame la orden y lo haremos.

El padre de Víctor se volvió hacia Concepción.

—¿Lanzamos un olfateador? —preguntó.

Los olfateadores eran pequeños satélites hacker que se lanzaban desde una nave para espiar otra. Para funcionar, tenían que estar al alcance de la red de una nave y a la vez lo bastante lejos para evitar disparar los MG. Cincuenta metros era la máxima distancia a la que se atrevía un olfateador. Acceder a la red de la nave era lo difícil, sobre todo si se trataba de una nave corporativa. Las corporativas tenían ejércitos de codificadores y especialistas que no hacían otra cosa sino diseñar defensas contra los olfateadores. La mayoría de las familias ni siquiera soñaban con intentar hackear a una corporativa. Pero la mayoría de las familias tampoco tenían a Dreo, que podía colarse en cualquier red.

—La lanzamos justo antes de que llegarais al puente de mando —dijo Concepción—. Quiero saber quién nos embistió.

—¿Y si detectan que estamos hurgando en su red? Eso podría instigar otro ataque.

—No lo sabrán —dijo Dreo—. He tomado todo tipo de precauciones.

—No es por ofenderte, pero ¿estás seguro? Llevamos años aquí fuera. ¿Quién sabe que otros programas barredores tienen en marcha hoy en día? Puede que tengan nuevas formas de detectarnos de las que no sabemos nada. Son corporativas. ¿Qué más queremos saber?

—No tienen motivos para venir al Cinturón de Kuiper cuando hay tantos asteroides en el Cinturón A, listos para ser tomados —dijo Concepción—. Si ahora vienen aquí, las otras familias querrán saberlo. Esto afectará a todos los clanes. Hemos vivido relativamente en paz desde hace mucho tiempo. Si las naves corporativas empiezan a invadir nuestro espacio, es información que tenemos que difundir. Dreo me asegura que permaneceremos invisibles.

—¿Entonces por qué no cargamos algún malware o venenoware y dañamos sus sistemas mientras estamos aquí? —dijo Víctor.

—Porque no vamos a atacarlos —respondió Concepción—. Quiero información, no venganza.

Víctor observó los rostros en torno a la mesa, y vio que no todo el mundo compartía esa opinión.

—Por favor, adelante, Dreo —dijo Concepción—. Y trae su red a la holomesa, si no te importa.

Dreo regresó a su puesto de trabajo, y el esquema de la nave en el holoespacio desapareció, sustituido con una serie de iconos tridimensionales girando en el espacio: bitácora de vuelo, datos técnicos, líneas láser, pruebas de campo, Lem, doctora Benyawe, y otros.

—Dame los manifiestos —dijo Concepción—. Dime quién es el capitán.

Aparecieron fotos y un holovídeo de un hombre guapo de poco más de treinta años. Concepción seleccionó la ventana de datos bajo una de las fotos y la amplió.

—Lem Jukes —dijo, leyendo el nombre.

—¿Está emparentado con los Jukes? —preguntó Segundo.

—Es hijo de Ukko —dijo Concepción.

—Que me zurzan —dijo Selmo—. La manzana no cae lejos del árbol.

—Copia tantos datos como puedas —ordenó Concepción—. Quiero saber cuáles son sus intenciones. Luego traigamos a la nave los sensores cortados y salgamos de aquí antes de que el señor Lem Jukes decida seguir disparando. Voy a estar con Gabi y Lizbét, y luego iré a la fuga para dirigirme a la familia. —Se volvió hacia el padre de Víctor—. No perdáis tiempo y energías trabajando en lo que no puede repararse. Trabaja con Selmo para identificar esas cosas que podamos reparar. Primero la energía, las comunicaciones lo segundo.

—¿Qué hay de la astronave? —preguntó Víctor.

—¿Qué hay de ella? —dijo Concepción—. Selmo tiene razón. No estamos en posición de tratar con eso ahora mismo. Ni podemos transmitir lo que hemos descubierto. Estamos mudos hasta que vuelvan las comunicaciones.

—No vamos a poder recuperarlo todo —dijo Segundo—. Necesitaremos repuestos y suministros.

—La estación de pesaje más cercana está a cuatro meses de distancia —dijo Concepción—. La ayuda más cercana que tenemos son los italianos. Recibieron nuestro mensaje y están vigilando el cielo. Si nos damos prisa, tal vez podamos alcanzarlos antes de que se marchen. Tendrán un montón de suministros que podremos usar.

Víctor miró a su padre y se dio cuenta de que estaba pensando lo mismo que él. Acudir a los italianos era un riesgo. No había manera de enviarles una transmisión que les dijera que esperasen. Si la *Cavadora* llegaba y los italianos habían continuado su camino, la nave tendría serios problemas.

Concepción dejó el puente.

Víctor se volvió hacia el holoespacio y miró a Lem Jukes. Algunas de las fotos eran de tipo identificación: una toma de la cara de frente, una toma de perfil. Pero había otras fotos más casuales, sacadas de los archivos de la nave: Lem de pie con su padre, Ukko Jukes, en una foto ceremonial en lo que debió ser la partida de la nave; una foto más seria de Lem en acción en el puente de mando, inclinado sobre alguna holopantalla, señalando a nada en particular, claramente una foto preparada para la prensa. Y luego estaba el breve holovídeo. Duraba como mucho doce segundos, y era un bucle que se repetía una y otra vez. Lem estaba en una fiesta, sentado ante una mesa. Copas de vino vacías, cubertería de lujo, una porción de tarta a medio comer en un plato. No había sonido, pero Lem estaba claramente contando un chiste, usando las manos y su sonrisa encantadora para dar énfasis a su relato. A cada lado había sentada una mujer hermosa, atentas a todas sus palabras. El chiste llegó a su fin, y todos estallaron en carcajadas, incluido Lem. Entonces el vídeo empezaba de nuevo.

Víctor lo vio por segunda vez, y ahora imaginó las palabras que surgían de la boca de Lem. «Así que volamos sus cables de sujeción. Y había tres tipos en el casco de la nave. Solo el diablo sabe qué estaban haciendo ahí fuera. Así que le dije a mi piloto que los echara, que los golpeara con fuerza y se cargara ese MG allí mismo. Y zas, le dio a uno de esos chupadores de grava justo entre los ojos.»

Risas por parte de todos los comensales.

Su padre hablaba con Selmo. Víctor miraba las risas del vídeo.

«Ese hombre mató a Marco —pensó—. Lem Jukes, hijo de Ukko Jukes, heredero de una fortuna de ladrones y asesinos, mató a Marco.»

Concepción quería que se concentraran en la energía y la comunicación. Bien. Víctor lo haría. Pero también iba a reconstruir uno de los MG, uno especial, lo bastante potente para borrar esa estúpida sonrisita de la cara de Lem Jukes.

7

India

El capitán Wit O'Toole se sentó delante en la carlinga del piloto hasta que el avión estuvo a una hora de la zona de lanzamiento. Los ocho pasajeros de la cabina eran los nuevos reclutas de Wit, soldados escogidos de unidades de Fuerzas Especiales de Nueva Zelanda, Sudáfrica, España, Rusia y Corea del Sur. En sus valoraciones más optimistas, Wit contaba con encontrar seis hombres que se unieran a la POM. Volver a casa con ocho era como celebrar la Navidad antes de tiempo.

Ninguno de los hombres había conocido a los otros antes de este vuelo, así que Wit los había dejado solos adrede después de que el avión despegara de un aeropuerto privado en Mumbai. Si se hubiera sentado con ellos, se habrían referido a él como su oficial al mando y habrían esperado que iniciara la conversación. Pero ahora cuando Wit salió de la carlinga y volvió a la cabina, oyó risas y conversación, como si los hombres fueran amigos de toda la vida.

La sociabilidad y la amistad eran las primeras tendencias que Wit buscaba en los posibles reclutas. Había miles de soldados que podían disparar con precisión y luchar con ferocidad, pero había pocos que pudieran ganarse rápidamente la confianza entre extranjeros y desconocidos. Esto era especialmente importante en la POM, cuyos soldados a menudo se encontraban en situaciones violentas donde estaban masacrando a civiles, a menudo por parte de sus propios militares y gobiernos. Eso significaba que los POM tenían la difícil tarea de ganarse la confianza de aquellos que confiaban en todo el que llevara uniforme. Estos hombres tenían lo que hacía falta.

Wit entró en la cabina y el surcoreano, un teniente llamado Yoo Chi-won, se puso en pie de un salto, adoptó la postura de firmes, y saludó. Los otros lo imitaron rápidamente.

—Descansen —dijo Wit.

Los hombres se sentaron.

—Agradezco el gesto, caballeros, pero esto no es el ejército de Corea del Sur ni el ejército ruso ni nada de eso. Es la POM. Seguimos un protocolo diferente. Solo tienen que saludarme en las situaciones formales, y esas son raras de todas formas. Me mostrarán un respeto mucho mayor en el campo siguiendo inmediatamente las órdenes. Ni siquiera tienen que dirigirse a mí formalmente, si lo desean. Respondo a Wit, O'Toole, o capitán. Y hablando de rangos. Todos ustedes habrán advertido sin duda por sus presentaciones y las insignias de sus uniformes que no soy el único capitán a bordo de este avión. Tenemos varios capitanes y tenientes y suboficiales entre nosotros. Esos rangos fueron bien ganados. Se les felicita por ello. Pero son rangos de ejércitos diferentes. Ya no son capitanes o tenientes. Son todos iguales. Si deciden dirigirse unos a otros formalmente, el término será «soldado». Soldado Chi-won. Soldado Bogdanovich. Soldado Mabuzza. Yo conservo el rango porque llevo haciendo esto algún tiempo y mis superiores necesitan a alguien a quien echar las culpas si algo sale mal.

Los hombres sonrieron.

—Hay otros pequeños asuntos de protocolo, pero los iremos resolviendo sobre la marcha. En este momento, tenemos asuntos más acuciantes. Bajo sus asientos encontrarán mascarillas con un cien por cien de oxígeno. Les aconsejo que empiecen a respirarlo ahora.

Los ocho hombres buscaron bajo sus asientos, encontraron sus mascarillas y se las pusieron. Wit se puso también la suya y habló a través del transmisor colocado en su base.

—Como todos ustedes están entrenados en saltos de altitud, no necesito explicarles la importancia de eliminar todo el nitrógeno de su sistema antes del salto.

Los hombres intercambiaron miradas. Wit no les había dicho todavía adónde iban ni qué iban a hacer cuando llegaran. Sus instrucciones habían sido simplemente llegar a un hangar designado en un aeródromo en Mubai sin otra cosa más que el uniforme que llevaban puesto. Un avión estaría esperando.

—Y sí, vamos a hacer un salto de altitud —dijo Wit—. Su nuevo hogar para los próximos meses es una instalación de entrenamiento en el valle de Parvati, al pie del Himalaya, en el norte de la India. Estos dos armarios contienen el resto de su equipo. Dejen aquí sus antiguos uniformes en una pila. No los necesitarán. Representan su antigua vida. Ahora son POM. Les sugiero que se cambien rápido.

Los hombres se levantaron, abrieron los armarios, y empezaron a repartir el equipo. Como Wit esperaba, trabajaron con calma, pasando el material y mostrando tanta preocupación por los demás como por sí mismos. Luego se quitaron los uniformes y los dejaron donde Wit había indicado. Wit podía haberles pedido que vinieran de paisano, pero el ritual de desprenderse de antiguas afiliaciones ayudaba a los hombres a recordar dónde se hallaba ahora su nueva lealtad.

Wit se puso un traje amortiguador, luego un traje de salto, que era grueso y cálido y estaba repleto de los últimos sensores biométricos. Había también otro equipo. Wit había colocado unos cuantos artículos exóticos en las mochilas para ver cómo respondían los hombres. Un altímetro coreano, por ejemplo, era completamente extraño para todos menos para Chi-won. Eran los mejores altímetros del mundo, pero eran exclusivos del ejército coreano. A Wit le gustó ver que Chi-won enseñaba rápidamente a los demás cómo colocarse el aparato en la muñeca y conectarlo a su traje. El AAAP (aparato de activación automática del paracaídas) era un modelo ruso, y Bogdanovich instruyó amablemente a los demás sobre cómo funcionaba y qué tenían que esperar que apareciera en la pantalla de sus cascos justo antes de activarlo.

Wit colocó su holopad en una mesa y les pidió a los hombres que se acercaran. Apareció un holo de un gran complejo militar con barracones e instalaciones de entrenamiento y otros edificios, todo rodeado por una muralla bien fortificada.

—Este es uno de los campos de entrenamiento de los Para-Comandos Indios —dijo Wit—, una de las unidades de elite de entre las Fuerzas Especiales de todo el mundo. Los paracomandos son tipos duros, bien equipados y expertamente entrenados. En este momento, trescientos siete están destinados aquí, recibiendo entrenamiento. Su oficial al mando es el mayor Khudabadi Ketkar, un buen hombre y un buen soldado. Nuestra misión es entrenarnos con sus hombres durante las próximas siete semanas. Para iniciar el entrenamiento, el mayor Ketkar sugirió que hiciéramos una pequeña apuesta. Un juego de capturar la bandera. Treinta POM contra trescientos PC. El perdedor limpiará las letrinas y el comedor durante el tiempo que dure el entrenamiento. Acepté la apuesta. No por el premio: limpiaremos las letrinas y el comedor de todas formas. Acepté porque es una oportunidad para demostrarle a los otros POM que ya están sobre el terreno que les he traído a ocho hombres dignos de contarse entre ellos. Nosotros nueve vamos a capturar la bandera.

Los hombres sonreían.

—Esto es lo que sabemos —dijo Wit—. La bandera está en la oficina de Ketkar. —Tocó el holo y dejó una parpadeante luz encendida en uno de los edificios, luego metió la mano a través del holo y amplió el edificio. Las paredes desaparecieron, y el edificio se convirtió en un esquema en tres dimensiones que mostraba cuatro plantas de oficinas. Veinte soldados patrullaban el tejado. Diez más patrullaban los pasillos interiores. Otros cuarenta rodeaban el edificio junto a una barricada de vehículos de asalto.

—Son imágenes en directo —dijo Wit—. Ketkar tiene casi un tercio de sus fuerzas protegiendo la bandera. Cada uno de estos hombres lleva un traje amortiguador similar a los nuestros. Sus armas, como las suyas, están cargadas con balas araña. Si los alcanzan, se paralizarán. Fuera de juego. Sin embargo, el estatus de cada traje se transmite a todas las demás unidades. En otras palabras, en el momento en que uno de sus hombres caiga, los sabrán al instante. Y por tanto sabrán cuándo y dónde vamos a atacar. —Pasó de nuevo la mano a través del holo y la imagen mostró todo el complejo—. Hay torres de guardia aquí, aquí y aquí. Todas con francotiradores. La puerta de entrada está aquí. Solo hay una carretera que conduce al complejo. Como pueden ver, esa carretera está bien defendida. Esto que ven aquí al sur es el río Parvati. Es rápido, sobre todo ahora en primavera. La nieve derretida del invierno y el deshielo glacial que viene de las montañas suben el nivel del agua unos cuantos palmos. Nuestro campamento está aquí, a cuatro kilómetros al sur. Es un prado amplio y descubierto con unas cuantas tiendas. Veintiún POM, el resto de nuestras fuerzas, defienden allí nuestra bandera. Desde el aire parece el pedazo de tierra más pobremente defendido de la zona, pero nuestros muchachos han preparado unas cuantas sorpresas. Cuentan con que nosotros les llevemos la bandera del enemigo. Les he prometido que lo haríamos —se irguió y los miró a la cara—. Ahora tenemos unos veintinueve minutos antes de llegar a la zona de salto. Díganme cómo van a hacerlo.

Los hombres comprendieron. No había ningún plan. Tenían veintinueve minutos para diseñar uno. Las ideas llegaron rápidamente, y a Wit le gustó lo que oyó.

La parte trasera del avión se abrió, y Wit fue el primero en saltar. Era de noche, pero incluso en la oscuridad pudo ver la curvatura de la Tierra bajo él en todas direcciones. Solo estaban a nueve mil seiscientos metros, pero parecía que estuvieran en el espacio, lanzados hacia suelo sólido.

Al suroeste pudo ver las luces de Bhunter y la hilera de luces de aldeas que se extendían al noreste del valle de Kullu a lo largo del río Beas. Al este se veían las luces de Manikaran, la pequeña ciudad sagrada donde los hindúes creían que Manu recreó la vida después del gran diluvio. El complejo PC estaba entre ambas, en la orilla norte del río Parvati.

Wit colocó el cuerpo en posición de zambullida, y el velocímetro de su VCA indicó trescientos cuarenta kilómetros por hora.

El VCA también mostraba la temperatura del aire, el ritmo cardíaco, los niveles de adrenalina, y la posición sus ocho reclutas, todos igualando su velocidad tras él. Habían acordado aterrizar en el tejado del edificio de Ketkar: podrían sorprender fácilmente a los veinte guardias del tejado desde al aire. El desafío sería hacerlo sin alertar a todos los demás.

El español, un experto en ordenadores llamado Lobo, se colocó en posición junto a Wit. El plan era anular la red india de modo que los paracomandos abatidos parecieran sanos e ilesos para todos los demás. Sin embargo, los POM no estarían al alcance de la red hasta los mil quinientos metros, así que Lobo solo tendría unos pocos segundos para entrar en su red y hacer su trabajo antes de que Wit y los demás empezaran a eliminar guardias del tejado.

—¿Preparado, Lobo? —preguntó Wit mientras atravesaban la capa de nubes.

—Tengo los ojos irritados, señor. He estado parpadeando como un loco. Pero estoy preparado. —En cuanto todos estuvieron de acuerdo con la idea de Lobo allá en el avión, este se hizo a un lado y empezó a parpadear un programa con su VCA—. También he cocido un pequeño feedback para que las radios de los PC enmascaren cualquier ruido de nuestro descenso.

—Bien hecho.

El VCA de Wit trinó, indicando que era hora de frenar el descenso. Cambió de postura, colocándose de plano y aumentando la resistencia al viento. Lobo bajó disparado. El complejo se acercaba rápidamente. Los reflectores barrían la zona ante la verja. Ahora Wit pudo ver vehículos y las torres de guardia. El valle era empinado y estrecho, y las laderas de las colinas estaban repletas de árboles. El río Parvati era una fina línea blanca que se dirigía al suroeste. Estaban a diez kilómetros de la aldea más cercana.

El VCA trinó de nuevo, y Wit extendió sus alas rompedoras: las franjas de tejido de su traje refrenaron aún más su descenso. Por debajo de él, el paracaídas de Lobo se abrió.

Wit descendió otros tres segundos antes de abrir su paracaídas y colocar su arma en posición. Ahora estaba junto a Lobo y otros tres paracaídas. Serían la primera oleada. Los cinco siguientes aterrizarían inmediatamente después. El VCA de Wit amplió la imagen del tejado, y apareció la firma calorífica de veinte hombres. El ordenador de Wit los seleccionó a todos, identificándolos como OPE, u objetivos para eliminación. Wit parpadeó a los cinco hombres que pretendía eliminar, seleccionándolos, y vio en su VCA cómo sus compañeros de equipo seleccionaban a los otros.

—Ahora, Lobo —dijo Wit.

La respuesta de Lobo fue casi inmediata.

—Despejado. Adelante.

El silenciador del arma de Wit enmudeció los disparos, y los cinco objetivos del tejado recibieron una bala araña que hizo que sus trajes se quedaran tiesos y se volvieran rojos. Wit tomó tierra y soltó su paracaídas. Nadie le disparaba. Los otros centinelas del tejado habían sido abatidos. Cogió su paracaídas y lo escondió debajo de uno de los PC rojos. Pudo oír las quejas apagadas del hombre tras su visera, y se llevó un dedo a su propia visera, sobre los labios, para indicarle que se estuviera callado.

Los otros cinco POM aterrizaron en el tejado y empezaron a retirar sus paracaídas. Lobo estaba arrodillado junto a uno de los PC caídos con un cable conectado al casco del hombre. Solo era cuestión de tiempo que los hombres del terreno y los de las torres hicieran una comprobación con los del tejado. Si los PC encontraban el tejado en silencio, sabrían que pasaba algo. Lobo estaba descargando todas las conversaciones que los centinelas habían oído y dado esa noche. El software de manipulación de voz haría el lobo.

—¿Situación, Lobo? —preguntó Wit.

Los labios de Lobo se movieron dentro del casco, y tras un breve retraso, Wit oyó la voz de Lobo en su casco. Solo que no era la voz de Lobo. Era más grave, con acento indio, sin duda idéntica a la del PC abatido.

—Todo bien, capitán. Si piden un informe de situación, les diré que todo va como la seda.

—En marcha —dijo Wit, guiando a los demás a la entrada del tejado. Bajaron una escalera, recorrieron un corto pasillo, y llegaron a la tercera planta, abatiendo a cuatro centinelas más por el camino. A estos los eliminaron con parches araña, pequeños discos magnéticos que eran el equivalente amortiguador de una herida de cuchillo letal. Pegabas un parche a un traje y la persona se volvía roja. Mucho más silencioso que un disparo.

Una barricada de sacos terreros con cuatro centinelas bloqueaba la entrada a la oficina de Ketkar. El neozelandés, un oficial del SAS a quien Wit había bautizado Pino, cogió el equipo y el arma del centinela abatido a los pies de Wit y empezó a recorrer el centro del pasillo en dirección a la barricada. Las luces estaban apagadas, y solo la silueta de Pino era visible en la oscuridad. Los centinelas lo confundieron con otra persona hasta que lo tuvieron encima. Cuatro disparos después, el pasillo quedó despejado.

Cuando Wit entró en la oficina, el mayor Khudabadi Ketkar estaba sentado ante su escritorio con un traje amortiguador y una sonrisa en el rostro. Se levantó y extendió una mano.

—Capitán O'Toole. Supongo que no debería sorprenderme al verlo. Bienvenido. Y veo que ha traído a siete de sus mejores hombres.

—Todos mis hombres son los mejores, señor. Es un placer volver a verlo. La señora Ketkar está bien, espero.

—Me da la lata como una gallina asustada, pero mis oídos se han acostumbrado. Quiere saber cuándo va venir a cenar de nuevo. Le llama «el guapo americano». Yo finjo no ponerme celoso.

—Miró más allá de Wit, vio los cuatro centinelas abatidos en la barricada, y sonrió otra vez—. Esos son mis cuatro mejores oficiales. No creo que los aprecien mucho después de esta noche, capitán.

—Pocas personas lo hacen, señor. Los gajes del oficio.

Ketkar sonrió.

—Espero que al menos ofrecieran una buena resistencia antes de que los avergonzaran ustedes delante de su oficial en jefe.

—Sí, señor. Son buenos soldados. Fue difícil tomar su posición.

—Curioso —dijo Ketkar—. No he oído ni siquiera un roce. —Recogió la bandera perfectamente doblada de la mesa y se la entregó a Wit—. Sin embargo, tiene que decirme cómo lo han hecho.

—Salto de altitud, señor.

Ketkar frunció el ceño.

—¿Atacando desde el aire? Eso es romper las reglas, ¿no?

—No sabía que nuestro juego tenía reglas, señor.

Ketkar se echó a reír.

—No, supongo que no. Pero es una amarga ironía. Los PC son paracaidistas. Cabría pensar que mirarían al cielo —suspiró—. Bueno, hay que felicitarlos por haber llegado hasta aquí, capitán. Pero sin duda se da cuenta de que huir es imposible. Mis hombres tienen rodeadas estas instalaciones. Nunca los dejarán salir de aquí.

—Con el debido respeto, señor, creo que lo harán. Nos abrirán la reja principal.

Ketkar parecía divertido.

—¿Y por qué van a hacer eso?

—Porque usted se lo pedirá, señor.

—Perdóneme, capitán, pero nuestra amistad no llega tan lejos. No haré nada de eso.

—No, señor. Yo lo haré por usted. Ya tenemos suficientes muestras de su voz —Wit pasó a la frecuencia privada—. ¿Preparado, Lobo?

—Adelante, señor —dijo Lobo.

Wit empezó a hablar, pero fue la voz de Ketkar la que surgió del altavoz del escritorio. Se dirigía a todos los PC.

—Caballeros, habla el mayor Ketkar. Acabo de recibir una llamada personal del capitán Wit O'Toole de la POM felicitándonos por nuestra victoria. Muchos de ustedes saben, pero otros puede que no sean conscientes, que envié una pequeña fuerza de asalto por delante de nuestra fuerza principal y les pedí que observaran estricto silencio radial. Mientras nuestra fuerza principal se enfrenta a los POM en su campamento, creando una distracción, nuestra unidad de asalto se ha abierto paso y ha robado la bandera del capitán O'Toole sin sufrir ni una sola baja. Ahora se acercan a la base. Me reuniré con ellos en la verja, junto con mis oficiales al mando, para darles una bienvenida de héroes. Un vez estén dentro, espero que hagan ustedes lo mismo. Nuestros amigos POM lucharon con valentía, pero les hemos demostrado a esos arrogantes bastardos quiénes son los auténticos soldados.

Hubo un grito de aprobación y aplausos en el exterior.

El mayor Ketkar ya no sonreía.

—Bueno, eso ha sido inesperado.

—Perdóneme, señor —dijo Wit—. Espero que no estropee nuestros futuros planes para cenar.

Y pegó amablemente un parche araña en el centro del pecho de Ketkar.

Lobo tenía dos coches esperando en el garaje del edificio. Wit y los otros POM subieron a ellos. Todos llevaban ahora las boinas rojas de los paracomandos indios. De lejos, en la oscuridad, podían pasar por oficiales superiores, pero si alguien se fijaba con atención, la artimaña quedaría al descubierto.

—Exageremos —dijo Wit—. Celebrémoslo tocando el claxon.

Tres de ellos llevaban palos con banderitas indias que habían cogido del escritorio de Ketkar. Bajaron un poco las ventanillas y las asomaron, agitándolas ceremoniosamente. Lobo salió del garaje, y Bogdanovich, al volante del segundo coche, lo siguió. En cuanto ambos coches se alejaron del edificio, Lobo empezó a tocar el claxon con breves pitidos. Los paracomandos, que todavía estaban lejos, vitorearon y alzaron las armas por encima de sus cabezas.

—Están abriendo la puerta —dijo Wit—. No pises a fondo, Lobo. Mantén una velocidad normal. Eres el chófer de un mayor.

—Sí, señor.

Los soldados dejaban la seguridad de la barricada y corrían hacia los coches, vitoreando y celebrando. Wit se acomodó en su asiento, manteniendo el rostro en las sombras. Los soldados estaban todavía a treinta metros de distancia, pero alcanzarían los coches en cuestión de segundos. La verja estaba justo delante.

—Velocidad normal —repitió Wit—. Tranquilo y suave.

Los centinelas de la garita salieron y se pusieron firmes mientras las grandes puertas de la verja se abrían. El coche de Wit empezó a atravesarla, dejando atrás a los centinelas, justo cuando los alegres soldados que venían tras ellos alcanzaron al segundo coche y empezaron a golpear el capó celebrándolo. Uno de los centinelas en posición de firmes bajó la mirada hacia el coche de Wit y sonrió. La sonrisa se desvaneció un instante después. Entonces el hombre empezó a gritar y a echar mano a su arma, y entonces todo se fue al infierno.

—Métele suela, Lobo —dijo Wit.

Lobo pisó a fondo. Tras él, Bogdanovich hizo lo mismo. La celebración se convirtió en un furioso pandemónium. Los hombres intentaron subirse al segundo coche, intentando coger las manivelas de la puerta. Las balas araña rebotaron en el cristal. Bogdanovich dio un volantazo y aceleró. Los hombres cayeron del coche.

—Carretera bloqueada —dijo Lobo.

Había dos vehículos aparcados en la carretera ante ellos, con media docena de paracomandos apuntándolos ya con sus armas.

Chi-won estaba sentado en el asiento trasero junto a Wit.

—Chi-Won.

—Con mucho gusto, señor.

No hizo falta ninguna explicación. Wit bajó su ventanilla al mismo tiempo que lo hacía Chi-won. Sus armas asomaron un segundo después, abriendo fuego. Los trajes de los PC se volvieron rojos y se quedaron tiesos.

Lobo aceleró.

—Voy a pasar.

—No atropelles a nadie —dijo Wit.

Lobo golpeó al primer vehículo en el ángulo adecuado para apartarlo y poder pasar. El metal crujió. Los cristales se rompieron. Los neumáticos chirriaron. Lobo pisó a fondo, el vehículo viró a un lado, y entonces quedaron libres, alejándose. El segundo vehículo estaba justo tras ellos. Los disparos en la retaguardia eran ahora menos frecuentes, pero Wit sabía que no podían cantar victoria todavía. Nada de eso. Los coches los alcanzarían pronto. Todavía había doscientos hombres entre ellos y el campamento POM.

Recorrieron otros cien metros de doble curva serpenteante y se detuvieron. Los nueve se bajaron de los coches inmediatamente.

Dos soldados POM salieron del bosque. Deen, el inglés, y Averbach, el israelí.

—Buenas, capitán —dijo Deen—. Pensábamos que no vendría. —Miró a los nuevos reclutas—. ¿Estos son los nuevos pelones? —preguntó—. Encantado de conoceros, chicos. Me llamo Deen. ¿De quién fue esta loca idea, por cierto? Me encanta.

—Las presentaciones, más tarde —cortó Wit—. Estáis a punto de tener a un puñado de paracomandos detrás. Todos los vehículos de su base se os echarán encima en cosa de diez segundos.

Deen se encogió despreocupadamente de hombros y se puso al volante del primer coche. Averbach saltó al segundo.

—¿Adónde llevo esto, capitán? —preguntó Deen.

—Sé creativo —respondió Wit—. Disfruta de un día de excursión. Mantenlos ocupados.

Deen apartó algunos fragmentos de cristal del asiento delantero.

—Ya veo que no nos preocupamos por la pintura.

—Intenta no cargártelo del todo —dijo Wit.

Deen arrancó y se llevó la mano a la oreja, sonriendo.

—¿Qué decía, capitán? No me he enterado de lo último. —Se echó a reír y se puso en marcha, con Averbach detrás.

Wit les daba un kilómetro y medio como mucho. Entonces los paracomandos se les echarían encima. Nunca habría hecho una cosa así en una operación real, sacrificar a dos hombres de esta forma, pero Deen y Averbach dijeron que no les importaba. Recibirían una bala araña en el pecho si eso significaba cargarse unos pocos vehículos en el proceso.

Wit bajó corriendo la pendiente del bosque con los nuevos reclutas. Arrojaron sus boinas rojas y las sustituyeron por sus cascos. El VCA de Wit cobró vida, llenándolo de datos: temperatura, distancia al río, prospectiva de la profundidad del agua basándose en la cantidad de nieve y lluvia en la zona ese invierno. Las ramas golpeaban su traje y su casco. Llevaba la bandera en la mochila a su espalda. Atravesaron los árboles. El puente era viejo y cascado. Gran parte de las barandillas se habían caído hacía tiempo. El río estaba a seis metros más abajo. Wit no se detuvo. Su VCA le dijo que el agua era probablemente más profunda a la derecha. Saltó del puente. Voló por el aire, golpeó el agua, y se zambulló. La flotabilidad de su traje amortiguador lo alzó a la superficie, y la corriente lo arrastró. Su VCA le dio la temperatura del agua y rastreó la localización de sus hombres. Los ocho estaban en el agua con él, moviéndose rápidamente, flotando. La corriente era relativamente tranquila en algunos sitios pero bravía en otros. Dos veces vieron grandes grupos de PC corriendo por la carretera adyacente al río, de vuelta a su base, esperando quizá detener a quien tuviera la bandera. Nadie miró hacia el río. O, si lo hicieron, no vieron nada en la oscuridad.

El último kilómetro no tuvo nada que destacar. El río se calmó, y Wit se dirigió a la orilla opuesta. Los trajes eran pesados y estaban empapados, pero hicieron buen tiempo a pie y llegaron al campamento diez minutos más tarde. Wit no se sorprendió al ver a los POM restantes y a unos sesenta PC reunidos alrededor de una hoguera en ropa interior. A un lado había una alta pila de trajes amortiguadores descartados. La mayoría de los trajes estaban tiesos y rojos, pero buen número de ellos eran todavía operables. Los PC y POM se relacionaban y reían y bebían y jugaban a las cartas. Cuatro de ellos cantaban una canción de francachela a coro, para gran diversión de los que los rodeaban. Ninguno reparó en Wit y los nuevos reclutas, que observaban desde detrás de una de las tiendas.

Las instrucciones de Wit a los POM del campamento habían sido claras. No permitir que los PC consiguieran la bandera, pero no hacerlos sentir unos fracasados tampoco. Mostrar humildad. Estos hombres son aliados, no enemigos.

Había cinco hombres sentados en cajas jugando una mano de ganjifa. Calinga, el POM filipino, soltó las cartas circulares y lo celebró. Los que jugaban con él gimieron. La tira de la muñeca de Calinga destelló en verde, y se excusó. Se dirigió a Wit, sonriendo, la voz baja.

—Buenas noches, capitán. Doy por hecho que las cosas le han ido bien. ¿Esos son los novatos? Bienvenidos a la POM, caballeros.

Los ocho reclutas asintieron a modo de saludo.

—¿Cómo nos ha ido? —preguntó Wit.

Calinga se encogió de hombros.

—Después de abatirlos a todos, les dijimos que parecía una tontería que se quedaran tiesos en el suelo como una tabla hasta que se hubiera terminado. Así que nos quitamos nuestros trajes primero, para que no pensaran que nos estábamos burlando de ellos y luego sacamos las neveras con las bebidas vitamínicas. Creo que los PC esperaban algo de alcohol, pero parecieron bastante agradecidos.

—¿Perdimos algún hombre?

—Hacia el final del ataque le disparé a Toejack y Kimble

cuando no miraba nadie. Me pareció que deberíamos tener al menos unos cuantos heridos. Si todos siguiéramos en pie al final, habría parecido alardear.

—Bien hecho —dijo Wit. Se quitó el traje amortiguador y le disparó con su arma. El traje se puso tieso y se volvió rojo—. Quítense los trajes y dispárenles —le dijo a los demás.

Los nuevos reclutas obedecieron inmediatamente.

—Ahora los pondremos en la pila con los demás —dijo Wit—. Que se les vea exhaustos. No finjan: dejen que se vea su cansancio.

Wit condujo a los demás hasta la pila. Tenía una punzada en el costado, pero en vez de suprimir el dolor como haría normalmente, permitió que le molestara y dio un respingo de incomodidad. Arrojó el traje a la pila. Los soldados alrededor de la hoguera lo vieron, y todos se quedaron callados. Los nuevos reclutas arrojaron sus trajes a la pila. Parecían mojados y cansados y agotados, cuando un momento antes ni siquiera parecían cansados.

Wit habló en voz alta.

—Los hombres de mi unidad saben que no me gusta fracasar.

El campamento quedó en silencio.

—Había asumido que podría ganar fácilmente este ejercicio, pero esta noche he aprendido que los PC son más duros de lo que creía. Todos hemos recibido una paliza. Si trabajamos duro las siguientes semanas, aprenderemos unos de otros y nos convertiremos en mejores soldados por ello.

Unos faros asomaron en la oscuridad, y un pequeño convoy de vehículos se acercó. Wit guardó silencio viendo aproximarse a los coches. El mayor Ketkar bajó de uno de los vehículos, vestido ahora con su uniforme de faena y con aspecto no demasiado satisfecho.

—¡Atención! —gritó Wit.

Todos en el campamento se pusieron firmes, incluido Wit, que saludó al mayor aunque técnicamente no era necesario.

El mayor Ketkar ocultó como pudo su sorpresa. Miró a los hombres y las neveras y las salchichas y la pila de trajes amortiguadores, observándolo todo. Entonces habló en voz alta para que todos lo oyeran.

—El capitán Wit O'Toole me ha asegurado que las próximas siete semanas de entrenamiento serán las más agobiantes, las más dolorosas y las más exigentes de sus vidas. Tras el ejercicio de esta noche, lo creo. Por la mañana, pretendo olvidar que he visto a cien hombres en ropa interior alrededor de una hoguera como un puñado de cavernícolas. —Hizo una pausa y miró intensamente a unos cuantos de sus hombres—. Pero como es su última noche antes de que empiece nuestro infernal entrenamiento, me haré el sueco —sonrió ahora—. Me perdonarán si me dejo puesto el uniforme.

Los hombres se rieron.

—Descansen —dijo Ketkar.

Los soldados volvieron a sus bebidas y sus charlas.

Ketkar se dirigió a Wit.

—Me debe dos coches nuevos, capitán.

—Se le reembolsarán, señor. Perdóneme si llevamos el juego demasiado lejos.

—Y han dañado uno de mis camiones, que resultó ser una porquería como bloqueo de carreteras.

—Cubriremos también ese daño, señor.

—No harán nada de eso —dijo Ketkar, agitando una mano—. Ni pagarán los coches. No quiero tener que explicar a nuestro jefe de intendencia cómo los POM nos hicieron parecer idiotas. Cursaré mejor un informe de accidente.

—No ganamos, señor —dijo Wit. Extendió la mano hacia su traje rojo, sacó la bandera de la mochila, y se la entregó a Ketkar—. Nuestros trajes fueron alcanzados. Quedamos descalificados.

Ketkar lo estudió, receloso.

—Y si interrogara a todos mis hombres y les preguntara cuál de todos abatió al famoso Wit O'Toole, ¿daría alguno un paso al frente?

—Nos dispararon muchos hombres, señor. Fue algo caótico al final.

Ketkar sonrió.

—Sí. Y de algún modo con los trajes hinchados consiguieron volver hasta el campamento. Impresionante.

Wit indicó el asta de la bandera, donde un trapo rojo ondeaba al viento.

—Tiene dos hombres en sus vehículos que todavía participan en el juego, señor. Si quiere tomar nuestra bandera, no encontrarán ninguna resistencia. Todos estamos fuera de la lucha.

Ketkar sonrió.

—Creo que es mejor dejarlo en tablas.

—Buena idea, señor.

Ketkar saludó y volvió a su vehículo, y el convoy se marchó. Deen y Averbach salieron del bosque cuando el convoy se perdió de vista, sus trajes amortiguadores todavía en funcionamiento.

—Suponía que a estas alturas estaríais plagados de balas araña —dijo Wit.

Deen se hizo el ofendido.

—Un poco de confianza, capitán. Averbach y yo no nos rendimos tan fácilmente.

—Supongo que no quiero saber qué habéis hecho con los coches.

Deen le dio una palmadita en el brazo y sacó una bebida de la nevera.

—Nada que un buen sargento mecánico no pueda reparar.

Averbach y él se dirigieron a la pila de trajes y añadieron los suyos al montón.

—Tengo que admitir que esto no es lo que esperaba, señor —dijo una voz.

Wit se dio media vuelta. Allí estaba Lobo a su lado, en ropa interior, mirando la luz de la hoguera, empapado y con una bebida vitamínica en la mano.

—¿El entrenamiento será tan duro como dice el mayor Ketkar? —preguntó Lobo.

—Ahora está en la POM, Lobo. No debería tener que responder a esa pregunta.

8

Gláser

La sala de archivos de la *Makarhu* era un espacio oscuro y claustrofóbico lleno de filas de parpadeantes sistemas informáticos y zumbantes servidores. Lem flotaba en las sombras cerca de un rincón con la holopad conectada a uno de los servidores. Un vídeo del ataque a la *Cavadora* se reproducía en el holoespacio. Mostraba un láser cortando un mataguijarros del casco de la nave de los mineros libres. Mientras miraba, el MG cortado salió dando vueltas y golpeó a uno de los mineros que estaba fuera de la nave. Lem pasó la mano a través del holoespacio para detener el vídeo, y entonces agitó los dedos en la secuencia adecuada para rebobinar y reproducirlo de nuevo a cámara lenta. No podía estar seguro pero parecía, como se temía, que había matado al hombre.

El empujón a la *Cavadora* había sido mucho más violento de lo que Lem había previsto. Una cosa era hablar de láseres cortando sensores y equipo. Otra muy distinta verlo todo desplegarse ante tus ojos como había hecho Lem: el ataque entero había sido grabado por varias cámaras y proyectado en el gran holoespacio del puente de mando.

No, no debía usar la palabra «ataque». Eso parecía incriminador y delictivo. «Atacar» implicaba hacer algo malo que causaría titulares en las redes del tipo LEM JULES ATACA A FAMILIA DE MINEROS LIBRES. O: EL HEREDERO DE LA FORTUNA JUKES

ATACA NIÑOS. No, «atacar» era una palabra demasiado agresiva. Pintaba una imagen de los acontecimientos completamente inadecuada. Sugería intención maliciosa y automáticamente ponía a la gente en categorías falsas. El bien contra el mal. Negro contra blanco. Y, en verdad, no había buenos y malos en este escenario. Eran solo dos grupos tras el mismo asteroide, que, según demostraban los archivos, no pertenecía a nadie en primer lugar. Lem no estaba quitándole nada a los mineros libres porque para empezar no era suyo. Si hubieran poseído escrituras o una carta de compra asegurándolos como dueños de dicha propiedad, entonces sí, Lem habría hecho mal. Pero maniobrar para desalojar a alguien de un asteroide del que no tenían ningún derecho de propiedad no era ningún delito después de todo.

Maniobrar. Sí, a Lem le gustaba esa palabra mucho más.

El MG del vídeo salió de nuevo disparado por el láser y golpeó al hombre. Lem detuvo la imagen en el momento del impacto. El cuello del hombre se dobló brutalmente hacia un lado. Lem nunca había visto un cuello roto antes, pero estaba bastante seguro de lo que estaba viendo.

—¿Señor Jukes?

Lem se dio media vuelta, golpeando dos de los servidores al hacerlo. El archivero, un belga llamado Podolski, flotaba al fondo de la fila de servidores en su traje de sueño, y lo miraba con expresión confundida. Lem sintió pánico, aunque se esforzó por no mostrarlo. El hombre debería de estar durmiendo. Faltaban horas para el cambio de turno.

—Me ha asustado —dijo Lem, sonriendo y desconectando su holopad.

El archivero lo miró, confundido. Se produjo un momento de silencio.

—Espero no haberle despertado —dijo Lem—. Me he puesto a revisar unos archivos.

—El sistema me alerta cuando alguien accede a los archivos nucleares sin mi código de autorización —dijo Podolski—. Es una medida de seguridad.

—Ah —contestó Lem. No lo sabía, o habría ideado algún modo de esquivar el código. Se echó a reír—. Qué estúpido por mi parte. Lo siento mucho. Si lo hubiera sabido, habría acudido a verlo en horas normales. Me siento fatal por haberlo despertado.

—Sabe usted, señor, que puede acceder a cualquier documento que tengamos aquí en los archivos usando la terminal personal de su habitación.

Naturalmente que Lem lo sabía. No era idiota. Pero no quería que la nave tuviera un registro de los archivos transferidos a su habitación... ni a cualquier otra terminal de la nave, ya puestos. Tampoco quería mirar los archivos sin más: quería borrar las únicas copias que había en existencia en los servidores principales.

—Tenía asuntos que atender en la bodega minera —dijo Lem—. Así que se me ocurrió pasarme por aquí y comprobar unas cuantas cosas. No sabía que crearía un alboroto.

No era la mejor de las mentiras, pero Lem lo había dicho de manera bastante convincente. Y podría soportar una comprobación. La bodega minera estaba junto a la sala de archivos, y en los días transcurridos desde el empujón la tripulación minera había trabajado durante largas horas en la bodega preparándose para las pruebas de campo. No era implausible sugerir que Lem había estado allí.

Podolski asintió.

—¿Hay algo que pueda ayudarle a buscar, señor?

—Muy amable, pero no. Acabo de terminar. Gracias.

Podolski volvió a asentir, sin saber qué hacer a continuación. Se produjo una pausa embarazosa.

—Bien, si necesita algo, señor, mi habitáculo está justo atravesando esa escotilla.

Lem hizo el paripé de estirar el cuello y mirar la escotilla, aunque sabía exactamente dónde estaba.

—Gracias. Si necesito algo, se lo haré saber.

Podolski se marchó flotando, con una mirada de incertidumbre en el rostro.

Lem esperó a que la escotilla se cerrara y luego empezó a borrar archivos rápidamente, sin molestarse siquiera en revisarlos primero. Antes, cuando había decidido llevar esto a cabo y borrar toda grabación del empujón, había pensado brevemente encargarle a Podolski la tarea, pues estaba obviamente más familiarizado con los servidores y por tanto tenía mejores cualificaciones para hacerlo. Pero entonces Lem se dio cuenta de lo inquieto que eso lo habría dejado: siempre se habría preguntado si Podolski habría hecho su propia copia de los archivos con la esperanza de chantajearlo en el futuro. Algunos de los empleados de su padre habían intentado cosas similares a lo largo de los años: sus intentos habían terminado siempre con su propia humillación y nunca la de su padre, pero a este las experiencias le habían resultado agotadoras igualmente. Además, darle la orden a Podolski tan solo aumentaría sus recelos cuando la mayoría de la gente a bordo, Podolski incluido, no sabía todavía lo que había sucedido durante el empujón. Nadie más que unos cuantos oficiales veteranos conocían el incidente con el minero libre, y a Lem le parecía que lo mejor era dejar las cosas como estaban.

Cuando terminó de borrar archivos, comprobó y volvió a comprobar los servidores y copias de seguridad para cerciorarse de que no se le había pasado por alto nada. Luego ejecutó un programa que eliminaba cualquier huella del borrado. El último paso era reparar agujeros. Ahora había huecos en los archivos de vigilancia, así que los llenó de material aleatorio del espacio que ya estaba en los archivos. Cuando acabó, todo rastro de pruebas potencialmente incriminadoras había desaparecido.

Lem se metió la holopad en el bolsillo y se dirigió a la salida. Esperaba que al borrar los archivos borrara también la punzada de culpa que lo roía desde el empujón, pero cuando salió de la sala se sentía tan ansioso como antes. No tendría que haber visto el vídeo, advirtió. Si no lo hubiera visto, podría haber mantenido en su mente la posibilidad de que el hombre no estuviera gravemente herido. Podría haberse hecho creer que no se había producido ningún daño duradero. Eso ya no era una opción.

¿Por qué estaban fuera de la nave los mineros libres? Era el turno del sueño. No se sale de la nave durante el turno del sueño. Eso era una temeridad. De hecho, ahora que lo pensaba, si el minero libre estaba paralizado o muerto, era más culpa suya que de él. Bueno, quizá no fuera más culpable, pero desde luego en una buena porción. Lem no debería cargar con toda la responsabilidad.

Además, no podía decirse que hubiera dañado a nadie intencionadamente. Ni siquiera sabía que los hombres estaban ahí fuera. Los mineros libres trabajaban al otro lado de la *Cavadora*, donde no podía verlos, cuando el ataque (no, la maniobra) empezó. Y para cuando la nave los detectó, la *Makarhu* ya se movía rápidamente y la secuencia de disparos láser ya había sido iniciada. Lem no podía pararla. No fácilmente, al menos. Fue solo mala suerte que el primer objetivo fuera el MG que estaba cerca de los tres mineros.

Y si mirabas los hechos de esa forma, si dividías la culpa en porciones, entonces parte de la culpa era del minero libre, parte del ordenador, parte de la mala suerte, y solo una pequeña parte de Lem. E incluso esa porción no sería completamente de Lem. Había sido un esfuerzo de grupo, después de todo. La tripulación seguía sus órdenes, cierto, pero podrían haber puesto objeciones, podrían haber dicho que no.

Alguien lo había hecho, se recordó Lem. Benyawe. Había cursado una objeción formal. ¿Había borrado eso también? Debía haberlo hecho.

Salió de la sala de archivos y se dirigió a la bodega minera para dar crédito a la mentira que había dicho. Lem no esperaba que Podolski investigara el asunto: no tenía motivos para no creerlo. Pero ¿y si Podolski mencionaba en alguna conversación casual que Lem había estado en la bodega minera? No, era mejor jugar sobre seguro.

La bodega minera era un gran garaje donde estaba alojado todo el equipo de excavación y extracción de mineral. Normalmente una nave de este tamaño empleaba de cuarenta a cincuenta mineros, con entre veinte y veinticinco DP o dozers portátiles, los grandes exoesqueletos cavadores que la mayoría de los mineros corporativos llevaban puestos para despejar pozos y extraer terrones. Como esta era una nave de investigación en este momento, la tripulación minera constaba solamente de diez hombres, cuyos únicos deberes durante el viaje era recoger fragmentos de roca de las pruebas de campo para analizarlas. Los mineros pretendían usar recogedoras, que eran excavadoras de largos brazos que podían ser extendidas desde la nave para recoger rocas del espacio. Pero como los ingenieros solo habían llevado a cabo una sola prueba de campo y ni siquiera se habían molestado en recoger los fragmentos de roca de dicha prueba, los mineros estaban locos de puro aburrimiento. Lem lo había aliviado hacía una semana cuando fue a verlos y les contó su intención de extraer tantos minerales del asteroide como la nave pudiera contener. Harían falta modificaciones en el equipo, pero los hombres estaban tan ansiosos por tener una misión que aceptaron rápidamente el desafío. Lem podía decir que su visita esta noche era para comprobar sus progresos.

Para alivio suyo, cinco de los mineros estaban trabajando en la bodega cuando llegó, incluyendo el jefe de la cuadrilla, que estaba anclado a una de las recogedoras, soldando grandes placas de metal.

—Qué sorpresa, señor Jukes —dijo el jefe de la cuadrilla, alzando la visera de la máscara de soldadura y apagando el equipo—. Es temprano para usted, ¿no, señor?

—No podía dormir. ¿Cómo va el equipo para la extracción mineral?

El jefe de la cuadrilla sonrió y le dio a la recogedora una palmada afectuosa.

—Vamos bien de tiempo. Ya hemos preparado dos recogedoras. Otras dos más estarán listas cuando disparemos el gláser.

Lem había decidido esperar una semana entera después de llegar al asteroide para disparar el gláser. Quería darle a la *Cavadora* tiempo suficiente para alejarse de modo que no pudieran ver la prueba. Lem podía volar un guijarro y no provocar ninguna curiosidad, pero si alguien lo veía aniquilar un asteroide tan grande como este, sabrían que Juke había desarrollado una tecnología revolucionaria: un hecho que su padre prefería mantener en secreto.

—Hemos convertido las recogedoras en imanes gigantes, señor —explicó el jefe de la cuadrilla—. Si lo que los ingenieros nos dicen es cierto, ese gláser reducirá la roca a polvo. Así que para separar los detritos de los minerales todo lo que tenemos que hacer es introducir un imán en la nube de polvo y dejar que atraiga los fragmentos de metal. Luego llevamos la carga de la recogedora a la fundidora, desconectamos los imanes, vaciamos el metal, salimos y volvemos a repetir la operación. Muy pronto tendrá cilindros de metal almacenados de la manera tan ordenada como quiera, señor.

—¿Cuánto tiempo tardará en traer el metal?

El jefe de la cuadrilla se encogió de hombros.

—Depende del tamaño de la nube de polvo y la cantidad de metal que encontremos. Podría ser una semana. Podrían ser ocho. En realidad es decisión suya, señor, nosotros seguiremos haciendo cilindros mientras quiera.

Lem le dio las gracias al hombre y volvió a su habitación y se amarró a su hamaca. Tenía dos horas de sueño antes de que terminara el turno, aunque sabía que no podría quedarse dormido: la imagen del cuello doblado del minero libre estaba demasiado fresca en su memoria. Podía haber borrado los archivos y cubierto sus huellas, pero no podía borrar el recuerdo. Se quedó tumbado en silencio. Sabía que se engañaba a sí mismo al pensar que otros eran responsables de lo que había sucedido. Era su crimen, su acción. Y merodear en la oscuridad no podría eliminar ese hecho.

Una semana después del empujón, Lem estaba en la sala de observación con Benyawe y Dublin, listos para disparar el gláser. A través de la ventana, Lem contemplaba el asteroide ahora a considerable distancia de la nave.

—¿Están seguros de que estamos lo bastante lejos?

—No hay duda, señor Jukes —respondió Dublin—. Llevamos trabajando en los cálculos toda la semana. Yo mismo los he revisado. El campo de gravedad no nos alcanzará a esta distancia. Ya estamos varios kilómetros más lejos de lo necesario. He tomado todas las precauciones.

Lem asintió, aunque no podía evitar sentirse un poco nervioso. Cuando el gláser alcanzara el asteroide, crearía un campo de gravedad centrífuga dentro del cual la gravedad cesaría de contener la masa. Y cuanto más grande fuera el objeto alcanzado, más grande el campo de gravedad.

—En mi opinión, cuanto más lejos mejor —dijo Lem—. ¿Podremos seguir alcanzando a ese asteroide con precisión si nos retiramos, pongo por caso, otros cinco kilómetros?

—Deberíamos poder —dijo Dublin—. Pero sería exagerado.

—Prefiero exagerar a que me maten —respondió Lem. Tocó su holopad, y apareció un holo de la cabeza de Chubs—. Retíranos otros cinco kilómetros más, Chubs.

—Sí, señor.

—E infórmame de los últimos escaneos de zona. Quiero asegurarme que no hay ninguna nave lo bastante cerca para ver lo que vamos a hacer.

—Puede estar tranquilo, Lem —dijo Chubs—. Estamos solos. La *Cavadora* era la más cercana, pero hace tiempo que se han ido. Ya ni siquiera la captamos en nuestros escáneres.

—Bien —respondió Lem—. Entonces empecemos. Lancen los sensores.

—Sensores lanzados —dijo Chubs.

Lem vio por la ventana cómo los sensores partían de la nave en un estallido de propulsión, dirigiéndose hacia el asteroide, con un largo cable de anclaje desenrollándose detrás de cada uno. Los sensores, una vez en posición, grabarían todos los aspectos de la explosión para analizarlos posteriormente.

—Sensores colocados —dijo Chubs.

—Disparen el gláser.

—Sí, señor.

Lem desconectó su holopad y esperó en silencio con Benyawe y Dublin. Comenzó después de un momento. El asteroide estalló en grandes pedazos, que rápidamente explotaron a su vez en trozos más pequeños, extendiéndose hacia afuera en una creciente esfera de destrucción. Los fragmentos grandes continuaron estallando una y otra vez, haciéndose cada vez más pequeño, y la nube se hizo más gruesa, más amplia, más masiva, moviéndose hacia fuera con increíble velocidad. Ahora tenía cuatro veces el tamaño del asteroide original. Cinco veces. Seis.

—Hmm —dijo Dublin.

Ocho veces.

Benyawe parecía confundida.

—Creo que quizá sería aconsejable...

—¡Suelten los sensores! —gritó Lem por el micro de su casco—. Enciendan los retros. Máxima energía. ¡Retrocedamos!

Los sensores fueron soltados. La nave retrocedió súbitamente. Lem, Dublin y Benyawe fueron lanzados hacia delante, contra el cristal de observación. La esfera seguía creciendo. Lem se apartó del cristal y vio cómo la esfera envolvía los sensores que acababa de soltar, que instantáneamente estallaron en piezas más y más pequeñas. Pero la nube no se detuvo aquí. Siguió creciendo, y ahora era una enorme bola de polvo y partículas y grava. Llegó al punto donde antes estaba situada la nave, y creció aún más, expandiéndose hacia afuera, el polvo más fino ahora.

Entonces se detuvo por fin. Las partículas dentro del campo eran tan pequeñas y alejadas entre sí que el campo de gravedad era demasiado débil para contenerse y se disipó en la nada. Todo quedó quieto. Lem miró por la ventana, los ojos desencajados, el corazón redoblando. Si no hubiera dado la orden instantáneamente, si hubiera esperado a que el vacilante Dublin tomara una decisión, el campo habría alcanzado la nave y todos se habrían hecho pedazos.

Se dio media vuelta para dirigirse a Dublin, furioso.

—Creí que había dicho que estábamos seguros.

—Yo... creí que lo estábamos —dijo Dublin—. Fuimos varios los que hicimos los cálculos.

—¡Pues sus cálculos son una mierda! ¡Casi nos mata a todos!

—Lo sé. Lo... lo siento. No estoy seguro de cómo hemos podido equivocarnos.

—Benyawe me dijo que no podíamos prever el campo de gravedad —dijo Lem—. Ahora comprendo que tendría que haberle hecho caso a ella en vez de a usted. Puede retirarse, doctor Dublin.

Dublin parecía impotente, la cara roja de vergüenza. Lem lo vio marcharse y luego se volvió hacia Benyawe.

—¿Se ha terminado? ¿Estamos a salvo?

Ella estaba marcando en su holopad.

—Eso parece. Nuestros sensores no son tan buenos como esos que hemos abandonado, pero parece que el campo ha desaparecido. Sin embargo, querría hacer más análisis antes de dar una respuesta definitiva. —Miró a Lem, la voz temblorosa—. Si no hubiera reaccionado tan rápido...

Lem habló por su micro.

—Detengan los retros. Parada total.

La nave redujo velocidad. Lem se apartó del cristal y contempló la enorme nube de polvo que antes fuera un asteroide.

—No puede echarle a Dublin la culpa por esto —dijo Benyawe—. No del todo.

—¿No?

—Si hubiéramos hecho más pruebas con guijarros como esta misión tendría que haber hecho, Dublin habría tenido más datos y habría sido más preciso en sus cálculos.

—¿Entonces es culpa mía?

—Actuó usted contra su consejo y el mío y atacó a un asteroide cien veces más grande de lo que estábamos preparados. Me parece una hipocresía apuntarlo a él solo con el dedo.

Lem sonrió.

—Ahora veo por qué ha durado tanto tiempo con mi padre, doctora Benyawe. No tiene miedo de hablar con sinceridad. Mi padre respeta eso.

—No, Lem. He durado tanto tiempo con su padre porque siempre tengo razón.

Lem durmió mal durante los días siguientes. En sus sueños, el campo de gravedad devoraba cuanto lo rodeaba: los muebles, su terminal, su cama, sus piernas, el hombre del cuello roto; todo explotaba en fragmentos de roca una y otra vez hasta que solo quedaba polvo. Lem tomó píldoras que lo ayudaran a dormir, pero no podían impedirle soñar. Le había ordenado a los ingenieros analizar la nube de polvo para asegurarse de que el campo de gravedad se había disipado en efecto: no quería entrar en la nube y empezar a recoger minerales hasta tener la certeza de que el campo había desaparecido y la zona era segura. La mañana del quinto día, solo en su habitación, recibió su respuesta.

—El campo ha desaparecido —dijo Benyawe. Su cabeza flotaba en el holoespacio sobre el terminal de Lem—. Construimos un sensor con componentes viejos y lo enviamos a la nube. No explotó ni experimentó ningún tipo de cambio de gravedad. Podemos empezar a recoger polvo de metal cuando esté preparado.

—Quiero ver los datos del sensor —dijo Lem.

—No sabía que supiera descifrar este tipo de datos.

—No sé. Pero verlos me hará sentirme mejor.

Benyawe se encogió de hombros y desapareció. Un momento más tarde aparecieron columnas de datos en la holopantalla de Lem. Los números no significaban nada para él, pero le gustó ver tantos. Montones de datos significaban datos concluyentes. Lem se relajó un poco, borró los datos, e introdujo una orden. El jefe de la cuadrilla de mineros apareció en la holopantalla.

—Buenos días, señor Jukes.

—Todo despejado. Nos internaremos en la nube dentro de una hora.

—Excelente. Las recogedoras están listas. Cuando traigamos el polvo, empezaremos a hacer los cilindros.

Lem puso fin a la llamada y flotó junto a su terminal, tranquilo por primera vez en semanas. Había corrido un riesgo, sí, pero ahora, por fin, iba a dar fruto. Se puso las manos detrás de la cabeza y se preguntó qué tipo de metal encontrarían. ¿Hierro? ¿Cobalto? Curioso, regresó al terminal y recuperó las tarifas de los minerales. Los precios tenían al menos un mes de antigüedad, pero a menos que hubiera un cambio dramático en el mercado, las tarifas deberían ser muy parecidas a las reales. Estaba a punto de girar una de las gráficas para estudiar con más atención los datos cuando las tablas desaparecieron de repente.

La cabeza de una mujer mayor ocupó su lugar en el holoespacio.

—Señor Jukes —dijo la mujer—. Soy Concepción Querales, capitana de la *Cavadora*, la nave que usted atacó sin que hubiera provocación por nuestra parte.

Lem se quedó de piedra. ¿Esto era una broma? ¿Cómo recibía un mensaje no deseado en su terminal personal? ¿Le había enviado la Cavadora una línea láser? ¿Quién había autorizado esto?

—He programado este mensaje para que le llegue mucho después de que nos hayamos marchado —dijo Concepción—. Habría preferido hablar con usted directamente, pero su irracional y bárbara conducta sugiere que no es usted un hombre con quien yo pueda tener nada parecido a una conversación normal.

Lem pulsó el teclado para detener el mensaje, pero el terminal no respondió.—Ahora no puede atacarnos —dijo Concepción—. Ni puede localizarnos. A estas alturas estamos más allá de su alcance. He corrido este riesgo y le he dejado este mensaje porque quería que supiera que ha matado a un hombre.

Lem dejó de golpear el teclado y se quedó mirando el holo.

—Dudo que le importe —dijo Concepción—. Dudo que pierda el sueño con este hecho. Pero uno de nuestros mejores hombres, mi sobrino, ha muerto. Era un hombre decente con hijos y una esposa enamorada. Por su arrogancia y su obvio desprecio por la vida humana, le ha quitado todo eso. —Su voz temblaba, pero había acero tras ella—. Dudo que sea un hombre de fe, señor Jukes. O si lo es, debe rezar a dioses de corazón tan cruel que me alegro de no conocerlos. En mi fe me enseñan a perdonar aquellos que me ofenden una y mil veces. Temo que se haya condenado a usted mismo y a mí también, señor Jukes, porque no me veo perdonándolo en esta vida ni en la siguiente.

El holo se apagó, y las gráficas con los precios de los minerales regresó. Lem pulsó el teclado y vio que tenía de nuevo el control. Su mente corría desbocada. Habían plantado un archivo en el sistema de la nave. Habían penetrado su cortafuegos y habían plantado un archivo. ¿Cómo demonios lo habían hecho?

Encontró su casco y llamó a Podolski a su habitación inmediatamente. El archivero llegó unos minutos más tarde, con aspecto cauteloso. Lem se había puesto las grebas y caminaba por la habitación.

—Han accedido a nosotros —dijo—. La *Cavadora* ha accedido a nuestro sistema. ¿Quiere explicarme cómo ha sucedido?

Podolski parecía confuso.

—¿Accedido a nosotros? No lo creo, señor.

—Acabo de ver en mi pantalla un holo de la capitana de su nave. Así que, a menos que haya perdido por completo el juicio, cosa que sé que no ha sucedido, han accedido a nuestro sistema.

—¿Dice que ha visto un holo, señor?

—¿Está sordo? Plantaron un maldito holo en mi terminal personal. Si es una broma de alguien, quiero saber quién es ese alguien, y quiero expulsarlo de esta nave. ¿Me entiende?

Podolski parecía incómodo

—Le aseguro, señor Jukes, que nadie en esta nave puede acceder a su terminal personal excepto usted y yo, y yo nunca gastaría una broma como esa, señor.

Lem lo creyó. No era una broma. No podía ser una broma. Muy pocas personas sabían siquiera que alguien había resultado herido en el empujón.

—Creía que nuestro cortafuegos era impenetrable.

—Lo es, señor. El mejor diseño de la compañía. Llevamos tecnología original en esta nave, señor. Se emplearon todas las capas de seguridad. Nadie puede entrar.

—Bueno, pues lo han hecho. Y quiero saber cómo.

Podolski se acercó a la holopantalla.

—¿Puedo ver el archivo, señor?

—Se reprodujo automáticamente. No sé dónde está.

Podolski pulsó una tecla. Lem sintió un momento de pánico. No quería que Podolski viera el archivo. No quería que nadie lo viera. Era incriminador.

—Veo que hubo algo —dijo Podolski—, pero tenía un programa de retorno, lo que significa que se borró después de ser reproducido.

—¿Ve? Han accedido a nuestro sistema.

Podolski escrutó la pantalla y se movió muy rápido después, abriendo y cerrando ventanas en veloz sucesión. Introdujo contraseñas, accedió a pantallas e iconos que Lem no había visto antes. Pasó largas listas de lo que parecían ser números y códigos aleatorios. Trabajó en silencio durante varios minutos, recorriendo arriba y abajo con la mirada el holoespacio. Lem trató de seguirlo, pero no pudo.

El primer pensamiento de Lem fue para el láser de gravedad. ¿Lo habían visto los mineros libres? ¿Habían accedido a sus esquemas? ¿Iban a por esos archivos? Si era así, si los habían visto, si el secreto del gláser había quedado comprometido, Lem estaría arruinado. Su padre y el consejo de dirección no lo perdonarían nunca. Sería devastador para la compañía. ¿Y qué había de los vídeos del empujón? Los archivos que había borrado. ¿Los había visto la *Cavadora*?

Podolski dejó de pronto de teclear y contempló las docenas de diferentes ventanas y líneas de código en el holoespacio.

—Oh —dijo.

—¿Qué? —preguntó Lem—. ¿Qué significa ese «oh»? ¿A qué viene esa exclamación?

—El sistema hace una copia de seguridad cada cuarenta y cinco minutos, señor. Pero parece que hizo una copia no prevista hace poco.

—¿Qué significa eso? ¿Una «copia no prevista»? ¿Qué está diciendo?

—No puedo estar seguro, señor —dijo Podolski, volviéndose hacia él—, pero creo que significa que algunos de nuestros archivos se copiaron en un objetivo extraño.

—¿Objetivo extraño? ¿Qué? ¿Como un olfateador? ¿Cuándo? ¿Cuándo sucedió esto exactamente?

Podolski tecleó de nuevo para buscar la respuesta.

—Exactamente veintitrés minutos después de que embistiéramos a la *Cavadora*, señor.

9

Exploradora

Una semana después del ataque de la nave corporativa, Víctor estaba en la sala de máquinas haciendo las reparaciones necesarias en el generador cuando su padre vino a buscarlo.

—¿Cuánto te falta para poder volver a poner esto en línea? —le preguntó.

—Un día —respondió Víctor—. Tal vez menos. Mono está ahora mismo en el taller reparando los últimos circuitos. Yo estoy instalando nuevos rotores. Si no hay otra avería, deberíamos estar listos. ¿Por qué? ¿Qué pasa?

—Será mejor que vengas conmigo.

Su padre ni siquiera esperó que lo siguiera. Simplemente se dio media vuelta y salió de la sala de máquinas. Víctor, notando su urgencia, hizo rápidamente sus herramientas a un lado y lo alcanzó en el pasillo. Los dos llevaban grebas, y recorrieron el pasillo a grandes zancadas.

—¿Hemos detectado a los italianos? —supuso Víctor—. ¿De eso se trata?

La nave se dirigía hacia la posición de los italianos... o, más bien, hacia donde todos esperaban que estuviera la posición de los italianos. Con las comunicaciones todavía estropeadas, la *Cavadora* no podía enviar un mensaje para confirmar que los italianos estuvieran todavía allí. Había muchas posibilidades de que llegaran y no encontraran más que espacio vacío.

—Ni idea —dijo su padre—. Pero no creo que sea bueno. Concepción llamó hace unos minutos para preguntar si los MG estaban preparados.

—¿Y por qué te alarma eso? —preguntó Víctor—. Tenemos en funcionamiento dos MG de seis. No puede decirse que sea un sistema de evitación de colisiones adecuado. Tal vez tenemos delante un campo de escombros. Tal vez Concepción quiera asegurarse de que no choquemos contra algo.

—Tal vez. Pero no lo creo. Es la forma en que lo preguntó. Parecía preocupada. Incluso asustada.

¿Asustada? ¿Concepción? Víctor no podía imaginarlo.

—¿De qué? ¿De otra nave corporativa? ¿De la nave estelar?

—No creo que sea la nave estelar. Toron y Edimar dijeron que estaba a varias semanas como poco, y que lo más probable es que estuviera a varios meses de distancia. Esto es otra cosa.

Después del ataque de la nave corporativa, Víctor y su padre se habían repartido las reparaciones. Víctor y Mono se concentraron exclusivamente en el generador, mientras que su padre ponía todos sus esfuerzos para reparar los sensores que los corporativos habían desgajado de la nave. Los mineros habían recogido algunos sensores del espacio, pero muchos de los instrumentos más críticos, incluyendo el transmisor de línea láser, no se habían encontrado.

El padre de Víctor ni siquiera llamó antes de entrar en el despacho de Concepción. Dentro, la capitana y Toron estaban reunidos en torno al escritorio, estudiando un cuadrante del espacio que flotaba sobre la mesa en el holoespacio.

Concepción apenas alzó la cabeza cuando entraron.

—Cerrad la puerta —dijo.

El padre así lo hizo. Víctor miró a Toron, pero el rostro del hombre era imposible de leer.

—Hay naves en la posición de los italianos —dijo Concepción—. Estamos ya lo bastante cerca para que el Ojo las detecte. No son los datos más claros del mundo, y sin comunicación no podemos confirmar su identidad, pero los datos que tenemos sugieren que son en efecto los italianos.

—Buena noticia. Necesitamos desesperadamente ayuda con las reparaciones.

—Y un nuevo transmisor de línea láser —dijo Víctor.

—Aunque los italianos no tengan un trasmisor de repuesto —dijo Concepción—, podemos usar el suyo para enviar tantas líneas láser como sean necesarias, estoy segura. Pero no os he llamado por eso. Edimar y Toron han avistado otra cosa.

—¿Una segunda nave estelar? —preguntó Víctor.

—No sabemos lo que es —repuso Toron—. Pero no creo que sea una nave estelar. —Maniobró su punzón en el holoespacio. Un punto apareció en la esquina superior—. Esta es la nave —dijo—, o lo que suponemos que es una nave.

Movió el punzón, y un segundo punto apareció en el extremo opuesto del holoespacio.

—Esto son los italianos.

Toron hizo otro gesto con la mano y un tercer punto apareció entre los dos primeros, aunque relativamente cerca de los italianos.

—Y esto es un gigantesco signo de interrogación. Es algo, pero no sabemos qué. Sabemos que es pequeño, como mucho del tamaño de la *Cavadora*, pero probablemente más pequeño. Por eso no lo hemos visto antes.

—¿Crees que está relacionado con la nave estelar? —preguntó Víctor.

—Tal vez —dijo Toron—. Edimar está más segura que yo, pero llevamos unas cuantas horas siguiendo su trayectoria, y parece que viene de la dirección de la nave estelar.

—Podría ser una coincidencia —dijo el padre de Víctor—. Podría ser la nave de un clan o una familia y su ángulo de aproximación hace que parezca que vienen de la astronave. Mirad la distancia entre las dos anomalías. Eso es un montón de espacio. Conectar las dos es dar todo un salto, ¿no os parece?

—Esa fue mi reacción —dijo Concepción—. Pero Toron me hizo pensar lo contrario.

—Es demasiado rápida para ser humana —dijo Toron—. La

hemos detectado ya en varios puntos. Se mueve a cincuenta veces nuestra velocidad máxima.

Víctor se sorprendió. Había muchas naves más rápidas que la *Cavadora*. Pero ¿cincuenta veces más rápida? Inaudito.

—¿Podría ser un cometa? —arriesgó el padre—. ¿O algún otro objeto natural?

Toron negó con la cabeza.

—No es un cometa. El Ojo reconoce fácilmente los cometas. Esto es otra cosa. De carácter tecnológico. Tiene una firma de calor.

—Una nave de exploración —aventuró Víctor—. De la astronave. Tiene que serlo. Sean quienes sean, han enviado un explorador para escrutar la zona. Esto es territorio nuevo para ellos y juegan sobre seguro. Están comprobando el paisaje.

—Es una posibilidad —repuso Toron—. Pero si es cierto, eso nos pone en una situación muy precaria. Supongamos por una momento que es en efecto una nave de exploración. Si es así, ¿por qué van directos hacia los italianos?

—Tal vez puede detectar formas de vida —dijo Víctor.

—¿A esa distancia? —comentó su padre—. Lo dudo. Es posible, supongo. Si puede viajar casi a la velocidad de la luz, ¿qué más cosas podría hacer? Pero lo más probable es que pueda detectar movimiento del mismo modo que lo hace el Ojo.

—Los italianos no se mueven —dijo Víctor—. Están estacionarios: llevan así al menos diez días. Si la nave exploradora fuera atraída por el movimiento, vendría hacia nosotros. Somos los que se están moviendo. Tal vez haya detectado la frecuencia de radio de los italianos. La radio es tecnología. La radio implica vida inteligente. Si yo detectara ondas de radio en otro sistema solar, querría ir a comprobar. Y los italianos usan la radio todo el tiempo. Tienen cuatro naves. Así se comunican entre sí.

—Y nuestra radio no funciona —dijo su padre—. Podría explicar por qué no viene hacia nosotros.

—¿Cuándo podríais tener reparada nuestra radio? —preguntó Concepción.

—Mañana o pasado —respondió el padre de Víctor—. Estoy trabajando en eso ahora. Pero, una vez más, es para las transmisiones generales. No las enfocadas. Para eso necesitamos una línea láser.

—Termina la reparación, pero no trasmitas nada —dijo Concepción—. Ni siquiera para probarla. Ahora mismo estamos en silencio y guardaremos silencio hasta que sepamos a qué nos enfrentamos. —Se volvió hacia Toron—. ¿A qué distancia estamos de los italianos?

—Tres días —dijo Toron.

—¿Y cuándo los alcanzará esta nave exploradora?

—Ya está decelerando —dijo Toron—. Dentro de un día y medio, si no antes. Llegará mucho antes que nosotros.

Víctor se sintió súbitamente enfermo. Una nave, probablemente una nave alienígena, dirigiéndose hacia los italianos. Hacia Alejandra.

Durante la semana pasada, Víctor había intentado ignorar el hecho de que la *Cavadora* se dirigía hacia la posición de Janda: ella era ahora una parte cerrada de su vida, no tenía sentido pensar en ella. Sin embargo, de algún modo, a menudo sin que se diera cuenta de que sucedía, su mente volvía a Janda. Se preguntaba, por ejemplo, en qué nave italiana atracaría la *Cavadora* cuando llegaran? ¿Sería la *Vesubio*, la nave de Janda? Parecía probable: la *Vesubio* era la nave más grande y, por tanto, la que con más probabilidad tendría los repuestos que la *Cavadora* necesitaba. Y, si las dos naves atracaban, ¿subiría Janda a bordo de la *Cavadora* para ver a su familia? Y si era así, ¿lo vería también a él?

Entonces Víctor se daba cuenta de que tenía esos pensamientos y se lanzaba a hacer más reparaciones, frustrado consigo mismo por dejar que su mente divagara.

Y ahora Toron le estaba diciendo que Janda podría estar en peligro.

—Dado lo incierto de la situación —dijo Toron—, tenemos que considerar el peor de los casos. Esto podría ser un ataque a los italianos. No tenemos pruebas que lo sugieran, pero seríamos unos necios si no lo tuviéramos en cuenta. Y si ese es el caso, ¿qué hacemos?

—Llegar lo más rápido posible a los italianos, eso es lo que hacemos —respondió Víctor.

—¿Y hacer qué?

—Ayudar. Contraatacar. Lo que haga falta.

—¿Con dos MG? —dijo Toron, despectivo—. Eso apenas nos sirve para evitar colisiones. No podríamos defendernos.

—Eso no lo sabemos. No tenemos ni idea de cuáles son las defensas de esa nave, dos MG podrían ser más que suficientes para abatirla.

—O no. Podrían solo enfurecerla. ¿Quieres correr ese riesgo?

—Absolutamente.

Toron se encogió de hombros y se volvió hacia Concepción.

—No estamos en posición de meternos en una pelea, si llega el caso. Míranos. Ni siquiera tenemos nuestro generador principal en marcha. Todo funciona con sistemas secundarios, que apenas mantienen el soporte vital. Tenemos la mitad de las luces apagadas para racionar la energía, y todos vamos dando tumbos en la oscuridad. La temperatura a bordo ha bajado veinte grados porque los calefactores no reciben la potencia necesaria. No tenemos comunicaciones. Estamos a un paso de ser una nave lisiada. Ni siquiera podemos ayudarnos a nosotros mismos. ¿Y estamos pensando en luchar? Los corporativos nos han arrasado. ¿Es que no hemos aprendido nada de esa experiencia?

—Eso fue distinto —dijo Víctor—. Nos pillaron por sorpresa.

Toron hizo una mueca.

—Oh, bueno, estoy seguro de que los alienígenas juegan siguiendo las reglas de la guerra caballeresca y nos tratarán «justamente» cuando ataquen. —Se volvió hacia Concepción—. No podemos defendernos a nosotros mismos, mucho menos a nadie más. —dijo—. Sería más sensato detenernos ahora y leer los datos que proceden del Ojo. Esperemos a ver qué pasa cuando esta nave alcance a los italianos.

—¿No hacer nada? —dijo Víctor. No podía creer lo que estaba escuchando—. ¿Quedarnos aquí cruzados de brazos y ver cómo esa nave exploradora los ataca?

—No sabemos si es una nave exploradora —replicó Toron—. Ni sabemos que sus intenciones sean atacar. Y detenernos aquí no es inacción. Es recopilación de datos. Es conseguir la información que necesitamos para decidir el mejor curso de acción.

Víctor señaló el punto en el holoespacio.

—Tu hija está en una de esas naves.

—Y mi esposa y mi otra hija están en esta —dijo Toron—. ¿Crees que no sé que Alejandra está allí? ¿Crees que se me ha olvidado? Soy bastante capaz de seguir el paradero de mi hija, gracias.

—Calmémonos —dijo Concepción—. Estas paredes no son a prueba de sonido. Aquí somos todos adultos.

—Él no lo es —dijo Toron, señalando a Víctor.

Concepción lo ignoró.

—Toron propone una preocupación legítima, Víctor. Hay un montón de preguntas sin respuesta aquí. Tenemos la responsabilidad de proteger a nuestra ente.

—Tal vez —dijo el padre de Víctor—. Pero estoy de acuerdo con Vico. No podemos quedarnos cruzados de brazos y esperar a ver qué pasa. Si nosotros estuviéramos allí, y los italianos estuvieran aquí, querríamos que estuvieran con nosotros, apoyándonos. Yo digo que avancemos. Los italianos podrían necesitarnos en un momento crítico.

—Cada una de las naves italianas es más rápida y está mejor equipada que la nuestra —dijo Toron—. Y son cuatro. Si hiciéramos una contribución a una pelea sería mínima y un día y medio tarde. ¿De verdad queremos arriesgarnos a perderlo todo por eso?

—Estamos mejor protegidos que ellos —dijo Víctor—. Eso cuenta para algo. Sus naves son rápidas, sí, pero nosotros tenemos mejor blindaje. Eso podría resultar crítico.

—Una vez más, basas estas suposiciones en la tecnología humana —insistió Toron—. ¿Quién dice que esta nave exploradora, o lo que sea, no tiene un arma que no pueda penetrar cualquier blindaje?

—¿Dónde estaba esta violenta imaginación tuya cuando quise advertir a todo el mundo? —replicó Víctor—. Antes estuviste encantado de desviar cualquier sugerencia de que esta cosa era peligrosa. Ahora pareces convencido de que está programada para matar.

—Insto a la cautela, igual que hice antes. Y no tengo por qué darte explicaciones.

—Ya basta —dijo Concepción—. No llegamos a ninguna parte discutiendo. El hecho es que si esa cosa puede moverse a cincuenta veces nuestra velocidad, ya estamos en la pelea, si la hay. La nave podría alcanzarnos fácilmente si quisiera, aunque nos diéramos media vuelta y huyéramos. Sí, es posible que no sepa que estamos aquí, pero me parece improbable. Sería aconsejable dar por hecho que puede hacer todo lo que nosotros podemos hacer y más. —Se volvió hacia el padre de Víctor—. Segundo, dijiste que algunos de los MG están listos para ser instalados.

—Hemos reparado tres de los cuatro. El último necesita repuestos que no tenemos y no podemos hacer ningún apaño. Pretendemos reinstalar los tres en cuanto alcancemos a los italianos. Obviamente, a nuestra velocidad actual, no podemos salir al espacio.

Concepción miró a Víctor.

—¿Y el generador?

—Necesito un día como máximo.

Concepción asintió.

—Lo que hagamos con esta nave exploradora es decisión del Consejo. Convocaré de inmediato una reunión. Segundo, quedas excusado para hacer las reparaciones que tengas que hacer. Me encargaré de que tu punto de vista sea expresado ante el Consejo. Toron presentará lo que ha encontrado, y yo haré mi recomendación, que es decelerar e instalar los MG reparados ahora. Luego aceleraremos y alcanzaremos a los italianos lo más rápido posible.

Es aconsejable ser cautelosos, pero sugiero que nos preparemos para lo peor y esperemos lo mejor.

Toron no discutió, Segundo asintió, y Concepción los excusó a todos. Víctor y su padre recorrieron el pasillo, de vuelta a sus respectivas reparaciones.

—Toron no es tu enemigo, Vico. Sé que puede parecer insensible, pero ama a Alejandra. Haría cualquier cosa por ella o por su familia. Pero si tiene que elegir entre las dos, siempre elegirá a la familia, que es la decisión correcta.

—¿Entonces por qué estuviste de acuerdo conmigo allí dentro?

—Porque si fueras tú quien estuviera con los italianos, yo no vacilaría en llegar junto a ti. Iría sin MG y sin generador si fuera preciso, aunque eso significara poner en peligro a todo el mundo a bordo. Eso no es racional. Es intrépido e irresponsable. Pero es lo que yo haría.

—Entonces me alegro de que tú seas mi padre y no Toron.

—Toron no es un cobarde, Vico. Su sugerencia de detenernos aquí y esperar puede parecer cobardía, pero no lo es. Conozco a Toron desde hace mucho tiempo. No lo motiva la autoconservación. Le preocupan Edimar y Lola, su esposa, y Concepción y tu madre y yo y todos a bordo. Incluso tú.

—Creo que preferiría que me arrojaran de la nave.

—Mi argumento es que ama a Alejandra tanto como yo te amo a ti, hijo. Si Toron pudiera cambiarse de sitio con ella, lo haría en un instante. Su disposición a entregarla a su destino para proteger a los demás demuestra, para mí al menos, que posee un valor mucho más grande que yo. Es la decisión inteligente. Los italianos no están indefensos. Pueden aguantar solos. Mantener la distancia y permanecer a salvo es lo racional. Gracias a gente como Toron esta familia está todavía viva, Vico. Si yo estuviera al mando, todos habríamos muerto hace mucho tiempo. —Sonrió y apoyó una mano en el hombro de Víctor—. Me temo que he hecho que te parezcas demasiado a mí, impulsivo y testarudo. Nunca por tu propio bien, sino por el de los que amas. Es una buena característica. Pero puede que un día dirijas esta familia, Vico, y si eso sucede, necesitarás tener en ti algo de Toron también.

Víctor quiso decírselo entonces. Todo lo que tenía que hacer era abrir la boca y decir: «Me marcho, padre. No sé cómo. No sé cuándo. Pero nunca dirigiré esta familia porque no puedo quedarme. No puedo tomar una esposa aquí. No puedo criar hijos aquí. No cuando todo lo que veo a mi alrededor me recuerda a Janda.»

Pero Víctor no dijo nada. ¿Cómo podía hacerlo? La familia lo necesitaba ahora más que nunca. ¿Cómo podía pensar siquiera en marcharse? Era egoísta. Era abandonarlos. Sin embargo, ¿qué podía hacer? ¿Intentar sellar esa parte de su cerebro donde estaban almacenados los recuerdos de Janda? No podía. Ella estaba unida para siempre a esta nave, y ningún acontecimiento, ni siquiera la nave estelar, ni el ataque corporativo, nada podía cambiar eso.

Su padre se marchó antes de que Víctor encontrara el valor para decir nada, y el muchacho se quitó las grebas y voló de vuelta a la sala de máquinas. Encontró allí a Mono, sustituyendo unos cuantos circuitos calcinados.

—Tenemos un día para poner esto en marcha, Mono.

—Buena suerte —contestó el niño—. Es una pieza de chatarra. Tendría que haber visto un basurero hace cuatrocientos años.

—No existían los viajes espaciales hace cuatrocientos años. Además, no tenemos más remedio.

Le contó a Mono lo de la nave exploradora. Sabía que probablemente no debería hacerlo, pero el Consejo lo averiguaría pronto, y entonces todos a bordo lo sabrían. Al principio, a Víctor le preocupó que la noticia preocupara a Mono. Pero para su sorpresa tuvo el efecto opuesto, con Mono aún más decidido a terminar de reparar el generador y ponerlo en marcha.

Trabaron hasta bien entrado el turno de sueño. Cuando terminaron, casi doce horas más tarde, los dos estaban sucios y agotados.

—Enciende el interruptor, Mono.

Víctor tenía el extintor preparado, por si acaso, mientras Mono se acercaba a la caja de fusibles y encendía. Habían intentado reiniciar el generador varias veces en los últimos días, pero todos los intentos habían fracasado: sonidos estentóreos, componentes ardiendo, un puñado de chispas. En varias ocasiones habían cortado la energía con tanta rapidez como la habían conectado. Ahora, sin embargo, el generador cobró vida lentamente. La pantalla de datos se encendió. El motor zumbó y aumentó de potencia. Las turbinas giraron y ganaron velocidad. No hubo golpes. No hubo chispas. No hubo chirriar de metal.

Pasaron diez segundos. Luego quince. El rugido de las turbinas se hizo más fuerte. Víctor observó los números de la pantalla, el corazón latiéndole con fuerza. Las turbinas estaban al sesenta por ciento. Luego al setenta. Luego al ochenta y cinco. Las turbinas chillaban ahora, el sonido sacudía toda la sala de máquinas. Noventa y cinco por ciento. Víctor miró a Mono y vio que el niño se estaba riendo. No pudo oír la risa por encima del rugido del generador, pero verlo, junto con la súbita liberación de toda la ansiedad acumulada, hizo que también Víctor se echara a reír. Risas tan fuertes y largas que las lágrimas le corrieron por las mejillas.

Con su traje presurizado, Víctor esperaba ante la cámara estanca a que la nave se detuviera. Su padre lo acompañaba, junto con diez mineros, todos ante las enormes puertas de la bodega. Los tres MG reparados flotaban entre ellos. Los mineros los sujetaban con cables. Víctor podía oír los retros disparando en el exterior, refrenando la nave. Un momento después, los cohetes se detuvieron, y entonces la voz de Concepción sonó en el casco de Víctor.

—Parada total, caballeros. Hagamos la reparación con rapidez, si podemos.

El Consejo había aceptado la recomendación de Concepción. La *Cavadora* se detendría por completo, Víctor y su padre instalarían los MG reparados, y la nave aceleraría al encuentro de los italianos, todavía a un día de distancia. No había sido una decisión fácil. Su madre le había dicho a Víctor que una discusión bastante acalorada había precedido la votación, con mucha gente de parte de Toron e instando a la cautela extrema que prefería detenerse inmediatamente y observar la nave exploradora entre los italianos desde una distancia segura. La votación final para terminar en cuanto se hicieran las reparaciones había sido aprobada por una minoría exigua.

Víctor pulsó una orden en el teclado de la pared de la cámara estanca. Hubo una breve sirena de advertencia seguida de una voz mecánica diciéndoles que las amplias puertas de carga iban a abrirse. La voz inició una cuenta atrás a partir de diez, y entonces las puertas se desatrancaron y se deslizaron. Todo el aire del interior de la cámara estanca salió absorbido al espacio, y la negrura llena de estrellas del Cinturón de Kuiper se extendió ante ellos.

El VCA del casco de Víctor se puso inmediatamente en funcionamiento. La temperatura exterior era de menos doscientos veintitrés grados Celsius, lo que impulsaba al mecanismo calefactor de su traje a compensar. Otras ventanas de datos le comunicaban los niveles de oxígeno, el ritmo cardíaco, la humedad del traje, y las constantes vitales de todos los miembros del grupo. Una nota de su madre apareció también: TE ESPERA EL CHILE CUANDO VUELVAS. NO TE ARRIESGUES. ÉCHALE UN OJO A TU PADRE. TE QUIERE, PATITA.

Su padre guio al grupo al exterior, moviéndose lentamente con sus botas magnéticas mientras atravesaban la compuerta y salían al casco. Los mineros tiraban de los ingrávidos MG como si fueran globos en un desfile. Cuando todos estuvieron fuera y seguros, su padre los condujo a uno de los lugares donde un MG había sido cortado. Víctor había hecho una nueva red y nuevas tomas de energía para sustituir a las que habían sido cortadas, y colocó y conectó la nueva toma. Cuando terminó, fue parpadeando las órdenes necesarias para reiniciar el láser y reintegrarlo en el sistema de evitación de colisiones.

Dos horas más tarde, después de haber acabado de instalar el último de los tres láseres sin ningún problema, su padre les pidió a todos que se reunieran en círculo. Víctor sabía que este momento iba a llegar. Su padre sacó un receptáculo de la bolsa de su cadera y habló por el comunicador de su casco.

—Estamos preparados —dijo.

Hubo un momento de pausa, y entonces la voz de Concepción respondió por la línea.

—Estamos aquí, Segundo. Gabi y Lizbét y las chicas y yo. Todos estamos en línea.

Víctor visualizó a la familia de Marco reunida en torno a uno de los terminales del centro de mando. La tripulación cedería espacio a la familia, apartados a un lado, silenciosos, con la cabeza gacha.

Su padre se persignó, colocó una mano sobre la tapa del receptáculo y dijo:

—Vaya a Dios, nuestro hermano, y al cielo más allá de este.

Desenroscó la tapa y suavemente sacudió el receptáculo hacia arriba. Las cenizas salieron de la lata en un terrón nuboso y se alejaron de la nave sin dispersarse. Los hombres en círculo hincaron lentamente una rodilla en tierra, se persignaron, y repitieron las palabras.

—Vaya a Dios, nuestro hermano, y al cielo más allá de este.

Mantuvieron la postura en silencio mientras la familia en el puente daba sus despedidas.

—Vaya a Dios, Papito —dijo Daniela, de once años.

—Vaya a Dios, Papá —dijo Chencha, de dieciséis.

Sus voces sonaban quebradas y temblorosas por la emoción, y Víctor no pudo soportarlo. Parpadeó una orden y silenció el audio de su casco. No quería oír a Gabi decirle adiós a su marido, ni a Alexandria, de cuatro años, despedirse de un padre a quien probablemente no recordaría dentro de un año. Marco se merecía criar a sus hijas. Y Gabi, viuda y rota, se merecía envejecer con un hombre como él. Ahora, sin embargo, nada de eso sucedería. Gracias a Lem Jukes todo eso se había perdido.

Víctor vio las cenizas dispersarse, sorprendido de que un hombre tan grande pudiera quedar reducido a tan poco.

Víctor y su padre repararon esa tarde la radio en el taller, aunque tuvieron que desmantelar unas cuantas holopantallas para conseguir los componentes que necesitaban. Cuando estuvieron seguros de haberla arreglado, la llevaron directamente al habitáculo de Concepción, que compartía con otras tres viudas de la nave. Concepción había insistido en que la despertaran en el momento en que estuviera lista, y los tres llevaron la radio a una de las salas de almacenajes más espaciosas y sellaron la compuerta.

—¿Habéis comprobado todas las frecuencias? —preguntó Concepción.

—Solo dos —respondió el padre de Víctor—. Suficientes para saber que funciona.

Concepción cogió su palmar y llamó a Selmo para que viniera. Cuando llegó, todavía adormilado, empezó a trabajar con la radio. Los cuatro permanecieron en silencio mientras Selmo comprobaba todas las frecuencias, buscando charla. Una vez, captaron unos cuantos chasquidos lejanos y fragmentos de conversación, pero muy fragmentada, con momentos de sonido tan breves y escasos que no pudieron distinguir nada.

—¿Los italianos? —preguntó Concepción.

—Tal vez —respondió Selmo—. Es difícil decirlo. Pensaba que recibiríamos una transmisión mejor estando tan cerca. Si tuviera que aventurar una hipótesis, diría que es solo basura de algún sitio lejano.

—¿Entonces los italianos guardan silencio? —preguntó Concepción.

—Parece extraño que no oigamos nada —dijo Víctor—. Tienen cuatro transmisores. Deberían estar hablando entre sí. Seguimos estando lejos, pero no tanto como para no poder detectar nada. —Se volvió hacia Concepción—. ¿Cuánto tiempo hace que la nave exploradora llegó a su posición?

—Dieciocho horas.

—¿Y nadie ha dejado su posición desde entonces? —preguntó el padre de Víctor.

—No según el Ojo —dijo Concepción.

—Tal vez esa nave exploradora esté causando interferencias —dijo Víctor.

—Tal vez —coincidió Concepción.

—O tal vez no transmiten porque no pueden hacerlo —dijo Selmo.

Todos permanecieron en silencio un momento. Víctor había estado pensando lo mismo. Todos lo habían hecho. O bien le había sucedido algo a los cuatro transmisores de los italianos o les había sucedido algo a los italianos.

—¿Cuánto falta para que lleguemos a su posición? —preguntó Concepción.

—Doce horas —contestó Selmo.

Concepción reflexionó.

—Todavía hay tiempo para dar media vuelta y echar a correr —dijo el padre de Víctor—. No es que lo proponga. Solo digo que si empezamos a decelerar ahora, podríamos pararnos y cambiar de rumbo si quisieras.

—No vamos a parar —respondió Concepción—. Todos vamos a acostarnos y a dormir un poco. Sobre todo Víctor y tú. Hace dos días que no dormís. Selmo, pon a comprobar frecuencias con esta radio a quien esté trabajando en el puente de mando esta noche. Nada de transmitir: solo escuchar. Despiértame si hay algún cambio.

Alejandra flotaba en el pasillo con un camisón blanco. El tejido era fino pero no tanto para que Víctor no pudiera ver a través. Tenía el pelo suelto, flotando junto a ella en gravedad cero. Le parecía extraño verla vestida así. Janda no tenía ningún camisón, desde luego no tan blanco y prístino y que le sentara tan bien, como si lo hubieran hecho exclusivamente para ella. La Janda que él conocía llevaba monos y jerséis, todos gastados y deshilachados, después de haber sido utilizados por otras chicas antes que ella. Nunca algo tan nuevo ni tan limpio ni tan femenino.

Tampoco llevaba nunca el pelo suelto, no en el pasillo al menos, no donde todo el mundo podía verlo. Una vez, Víctor se lo vio suelto cuando fue a los habitáculos de su familia y encontró la puerta entornada. La madre de Janda estaba dentro, trenzándole el pelo. A Víctor le sorprendió ver lo largo y tupido que era. Se marchó inmediatamente antes de que nadie reparara en él, sintiéndose incómodo, como si hubiera sido testigo de algo que ningún chico debiera ver jamás.

Sin embargo ahora, al verla aquí, no experimentó esos sentimientos. Así era como deberían ser su pelo y su vestido, como él tendría que verla.

Janda le sonrió, y Víctor se sintió aliviado al instante. Le había preocupado que la nave exploradora le hubiera hecho algo, que la hubiera dañado de algún modo, pero allí estaba. Tenía tantas preguntas que hacerle. ¿Qué era la nave exploradora? ¿Había hecho ella algún amigo entre los italianos? ¿Había localizado a algún potencial pretendiente a quien un día pudiera considerar su esposo? Le alivió considerar esa última pregunta sin sentir un retortijón de culpa o de pérdida. Significaba que estaba pasando página, que Janda seguía siendo la amiga que siempre había creído que era y no alguien de quien se hubiera enamorado. Significaba que podían verse y no sentirse lastrados por la incomodidad y la vergüenza.

Ella lo llamó para que la siguiera, luego se dio media vuelta y echó a andar, descalza. Atravesaron la nave. Los pasillos estaban vacíos. Ninguno de los dos habló. No necesitaban hacerlo. Todavía no. Estaban el uno con el otro, y por ahora era suficiente. Ella se volvía a mirar atrás y sonreía a menudo, viéndolo tras ella, siguiéndola todavía.

La cámara estanca estaba abierta. Las puertas de la bodega estaban abiertas. Las atravesaron. Había estrellas por todas partes, pequeñas y silenciosas. Se miraron. Una estrella detrás de Janda se movió, cruzando el cielo, como atraída por ella, como si fuera suya y ella la llamara. La alcanzó y desapareció, apagándose. Entonces vinieron otras estrellas, lentamente al principio y luego todas a la vez, convergiendo hacia ella. Janda parecía no advertirlo. Miraba a Víctor, la sonrisa todavía intensa.

Le acarició el pelo. La mano de ella le rodeó la cintura, atrayéndolo. Sus labios eran cálidos.

Una mano despertó a Víctor. Estaba en su hamaca. Su padre lo miraba.

—La nave exploradora se ha ido.

Víctor se levantó al instante. Fueron los dos directamente al centro de mando. Toron movía su punzón a través del holoespacio sobre la mesa, dibujando una línea a través de la carta del sistema.

—Se marchó hace diez horas —decía Toron—. No lo sabíamos porque el Ojo ahora solo nos da datos borrosos.

—¿Por qué? —preguntó Concepción.

Toron se encogió de hombros

—Puede que estemos encontrando algo de polvo. No lo sé. No hay datos claros alrededor de este sitio, es todo lo que sabemos. En cuanto a la cápsula, ahora se dirige hacia esta dirección, alejándose de nosotros, lo cual es buena cosa.

—¿Cápsula? —preguntó Víctor.

—Así es como Edimar y yo llamamos ahora a la nave exploradora —dijo Toron—. No tiene forma de nada que hayamos visto antes. Es muy lisa, muy aerodinámica.

—¿Alguna noticia de los italianos? —preguntó el padre de Víctor.

—Todavía nada —respondió Selmo—. La radio permanece en silencio.

Había un montón de motivos por los que los datos del Ojo pudieran ser «borrosos» o poco claros: cualquier obstrucción en el espacio, por pequeña que fuera, podía desviar los datos. Pero todos los motivos que Víctor pudiera pensar, todos los motivos que Toron sin duda había considerado, parecían improbables, excepto uno. No había polvo entre la *Cavadora* y la posición de los italianos. Había polvo en la posición de los italianos. Donde antes había cuatro naves sólidas, ahora había otra cosa, algo que al Ojo le costaba más trabajo interpretar. Piezas más pequeñas y más aleatorias que no coincidían con el diseño de ninguna nave que el Ojo tuviera en su base de datos. Polvo en movimiento, fragmentos girando, pedazos irreconocibles de acero. Víctor se negó a creerlo. Era una posibilidad demasiado sombría. Los italianos estaban bien. Janda estaba bien. La *Cavadora* era un trozo de chatarra. ¿Por qué debían confiar en el Ojo? Era solo otra parte de una nave hecha de componentes rotos y máquinas que apenas se sostenían juntas. Los datos borrosos no significaban nada.

Continuaron volando durante ocho horas más, pero para cuando llegaron al sitio Víctor sabía qué iban a encontrar. Los restos de las cuatro naves eran una mancha dispersa de escombros calcinados de al menos cinco kilómetros de ancho.

10

Restos

Víctor voló hacia las taquillas de la bodega de carga, moviéndose rápidamente. Aterrizó, abrió la taquilla, cogió su traje de presión y empezó a ponérselo. Había mineros en torno a él haciendo lo mismo, poniéndose los trajes, cogiendo equipo de rescate: arpeos, cables enrollado, botiquines médicos, extensores hidráulicos, y cizallas. La mente de Víctor daba vueltas. Los italianos estaban muertos. La cápsula había atacado, y los italianos estaban muertos. Janda. No, no quería pensar en ello. Ni siquiera quería considerar la idea. No estaba muerta. Estaban preparando una partida de rescate. Buscarían supervivientes. Había grandes trozos de pecio allí fuera. Algunos tendrían gente dentro. Janda sería una de ellos. Aturdida tal vez, incluso asustada, un despojo emocional, pero viva.

¿Cuánto tiempo hacía que se había marchado la nave? ¿Dieciocho horas? Era demasiado tiempo para no tener oxígeno fresco. Si había supervivientes, tendrían que usar mascarillas, con un montón de contenedores de oxígeno de repuesto. La mayoría de los contenedores albergaban hasta cuarenta y cinco minutos de aire, pero tal vez los italianos contaran con receptáculos que tuvieran más. Era posible. Además, habría aire en las habitaciones donde los supervivientes se hubieran sellado. Y eso es lo que harían los supervivientes. Se sellarían en una habitación que no hubiera quedado afectada y esperarían el rescate. Los italianos eran listos. Sin duda habrían ensayado emergencias como esta. Sin duda tendrían equipo de emergencia por toda la nave. Tendrían un montón de contenedores y mascarillas. Tanto para los adultos como para los niños.

Pero el aire no era el único problema, advirtió Víctor. También necesitarían calefacción. Sin calentadores de batería ni bloques calefactores o alguna otra fuente de calor de emergencia para evitar el frío, los supervivientes morirían congelados. No tardarían mucho. El frío era allí implacable. Eso puso nervioso a Víctor. Había demasiadas variables. Si los supervivientes se habían sellado, y si no había fugas, y si tenían mascarillas y contenedores de repuesto, y si tenían fuentes de calor, entonces tal vez tuvieran una oportunidad.

La taquilla junto a Víctor se abrió, bruscamente, sobresaltándolo. Era su padre, que cogió su propio traje de presión y se lo puso con rapidez.

—¿Qué posibilidades hay después de dieciocho horas? —preguntó Víctor—. En serio.

—Esto podría haber sucedido hace más de dieciocho horas —contestó su padre—. La cápsula estuvo aquí durante doce. Podría haberlos atacado al llegar en vez de inmediatamente antes de marcharse, en cuyo caso tenemos un período de treinta horas, no de dieciocho.

Víctor había pensado en eso, pero no dijo nada. Treinta horas era demasiado tiempo. Eso reducía drásticamente la probabilidad de encontrar a alguien con vida, y no iba a aceptarlo como una posibilidad. Además, de todas formas parecía probable. ¿Por qué iba a quedarse la cápsula tras el ataque de todas formas? ¿Para buscar signos de vida? ¿Para asegurarse de que había hecho el trabajo? No, parecía más plausible que hubiera intentado comunicarse u observar o escanear. Y cuando esos esfuerzos terminaron o fracasaron, atacó y huyó.

El padre de Víctor cerró su taquilla y se volvió hacia el muchacho.

—¿Seguro que estás preparado para esto, Vico?

Víctor entendió lo que le estaba preguntando. Habría cadáveres. Muerte. Mujeres. Niños. Sería horrible.

—Nunca has visto nada como esto —dijo su padre—. Y preferiría que no lo vieras nunca. Es peor de lo que puedes imaginar.

—Puedo ayudar, padre. De formas que ninguno de los mineros puede.

Su padre vaciló antes de asentir.

—Si cambias de opinión, si necesitas volverte, nadie pensará mal de ti.

—Cuando vuelva al interior, padre, será con vosotros y con los supervivientes.

Su padre volvió a asentir.

Bahzím, que había sustituido a Marco como minero jefe, gritaba tranquilamente órdenes desde la entrada de la cámara estanca.

—Que dos personas comprueben vuestros trajes y cables de seguridad dentro de la cámara estanca. Dos. De la cabeza a los pies. Cada costura. Sin prisa. Los restos de ahí fuera estarán afilados y pincharán vuestros trajes o vuestras mangueras. Mantened la tensión de la manguera al mínimo. Quedaos con vuestro compañero. Segundo, os quiero a Vico y a ti con las sierras.

El padre de Víctor asintió.

Víctor se dirigió a la caja de equipo y sacó las sierras circulares. Eran herramientas peligrosas en el exterior, ya que podían cortar fácilmente trajes y cables, pero las hojas tenían buenas guardias y Víctor y su padre tenían experiencia utilizándolas. Víctor las llevó a la cámara estanca.

Toron entró desde el pasillo, voló hasta la compuerta, y se plantó ante Bahzím.

—Voy contigo.

—Esto es para gente experimentada solamente, Toron. Lo siento.

—Sé caminar en el espacio, Bahzím.

—No tienes suficientes horas, Toron. Si el cielo estuviera claro, no tendría ningún problema, pero hay un montón de escombros ahí fuera. Podría pasar cualquier cosa.

—Mi hija está ahí fuera.

Bahzím vaciló.

—Queda un cable de conexión vital —dijo Toron—. Los he contado. Tienes espacio para una persona más.

—Puede venir con Vico y conmigo —dijo el padre de Víctor—. Necesitaremos a alguien que sujete nuestros cables mientras manejamos las sierras.

Bahzím pareció inseguro.

—No tienes traje, Toron.

—Puede llevar el de Marco —dijo Víctor—. Son más o menos de la misma altura.

Bahzím se lo pensó y acabó por asentir.

—Rápido. Voy a cerrar esta cámara estanca dentro de dos minutos.

Toron asintió mostrando su agradecimiento a Víctor y su padre y se puso rápidamente el traje de Marco.

Corrieron hacia la compuerta, y Bahzím cerró la escotilla tras ellos. Todos desenrollaron un cable de seguridad de la pared y la sujetaron a la parte trasera del traje de su compañero. Luego se pusieron los cascos. Bahzím tecleó la señal de todo despejado, y el aire fresco y el calor llenaron el traje de Víctor. Todos dedicaron un momento a inspeccionar los trajes y cables de seguridad de los que tenían cerca. Cuando todo quedó despejado, Bahzím pulsó otra orden, y el VCA de Víctor se iluminó. Imágenes en directo de los pecios aparecieron en la pantalla de Víctor, tomadas desde las cámaras de la nave. Los focos de la *Cavadora* atravesaban la oscuridad, iluminando momentáneamente una pieza de naufragio, como considerándola, jugando por su tamaño y forma si era una candidata probable para tener supervivientes. Al parecer no lo era. Las luces continuaron su camino. El corazón de Víctor se encogió. Había tantos escombros, tanta destrucción. ¿Cómo podría encontrar a Janda en todo esto?

Los primeros cuerpos aparecieron poco después. Dos hombres. Tiesos en la muerte. Los focos se posaron en ellos, pero por suerte estaban tan lejos que Víctor no logró distinguir sus rostros. Las luces pasaron de largo.

Unos minutos más tarde la nave se detuvo en un gran pecio. Los retrocohetes de la *Cavadora* se encendieron y esta redujo la velocidad hasta detenerse junto a los restos.

—Escuchad —dijo Bahzím—. Vamos a abrir las puertas. Los primeros en salir serán Chepe y Pitoso. Harán un sondeo rápido mientras los demás esperamos. Si detectan algo, los demás volveremos a entrar.

Las amplias puertas de la bodega se abrieron, y lo que era vídeo se convirtió en una realidad. El pecio que tenían delante era un retorcido montón de destrucción: vigas dobladas, conductos cortados, tubos retorcidos, aislamiento de gomaespuma desgarrado, cubiertas y planchas de cascos aplastadas. Parecía como si hubiera sido arrancado de la nave en vez de ser cortado limpiamente con un láser. Víctor buscó marcas en el casco que pudieran identificarlo como la *Vesubio*, pero no había ninguna. Bahzím dio la orden, y Chepe y Pitoso salieron en un instante, volando hasta el pecio y moviéndose con rapidez.

Volaron al lado de la superficie del pecio donde esta era lisa y había menos protuberancias que pudieran engancharse o cortar sus trajes. Había varias ventanas, y Chepe se dirigió a ellas primero, iluminándolas con las luces de su casco. Las primeras ventanas recibieron una mirada rápida, pero en la cuarta se detuvieron.

—Hay gente dentro —dijo Chepe.

El corazón de Víctor dio un brinco.

—Pero no se mueven —informó Chepe—. No creo que estén vivos. Algunos llevan mascarillas, pero parece que han muerto de anoxia. No obstante, deben de haber sobrevivido al ataque. Veo calefactores de emergencia emplazados en el habitáculo. No hemos llegado a tiempo.

—¿Está Alejandra con ellos? —preguntó Toron—. ¿Ves a Alejandra?

—Es difícil ver los rostros con las mascarillas —dijo Chepe—. Y muchos de ellos están vueltos hacia el otro lado. Además, la ventana es pequeña. No puedo ver el habitáculo entero, sobre todo en las esquinas.

—Tal vez no estén muertos —dijo Toron—. Podrían estar inconscientes. Quizá podríamos revivirlos.

La voz de Isabella sonó por la línea.

—Chepe, soy Isabella. Estoy en el puente de mando. ¿Puedes enviar las imágenes de tu casco?

El vídeo del casco de Chepe apareció en el VCA de Víctor. Ahora todos vieron lo que veía Chepe. Había cuerpos flotando en un espacio oscuro. El habitáculo (lo que Víctor podía ver de él) parecía un barracón, con hamacas y compartimentos de almacenaje y artículos personales. Varas de luz ofrecían algo de iluminación, pero se habían reducido casi a la nada. Las luces del casco de Chepe iluminaron unas cuantas caras, y Víctor vio de inmediato que no se podía revivir a esta gente. Algunos tenían los ojos abiertos, mirando a la nada, la mirada de la muerte eternamente congelada en sus rostros. Hombres. Mujeres. Un niño pequeño. Víctor reconoció a unos cuantos de la semana que los italianos habían pasado con ellos. Esa mujer de allí había acunado a un niño en la *Cavadora* durante una de las fiestas, Víctor lo recordaba claramente, pero no tenía ningún niño en brazos ahora. Y aquel hombre había cantado con unos cuantos más durante la misma fiesta, una canción que los había hecho reír a todos.

—Golpea la escotilla —dijo Isabella—. A ver si alguien responde. Busca movimiento.

Chepe sacó una herramienta de su bolsa y golpeó con fuerza la escotilla. Víctor observó. Las luces de Chepe barrieron el habitáculo a través del cristal, deteniéndose ante cada persona. Volvió a golpear. Una tercera vez. Una cuarta. Nadie se movió.

Janda no estaba entre ellos. Víctor estaba seguro. Incluso aquellos que estaban vueltos, cuyos rostro no podía ver. Conocía lo suficiente el tamaño y la forma de su cuerpo para saber que ella no estaba aquí.

—Podríamos colocar una burbuja sobre la escotilla y enviar

a Chepe a hacer pruebas a esa gente —dijo Isabella—. Pero eso llevará tiempo, y ahora mismo cada segundo cuenta.

Una burbuja era una pequeña cúpula inflable que podía sellarse herméticamente sobre una escotilla externa. Si Chepe estuviera dentro de la burbuja cuando se hinchara y sellara la escotilla, entonces podría abrirla para entrar sin exponer el habitáculo al vacío del espacio. Las burbujas podían ser peligrosas, ya que requerían que te soltaras momentáneamente del cable de conexión vital para pasar al interior. El cable se conectaba a una válvula en el exterior que a su vez conectaba con otro cable de conexión vital extensible dentro de la burbuja que proporcionaba aire y energía al portador del traje. Pero soltar el cable de conexión vital, incluso momentáneamente, era un riesgo.

—Yo diría que es muy improbable que encontremos a nadie con vida ahí dentro —dijo Isabella—. Sugiero que pasemos de largo y busquemos signos de vida.

—De acuerdo —dijo Concepción—. Regresad a la nave. Sigamos moviéndonos.

—¿Vamos a dejarlos ahí? —preguntó Toron.

—No hay nada que podamos hacer por ellos —dijo Concepción—. Pero puede que haya otros a quienes podamos alcanzar a tiempo.

Víctor se sintió impotente entonces. Esta gente había sobrevivido al ataque. Todos los factores que había considerado críticos para la supervivencia se habían cumplido. Y sin embargo todos habían muerto. Los imaginó vivos, acurrucados en torno a un calefactor, abrazados unos a otros, pronunciando palabras de consuelo. ¿Cuánto tiempo habían durado? ¿Doce horas? ¿Quince? ¿Sabían que la *Cavadora* estaba de camino? ¿Habían creído que el rescate era inminente? ¿O creían que estaban solos, esperando lo inevitable?

Víctor miró a Toron a su lado y vio que su padre le había puesto una mano en el hombro, consolándolo. Toron parecía pálido, incluso a la luz de la bodega de carga.

—Tenían mascarillas y calefactores —dijo el padre de Víctor—. Eso es buena señal, Toron. Significa que hay equipo ahí fuera.

—De poco les sirvió —contestó Toron.

Chepe y Pitoso aterrizaron de vuelta en la cámara estanca, y la nave continuó su camino. Las puertas de la bodega permanecieron abiertas mientras continuaban patrullando a través de la destrucción. Dos veces más se detuvieron, y dos veces más Chepe y Pitoso partieron a investigar. Uno de los pecios estaba vacío. El otro tenía un enorme agujero en la parte trasera que no fue visible hasta que se acercaron a mirar con más detenimiento. No había signos de supervivientes.

La nave continuó. A medida que seguían patrullando encontraron más cuerpos. La mayoría eran hombres. Pero había mujeres también. Y niños. Uno ardía terriblemente. Víctor se dio media vuelta.

Una vez, un cadáver flotó incómodamente cerca de la escotilla abierta, justo delante de ellos. Era un hombre. Un muchacho, en realidad. No más de veinte años. Podría haber sido un pretendiente para Janda si no estaba casado ya. Sus ojos, afortunadamente, estaban cerrados. Los mineros más cercanos al borde podrían haber extendido la mano y tocarlo, y durante un horrible momento Víctor pensó que el cadáver podía entrar flotando. Pero la nave siguió su camino, y el cuerpo quedó atrás.

Nadie habló. Varios de los mineros miraron a Toron para ver cómo se lo tomaba, la compasión evidente en sus rostros. Toron no dijo ni una sola palabra, y a medida que los minutos se fueron convirtiendo en una hora, la esperanza de Víctor empezó a disolverse. Había demasiados restos. Habían llegado demasiado tarde. Dieciocho horas era demasiado tiempo. Tal vez si no se hubieran detenido a instalar los mataguijarros o a dispersar las cenizas de Marco, si hubieran acelerado en vez de decelerar, tal vez podrían haber salvado a alguno; tal vez podría haber impedido que todo esto sucediera.

No, no podrían haber llegado antes del ataque. Aunque se hubieran esforzado y no se hubieran detenido nunca. ¿Y de qué habría servido estar aquí? Estarían tan muertos como todos los demás.

Un gran trozo de pecio se acercó a la nave. El pedazo más grande hasta ahora. Los retros de la *Cavadora* se encendieron y esta redujo la velocidad. Víctor no podía imaginar cómo podía haber nadie vivo en su interior. Toda la estructura estaba retorcida, no solo los extremos. Y ninguno de los lados tenían la lisura de las placas del casco, lo que sugería que había salido del interior de una nave.

Acercarse sería difícil. Vigas retorcidas y otras piezas estructurales irregulares sobresalían por todas partes de modo aleatorio, como una lata aplastada envuelta en clavos de hierro. Chepe y Pitoso se acercaron con cautela, rodeando el pecio desde lejos.

—Veo una escotilla —dijo Chepe—. Es sólida. Sin ventanas.

—¿Puedes acercarte lo suficiente para golpearla? —preguntó Bahzím.

Víctor observó la aproximación de Chepe a través de la conexión vídeo del hombre. Chepe se acercó lentamente a la escotilla, manteniéndose apartado de las vigas y traviesas puntiagudas.

—Cuida su cable, Pitoso —dijo Bahzím.

Chepe se posó en el casco junto a la escotilla.

—El espacio alrededor de la escotilla parece liso —dijo—. Podríamos emplazar una burbuja alrededor si fuera necesario.

Golpeó la escotilla, luego presionó la mano contra el metal. No podría oír ningún golpe de respuesta de nadie desde el interior, pero sentiría la vibración. Chepe esperó un minuto entero y golpeó de nuevo.

—No noto nada —dijo después de una pausa.

El pecio flotaba y giraba. Una de las vigas puntiagudas se acercó al cable de conexión vital de Chepe.

—Retroced —dijo Bahzím—. Está girando.

Chepe y Pitoso se apartaron del pecio y se alejaron flotando una corta distancia mientras los restos giraban lentamente ante ellos. El lado que antes no era visible apareció a la vista de la bodega de carga. Era un caos de vigas y armazones retorcidos, doblados y apretujados, peor aún que los otros lados. Pero a través de eso, más allá de la telaraña de metal distorsionado, había un pasillo, quizá de unos diez metros de profundidad, como una cueva poco profunda, con la entrada casi cerrada. Víctor aumentó la imagen con su visor y se esforzó por ver a través de todas las obstrucciones, intentando ver el pasillo.

Entonces lo vio.

Un atisbo de luz. Un movimiento. Había una escotilla al fondo del pasillo con una ventanita circular en el centro. Y en esa ventanita había una luz. Una vara de luz. Agitándose en la mano de alguien.

—¡Hay alguien dentro! —gritó Víctor, y antes de saber lo que hacía, se abrió paso hasta el extremo de la cámara estanca y salió al espacio.

—Vico, espera —dijo Bahzím.

Pero Víctor no esperó. Había visto a alguien. Vivo.

—Hay alguien ahí.

Pulsó el disparador, y el propulsor lo llevó hacia la entrada del pasillo. Se escoró a la izquierda, evitando una viga que sobresalía, y luego a la derecha para evitar otra.

—Frena —dijo su padre.

Víctor giró el cuerpo, se puso en vertical y frenó. Aterrizó con destreza entre las barras y metales que se curvaban y bloqueaban el pasillo. Se hizo a un lado, se agachó, y miró a través de un agujero en la red de metal, como si se asomara a un pozo. Pudo verlo claramente ahora. Un hombre. El círculo de la escotilla era más pequeño que la cara del hombre, pero estaba vivo y parecía desesperado. No llevaba mascarilla, lo que significaba que no tenía ninguna, o que se había quedado sin contenedores. Víctor amplió la imagen, conectó el vídeo de su casco, y parpadeó la orden para enviar los datos a todos los demás.

La reacción fue inmediata. Bahzím empezó a dar órdenes.

—Muy bien. Escuchad. Quiero cables en este pecio. Atadlo a nosotros. Con firmeza. No quiero que gire. Segundo, quiero que Vico y tú cortéis en la entrada. Quiero que los demás abran con las cizallas la escotilla que Chepe encontró. Podríamos llegar a los supervivientes por ahí. Chepe y Pitoso, dad otra vuelta al pecio y buscad otra entrada. Nando, te quiero con una pizarra y un marcador con Segundo, y Vico, comunicándote con quien esté dentro. Quiero saber cuántos están vivos y cuál es su estatus.

Su padre y Toron aterrizaron torpemente junto a Víctor, portado las sierras y las cizallas hidráulicas.

—Debe de haber oído a Chepe dando golpes —dijo Víctor—. Podría haber otra gente ahí dentro.

—Y vamos a sacarlos —dijo el padre de Víctor, tendiéndole una sierra—. Prueba primero con la sierra. Si te da problemas, usa la cizalla. Cortemos primero estas vigas —indicó la que Víctor había evitado—. Necesitamos un camino despejado para entrar y salir.

Víctor quiso decirle algo al hombre de la escotilla. «Estamos aquí. Vamos a sacarte. Vas a vivir.» Pero nadie podía alcanzar todavía la escotilla con los obstáculos de por medio, y Víctor no tenía modo de comunicarse con él de todas formas. Su padre se encargó de la viga de la izquierda, Víctor de la de la derecha. Víctor conectó su sierra. La hoja giró.

—Cortes limpios —dijo el padre—, tan cerca de la base como puedas. No te apresures.

La hoja de Víctor cortó el metal. No podía oírla, pero la sierra vibraba en sus manos mientras cortaba la viga. Diecinueve horas. Alguien había sobrevivido diecinueve horas. Parecía un espacio grande. Tenía que haber más gente dentro. Tal vez era su versión de la fuga, el espacio diseñado para las emergencias. Tal vez montones de personas habían acudido aquí. La sierra en sus manos le parecía lenta. Liberó la hoja y desconectó la energía.

—Toron, dame la cizalla.

Toro se la pasó, y Víctor colocó las pinzas en su sitio y puso en marcha los hidráulicos. Las cizallas eran mucho más rápidas y cortaron a través de la viga, abriéndose y cerrándose como un animal hambriento que se cebara fácilmente en el metal.

Bahzím dio más órdenes y envió a dos mineros más con separadores hidráulicos.

Las cizallas mordieron las últimas pulgadas, y la viga se soltó.

—Tranquilo —dijo su padre—. Retírala lentamente, no por un extremo afilado.

Sus guantes tenían una capa externa de material parecido al cuero y estaban construidos para soportar el uso intenso y las rozaduras, pero Víctor tuvo mucho cuidado de todas formas. La viga se alejó flotando. Nando estaba abajo, cerca de la telaraña de metal que cubría la entrada del pasillo, escribiendo en la pequeña pizarra de luz con un punzón. «¿Cuánta gente?», escribió, y volvió la pizarra para que el hombre la viera. El hombre tras la escotilla colocó nueve dedos contra el cristal.

—Nueve personas —dijo Nando.

—Vico —ordenó su padre—. No apartes los ojos de lo que estás haciendo. Presta atención.

Víctor dejó de mirar la escotilla. Su padre tenía razón. No podía cortar y ver a Nando o al hombre de la escotilla a la vez. Se concentró en la viga que estaba cortando ahora y guio las cizallas a través del metal. Nueve personas. Tan pocas. Los italianos eran casi trescientos.

—Está escribiendo en el cristal con el dedo —dijo Nando—. Letra a letra. Se mueve despacio. Parece agotado. Aire. Dice que necesitan aire.

—No veo ninguna otra entrada además de la escotilla a la que llamamos —informó Chepe—. Hemos rodeado todo el pecio.

—Pregúntale si Alejandra está ahí dentro —dijo Toron.

—Pregúntale primero si puede llegar a la escotilla exterior —dijo Bazhím—. Tal vez podamos introducir un tubo de atraque y sellarlo encima. Entonces podrían abrir la escotilla y volar directo hasta nosotros.

Víctor siguió cortando metal mientras Nando escribía. Esquirlas de mamparos retorcidos y placas de cubierta se desprendieron mientras las cizallas de Víctor se abrían paso entre ellos.

—Dice que no con la cabeza —informó Nando—. No pueden llegar a la escotilla.

—¿Por qué? —preguntó Bahzím—. ¿Porque sellaron ese habitáculo o porque no es accesible desde donde se encuentra?

—No puedo poner todo eso en la pizarra —dijo Nando.

—Pues idea un modo de preguntárselo —lo urgió Bahzím.

Nando escribió. Víctor se permitió mirar al pasillo. El hombre de la ventana parecía medio dormido. Sus ojos se entrecerraban.

—Se está desmayando —dijo Víctor.

—Sigue cortando —dijo su padre—. Concéntrate.

Víctor regresó a su trabajo, cortando furiosamente, apartando piezas, intentando despejara un camino.

—Vuelve a escribir en el cristal —dijo Nando—. D... E... P...

—¿Depósito? —sugirió Bahzím.

—Deprisa —dijo Chepe—. Está diciendo que nos demos prisa. Se quedan sin aire. Ahora se aleja. Lo perdemos.

—¡Tenemos que meter aire ahí dentro! —dijo Toron.

—Chepe —ordenó Bahzím—. Pitoso, coloca una burbuja sobre esa burbuja que has encontrado. Llevad nueve mascarillas y contenedores. Quiero que encuentres otro modo de alcanzar a esta gente y llevarles aire lo más rápido posible.

Víctor guio las cizallas a través de una viga especialmente gruesa. Todavía quedaba mucho por cortar, mucho trabajo por hacer. No vamos a conseguirlo, comprendió. Tenemos a nueve personas a pocos palmos de distancia, y no vamos a llegar a ellos a tiempo.

Chepe se lanzó hacia arriba, retorciéndose de tal modo que su cable de conexión vital evitó fácilmente las afiladas protuberancias del pecio. Proteger tu cable era la parte más crítica del vuelo, pero era también lo primero que olvidaban la mayoría de los voladores novatos. Todo el mundo tenía siempre tanta prisa por impulsarse que nunca dedicaban tiempo a mirar atrás. Si querías evitar enganches, enredos, nudos, y cortes, tenías que mantener «la mente en tu cable», como decía el dicho, y Chepe hacía siempre.

La escotilla que Pitoso y él habían encontrado estaba en el extremo opuesto del pecio, así que Chepe se elevó directamente hasta una distancia que calculó que era al menos el doble de la distancia a la escotilla e inició su descenso, moviéndose, como siempre, en arco. La mayoría de los voladores jóvenes daban por hecho que la mejor ruta entre dos puntos era la línea recta, pero Chepe sabía que no. Los arcos altos funcionaban mejor. Evitabas los obstáculos que pudieran engancharse a tu línea, y fueras donde fueses, siempre llegabas con suficiente cuerda.

Pitoso apareció junto a él, siguiendo el ritmo, moviéndose en un arco paralelo, con sus cables siguiéndolos como una cola parabólica. Los dos frenaron al mismo tiempo cuando se acercaron a los restos afilados alrededor de la escotilla. En cuanto aterrizaron, Pitoso sacó de su espalda la burbuja desinflada y la desplegó. Chepe lo ayudó entonces a extenderla sobre la escotilla. Bulo, otro minero, llegó cargando con una bolsa de mascarillas y contenedores, y Chepe los cogió y los metió bajo el dosel de la burbuja. Entonces se volvió y desconectó su propio cable vital. Su traje se quedó sin energía. Su comunicador guardó silencio. Su VCA desapareció. Se metió bajo el dosel, encontró el cordón de apertura y tiró. La burbuja se infló para convertirse en una cúpula transparente que se selló sola al casco con Chepe y las mascarillas dentro. Pitoso conectó el cable suelto de Chepe a la válvula externa de la burbuja mientras Chepe cogía el cable interno y lo conectaba a su espalda. La energía volvió a su traje, y con ella, aire fresco y calor.

—Estoy listo —dijo Chepe.

—Adelante —dijo Bahzím.

Chepe retiró la tapa de emergencia del centro de la escotilla para acceder a la rueda manual. La agarró y la hizo girar. Al principio le costó trabajo, pero la rueda se aflojó de pronto, y giró rápidamente después. Por fin, soltó el cierre y alzó lentamente la escotilla. No sintió ninguna ráfaga de aire mientras el vacío de la burbuja se llenaba de aire. Comprobó los sensores de su muñeca y confirmó lo que ya sospechaba.

—No hay aire más allá de la escotilla. Tiene que haber una fuga dentro.

—Entonces no necesitamos la burbuja —dijo Bahzím—. Quítala para poder tener más movilidad para mirar alrededor.

Chepe buscó la válvula de liberación de la burbuja y tiró de ella. La burbuja se desinfló, y Chepe volvió a ponerse el cable normal a la espalda. El habitáculo estaba oscuro y repleto de escombros flotantes. Chepe entró flotando, intensificó las luces de su casco y vio...

El rostro de un hombre muerto a pocos centímetros del suyo propio. Chepe retrocedió. El rostro se veía tenso y blanco con las brillantes luces, los ojos cerrados, la boca floja, un hombre de unos cincuenta años, con un mandil a la cintura. Sin mascarilla.

—Hazlo a un lado —dijo Pitoso, entrando por la escotilla—. Tiene que haber más.

Chepe apoyó los pies contra la pared y reacio extendió la mano y empujó al hombre en el pecho, enviándolo de vuelta a la oscuridad, hacia la derecha.

Pitoso avanzó, apartando otros restos.

—Parece una cocina —dijo.

Chepe contempló sus nuevas inmediaciones. El lugar había sido antes una gran cocina, de unos veinte metros cuadrados. Pero ahora apenas lo parecía. Las paredes estaban todas ligeramente dobladas, retorcidas a un lado por el ataque, creando extraños ángulos y formas, con el suelo ligeramente empinado en un lugar y hundido en otro. Había escombros por todas partes. Ollas, comida, electrodomésticos, todo esparcido como si se hubiera soltado y entrechocado con la explosión. Material estructural asomaba en las paredes: conductos, tuberías, vigas de sujeción. Tendrían que andar con cuidado aquí dentro.

—Vamos —dijo Pitoso—. Busquemos otra forma de llegar a los supervivientes.

Avanzaron despacio, disparando levemente sus impulsores,

apartando residuos mientras continuaban su camino: cubertería, tarrinas de artículos liofilizados, cajas. Otro cuerpo flotaba a su derecha. Una mujer, con un mandil.

—Veo una escotilla —dijo Pitoso.

Chepe miró lo que Pitoso señalaba, y el corazón se le encogió. Había en efecto un escotilla allí delante, pero era imposible alcanzarla. No fácilmente, al menos. Todo el suelo se había roto hacia arriba justo en la escotilla, como arrancado, doblando hacia arriba las placas del casco y las vigas y la mitad inferior de la escotilla. La escotilla en sí parecía intacta, pero llegar hasta allí y despejar un camino lo bastante amplio para abrirla requeriría horas como mínimo, tal vez incluso un día. Sin embargo, el problema mayor era la pared en torno a la escotilla. Estaba doblada y agujereada en algunos sitios.

—No podremos alcanzar a esta gente por aquí —dijo Chepe—. Es imposible que podamos sellar una burbuja en esa escotilla, aunque pudiéramos retirar todos los escombros. Mira esa pared.

Pitoso iluminó los bordes de la escotilla.

—Entonces tenemos que encontrar otra forma.

Pero no había ninguna. Recorrieron toda la habitación. Encontraron salas de almacenaje y otra escotilla, pero esta conducía a un pasillo donde las paredes estaban completamente desplomadas, y más allá estaba el espacio de todas formas.

—Nada —dijo Chepe—. La única forma de llegar a los supervivientes es a través del pasillo bloqueado donde están cortando Vico y Segundo.

—Entonces tenemos problemas —dijo Pitoso—. Porque aunque podamos meter aire ahí dentro, no podremos sacar a esa gente.

—Atrás —dijo Víctor—. Vamos a soltar las últimas piezas.

Nando y Toron se apartaron de la abertura, mientras Víctor y su padre cortaban el último trozo de viga, despejando de escombros la entrada. Sin embargo, su trabajo no había terminado. La entrada era todavía demasiado estrecha para que pudiera pasar nadie y alcanzar la escotilla; las paredes se habían apretujado cuando el pecio se desgajó de la nave.

—Traed esos separadores —dijo Bahzím—. Ensanchad esa entrada lo máximo posible.

Víctor y su padre se hicieron a un lado para dejar sitio a los hombres de los separadores hidráulicos. Colocaron los dos extremos del separador en paredes opuestas de la entrada y luego pusieron en marcha el aparato hidráulico. Las barras del separador se expandieron, apartando las paredes, creando una abertura. Finalmente, después de varios minutos de lo que pareció una eternidad, las paredes volvieron a ser amplias. Víctor ni siquiera esperó a que los mineros retiraran los separadores. Se coló bajo la máquina y voló hacia la escotilla.

A través de la ventana pudo ver a la gente dentro. Los que se movían parecían a punto de quedarse dormidos.

—¿Ves a más gente? —preguntó su padre, detrás de él.

—¿Ves a Alejandra? —preguntó Toron.

—No —dijo Víctor—. Pero no puedo verlos a todos. Algunos están vivos. A duras penas. —Se volvió hacia su padre—. Tenemos que llevarles aire inmediatamente.

—¿Cómo?

Detrás de su padre, en paralelo a la pared del pasillo, había una serie de tubos. Víctor se acercó a ellos, identificándolos por su forma y tipo. Agua potable. Agua residual. Electricidad. Aire. La tubería del aire desaparecía a través de la pared cerca del pasillo. Víctor sabía que tendría que haber una válvula en la pared al otro lado. En cuanto el pasillo se descomprimió, el sistema de emergencia habría sellado la válvula automáticamente para que no escapara aire del habitáculo a través de la tubería cortada del pasillo.

—Si podemos hacer que alguien entre para abrir la válvula de aire —dijo Víctor—, podremos conectar uno de nuestros cables vitales a la tubería y suministrarles aire fresco.

—¿Desconectar el cable de alguien? —preguntó su padre.

—Es eso o se mueren —contestó Víctor—. He estado viendo el vídeo de Chepe mientras cortábamos. No se puede llegar a ellos de ningún otro modo.

—Tiene razón —dijo Bahzím—. Si no les hacemos llegar aire, morirán. Pero no tengo ninguna gana de cortar el canle de nadie.

—Si tienes una idea mejor, oigámosla —dijo Víctor.

—No tengo ninguna —contestó Bahzím.

Víctor miró a su padre.

—Es hora de tomar decisiones.

Su padre vaciló.

—Muy bien. Pero usaremos mi línea.

Toron estaba asomado a la ventanilla de la escotilla.

—Hazte a un lado, Toron. —Víctor lo apartó y se asomó—. Allí. Al fondo. A la derecha. Hay otra válvula. Eso significa que hay otra tubería de aire. Tenemos que inundar esta habitación. Dos mangueras bombeando cien veces lo que nos suministran ahora. Coge a Nando y mira a ver si puedes encontrar la tubería conectada a esa válvula. Deja la pizarra de luz. Toron y yo nos encargaremos de esta tubería.

Su padre se asomó a la ventanilla, localizó la válvula, juzgó dónde estaría la tubería correspondiente al otro lado del pecio. Se volvió hacia Víctor.

—No me gusta esto.

—A mí tampoco. Pero no tenemos tiempo para discutirlo, ¿no?

Su padre suspiró.

—Ten cuidado.

Su padre se fue. Nando lo siguió. Víctor miró a Toron y le entregó una llave inglesa de su cinturón de herramientas.

—Golpea la escotilla. Llama la atención de alguien. Tienen que abrir esa válvula.

Toron empezó a golpear la escotilla. Víctor cogió la sierra, la encendió y cortó fácilmente la tubería. Luego la apagó, la hizo a un lado, y usó otra herramienta para soltar la tubería que conducía a la otra habitación.

—El tipo de antes vuelve —dijo Toron—. Está aquí. Pero parece medio dormido.

—Anoxia. Falta de oxígeno. Confusión mental. Pensamiento disminuido. Escribe en la pizarra. Dile que tiene que abrir la válvula. Sigue dando golpes para que permanezca con nosotros.

—No puedo golpear y escribir al mismo tiempo.

Víctor cogió la llave inglesa y golpeó. Toron escribió y luego alzó la pizarra.

—Abre la válvula —dijo.

El hombre de dentro leyó el cartel y frunció el ceño.

—No entiende —dijo Toron.

—Señálasela —dijo Víctor—. Muéstrale dónde está la válvula.

—No puedo verla.

—Probablemente estará a la derecha de la puerta. Nuestra derecha. Su izquierda. Pegada a la pared.

—Allí —dijo Toron, señalando—. Mira allí. Esa válvula, ¿puedes verla?

Los ojos del hombre siguieron el dedo de Toron, pero entonces parpadeó y vaciló, confundido, como si el último hilo de comprensión hubiera sido cortado. Trataba de mirar, pero sus ojos no enfocaban. Iba a la deriva, como si no fuera consciente de sus inmediaciones.

Toron golpeó la escotilla con el puño.

—¡Abre la maldita válvula!

El hombre sacudió la cabeza, orientándose, y parpadeó de nuevo. Entonces se recuperó, como si hubiera conectado un interruptor en su mente, y vio la válvula. La comprensión se reflejó en su rostro. Buscó algo fuera de la vista.

—Va a por ella —dijo Toron.

—Pon la mano en el extremo de esta tubería —dijo Víctor—. Para que no se escape nada de aire si abre la válvula antes de que estemos preparados.

Toron presionó el extremo de la tubería con la mano.

—Bahzím —dijo Víctor—. En cuanto Toron te lo diga, aumenta al máximo el suministro de aire de mi cable de conexión, tanto oxígeno como podáis bombear.

—Estamos listos —avisó Bahzím—. Pero te darás cuenta de que vas a quedarte sin aire.

Víctor cogió la sierra y conectó la hoja.

—Estaré bien. He hecho esto antes.

Lo cual era solo cierto en parte. Había perdido la energía de su cable cuando los corporativos atacaron, pero nunca había perdido el cable por completo. Nadie lo había hecho. Nadie que hubiera vivido para contarlo más tarde, al menos.

—Toma. Usa mejor mi cable —dijo Toron. Extendió la mano para soltarlo, pero Víctor fue más rápido: su mano estaba ya en el pasador de apertura de su propio traje. Apretó el mecanismo, y el cable se soltó. La energía de su traje se cortó. Su VCA se apagó. La cháchara de la comunicación quedó en silencio. Ahora todo lo que oía era el sonido de su propia respiración. La válvula de seguridad había sellado el agujero donde el cable de seguridad se conectaba, impidiendo que el traje se vaciara como un globo. Tiró de la manguera suelta y la acercó a la hoja de la sierra, cortándola con facilidad. Apartó la cabeza cortada del cable, luego agarró firmemente con ambas manos la porción más grande del cable que se extendía hasta la nave. Había varios tubos y cables dentro del cable de conexión vital, contenidos por el tubo exterior protector. Víctor sacó su cuchillo y cortó el lado del cable, cortando el tubo exterior pero cuidando de no cortar la manguera de aire de dentro. Luego soltó el tubo exterior, liberando la manguera de aire de las otras mangueras que proporcionaban calor y electricidad y comunicación. Sacó de su bolsa dos abrazaderas que eran más anchas que la manguera de aire y las colocó. Luego le asintió a Toron para que retirara la mano y metió la manguera de aire en la tubería. La manguera era más grande, pero no mucho. Víctor tensó rápidamente las abrazaderas, para que la manguera se sujetara con fuerza a la tubería y no se soltara cuando llegara más aire. Luego le hizo a Toron un gesto con el pulgar y vio cómo este transmitía la orden.

La manguera se endureció cuando el oxígeno entró en la tubería. La pregunta era: ¿Estaba pasando el aire o lo bloqueaba la válvula? ¿La había abierto el hombre y, si era así, la había abierto del todo? Víctor se asomó a la ventana de la compuerta pero no pudo ver al hombre. Dentro, varias personas se agitaban, como si oyeran el torrente de aire.

—Creo que funciona —dijo Víctor. Pero naturalmente nadie lo oyó.

Advirtió entonces que tenía fríos los dedos y los pies. Su visera se nublaba. El aire de su traje estaba rancio. Sintió la presión en la espalda, y su traje cobró vida. Entró aire. Calor. Su VCA se encendió. Solo que no era su VCA. Todos los cuadros de datos estaban colocados en los lugares equivocados. Se dio media vuelta. Toron estaba tras él: le había dado su cable de conexión vital.

—El aire está pasando, Víctor —dijo la voz de Bahzím—. Abrió la válvula. Buen trabajo.

—Víctor, tu padre tiene preparado el otro tubo —dijo Nando—. Envía a alguien aquí para abrir esta válvula.

Víctor se volvió hacia la ventana. Varias personas habían hecho acopio de fuerzas para reunirse ante la compuerta, respirando el aire fresco. Víctor cogió la pizarra y escribió, luego golpeó la escotilla. Una mujer joven pero demacrada se acercó a la ventana, leyó la nota y asintió, comprendiendo. Miró hacia donde Víctor señalaba, vio la válvula en la pared del fondo y volvió a asentir. Parecía débil, vacía de vida, pero de algún modo se levantó del suelo y flotó hacia la otra válvula. Puso la mano encima y la giró. Al principio Víctor pensó que no iba a tener fuerzas para girarla, pero la mujer insistió, y la válvula se abrió del todo. El aire entró, haciendo revolotear el pelo de la mujer. Inhaló profundamente, los ojos cerrados un instante, y entonces rompió en sollozos, enterrando la cara en las manos, Víctor no sabía si de alivio por haber sobrevivido o por pena por los que no lo habían hecho.

—Toron compartirá su cable de conexión contigo hasta que los dos volváis a la nave —dijo Bahzím—. Os quiero de vuelta en la cámara estanca. Nadie fuera sin un cable de conexión vital.

—¿Cómo vamos a sacar a esta gente? —preguntó Víctor.

—Lo hemos estado discutiendo. El tubo de atraque es demasiado ancho para bajar por ese pasillo y sellarse en torno a la escotilla. ¿Crees que podríamos poner una burbuja sobre esa escotilla? Tal vez podríamos llenar una burbuja con trajes. Así ellos abren la escotilla, se ponen los trajes, y vuelan rápidamente hacia nosotros.

Víctor inspeccionó la pared en torno a la escotilla.

—Es demasiado estrecho. Y aunque metamos los separadores ahí dentro, la pared está demasiado dañada para soportar un sellado. ¿Y si metemos el pecio en la cámara estanca? Luego llenamos el espacio de aire y ellos abren la escotilla y salen.

—El pecio es demasiado grande —dijo Bahzím.

—Entonces cortémoslo con uno de los MG, desgajamos todos los habitáculos que corren peligro y nos quedamos solo con la habitación donde están los supervivientes. Si recortamos lo suficiente, podríamos reducirla lo suficiente para meterla.

—¿Cortar con láser alrededor de esta gente? —dijo Concepción—. Eso es enormemente peligroso.

—Bulo es un buen cortador —dijo Víctor—. Podría firmar su nombre en un guijarro si quisiera.

—Podría hacerlo —dijo Bulo, que estaba escuchando—. Si la nave se mantiene firme, si anclamos el pecio para que no se mueva. Puedo cortar fácilmente el peso muerto.

—Segundo, ¿tú qué piensas? —preguntó Concepción.

—No se me ocurre una opción mejor —contestó el padre de Víctor—. La pega es el tiempo. Anclar y cortar y traerlos dentro. Eso requerirá un montón de tiempo. Calculo que cinco o seis horas como mínimo. Y podría haber más supervivientes ahí fuera que necesiten ayuda inmediata. Esencialmente, pondríamos fin a la búsqueda.

Víctor miraba a Toron, que estaba en la ventana de la escotilla con una pizarra de luz. Escribió algo que Víctor no pudo ver y se lo mostró al hombre al otro lado del cristal. El hombre leyó la pizarra y luego negó con la cabeza. Toron soltó la pizarra y se apartó de la escotilla. La pizarra se alejó flotando y Víctor vio la única palabra escrita en ella: «¿Alejandra?»

11

Nave rápida

Víctor le enganchó de nuevo a Toron el cable de conexión vital antes de que los dos dejaran el pecio. Toron no puso objeciones ni se las dio de héroe. Comprendía que si los dos querían regresar a salvo a la cámara estanca tenían que compartir el cable. Toron asintió dándole las gracias, pero Víctor notó que su mente estaba en otra parte. Toda esperanza de encontrar a Janda con vida se había hecho pedazos, y el rostro de Toron solo mostraba desesperación.

Víctor casi se sintió aliviado por no poder comunicarse con Toron, ya que compartían el cable. ¿Qué podía decir? ¿Es culpa mía que Janda estuviera aquí? ¿Es culpa mía que pueda estar muerta? No sería mentira. Si no fuera por Víctor, el Consejo nunca habría enviado lejos a Janda. Estaría en la *Cavadora*. Sana y salva.

Salió volando del pasillo del pecio, abriendo el camino, con Toron detrás. Como no podía pedir ayuda si la necesitaba, tenía sentido que fuera delante, donde Toron podía verlo. La mayoría de las protuberancias irregulares alrededor de la entrada del pasillo habían sido cortadas, pero a Víctor le sorprendió ver que quedaban muchas todavía. Había sido peligroso y temerario por su parte volar hasta allí tan rápidamente como lo había hecho. Pero entonces pensaba en Janda. Se aferraba a la esperanza de que estuviera aquí dentro, viva, lista para ser rescatada. Ahora sabía que no lo estaba.

Una mano lo agarró por el hombro. Era Toron, que conectaba el cable vital a su espalda. Parecía agitado. Se adelantó hacia la nave, y Víctor lo siguió. La charla en el casco de Víctor continuó.

—No tenemos otra elección, Toron —decía Bahzím.

—No soy Toron. Soy Víctor. Acaba de darme el cable. ¿Qué pasa?

—Se opone a suspender la búsqueda de más supervivientes para rescatar a la gente que está atrapada ahí dentro —dijo el padre de Víctor—. Dice que podría haber cien personas que necesitan ayuda.

—Tiene razón. Podría haberla.

—Es improbable —dijo Bahzím.

—Pero posible —dijo el padre de Víctor.

Toron aterrizó en la cámara estanca. Víctor lo hizo detrás. Su padre y Nando volvían también, compartiendo un cable de conexión vital entre ambos. La cámara estanca hervía de actividad. Un equipo de mineros trabajaba los grandes tornos, recogiendo los cables de atraque que ya habían anclado al pecio. La intención era acercar el pecio lo máximo posible a un MG para ser extremadamente precisos con los cortes.

Tenían un suministro limitado de cables de seguridad vital más largos, pero había varios cortos para trabajar en la cámara estanca. Toron cogió uno de la pared, lo conectó a su espalda, y se dirigió a Bahzím.

—Quiero volver ahí fuera —dijo—. No voy a quedarme aquí mientras liberamos a esa gente. Quiero seguir buscando. Aunque vaya solo.

—No puedes, Toron —dijo Bahzím—. No puedes salir de la nave sin un cable de conexión vital.

—Puedo enchufar en mi cable el regulador de emergencia y conectar contenedores de aire. Se ha hecho antes. Eso me proporcionará todo el aire que necesite.

—¿Y la calefacción? Morirás congelado.

—Llevaré uno de los packs de baterías. Eso me dará suficiente energía y calor para unas horas, al menos.

Bahzím sacudió la cabeza.

—No puedo dejarte hacer eso, Toron.

—Mi hija está ahí fuera, Bahzím. Muerta, probablemente, pero tal vez esté viva. Y mientras haya una posibilidad de encontrarla viva, mientras exista la más remota de las posibilidades, no me quedaré cruzado de brazos sin hacer nada. Si quieres quedarte a ayudar a esta gente, bien. Es tu decisión. Si por mí fuera, los dejaría ahora mismo y buscaría a Alejandra.

—No lo dices en serio.

—Y una mierda que no. Y si fuera tu hija, harías lo mismo.

El padre de Víctor intervino.

—Piensa, Toron. Aquí todos queremos a Alejandra. Todos nosotros queremos seguir buscando, pero tenemos que hacerlo con seguridad. Si sales ahí fuera a lo loco, hay muchas posibilidades de que mueras. Demasiadas cosas pueden salir mal, y lo sabes. Piensa en Lola. No puede perder a una hija y un marido.

—No hables de Alejandra como si ya estuviera muerta —dijo Toron—. No lo sabemos.

—Muy bien. Dejemos a un lado a la familia y pensemos en esto de un modo práctico. No puedes llevar tanto equipo. Necesitarías al menos una docena de contenedores de aire. Más tanques de propulsión de repuesto. Más el pack de batería para la energía y el calor. Más el equipo de rescate. Separadores, cizallas, sierras, la burbuja. ¿Vas a cargar con todo eso?

—Si es preciso.

—No puedes. Es demasiado para una sola persona. Es demasiado para cinco. Pero aunque no fuera así, ¿qué harías si encontraras a alguien? No puedes traerlos a la nave.

—Podría mantenerlos con vida hasta que vinierais a por nosotros.

Bahzím suspiró.

—Ninguno de nosotros quiere retrasar la búsqueda, Toron. Pero no podemos abandonar aquí a esta gente. En cuanto soltemos los restos del pecio y los metamos aquí, podremos continuar.

—Harán falta de cinco a seis horas como mínimo —dijo Toron—. Esta gente está a pocos minutos de la muerte. Apenas hemos llegado a tiempo. Si hay más ahí fuera, no durarán cinco horas.

Bahzím y el padre de Víctor intercambiaron una mirada. No se podía discutir que la perspectiva de encontrar más supervivientes se hacía más pequeña a cada minuto que pasaba.

El padre de Víctor suspiró.

—No funcionaría, Toron. Mira todos esos escombros. Se extienden durante kilómetros en todas direcciones. No puedes cubrir tanto terreno con una mochila propulsora.

—Podría usar una de las naves rápidas —dijo Víctor.

Todos se volvieron hacia el muchacho, que permanecía a un lado, escuchando la conversación.

—Las naves rápidas son para carga, Vico —dijo Bahzím—. No están hechas para transportar personas.

—Eso no significa que una persona no pueda meterse dentro —respondió Víctor—. Y habría espacio de sobra para el equipo de rescate, los contenedores de aire y las baterías.

Bahzím sacudió la cabeza.

—No funcionaría. Las naves rápidas están programadas para ir directamente a Luna.

—Toda nave rápida tiene dos programas —dijo Víctor—. Nosotros solo usamos el que envía la nave a Luna, la que maneja los cohetes, la de los vuelos de largo alcance. El otro es el programa LUG, el que Luna Guía usa cuando la nave rápida lleva a Luna. Anula el primer programa y lleva suavemente la nave a puerto usando la batería y un equipo de propulsión ligera. No usa los cohetes. Nunca lo hemos empleado porque nunca hemos tenido necesidad de hacerlo.

—Nunca lo hemos utilizado porque no podemos acceder a él —dijo Bahzím.

—Yo sí puedo —replicó Víctor—. He hecho reparaciones en las naves rápidas antes. He toqueteado el sistema. Sé cómo llegar a él y cómo iniciarlo. Podemos pilotarla manualmente.

Bahzím volvió a negar con la cabeza.

—Esas baterías no tienen mucho combustible, Vico. Están hechas para hacer volar la nave durante una breve distancia hasta puerto, no para patrullar durante kilómetros y más kilómetros entre una nube de escombros. Acabarás perdiéndote en la nada. Además, Toron no tiene ni idea de cómo pilotar una de esas naves.

—No tiene que pilotarla —dijo Víctor—. Lo haré yo.

Todos se le quedaron mirando.

—No sería tan difícil —insistió el muchacho—. En realidad, es sencillo. Sabes que podría hacerlo, padre. Me has visto manipular el programa. Ni siquiera tendría que dejar la nave. Toron podría llevar un arnés anclado a la nave cuando salga para comprobar un pecio. De esa manera, no estaría por ahí flotando en la nada. Estaría anclado a alguien que podría devolverlo a la *Cavadora* si algo sale mal. Y la batería no es un problema. Sé cómo controlar el suministro de energía para asegurar que no agotemos toda la potencia sin dejarnos combustible para detenernos y regresar a la nave. Puedo hacerlo.

Los hombres se miraron unos a otros.

—No puedo dejarte salir ahí fuera, Vico —dijo por fin su padre—. Es demasiado peligroso. Si alguien va a pilotar esa nave soy yo.

—Conozco el sistema mejor que tú, padre. No es culpa tuya. No tenías motivos para estudiar lo que no utilizamos. Yo sí lo estudié. Es mucho más seguro que yo pilote.

—Lo siento —dijo Bahzím—. No es que dude de tus habilidades, Vico. Pero nunca hemos practicado esto. Y ahora mismo mi trabajo es proteger a esta familia.

—Alejandra es familia —contestó Víctor—. Y también es Faron. Puede que se hayan marchado con los italianos, pero siguen siendo parte de nosotros.

Eso hizo vacilar a Bahzím. Miró al padre de Víctor, que seguía inseguro.

—Al menos dejadle intentarlo —dijo Toron—. Dejadle que demuestre que sabe pilotarla. O dejad que lo intente Segundo. No hay nada más que nosotros tres podamos hacer por los supervivientes que hemos encontrado. Ahora está en manos de los mineros. Si Víctor puede demostrar que es posible y seguro, no podéis negarme la posibilidad de salvar a mi hija.

—¿Has estado escuchando, Concepción? —preguntó Bahzím.

—Cada palabra —contestó Concepción, que todavía estaba en puente el mando con la tripulación—. No puedo desautorizar la decisión de Segundo. Si permite ir a Víctor es decisión suya. Pero si hay un modo de encontrar más supervivientes deberíamos intentarlo.

Hubo una larga pausa mientras el padre de Víctor se lo pensaba.

—Dos condiciones —dijo—. Demuéstrame que sabes pilotar esta cosa. Y yo voy con vosotros.

Las naves rápidas estaban atracadas en una bodega en la parte trasera de la nave. Víctor y Toron sacaron una y el muchacho se metió en el espacio que habría servido de carlinga. Conectó su palmar al ordenador de la nave y localizó el programa de Guía Lunar. Como la nave rápida era automática no había controles de vuelo que pudiera manejar. En cambio, diseñó un modo de introducir directamente las órdenes de vuelo en el programa tecleándolas en su palmar. Sería una forma lenta y precaria de manejar la nave, ya que solo podía introducirse una orden cada vez y no permitía reacciones rápidas: no podría esquivar dando bandazos ni zambullirse ni girar como hacía cuando volaba con una mochila propulsora. Sería más bien como pilotar un carguero: lento para virar y decelerar.

Incluso así, Víctor estaba convencido de que podía pilotarla con la suficiente precisión para llegar a las piezas más grandes del naufragio. Con más tiempo, habría instalado escudos contra la radiación solar además de asientos con arneses de seguridad. Pero no había tiempo, y en cuanto se ató a la estructura, soltó su cable de conexión vital y la sustituyó por un regulador de aire y un contenedor de oxígeno. Darle energía a su traje fue más difícil. Víctor cogió una de las baterías más pequeñas de su cinturón y la conectó directamente al traje. Las luces de su VCA se hicieron notablemente más débiles, pero tenía suficiente calor para ir tirando, y la radio funcionaba. Cuando Toron vio que Víctor estaba listo, volvió hacia la cámara estanca con el cable de conexión vital que el muchacho había soltado y se quedó mirando con los demás.

Fue entonces cuando Víctor advirtió lo solo que estaba. Se había soltado por completo de la *Cavadora*. Unos momentos antes había cortado su propio cable de conexión vital para rescatar a los supervivientes, pero eso no había sido un riesgo en realidad. Tenía a Toron detrás, un enlace y un ancla a la *Cavadora* estaban solo a la distancia de un brazo. Ahora, por primera vez en su vida, la *Cavadora* estaba más allá de su alcance inmediato.

Empezó a teclear la orden para volar hacia delante cuando se le ocurrió que el programa GLU se basaba en que la nave rápida tenía una carga entera de metal extraído, lo que significaba mucha más masa. Se detuvo. Advirtió que si hubiera tecleado la orden, podría haberse lanzado hacia el olvido. Brillante, Víctor. Sacudió la cabeza, molesto consigo mismo por ser tan descuidado, y entonces ajustó el programa y tecleó la primera orden. La propulsión lo hizo avanzar lentamente, para su alivio. Se alejó de la nave e hizo un amplio arco que lo llevó de vuelta a la cámara estanca, con lo que esperaba fuera una exhibición de eficacia como piloto.

Su padre, Bahzím y Toron volaron hacia la nave rápida, llevando baterías más grandes y equipo de rescate. Eso significaba que habían aceptado intentarlo. Su padre conectó un cable de audio de su casco al de Víctor, mientras Bahzím anclaba el equipo en la bodega de carga. Víctor entonces conectó los suministros portátiles de energía a los trajes de Toron y su padre, y pronto todos estuvieron preparados.

—No es el mejor vuelo que he visto, Vico —dijo Bahzím—, pero debería ser lo suficientemente bueno para nuestros propósitos. —Puso una mano sobre uno de los contenedores de aire de repuesto—. Tenéis unas ocho horas de aire, pero quiero que estéis de vuelta dentro de tres —dijo—. Cuanto menos tiempo estéis ahí fuera, mejor. Los restos son inestables y van a la deriva. Esta nave es pequeña. No puede soportar una colisión. Dad un rodeo amplio vayáis donde vayáis. En cuanto a las comunicaciones, Concepción nos tiene todavía en silencio radial por si la cápsula puede detectar la radio. Usad los cables de audio de casco a casco para hablar entre vosotros, pero conservad la radio por si acaso. Por encima de todo, la seguridad. No corráis riesgos. Si no estáis todos de acuerdo en que algo es seguro, no lo hagáis. Ni siquiera para salvar a otro superviviente. Vuestra primera prioridad es vuestra propia seguridad. Volved con vida.

Bahzím hizo una última inspección rápida de todos los cables, contenedores y equipo, y luego les deseó suerte y volvió volando a la cámara estanca.

Toron miró a Víctor y a su padre.

—Gracias —dijo—. Por hacer esto, por venir conmigo.

—Tal vez no encontremos a nadie —dijo el padre de Víctor.

—Lo habremos intentado —replicó Toron—. No podría vivir conmigo mismo si al menos no hiciera eso.

—Llévanos ahí fuera, Vico —dijo su padre—. Despacito y bien.

Víctor introdujo la orden, y la nave empezó a moverse, dirigiéndose a la dirección a la que apuntaba la *Cavadora*. Después de patrullar durante un rato, Toron divisó un gran trozo de pecio a pocos kilómetros más abajo y ante ellos. Víctor lo vio e introdujo lo que esperaba que fueran las órdenes adecuadas para maniobrar la nave rápida y colocarla al lado de los restos. Sin embargo, tuvo que calcular a ojo la distancia y el ángulo de aproximación, y su primer intento quedó desviado, mucho más lejos del alcance de sus cables de seguridad. Pidió disculpas, trazó un círculo amplio, e intentó aproximarse de nuevo. Esta vez disparó los retros demasiado tarde y se pasó de largo.

—Creí que habías dicho que sabías pilotar esto —dijo Toron.

—Lo está haciendo lo mejor que puede —repuso su padre—. Nadie ha hecho esto antes.

Víctor introdujo otra serie de órdenes y esta vez calculó bien y se detuvo junto al pecio a diez metros de una escotilla accesible.

—Toron y yo comprobaremos —dijo su padre—. Tú quédate a la espera y cuidado con las colisiones. No dejes que nada golpee la nave rápida, o tendremos problemas.

Segundo soltó el cable de audio que lo conectaba a Víctor y luego voló hasta el pecio, llevando un puñado de aparatos. Toron lo siguió, y cuando aterrizaron, extendieron la burbuja sobre la escotilla, soltaron sus cables de seguridad, se metieron bajo la burbuja con los aparatos, y luego tiraron del cordón de apertura. La burbuja se infló y se selló, y la escotilla se abrió con facilidad. Segundo y Toron volaron al interior y desaparecieron de la vista.

Pasaron cinco minutos. Luego diez. A los quince minutos, Víctor empezó a preocuparse. A los veinticinco, casi estaba al borde del pánico. Algo había salido mal. No deberían estar tardando tanto.

Víctor pensó en llamar a su padre por la radio, aunque eso sería desobedecer las órdenes y posiblemente poner a toda la familia en peligro, pero entonces se lo pensó mejor. Su padre le había pedido que esperara, y eso haría. Esperar y rezar.

Edimar estaba en el nido del cuervo de la *Cavadora*, intentando no echarse a llorar. Los datos que llegaban a sus gafas desde el Ojo eran tan constantes y de tal volumen que Edimar estaba más que abrumada. Columna tras columna de dígitos sin parar, todos exigiendo ser analizados inmediatamente y marcados como enormemente urgentes.

El problema eran los escombros. Había miles de piezas de restos alrededor de la nave, y como todos ellos vagaban por el espacio y estaban relativamente cerca, el Ojo había etiquetado equívocamente cada pieza, por pequeña que fuera, como una posible amenaza de colisión. Y una vez clasificado como tal un objeto, la programación del Ojo insistía en seguir sus movimientos. Esto implicaba que el Ojo estaba ahora siguiendo miles de objetos a la vez y enviando todos esos datos en un diluvio de información directamente a las gafas de Edimar.

Era demasiado. Y aún peor, era impreciso. De los miles de objetos que el Ojo consideraba una amenaza ahora mismo, solo un puñado eran verdaderamente peligrosos. Significaba que las amenazas auténticas, los objetos que Edimar debería estar controlando, se perdían en un mar de alertas innecesarias.

Parpadeó para abrir una línea con Concepción en el puente.

—No puedo hacerlo —dijo—. Necesito ayuda.

—¿Qué ocurre? —preguntó Concepción.

—Es demasiado. No puedo procesar todos los datos que me está enviando el Ojo. Tienes que traerme a mi padre. No puedo digerir tanta información con la rapidez que él puede hacerlo. Soy demasiado lenta.

—Tu padre partió en una nave rápida en busca de más supervivientes.

—¿Una nave rápida? No sabía que pudiéramos pilotarlas.

—Al parecer Víctor puede. Dime qué necesitas.

—Cuatro clones de mi padre.

Edimar explicó tan rápidamente como pudo cómo el Ojo le estaba suministrando demasiada información y dejándola ciega a las amenazas inmediatas.

—Voy a enviarte a Dreo —dijo Concepción—. Tal vez pueda cambiar la programación del Ojo. Rena y Mono irán también y te ayudarán en lo que necesites. Mientras tanto, pondré localizadores en cada ventana para buscar escombros a la deriva. No te preocupes. Resolveremos esto.

—Gracias —dijo Edimar, y puso fin a la llamada.

Se sintió tan aliviada que ya no pudo contener las lágrimas. Se quitó las gafas, se cubrió el rostro con las manos, y sollozó. Algunas lágrimas eran por el Ojo y toda la estúpida frustración acumulada que había causado, pero la mayoría eran por Alejandra. Su hermana. Jandita. Su mejor amiga. La única persona con quien había podido hablar sobre el temperamento de su padre o de llevar sujetador o de cómo sería ser meneada un día, cosas que nunca podría discutir con su madre. Y ahora Alejandra estaba ahí fuera. Muerta, tal vez. Y Edimar nunca volvería a hablar con ella.

Hubo un ruido en el tubo que conducía al nido del cuervo, y Edimar rápidamente se controló, se secó las lágrimas e inspiró profundamente para calmarse.

Tres personas entraron flotando en la habitación, y verlos hizo que Edimar se sintiera más tranquila.

—Dame un par de gafas —dijo Dreo—. Quiero ver el código de esta cosa.

Edimar le tendió un par.

—Está etiquetando cada pieza de los escombros como una amenaza de colisión. Necesito crear perímetros que aíslen sólo a esos objetos que estén en efecto demasiado cerca. Pero no sé cómo hacerlo.

Dreo se puso las gafas.

—Todo lo que hace falta es escribir un script sencillo. ¿Toron no te enseñó a hacerlo?

—Estoy segura de que él sabe hacerlo, pero no quiere que yo tontee con el programa.

—Entonces no debería dejarte sola —dijo Dreo—. Es irresponsable y nos pone a todos en peligro. ¿Qué edad tienes, de todas formas?

Rena le pasó a Edimar un brazo por los hombros.

—Sí, sí, Dreo. ¿Por qué no te ocupas del Ojo y dejas que Mono y yo atendamos a Edimar?

—No le deis todo el chile —dijo Dreo.

Rena llevaba un contenedor con una olla caliente.

—Me vendría bien un poco de eso también, ¿sabes? —dijo Dreo—. No hemos comido en el puente de mando desde hace horas.

—Arregla este Ojo, Dreo, sin echarle la culpa a Toron ni a Edimar —dijo Rena—, y te haré tu propia olla.

Eso puso una sonrisa en el rostro de Dreo.

—Me quedaré tan callado como el espacio.

Rena cogió a Edimar de la mano, y las dos volaron con Mono al otro extremo de la habitación.

—¿De verdad que mi padre se ha ido en una nave rápida con Vico? —preguntó Edimar.

—Sí —contestó Rena—. Y con mi marido. Están buscando más supervivientes.

Edimar inclinó la cabeza.

—No encontrarán a ninguno. Ha pasado demasiado tiempo.

—Eso no lo sabemos —replicó Rena—. Cuando llegamos no esperábamos encontrar a nadie, y de momento hemos encontrado a nueve.

—Creedme —dijo Mono—, si alguien puede encontrar a más gente, es Vico. Puede que incluso encuentre a Alejandra.

Rena se tensó un poco ante estas palabras y miró incómoda a Edimar.

—Eso esperamos, Mono —dijo—. Todos rezamos por eso mismo.

Edimar quiso sentirse animada por el inocente optimismo del niño, pero sabía que no había esperanzas. Y podía ver que Rena también pensaba lo mismo y que solo fingía optimismo por su bien.

—Toma —dijo Rena, tendiéndole el recipiente de chile—. Debe estar ya lo bastante frío para poder comerlo. Tienes que estar hambrienta.

Quitó la tapa con la pajita y el aroma de las judías y la carne y el cilantro llegaron hasta Edimar, que de pronto advirtió lo hambrienta que estaba.

—Gracias —dijo.

—Yo también puedo olerlo, ¿sabéis? —dijo Dreo—. Me estáis poniendo difícil concentrarme.

Edimar sorbió un bocado. Estaba caliente y sabroso y era exactamente lo que necesitaba. Quiso llorar otra vez. Rena se parecía tanto a Alejandra en ese momento. Edimar sabía que era tonto incluso pensarlo (Rena era lo bastante mayor para ser la madre de Jandita), pero la forma en que se la había llevado a un lado y se había mostrado amable con ella era exactamente lo que Alejandra habría hecho.

—¿Qué clase de perímetros debería fijar en el programa? —preguntó Dreo.

—Ojalá estuviera aquí mi padre —respondió Edimar—. Él lo sabría mejor que yo.

—Bueno, pero no está. Tienes que decidirlo tú.

Edimar pensó un momento.

—Cancela todos los escombros que estén a más de doscientos metros de nuestra posición en diez kilómetros. Eso debería cancelar la mayoría de los objetos que el Ojo está siguiendo pero no suponen ninguna amenaza real. La única excepción debería ser la nave rápida. Deberíamos continuar siguiéndola.

—No sé cuál de esos objetos es la nave rápida —dijo Dreo—. No puedo aislarla.

Edimar se puso las gafas y encontró con facilidad la nave rápida

—Esa —dijo, pasando el icono de la nave al monitor de Dreo.

—Muy bien —contestó Dreo—. La nave rápida está todavía en la lista de observación. ¿Qué más?

—Ahora estamos buscando principalmente escombros a doscientos metros de nosotros. Más lo que podamos ver más allá de la nube de residuos.

—Siguen siendo más de ochocientos objetos —dijo Dreo.

—Pero la mayoría simplemente van a la deriva, así que en realidad no tenemos que preocuparnos de los pequeños. No dañarán la nave. Son los grandes los que tenemos que controlar. Cancela todos los escombros que tengan menos de doscientos metros de largo. Eso debería eliminar todos los residuos pequeños y los cadáveres de la lista de observación.

Recordó que Mono estaba escuchando y se quitó las gafas lo suficiente para mirarlo.

—Sé lo que es un cadáver —dijo Mono—. No tenéis que hablar de forma distinta porque yo esté delante.

—Nos quedamos con cincuenta y tres objetos —dijo Dreo—. Muchos menos de los que empezaste.

—¿Puedes ponerlos en orden de prioridad basándote en su distancia de la nave? —preguntó Edimar.

—Hecho —respondió Dreo.

Edimar se ajustó las gafas y sonrió al ver la lista. Esto era mucho más manejable, incluso sin la ayuda de su padre. Empezó por arriba y fue escrutando hacia abajo. El último objeto de la lista le borró al instante la sonrisa de la cara. Estaba solo a unos pocos miles de kilómetros de distancia y se movía en su dirección a una velocidad increíble.

—¿Qué ocurre? —preguntó Rena—. ¿Qué va mal?

—Es la cápsula —dijo Edimar—. Viene de vuelta.

12

Tecno

El capitán Wit O'Toole atravesaba el bosque bajo la cobertura de la noche. Sus pisadas eran suaves y silenciosas. Llevaba al hombro su fusil de asalto P87. Se mantenía levemente agachado, manteniendo un centro de gravedad bajo. Su casco no tenía visera ni rendijas para los ojos, sino que cubría por completo su rostro con metal resistente a los impactos. Su armadura corporal era liviana, con camuflaje para la oscuridad. Junto a él, seis POM con idéntico atuendo, llevando armas idénticas, mantenían su ritmo mientras ascendía por la pendiente del valle Parvati en el norte de la India, serpenteando entre pinos y abetos silencioso como el viento.

Dentro del casco de Wit, su VCA proyectaba una visión de ciento ochenta grados del terreno que tenía delante, tan brillante como si fuera de día, lo que le permitía ver todos los detalles del bosque. El ordenador le ayudaba indicando cualquier obstáculo que apareciera en su rumbo. Una raíz, una rama baja, un sendero irregular.

—Cien metros para el objetivo —dijo una voz informática femenina.

—Alto —dijo Wit.

Los seis POM detuvieron su avance y se colocaron en círculo, apoyándose en una rodilla de espaldas unos a otros, los fusiles en alto, cubriendo su posición desde todos los puntos. Era una sencilla maniobra táctica, pero la efectuaron rápidamente y en silencio, sin vacilación ni errores, con la fluidez de un baile ensayado.

—Estamos a cien metros del objetivo —dijo Wit—. ¿Ahora qué?

—Evaluación de la amenaza —dijo Bogdanovich.

—¿Cómo? —preguntó Wit.

—Información vía satélite —dijo Lobo—. Nos pondrá en antecedentes.

Una ventana apareció en el VCA de Wit, mostrando una visión cenital de sus posición tomada desde un satélite. Wit parpadeó una orden, y la imagen satélite cambió, alzándose hacia las copas de los árboles en la dirección a la que se encaminaba el equipo. La línea de árboles terminó, y un amplio prado apareció a la vista. Un edificio de hormigón de dos plantas, con aspecto casi de búnker, se alzaba en medio del prado. Los militares indios lo habían construido allí para realizar maniobras como esta. Varios guardias armados patrullaban el perímetro.

—Qué precioso hotelito en las montañas —dijo Pino.

—El folleto dice que cinco estrellas —comentó Lobo.

La misión de esta noche era una operación de rescate. Calinga hacía el papel de diplomático extranjero rehén de extremistas islámicos. Los extremistas eran compañeros POM y PC indios, ansiosos por hacer de malos por una vez.

Era el décimo ejercicio de campo en tantos días respectivos, y Wit no tenía ninguna intención de bajar la presión.

Había diseñado todo tipo de escenarios distintos: operaciones de rescate, protección de refugiados, guerrilla urbana, medidas de contrainsurgencia, cada una con sus propios enemigos, territorios y consideraciones culturales diferentes. Un día les decían que iban a ser lanzados a un valle montañoso en Tayikistán. Al siguiente los lanzaban a una playa en Nueva Guinea donde solo había jungla hasta donde alcanzaba la vista.

—Cuento cinco guardias alrededor del perímetro —dijo Chiwon—. Pero probablemente hay otros que no podemos ver con el satélite. Sugiero que pasemos a termal a partir de aquí.

Se refería a cambiar las cámaras de sus cascos para detectar firmas de calor.

—De acuerdo —dijo Wit—. ¿Qué más?

—Hay más enemigos dentro —informó Pino—. Necesitamos un plano de la casa.

—Ahí va —dijo Lobo.

Un esquema tridimensional de la estructura apareció en la pantalla de Wit.

—Si tuvierais rehenes prisioneros, ¿dónde los pondríais? —preguntó Wit.

—Lejos de las ventanas —respondió Chi-won—. Los terroristas prefieren mantener a los rehenes cerca, y les acojonan los francotiradores. Una habitación centralizada es lo mejor, probablemente en la primera planta ya que no hay sótano ni ático. Y la escalera puede defenderse fácilmente. Si fueran a esconder un rehén, yo diría que lo harían ahí.

Un punto parpadeante en una habitación apareció en el plano de Wit.

—¿Otras ideas?

Los hombres discutieron brevemente otras posibilidades, pero todos estuvieron de acuerdo en que la evaluación de Chi-won era probablemente acertada.

—¿Y ahora qué? —preguntó Wit.

—Podríamos enviar un mirón y echarle un vistazo al interior —dijo Pino.

Los mirones eran pequeños drones flotantes casi silenciosos que llevaban un radar que atravesaba las paredes. Se hacía posar uno en un tejado o una pared y su procesador de señales podía detectar cualquier movimiento al otro lado.

Wit no puso ninguna objeción. Pino cogió un mirón de su mochila y lo hizo volar a través de los árboles usando su VCA. Todos contemplaron el vid que enviaba el mirón mientras volaba sobre el prado y se posaba sobre el tejado del edificio. Tres minutos más tarde, confirmaron la suposición de Chi-won: el rehén estaba en efecto en la primera planta, en la habitación central.

—Pino, tú vas en la punta —dijo Wit—. A partir de aquí, soy uno más. Estás al mando.

Pino respondió sin vacilación y dio órdenes a todos. Sus instrucciones fueron claras, concienzudas e inteligentes, como si hubiera estado planeando su estrategia durante meses.

Subieron rápidamente la pendiente, desplegándose, los fusiles preparados, acercándose al prado desde múltiples ángulos. Las imágenes termales revelaron tres guardias enemigos escondidos en el bosque, pero los POM los eliminaron fácilmente. Sus fusiles P87 dispararon casi silenciosamente, y los tres guardias enemigos cayeron, sus trajes amortiguadores tiesos.

Los POM se agazaparon en las sombras entre los últimos árboles. Los guardias del prado no habían advertido que sus compañeros habían caído y continuaron patrullando el perímetro sin ninguna señal de alarma. Uno de los guardias se acercó a pocos palmos de su posición, y Chi-won saltó de entre los matorrales y golpeó al hombre con un parche araña. El traje del hombre se endureció, y Chi-won lo arrastró hasta la oscuridad.

Cuatro menos.

—Hay demasiado terreno despejado entre nosotros y el edificio —dijo Pino—. Abatiremos al resto.

Extendieron los cañones de sus fusiles e hicieron ajustes a las armas para disparos de largo alcance. Wit se echó el rifle al hombro y parpadeó una orden en su VCA que hizo que los brazos, hombros y parte superior de la espalda de su armadura corporal se endurecieran. Esto minimizó los leves movimientos de sus manos e hizo que su cuerpo se volviera tan firme como un trípode, aumentando enormemente la precisión de sus disparos. El ordenador recalcó entonces cada uno de los objetivos en la pantalla de Wit. Siete guardias en total, uno para cada uno de ellos.

Wit vio en su pantalla cómo, uno a uno, los objetivos eran marcados con el nombre del POM que los había seleccionado para abatirlos. Wit eligió al último que quedaba por seleccionar.

Pino dio la orden. Todos los POM dispararon, y los siete guardias cayeron.

Después de eso fue cuestión de seguir las instrucciones de Pino. Se lanzaron hacia delante y asaltaron el edificio. Los combatientes enemigos estaban exactamente donde les había dicho el ordenador. El mirón, todavía pegado a un costado de la casa, les advertía cada vez que nuevas amenazas cargaban hacia ellos de cualquier lugar de la casa, dando a Wit y su equipo tiempo de sobra para buscar cobertura o colocarse en posición de neutralizar al enemigo.

Wit hizo que cada disparo contara, subió las escaleras detrás de los demás, pasó por encima de los enemigos que ya habían caído. Calinga los estaba esperando en la habitación. El último guardia enemigo, que se tomaba muy en serio su papel de terrorista, intentó usar a Calinga como escudo humano. Pero los POM avanzaron disparando al unísono, cinco balas arañas alcanzaron el casco del terrorista casi en el mismo punto. El traje del hombre se puso tieso. Soltó a Calinga. Ni siquiera se molestó en caer al suelo como era la regla del juego. Todo se había acabado ya.

—Ya era hora de que llegarais —dijo Calinga—. No tiene gracia hacer de rehén. No tengo arma, y ni siquiera me ofrecieron nada para leer.

Cuando salieron, Wit dio por terminado el ejercicio. Parpadeó la orden para descongelar los trajes de todo el mundo y los reunió a todos en el prado para una reunión evaluativa, con POM y terroristas por igual. Los hombres se sentaron en un amplio círculo en torno a él, a la luz de la luna.

—¿Qué hemos aprendido? —preguntó Wit.

—Que Calinga es un rehén terrible —dijo Deen, que había hecho de terrorista—. No dejaba de quejarse. Casi tuvimos que dispararle para hacerlo callar.

Los hombres se echaron a reír.

—Casi me pego un tiro —dijo Calinga—. Qué gente tan aburrida.

Los hombres volvieron a reírse.

—Esto es lo que yo he aprendido —dijo Wit—. Siete POM prevalecieron contra veinticuatro comandos igualmente entrenados. ¿Por qué? ¿Porque somos mejores soldados? ¿Porque somos más listos? ¿Más rápidos? No. Ganamos por dos motivos: Uno, los malos fuisteis descuidados. No adoptasteis la cobertura adecuada. Os quitamos de en medio demasiado fácilmente.

—Queríamos ser de verdad —dijo Deen—. Los terroristas son siempre descuidados.

—No quiero que seáis terroristas de verdad. Quiero que seáis vosotros, los soldados mejor entrenados y más inteligentes que conozco. Sed implacables. No quiero realismo. Quiero más que ese realismo. Quiero cien veces más dificultad que el realismo. Haced todo lo que esté en vuestra mano para aniquilarnos. De esa forma, cuando las balas sean reales, cuando nuestras vidas estén en peligro, cumpliremos con nuestro deber con exactitud. Nunca perderemos. No debería haber visto nada cuando nos acercamos a este complejo. Tendríais que haber sido completamente invisibles para mí y para el satélite. Tendríais que habernos matado antes de que saliéramos de los árboles. ¿Por qué no lo hicisteis?

—Estaba usted con los nuevos —dijo Deen—. Pensamos en ponérselo un poco más fácil.

—¿Crees que necesitan una manita? —preguntó Wit—. ¿Creéis que solo porque son nuevos en esta unidad no son lo bastante buenos ni tienen la suficiente experiencia para acabar con vosotros a placer? Si es así, os espera la sorpresa de vuestra vida mañana cuando volvamos a repetirlo. A partir de aquí, nada de guantes de seda. Si perdéis es porque la habéis cagado y os han superado, no porque hayáis dejado ganar a nadie.

—Yo lo intenté —dijo uno de los guardias—. Chi-won salió de los matorrales tan rápido que casi me meo encima.

Los hombres se echaron a reír.

—Bien —dijo Wit—. Me alegra que solo «casi» te mearas encima. Si lo hubieras hecho tu traje podría haberse cortocircuitado y te habría dado una buena descarga.

—Salchicha ahumada —dijo Deen, provocando otra ronda de risas.

—A partir de aquí, actuaréis como si vuestra vida estuviera en juego. Se acabó ir de tranquilos. Se acabó pretender que el enemigo es inferior o menos inteligente que vosotros —dijo Wit—. Eso me lleva al segundo motivo por el que habéis fallado. Los POM teníamos mejor tecnología. El enemigo tenía fusiles más antiguos, no contaba con ayuda informática, ni satélites, ni mirones, ni visión termal. Esto era una guerra tecno, y ganamos gracias a nuestro equipo. Pino, si te hubiera despojado de todos tus arreos, ¿podrías haber llegado al rehén?

—No lo creo, señor.

—¿Por qué?

—Estaría desarmado.

—¿Entonces solo eres un soldado efectivo si te armo? ¿Solo eres bueno si te doy un equipo mejor?

Pino vaciló.

—No, señor. Solo es más difícil. Si hubiera estado desarmado habría abatido a uno de los guardias y le habría confiscado su arma. Entonces podría haber eliminado a los demás.

—¿Y si no supieras cómo hacer funcionar el arma del enemigo? ¿Y si fuera una tecno que nunca hubieras visto antes?

—Entonces estaría metido en un brete, señor.

—¿Así que te habrías rendido?

—No, señor. Solo me habría resultado más difícil. Tendría que idear un modo de derrotar a mi enemigo usando los pocos recursos que hubiera a mi disposición.

—¿Como cuáles?

—El bosque podría suministrarme lanzas, por ejemplo.

Deen se echó a reír.

—¿Lanzas? ¿Contra veinticuatro hombres armados detentando una posición defensiva?

—¿Te parece improbable, Deen? —preguntó Wit.

Deen vio que nadie más se reía.

—Perdóneme, señor, pero eso parece un poco imposible, ¿no le parece?

Wit lo miró durante diez largos segundos.

—¿Eres un POM, Deen?

—Sí, señor. Hasta las trancas, señor. Absolutamente.

—Entonces espero que abatas a veinticuatro hombres, usando solo una lanza. Espero que abatas a mil hombres con un palillo de dientes. No somos soldados hasta que sabemos cómo ir en pelotas contra un enemigo plenamente armado y matarlo.

Deen asintió, humillado.

—Sí, señor.

Wit se volvió hacia los demás.

—Confiamos demasiado en nuestra tecnología. ¿Quién dice que vayamos a tener siempre la misma ventaja tecnológica? ¿Y si hubiera un enemigo con capacidades y armas muy superiores a las nuestras? ¿Nos rendimos? —Esperó una respuesta—. He dicho: ¿Nos rendimos?

—¡No, señor! —gritaron los hombres al unísono.

—Eso es inevitable, caballeros. Tarde o temprano nos enfrentaremos a una amenaza cuya tecnología supere a la nuestra. O nos enfrentaremos a un enemigo que sepa cómo neutralizar por completo nuestra tecno. Armas, comunicación, GPS, drones, fusiles, explosivos, todo. Descubramos cómo luchar contra ellos no importa lo que hagan ni lo difícil que sea. —Hizo una pausa, y tomó una decisión—. A partir de ahora, también nos entrenaremos para misiones sin tecnología —dijo—. Cero. Luego nos entrenaremos para misiones sin armas de fuego. Luego nos entrenaremos para misiones en las que el enemigo pueda vernos siempre. Sea cual sea la situación, estaremos siempre en clara desventaja. Es hora de que nos recordemos qué nos convierte en PC y en POM. No son los chips de nuestros fusiles. Es la materia gris entre nuestras orejas. El enemigo puede superarnos en armamento, pero nunca serán más listos que nosotros.

Se volvió hacia los seis POM con quienes había tomado el complejo.

—Caballeros, dejen aquí sus fusiles y tecnología. Lleven solo una bolsa de parches araña. Servirán de lanza. Lleven solo sus trajes amortiguadores. Nada de cascos. Diríjanse a las colinas, no más de tres kilómetros. Dentro de dos horas, veinticuatro soldados equipados con toda la tecno que poseemos irán a cazarlos y matarlos a menos que los maten ustedes primero.

Los seis POM se levantaron y empezaron a quitarse el equipo.

—Y, Deen —dijo Wit, volviéndose hacia el hombre—. Me gustaría que fueras con ellos. Puede que dudes de tus propias habilidades, pero yo no. Iré a por ti personalmente. Elimíname antes de que te encuentre.

Deen se levantó y sonrió, encantado de tener una posibilidad de redimirse.

—Gracias, señor.

Los POM se alejaron corriendo hacia el bosque. Deen corrió tras ellos, saltó sobre los matorrales en la linde y desapareció bajo la cobertura de los árboles.

13

Archivos

Lem examinaba los informes mineros en la bodega de carga, intentando parecer complacido. El nuevo jefe de cuadrilla estaba a su lado, sonriendo, esperando sus alabanzas. Por el aspecto de los informes, el hombre en efecto merecía montones de elogios. Las cifras eran impresionantes. Las recogedoras estaban trayendo tanto material de la nube de polvo que los hombres no podían fundirlas y darles forma de cilindro lo bastante rápido. Ferroníquel, cobalto, magnesio, todos los metales que producían buen dinero. Miles de toneladas ya. Era más de lo que Lem podía haber esperado. Sin embargo, su mente en este momento estaba tan preocupada por la *Cavadora* y los archivos que habían robado de los ordenadores de la nave que ni siquiera podía disfrutar de las buenas noticias.

—Es difícil de creer, ¿verdad? —dijo el jefe de cuadrilla—. Llevo en este negocio veinticuatro años, señor Jukes, y nunca he visto nada igual. Es la forma más rápida en que he extraído jamás los ferros.

Ferros, o metales ferromagnéticos, los minerales más valiosos extraídos en los asteroides.

—Las recogedoras funcionan bien, ¿entonces? —dijo Lem.

—Es como pescar con red, señor Jukes. Sacamos las recogedoras magnetizadas, movemos la nave adelante y atrás entre la nube de polvo, y cuando recuperamos las recogedoras, rebosan de ferropartículas. Toda mi carrera ha sido cavar y rascar y hacer estallar rocas para sacar el metal de las minas, pero este gláser le da la vuelta por completo a ese modelo. Ahora reducimos la roca a polvo, agitamos unos imanes en la nube, y los minerales vienen a nosotros. —Se rio y sacudió la cabeza—. Lo más puñetero que he visto jamás.

—Sí, sí. Todo esto es muy impresionante.

—Y además escogimos el asteroide adecuado —dijo el jefe de cuadrilla—. No me extraña que esos mineros libres estuvieran acampados aquí. Esta roca era la madre lodo. Todo tipo de metales valiosísimos, y a tutiplén. La mayoría de los mineros ven una roca como esta una vez cada pocos años o así. Tengo que reconocérselo, señor Jukes, ha elegido una roca cojonuda para volarla.

Lem escuchaba solo a medias.

—Sí, maravilloso. Bien, continúen con el buen trabajo. ¿Hay algo que necesite?

—Más gente —dijo el jefe de cuadrilla—. Esta es una nave de investigación, así que andamos escasos de personal. Nuestros chicos funcionan ya en dos turnos fundiendo el polvo y haciendo cilindros.

—¿Cuántos necesita?

—Otros diez harían maravillas.

—Haré que Chubs los envíe.

—Gracias, señor Jukes. —Se quitó la gorra y se rascó la cabeza, vacilante—. ¿Seguro que no quiere que carguemos unas cuantas naves rápidas? —preguntó—. Tendremos un botín mucho más grande si enviamos algunos de esos cilindros directamente a Luna.

—No —respondió Lem—. No quiero enviar nada antes. Cuando carguemos las bodegas, nos marcharemos.

El jefe de cuadrilla se encogió de hombros.

—Parece una lástima dejar la nube cuando hay tanto metal que llevarse. Solo tenemos cuatro bodegas de carga en la nave, y las llenaremos fácilmente. Es una carga bastante grande, cierto. Pero usando naves rápidas podríamos doblarla. Vamos a dejar escapar de entre nuestros dedos un montón de dinero.

—Agradezco su dedicación a la filosofía de la compañía —dijo Lem—. En cualquier otra circunstancia, estaría de acuerdo con usted. Pero no quiero que mi padre ni el consejo de dirección sepan que tenemos una carga completa. Me gustaría sorprenderlos cuando lleguemos.

El jefe de cuadrilla hizo un guiño.

—Bien pensado, señor Jukes. Los trajeados se sorprenderán, sí. Probablemente nos darán una buena bonificación cuando todo esto se acabe.

Lem sabía lo que el hombre estaba dando a entender, y le siguió el juego.

—Si no nos dan una bonificación, yo mismo le daré una. Lo ha hecho usted excepcionalmente bien.

El hombre sonrió.

—Gracias, señor Jukes.

Pareció que el hombre iba a decir algo más, pero Lem no le dio la oportunidad. Se dio media vuelta y se marchó, de vuelta al tubo de impulsión. El Consejo se sorprendería, en efecto. Y cuando Lem les dijera que sus archivos habían quedado comprometidos y que los planos del gláser estaban probablemente en manos de los mineros libres, los mismos mineros libres que tenían un incriminador vídeo de una nave Juke matando a alguien, un vídeo que con toda seguridad provocaría un litigio de pesadilla, se sorprenderían mucho más.

Lem pudo ver al consejo de dirección. Buena misión, Lem. Bien hecho. Lástima que mataras a un hombre y nos hicieras perder miles de millones de crédito en I+D y el mismo futuro de esta compañía. Lástima que hayas quedado como un gilipollas. Aparte de esa pequeña cagada, diríamos que la misión ha sido un éxito aplastante. Nosotros estábamos calentándote el asiento aquí, en la mesa de dirección, pero verás, tenemos una política estricta contra los idiotas. Tendremos que dársela a ese cobarde hijo de puta universitario. Lo siento, estoy seguro de que lo entiendes.

Lem entró en el tubo y dio la orden para ir al puente de mando. Salió disparado.

«Esta gente me ha manchado —se dijo—. Esos malditos mineros libres me han manchado. Gracias, Concepción Querales. Gracias por coger los dos últimos años de mi vida y arrojarlos por el cagadero. No, no solo los dos últimos años, sino toda mi vida, todo por lo que he trabajado. Esto cancelará todos mis logros previos. Mi reputación quedará destruida.» Y no solo eso, ahora que lo pensaba, sino también su fortuna. La compañía no solamente lo demandaría, sino que le quitaría todo lo que tenía, que no era poca cosa. Calificarían todo el asunto como negligencia supina y lo asarían vivo. Y su padre no haría nada por impedirlo. Se haría el sordo. Lo consideraría otra de las «lecciones vitales» de Lem. Tú te has metido solito en este lío, Lem. Puedes salir solo.

No, iba a corregir esto. El Consejo no lo sabría nunca. Para cuando llegaran a Luna, todo estaría resuelto. Los mineros libres podrían estar más allá de su alcance en este momento, pero estaba seguro de que había una solución, aunque en este momento no tenía ni idea de cuál podría ser.

Llegó al puente de mando y se llevó a Chubs a una de las salas de reunión. Chubs se quedó flotando cerca de la entrada, pero a Lem le apetecía caminar. Conectó sus grebas y avambrazos y anduvo de un lado a otro por delante de la ventana, más allá de la cual estaba la sucia nube de polvo y el negro salpicado del espacio.

—Tenemos un problema —dijo—. Un problema que preferiría mantener en silencio.

—Muy bien —respondió Chubs.

—Cuando empujamos a los mineros libres había tres hombres en el casco. Uno de ellos fue golpeado por uno de los sensores que cortamos.

—Lo recuerdo —dijo Chubs—. Tuvo fea pinta.

—Sí, bueno, decir que tuvo fea pinta es quedarse cortos. El hombre está muerto. Lo matamos. —Lem puso un poco de énfasis en la primera persona del plural, esperando con ello repartir la culpa.

Chubs frunció el ceño.

—¿Cómo sabe eso?

Lem le contó lo del mensaje de Concepción.

Chubs silbó.

—¿Podolski lo sabe?

—Lo llamé a mi habitación, y comprobó el sistema. ¿Estás preparado para la parte divertida? Nos descargaron. No solo nos hackearon y nos dejaron un bonito mensaje, sin que también se llevaron nuestros archivos. Todo.

Chubs maldijo entre dientes.

—¿Estamos seguros de eso? ¿Podolski lo confirmó?

—Emplearon un olfateador. Metieron aquí la nariz sin que lo supiéramos y nos pelaron. Podolski me mostró los archivos. Nos copiaron.

Chubs volvió a maldecir.

—No es nada bueno, Lem.

—No, nada bueno. Planos del gláser. Toda nuestra investigación. Los diarios de los ingenieros. Y mi parte favorita: el vídeo del empujón.

Chubs empezó a frotarse los ojos y miró a Lem.

—Sí —confirmó Lem—. Tienen un vídeo de nosotros matando a uno de su tripulación. ¿Sabes lo que podría hacer la prensa con eso? ¿Lo que harían con eso los tribunales?

—Fue un accidente —dijo Chubs—. No apuntábamos al tipo. Ni siquiera sabíamos que estaba ahí fuera.

—A los fiscales no les importará —respondió Lem—. Además, no parece así en el vídeo. Lo he visto. A cámara lenta. Parece que le estábamos apuntando. Dirán que es una prueba irrefutable. Y cuando lo hagan, la corporación nos cortará por las rodillas. Nos demandarán también. Si no hacemos algo al respecto, tú y yo y todos a bordo de esta nave estamos fritos. Kaputt. Punto final.

—Nos robaron —dijo Chubs—. Eso tiene que contar algo. Robaron secretos corporativos.

—Eso no nos ganará ninguna simpatía. ¿Crees que la gente derramará una lágrima por la corporación más grande y más rica del mundo? Oh, qué lástima. Pobre Juke sociedad limitada. Esos gordos y avariciosos ejecutivos corporativos solo ganarán cien mil millones de créditos de beneficio anual en vez de ciento veinte mil. Qué pena. No. A nadie le importará. Los medios se lo pasarán de muerte con esto. La clase media y la baja danzarán por las calles. Comen de esto. No pueden ser felices a menos que todos los demás caigan a su nivel.

—Podremos arreglarlo —dijo Chubs.

—¿Cómo? No podemos rastrearlos. Ya le he preguntado al piloto. Se han ido hace tiempo. Podríamos ir a buscarlos, pero no hay ninguna garantía de que vayamos a encontrarlos. Probablemente no lo haríamos.

—No tenemos que buscarlos. Solo tenemos que saber adónde van y llegar allí primero, y esperar a que lleguen.

—No sabemos adónde van —dijo Lem—. Te lo he dicho. No dejaron exactamente una dirección de entrega.

—Pero sabemos dónde acabarán por ir. La Estación de Pesaje Cuatro es el único puesto de avanzada que hay tan lejos. Todas las familias y clanes van allí a por suministros. La *Cavadora* se lanzó a lo Profundo, así que obviamente no saben todavía qué hay en nuestros archivos. En cuanto descubran lo que tienen, correrán a la Estación de pesaje y tratarán de vender los planos en el mercado negro. Es el único lugar remotamente cercano donde pueden hacerlo.

—Podrían volver al interior del sistema —dijo Lem—. Tal vez no vayan a la Estación de Pesaje Cuatro. Tal vez piensen que conseguirán un precio mejor más cerca de casa.

Chubs negó con la cabeza.

—Las familias no. Tiene que saber cómo piensa esta gente. No corren ese tipo de riesgos. La mayoría vinieron a lo Profundo para escapar de los problemas. Cuando intenten vender, utilizarán una fuente fiable, alguien en quien confíen, alguien a quien empleen a menudo. Eso es más importante para ellos que conseguir un buen precio. No irán a Marte ni al Cinturón de Asteroides. A, está demasiado lejos, y B, querrán permanecer lo más apartados de las corporaciones como sea posible. Nos han quitado algo, y saben que querremos recuperarlo. Créame, jugarán sobre seguro. Irán a la Estación de Pesaje Cuatro.

—Bien. Pero ¿cómo recuperaremos los datos?

—Del mismo modo que nos los quitaron ellos. Hackearemos su nave y los volveremos a robar. Y tal vez borraremos sus servidores en el proceso, solo para asegurarnos.

—Podrían haber trasladado los dados a un aparato portátil, un disco externo o algo.

Chubs negó con la cabeza.

—Las familias usan palmares. Modelos antiguos. Si quieren transmitir la información, es lo que usan. Pero los palmares están conectados a los servidores principales de la nave. Cuando borremos los servidores, borraremos también los palmares.

—No es una medida infalible —dijo Lem—. Podrían tener almacenados los datos en otra parte.

—Tal vez —respondió Chubs—, pero lo dudo. Nunca estaremos seguros al cien por cien. Atacar sus servidores es lo más seguro que podemos estar.

Lem lo pensó un momento antes de encontrar una pega.

—No funcionará —dijo—. Si vamos a la Estación de Pesaje Cuatro, nos verán. Verán la nave. No es un puesto de avanzada muy grande. Sabrán que los estamos esperando. Se darán media vuelta y huirán.

—No nos verán, porque nuestra nave no estará allí. Para cuando la *Cavadora* llegue, nos estaremos dirigiendo a Luna.

—¿Entonces cómo vamos a borrar su sistema?

—Dejaremos a Podolski. Es el único que puede hacerlo, de todas formas. Lo dejamos en la Estación de Pesaje Cuatro y le decimos que se quede allí hasta que aparezca la *Cavadora*, cosa que, después de todo, podría tardar meses. No podemos quedarnos allí tanto tiempo sin despertar un montón de sospechas. Pero Podolski y unos cuantos tipos de seguridad podrán mezclarse. Incluso los vestiremos como mineros libres para que no llamen la atención. La *Cavadora* llega. Podolski los borra. Luego el equipo de seguridad y él suben al siguiente carguero con destino Luna. Simple.

—Podolski nunca lo aceptará —dijo Lem—. Básicamente lo estaremos desterrando a un vertedero. Se quejará a la corporación.

—No, no lo hará —repuso Chubs—. Todo lo que tenemos que hacer es convencerlo de que todo este asunto es completamente culpa suya. No nos estará haciendo un favor. Somos nosotros quienes se lo hacemos a él.

Llamaron a Podolski a la sala de reuniones y lo hicieron esperar al fondo de la holomesa. Lem puso cara grave y decepcionada mientras Chubs observaba desde una esquina, los brazos cruzados sobre el pecho, el ceño fruncido, haciendo de poli malo. La idea era inquietar a Podolski inmediatamente, y Lem pudo ver por la expresión del hombre que funcionaba.

—Acabo de informar a Chubs de nuestro dilema —dijo Lem—. He intentado mantener esto en secreto cuanto he podido por su bien, Podolski, pero no puedo ocultarlo eternamente. Tenemos que tratar este tema.

Podolski agitó los pies, incómodo.

—¿Tema, señor?

—No actúe como si no supiera de lo que estamos hablando —intervino Chubs—. La *Cavadora* robó nuestros archivos, que usted tenía bajo custodia. Se suponía que era el cortafuegos más seguro de todo el sistema solar, y un puñado de ignorantes chupadores de grava entró como si tal cosa y nos peló. Nos ha jodido, Podolski, y que me zurzan si voy a cargar con las culpas de su error.

Lem pensó que Chubs estaba exagerando un poco, señalando y gritando y casi volviéndose colorado de furia, cosa que le pareció particularmente impresionante: un hombre que podía hacer eso a voluntad pertenecía a los teatros. Pero parecía funcionar. Podolski retrocedió un paso y alzó las manos, las palmas hacia afuera, en un gesto de rendición.

—Espere. Un momento. No pueden echarme este muerto encima.

—¿No podemos? —dijo Chubs—. ¿Entonces quién es responsable? ¿Los cocineros? ¿El servicio? O tal vez piense usted que la culpa es del señor Jukes. ¿Es eso lo que está diciendo?

—No, no, por supuesto que no —dijo Podolski.

—El cortafuegos es su territorio —dijo Chubs—. Para eso le paga esta compañía. Su trabajo es mantener esta nave tan prieta como un tambor. Tal vez se ha olvidado de lo que transportamos. Tal vez se le ha pasado que los planos y notas y la investigación sobre el láser de gravedad, el prototipo más caro de cualquier tecnología que esta compañía haya desarrollado jamás, está en nuestros servidores. ¿Se ha olvidado de eso, Podolski?

—No, señor.

—¿No? —dijo Chubs, fingiendo sorpresa—. Vaya, qué sorpresa. Me deja de una pieza. Porque no soy capaz de imaginar por qué nadie permitiría que un grupo de mineros libres incultos nos robe esa información, sabiendo lo valiosa que es.

—No sé cómo sucedió —respondió Podolski—. Nadie nos había craqueado antes. Somos impenetrables.

—¿Ve? —dijo Chubs, volviéndose hacia Lem—. Escúchelo. «Somos impenetrables.» Ni siquiera admite que ha sucedido. Lo niega. No va a hacer nada al respecto. Tendremos que acudir a su padre, Lem. Ukko tiene que enterarse personalmente de esto. Y el Consejo también. Podolski no va a arreglarlo.

Lem se acercó a Chubs y empezó a hablar con él en voz baja, a un tono lo bastante alto para que Podolski lo oyera.

—No podemos acudir a mi padre —dijo—. Tiene tolerancia cero con errores como este. Sobre todo cuando hay por medio tanto dinero y recursos de la compañía. Lincharía a Podolski. Lo destrozaría. Tal vez incluso lo demande. Podolski no puede soportar eso.

—No tenemos otra opción —dijo Chubs.

—Esperen —dijo Podolski—. No soy el único que escribió las medidas de seguridad, ¿saben? Ayudé, sí, pero hay más de doscientos codificadores en Luna escribiendo este material. No puedo ser el pardillo aquí. Esto no ha sido culpa mía.

Chubs lo miró con desdén.

—Sí, Podolski, le diremos eso a Ukko Jukes. Le explicaremos que el hombre al control no puede ser responsable. Es inocente. ¿Se dio cuenta siquiera de que el ataque tenía lugar? No, tuvo que esperar a que alguien se lo señalara. ¿Hizo algo después para rectificar la situación? No, se rascó la barriga. Estoy seguro de que el señor Ukko Jukes se contentará con ese argumento y le absolverá de toda culpa.

Podolski reflexionó al respecto.

—Muy bien. No hay ninguna necesidad de acudir a Ukko. Puedo arreglar esto. De verdad. Por favor. Denme una oportunidad.

—¿Qué podría hacer? —preguntó Lem.

—Acérquenme a la *Cavadora* y los hackearé. Sería fácil. La seguridad de los mineros libres es un chiste. Podría entrar y borrar sus sistemas sin que sepan siquiera que estuve allí.

Lem, visiblemente relajado, sonriente, se volvió hacia Chubs.

—Ya está. ¿Satisfecho? Le dije que Podolski daría la cara. Problema resuelto.

—No es tan fácil —dijo Chubs, sacudiendo la cabeza—. No sabemos dónde está la *Cavadora*. No podemos localizarlos.

Lem frunció el ceño, desvanecida toda esperanza.

—Ya. Eso es un problema, sí —suspiró—. Entonces no hay nada que hacer.

Podolski parecía desesperado.

—Tal vez podríamos preguntar, contactar con algunas de las otras familias y clanes en busca de información. Alguien tiene que saber dónde están.

Chubs parecía dolorosamente divertido.

—¿Cree que los mineros libres van a darle ese tipo de información a los corporativos? Nos odian. Nunca venderían a uno de los suyos. ¿Y a quién podríamos preguntar de todas formas? No hay nadie cerca.

Lem sonrió, como si acabara de ocurrírsele la idea.

—Estación de Pesaje Cuatro. La *Cavadora* necesitará suministros. Iremos allí y los esperaremos.

—Verían la nave —dijo Chubs—. No se detendrían. No funcionaría.

—Déjenme allí —se ofreció Podolski—. Dejen que me quede allí, mientras ustedes continúan viaje. Limpiaré su sistema, ellos se marchan, los llamo, vuelven a recogerme.

Chubs negó con la cabeza.

—Naves como la suya tienen increíbles escáneres celestiales. Nos verían desde lejos. La única forma de que funcione es que la *Cavadora* crea que volvemos a Luna.

Podolski vaciló, contemplando la holomesa, el rostro tenso. Finalmente, alzó la cabeza.

—Entonces haremos lo siguiente: ustedes me dejan en la Estación de Pesaje Cuatro con equipo y dinero. Luego vuelven a Luna. Yo los espero, limpio sus sistemas, compro pasaje en un carguero.

Lem y Chubs se miraron el uno al otro.

—¿Sabe? —dijo Chubs—. Esto podría funcionar.

14

Cápsula

Ante la holomesa del puente de mando, Concepción contemplaba uno de los MG cortando entre los restos de la nave italiana. Los mineros enviaban desde el exterior imágenes en directo al holoespacio que tenía delante. Todos los que trabajaban en el puente de mando estaban reunidos en torno a la capitana, los rostros tensos de preocupación. Por su parte, Concepción hacía cuanto podía para parecer tranquila y bajo control, aunque por dentro se sentía tensa e impotente. Remover los escombros con un láser era correr un riesgo increíble. Si el pecio se agitaba o rotaba de forma inesperada mientras estaban cortando, aunque solo fuera levemente, el láser podría cortar hasta el habitáculo donde esperaban los supervivientes, y entonces rompería las paredes herméticas y matarían a todos los que estaban dentro en cuestión de instantes.

Concepción se estremeció ante la idea. Sería una muerte cruel, todavía más horrible porque la gente atrapada en el interior creía ahora que iban a ser rescatados. Justo cuando llenamos sus corazones de esperanza, la cagamos y les producimos una muerte más terrible y traumática de la que habrían sufrido si no hubiéramos llegado a venir.

«Pero no, los restos no se moverían», se dijo. Los mineros tomaban todas las precauciones posibles. Habían establecido cables de sujeción y dos largos pilones que se extendían desde la

Cavadora hasta el pecio, para sujetarlo e impedir que se perdiera en el espacio. Era un procedimiento precario, sí, pero estaban haciendo todo lo que podían para proteger a esa gente atrapada en el interior.

El láser terminó un corte, y la sección cortada se soltó y se perdió flotando. Hubo un audible suspiro de alivio por parte de la tripulación, y unos cuantos incluso aplaudieron y se abrazaron unos a otros. Concepción permaneció silenciosa e hierática. El trabajo distaba mucho de estar terminado, y había aprendido por triste experiencia a no celebrar nada prematuramente. Todavía no estaban fuera de peligro. Lo que le había hecho esto a los italianos seguía ahí fuera.

El rayo láser dejó de cortar. Los mineros conectaron los tornos y tiraron de los cables, haciendo girar el pecio hacia una posición diferente como preparativo para el segundo corte. Como el pecio era inestable y tenía cables de conexión vital conectados y gente dentro, los mineros no se apresuraron. Rotaron el pecio lentamente, cuidando de no sacudir ninguno de los cables. Concepción comprendió ahora lo largo y tedioso que sería el proceso: cortar y rotar y cortar y rotar hasta que hubieran reducido la figura lo suficiente para que cupiera por la compuerta.

Le aliviaba saber que Víctor, Segundo y Toron estaban ahí fuera continuando la búsqueda. El trabajo con la perforadora láser no había detenido las labores de rescate.

Naturalmente, enviarlos a los tres en la nave rápida no la tranquilizaba tampoco. En cualquier otra circunstancia no habría corrido ese riesgo, sobre todo con los dos únicos mecánicos de la tripulación. Si les sucedía algo, ¿quién mantendría la nave operativa? Mono no. Era demasiado joven, demasiado inexperto. Apenas había tenido tiempo de aprender lo fundamental, si acaso. «Tendría que haber tenido eso en cuenta antes de autorizar la misión», pensó. Había sido un acto de descuido. Pero ¿qué podría haber hecho? Solo Víctor sabía pilotar la nave rápida, y Segundo no le habría dejado ir sin acompañarlo.

El láser empezó a cortar de nuevo.

Concepción observó un instante, entonces su palmar vibró. Se lo llevó al oído y respondió.

La voz de Edimar sonó apresurada y llena de pánico.

—Viene de regreso —dijo—. La cápsula. Ya está cerca y se mueve rápido. Tenemos unos veintiocho minutos antes de que llegue a la nube de escombros.

Concepción saltó hacia la holomesa y pasó la mano a través del holoespacio. Las imágenes de vídeo desaparecieron.

—Muéstramelo —dijo.

La gente retrocedió, advirtiendo su alarma.

—¿Qué ocurre? —preguntó Selmo.

Una gráfica del sistema con puntos de luz apareció en el holoespacio. Una luz estaba marcada como «la *Cavadora*». Otros puntos de luz más pequeños alrededor de la nave representaban los escombros. Concepción los ignoró y se concentró en cambio en un punto lejano a un lado, solo en el espacio. Mientras lo observaba, una línea creada por el ordenador que representaba la trayectoria de la nave se extendió desde el punto a través del holoespacio y se posó directamente sobre la *Cavadora*.

La tripulación se quedó mirando en silencio. Todos sabían lo que significaba.

—¿Cuánto tiempo tenemos? —preguntó Selmo.

—Menos de veintiocho minutos —respondió Concepción.

—Todo el mundo a sus puestos —dijo Selmo—. ¡Moveos!

Selmo se quedó junto a Concepción mientras la tripulación corría a sus puestos. Dreo entró desde el pasillo y voló a la holomesa. Venía del nido del cuervo. Concepción habló por el palmar.

—Sigue el avance de la cápsula, Edimar. Si cambia de velocidad o trayectoria notifícamelo inmediatamente. —Finalizó la llamada y se volvió hacia Dreo y Selmo—. ¿Cuáles son nuestras opciones? —preguntó.

—Es difícil decirlo —contestó Selmo—. No sabemos contra qué nos enfrentamos. No sabemos casi nada de esta cápsula.

—Sabemos que destruyó a los italianos —dijo Dreo—, uno de

los clanes mejor defendidos del Cinturón. Sabemos que la muerte de los italianos no fue un accidente. La cápsula destruyó cuatro naves, no solo una. No podemos interpretar que fue un error. Los aniquiló. Fue una matanza intencionada.

—De acuerdo —coincidió Selmo—. Pero no sabemos si nos consideran a nosotros una amenaza también.

—Viene derecha hacia nosotros —dijo Dreo—. No viene a jugar una partida de cartas. Probablemente piensa que somos parte de los italianos. Y por algún motivo consideró que los italianos eran una amenaza. No sabemos por qué, pero probablemente sea sensato asumir que los italianos no la provocaron. Sería una tontería. Los italianos no se pondrían en peligro. Actuarían con cautela. Lo cual sugiere que esta cosa los mató indiscriminadamente. Pero creo que esa no es ni siquiera la pregunta que tenemos que responder. El «por qué» es ahora irrelevante. Necesitamos saber el «cómo». ¿Cómo los aniquiló? ¿Cuáles son sus capacidades armamentísticas? Mirad los restos. Las piezas no están cortadas limpiamente. Los filos no son rectos. No parece obra de un láser. Parecen explosiones, como si algo hubiera reventado las naves. ¿Cómo hizo eso? Y, lo más importante, ¿cómo nos defendemos contra ello?

—Tal vez no podamos —respondió Selmo—. A menos que la cápsula atacara y destruyera a los italianos increíblemente rápido, los italianos habrían respondido al fuego. Les habrían lanzado a la cápsula todo lo que tenían. Sin embargo sus armas, que son mucho más potentes que las nuestras, al parecer tuvieron poco efecto o ninguno sobre esta cosa. ¿Qué nos hace pensar que podríamos vencerla cuando los italianos no pudieron?

—¿Entonces qué sugieres? —preguntó Dreo—. No podemos huir. La cápsula es demasiado rápida. Nos alcanzaría fácilmente. Además, huir solo dificultará nuestra defensa o alcanzarla con los láseres.

—Si la cápsula cree que estamos con los italianos, si somos enemigos por asociación —dijo Selmo—, entonces tal vez deberíamos salir de la nube de escombros. Si nos distanciamos de este lugar, la cápsula podría dejar de relacionarnos con los italianos y dejarnos en paz.

—Si salimos de la nube, quedaremos expuestos —dijo Concepción—. Los escombros son ahora mismo la mejor defensa que tenemos. Nos proporcionan cobertura y es probable que despisten a los sensores de la cápsula.

—Si es que tiene sensores —comentó Dreo.

—Ahí llevas razón —dijo Concepción—. Necesitamos información sobre esa cápsula, y los únicos que pueden proporcionárnosla son los supervivientes que están dentro del pecio.

Marcó una orden en su palmar y llamó a Bahzím, que supervisaba los trabajos en el exterior. Cuando respondió, le contó la situación y le preguntó si había algún modo de hablar con los supervivientes.

—La única forma de comunicarnos con ellos es por medio de la pizarra de luz —dijo Bahzím—. Nosotros escribimos y ellos nos dan respuestas sencillas, asintiendo con la cabeza o escribiendo palabras en el cristal de la escotilla, letra a letra.

—No tenemos tiempo para eso —dijo Dreo—. Mira, estos supervivientes lastran nuestra capacidad de maniobra. No podremos movernos con rapidez por el campo de escombros si estamos atracados a un enorme resto de naufragio. Son un albatros. Odio ser quien lo diga, pero tenemos que pensar en soltarlos.

—En modo alguno —dijo Concepción.

—Podríamos volver y recogerlos cuando se haya terminado —propuso Dreo.

—No pueden sobrevivir sin nosotros —dijo Selmo—. Les estamos suministrando oxígeno.

—Pensad —dijo Dreo—. Son nueve perfectos desconocidos. ¿Estamos dispuestos a ponernos en peligro y arriesgarlo todo por gente que no conocemos?

—No son desconocidos —respondió Concepción—. En el momento en que empezamos a ayudarlos se convirtieron en parte de esta tripulación. Fin de la discusión. Selmo, que los mineros retiren los pilones y acerquen el pecio con los cables. Eso nos dará más movilidad. Dreo, contacta con la nave rápida. Que Víctor, Segundo y Toron vuelvan aquí de inmediato.

Dreo vaciló, como si quisiera seguir discutiendo, pero luego se dirigió a su puesto.

Concepción se volvió hacia Selmo.

—Necesitamos una posición defensiva mejor. Nos quiero detrás de un gran trozo de pecio si hay alguno. Luego pon a nuestros mejores hombres en nuestros cinco mataguijarros.

—Puede que no sea suficiente —dijo Selmo.

—Tendrá que serlo —contestó Concepción.

Víctor flotaba en la nave rápida, contemplando el gran y retorcido resto de naufragio que tenía al lado. Había pasado una hora desde que su padre y Toron habían entrado en aquella escotilla, y estaba a punto de volar hasta el pecio para investigar. Justo cuando empezaba a desenrollar cable para improvisar una línea de seguridad, un voz chisporroteó en la radio.

—Nave rápida, aquí la *Cavadora*. Si podéis oírnos, responded. Repito. Víctor, Toron, Segundo, si podéis oírnos, responded.

Víctor soltó el cable. La *Cavadora* estaba utilizando la radio, lo que significaba una de dos cosas. O bien la nave había determinado que la radio no era lo que había atraído a la cápsula, o la cápsula ya no suponía una amenaza. Una voz diferente sonó en el casco de Víctor.

—Cavadora, aquí Segundo, copiamos. Cambio.

Víctor se relajó. Era su padre. No parecía herido.

—Aquí Toron también —dijo Toron.

Víctor tragó saliva, recuperándose.

—Y Víctor. Estoy aquí también. Cambio.

—Volved a la nave inmediatamente —dijo Dreo—. La cápsula viene de regreso.

El alivio de Víctor al oír la voz de su padre desapareció en un instante. No estaban preparados para la cápsula: tenían cinco mataguijarros. Los italianos tenían unos veinticinco, y la cápsula los había barrido. Su padre empezó a hacer preguntas, y Dreo compartió lo que sabía.

—No podemos volver inmediatamente —dijo el padre de Víctor—. Toron y yo estamos todavía dentro de uno de los pecios. Vamos a regresar a la nave rápida, pero pasarán diez minutos antes de que la alcancemos. No volveremos con vosotros a tiempo. No nos esperéis. Si necesitáis huir o moveros a otra parte, hacedlo. Os alcanzaremos más tarde si podemos.

—A Concepción no le gustará eso —dijo Dreo.

—No tiene mucha elección —contestó Segundo.

La *Cavadora* desconectó. Víctor pulsó su interruptor: si la nave había abandonado el silencio radial, no había necesidad de que él lo cumpliera ahora.

—Padre, ¿qué ha ocurrido?

La voz de su padre sonó solemne.

—Encontramos a Faron poco después de entrar. Estaba muerto. Había un montón de gente aquí, Vico. Nadie sobrevivió. Tuvimos que abrirnos paso cortando entre unos escombros pesados en uno de los pasillos para llegar al fondo de los restos. Sabíamos que tardaríamos un rato, pero lo hicimos de todas formas. No hubo suerte.

Víctor no dijo nada. Faron. Muerto. Dentro de este pecio. Eso significaba que era la *Vesubio*, la nave de Janda; significaba que si iban a encontrarla, probablemente estaría aquí. Faron se habría quedado cerca de ella, la habría protegido. Sin embargo, su padre y Toron no la habían encontrado. Si lo hubiera hecho, su padre lo habría dicho.

Víctor comprendió que no iban a encontrarla. Nunca. Había sido improbable desde el principio, pero Víctor todavía se había aferrado a la esperanza. Ahora esa débil posibilidad había desaparecido. Alejandra estaba muerta. Nueve supervivientes era más milagro de lo que podrían haber esperado.

Su padre y Toron salieron por la escotilla. Desinflaron la burbuja y volaron de regreso a la nave rápida. Toron parecía abatido cuando volvió a la carlinga. Víctor lo miró y vio que había llegado a la misma conclusión que él: Janda había muerto.

La voz de Concepción sonó por la radio.

—Nos hemos movido a una posición más defensiva, pero no vengáis si tenéis suficiente aire. La cápsula casi está aquí, y puede que estéis más seguros donde os encontráis. Hemos conseguido hacer llegar una línea de comunicación a los supervivientes, y hemos aprendido más cosas de contra qué nos enfrentamos. Los supervivientes creen que el calor atrae a la cápsula. Se detuvo en su posición y permaneció allí durante horas sin hacer nada. Los italianos intentaron comunicarse con ella, pero la cápsula no respondió. Entonces, sin provocación, voló a la parte de popa de una de las naves, se aferró a ella con unos brazos de arpeo, y empezó a sondear los motores de la nave con perforadoras finas y largas, casi como agujas. Las perforadoras entraron «como un cuchillo a través de la mantequilla», dijeron, casi sin encontrar ninguna resistencia. La cápsula trabajó de manera sistemática, como si buscara algo. La primera nave reventó antes de que nadie supiera qué sucedía. Al principio los italianos pensaron que la cápsula había plantado un explosivo, pero parece que sondear los motores fue lo que causó la detonación. Por eso los escombros parecen reventados. Voló desde dentro. En cuanto a la cápsula, no mostró ningún daño visible. Ni siquiera las perforadoras aguja. Las otras naves dispararon sus láseres, pero la cápsula se movió rápidamente hacia los motores de la segunda nave y repitió el proceso. La nave recibió varios impactos directos, pero una vez más no hubo daños. O bien está protegida con escudos o su casco es impermeable a los láseres. Puede que no nos ataque, pero si lo hace, la destruiremos. Bahzím tiene un equipo de mineros fuera con herramientas de penetración. Si se posa sobre nuestros motores, la haremos pedazos.

—¿Tenía otras armas? —preguntó el padre de Víctor.

—Ninguna que los italianos pudieran detectar. Solo las perforadoras de aguja. También es mucho más pequeña de lo que pensábamos. Tal vez una cuarta parte del tamaño de la *Cavadora*. Los italianos cree que está diseñada para entrar y salir de la atmósfera, aunque probablemente no con una gravedad muy fuerte, a juzgar por sus motores y diseño. Podría aterrizar y partir de, digamos, la Tierra, pero podría tener problemas en Júpiter. Es pura conjetura, de todas formas, y no necesariamente valiosa.

—Cualquier cosa es valiosa —dijo el padre de Víctor. Dio rápidamente su propio informe y comunicó que habían encontrado el cadáver de Faron, pero ningún superviviente.

—Lamento oír eso —dijo Concepción—. Cuando destruyamos la cápsula y hagamos las reparaciones necesarias, si acaso, reemprenderemos la búsqueda. Mientras tanto, mantened la posición. Si no tenéis noticias después, venid a nosotros. Puede que no podamos contactar con vosotros, y probablemente os necesitemos para las reparaciones. —Hizo una pausa, y añadió—: Que Dios os proteja.

—Y a ustedes también —dijo el padre de Víctor.

La radio guardó silencio, y nadie habló durante un momento.

—Concepción no cree que vayan a sobrevivir al ataque, ¿verdad? —preguntó Víctor.

—Creo que no —respondió su padre—. Y tiene todos los motivos para pensar así. Los italianos intentaron detener la cápsula y no pudieron. Eliminó a sus cuatro naves, y todos lucharon desesperadamente hasta el final.

—La *Cavadora* no tiene ninguna posibilidad —dijo Toron—. Esa cápsula recibió fuego láser. Impactos directos. No podemos dejar que alcance la nave.

—¿Qué sugieres? —preguntó Segundo.

—Bahzím tiene un equipo fuera con herramientas perforadoras. Nosotros tenemos las mismas herramientas aquí. Separadores, cizallas, rociadores de frío. Estamos más cera de la cápsula que ellos. Vendrá desde esta dirección. Cuando pase, nos colocamos detrás y la atacamos desde popa. Tendremos que hacerlo ligeramente desde un lado para evitar sus impulsores, pero golpeamos su casco, salimos, nos anclamos a lo que podamos, y destruimos con las herramientas todo lo que se mueva. Tal vez podamos desmantelar esos brazos prensores o las perforadoras aguja. Si la lisiamos lo suficiente, no podrá infligir ningún daño.

—Va a ser movidito —dijo el padre de Víctor—. Si nos desviamos al acercarnos, aunque sea un poco, la perderemos por completo. —Se volvió hacia Víctor—. Acabas de aprender a pilotar esta cosa, Vico. ¿Puedes hacerlo? ¿Podemos alcanzarla?

Víctor parpadeó. Iban a atacar a la cápsula. Solos. Con equipo de rescate.

—Tendría que hacer algunos ajustes al programa para tener más impulsión: no podremos alcanzarla con nuestra velocidad actual. Tendremos que ir mucho más rápido. Pero incluso así, no tendré sistema de guía. Será como disparar con un arco, siendo nosotros la flecha. Si apunto bien, y juzgo bien nuestra velocidad, podría funcionar. Pero será mayormente a ojo. El desafío será asegurarnos al casco cuando la alcancemos. ¿Cómo nos anclamos? Tendremos que aferrarnos al casco el tiempo suficiente para salir de la nave con las herramientas.

—Déjame eso a mí —dijo su padre—. Tú preocúpate por colocarnos en posición de atacar —conectó la radio—. Cavadora, aquí Segundo. Dadme la localización exacta, trayectoria y velocidad de la cápsula basándoos en nuestra posición actual.

—¿Qué estáis planeando? —preguntó Concepción.

—Un poco de sabotaje —respondió el padre de Víctor—. Podríamos causar algunos daños antes de que os alcance. Y no discutas con nosotros. Sabes que tiene sentido táctico, y vamos a hacerlo lo apruebes o no. Simplemente tendremos más posibilidad de éxito si nos ayudáis.

Concepción respondió después de una pausa.

—Selmo os dará las coordenadas. Tened cuidado, Segundo. Necesito con vida a mis dos mejores mecánicos y mi oteador.

—Necesitas con vida a todos a bordo de la *Cavadora* —respondió Segundo.

Selmo les dio las coordenadas. Los números significaban poco para Víctor. Pero para Toron, que era oteador, las coordenadas eran un segundo lenguaje que hablaba con fluidez. Incluso sin instrumentos, usando solo la posición de las estrellas alrededor, Toron sabía exactamente de dónde vendría la cápsula. Le dio direcciones a Víctor, que hizo girar la nave rápida y los internó entre los escombros, serpenteando a un lado y a otro hasta que Toron estuvo seguro de su posición. Víctor disparó los retros y se posó en una zona de sombra tras un gran pedazo de naufragio.

—Vendrá de aquí —dijo Toron, haciendo un gesto con el brazo para indicar la trayectoria que esperaba.

Víctor rotó la nave rápida para que apuntara en la dirección para interceptar la cápsula en cuanto pasara. Toron escrutó con su visera ampliada al máximo, estudiando el cielo para localizar la cápsula, a la espera. El padre de Víctor trabajaba furiosamente tras él, haciendo garfios para los cables. Usando las cizallas, cortó barras de las paredes de la nave rápida y las dobló con otra herramienta hidráulica, improvisando un garfio.

Unos minutos después Toron la vio.

—Allí —dijo, señalando.

Víctor entornó los ojos y amplió su visera. Al principio no vio nada. Los restos nublaban su visión, y la luz del sol a través de los escombros era tenue y cargada con largas sombras que mantenían sus inmediaciones sumergidas en la oscuridad.

Entonces la vio. O al menos vio un atisbo, allí a lo lejos, tras un puñado de escombros, avanzando hacia ellos.

Entonces los escombros menguaron, y la cápsula entera apareció a la vista. El corazón de Víctor se encogió. Era una nave, sí, pero con sus garfios y sus perforadoras aguja ya extendidos parecía más bien un insecto de liso caparazón. Lo que la estuviera pilotando desde dentro no podía ser humano. Su forma no era para los humanos. Parecía demasiado estrecha de cuerpo. ¿Y qué era eso que tenía en el morro? ¿Un impulsor? Por primera vez en su memoria, Víctor se sintió mecánicamente inútil. Siempre había podido mirar otras naves y saber solo por su forma y la colocación de sus sensores y motores cómo volaba y funcionaba. Incluso naves de las que no había leído nada y cuyos diseños eran completamente extraños para él, incluso esas las podía entender si las miraba lo suficiente.

Excepto esta. No se parecía a nada que hubiera visto antes. Si no estuviera volando por el espacio delante de él, si hubiera visto solo una imagen en las redes, no habría creído que fuera una nave. No habría creído que existiera siquiera.

«La *Cavadora* no puede detenerla —comprendió—. Concepción no está preparada para esto. Nada lo está.»

—¿Qué demonios es eso? —dijo Toron.

—No importa —dijo Segundo—. No tenemos que comprenderla. Solo tenemos que detenerla. Comprobad vuestros arneses de seguridad. Cercioraos de que vuestros cables son seguros. Si no estáis anclados y resbaláis, se acabó. Esta nave estará en movimiento. Usad los imanes de manos y botas. Colocaos un par de imanes más en las rodillas. Permaneced lo más planos posible. Arrastraos, no caminéis. Toron, cuando nos posemos, saca las herramientas. Atacaremos primero las perforadoras aguja y los brazos prensores. —Segundo alzó la mano y conectó la cámara de su casco. Iba a grabarlo todo—. Puedes lograrlo, Vico. Espera a que la cápsula pase. Luego colócate al lado y pósate en su superficie.

«Sí —pensó Víctor—. Posarme en su superficie. Qué sencillo.» Solo posar una nave rápida (que no había sido pensada para tener piloto, ni para albergar gente, y operaba con rudimentarios controles de vuelo) en un objetivo alienígena móvil. Fácil.

Víctor vio a la cápsula acercarse. Deceleró mientras se hundía en la nube de escombros, aunque seguía moviéndose más rápido de lo que a Víctor le parecía seguro para un campo de escombros. Debía ser increíblemente ágil, pensó. Debía de poder cambiar de dirección rápidamente. Y mientras lo consideraba, sucedió. La cápsula cabrioló y giró para evitar un trozo de residuo y luego regresó a su trayectoria previa con agilidad inhumana. De nuevo, como un insecto volador, zigzagueando a un lado y atrás con facilidad. ¿Cómo iba a posarse en algo que podía cambiar de dirección tan rápido?

Pasaron diez segundos. La cápsula se acercó más, haciéndose más grande. Durante un acuciante momento, Víctor pensó que venía directamente hacia ellos, que los había visto moverse entre los escombros y había decidido atacarlos. Pero no, reducía velocidad para virar a un lado. Estaban junto a su trayectoria, no en ella.

Finalmente, pasó de largo, a menos de cien metros de su posición, estilizada y escurridiza y veloz.

Víctor pasó el dedo por la pantalla de su palmar, y la nave rápida salió disparada hacia delante. Antes había diseñado un dial para aumentar la propulsión deslizando simplemente el dedo sobre la pantalla, pero en cuanto la nave arrancó, supo que había calculado mal: aceleraban demasiado rápido. Había pretendido empezar lento y acelerar al final, pero ahora era demasiado tarde para eso. Tendría que confiar en los retros para frenar en los momentos finales antes del impacto.

La nave rápida aceleró, sin apuntar a la cápsula, sino a punto en el espacio por delante, donde Víctor esperaba que las dos naves se encontraran. Sabía que tenía que alcanzarla en el momento justo. Si llegaba tarde, podían toparse con los impulsores traseros de la cápsula, y se quemarían con el calor o la radiación que se emitiera allí. Demasiado pronto y se pondrían directamente delante de camino de la cápsula, para ser aplastados por la subsiguiente colisión. Era el centro de la cápsula o nada. Y un ángulo no demasiado brusco o simplemente rebotarían o, peor, chocarían con tanta fuerza que se matarían instantáneamente.

Víctor mantuvo la mirada fija en el punto de intercepción. La cápsula estaba a su derecha, ligeramente por delante de ellos. Iban demasiado rápido, advirtió. Iba a pasarse de largo.

—Vamos a toda pastilla —dijo—. Agarraos a algo.

Disparó los retros a un cuarto de potencia. Las correas alrededor de su pecho se tensaron mientras sentía que su cuerpo era lanzado hacia delante con la súbita deceleración. Entonces justo cuando pensaba que habían frenado lo suficiente, liberó los retros, golpeó la propulsión, y se lanzaron de nuevo hacia delante.

Víctor esperó un momento más y entonces apagó la propulsión. Ahora iban en una rápida deriva, cerniéndose sobre la nave.

Tres segundos más. Luego dos. Uno.

El impacto fue duro, y el cuerpo de Víctor se sacudió de nuevo contra las correas. Inició de nuevo la propulsión para impedir rebotar, pero pudo sentir que la nave se desviaba ya. Vio pasar volando el cuerpo de su padre, y por un instante pensó que había sido expulsado de la nave. Pero no, su padre se había lanzado hacia delante, usando la velocidad y la fuerza del impacto para librarse de la nave rápida, y se abalanzó hacia la nave rápida. Dos cables se desenrollaron tras él, y su padre alzó el garfio que tenía en la mano. Golpeó la superficie de la cápsula y enganchó el garfio alrededor de la base de uno de los largos brazos prensores. Su cuerpo se agitó, todavía lleno de impulso: habría salido despedido al espacio de no ser por el cable sujeto a su arnés de seguridad, que se tensó y lo llevó de vuelta a la superficie de la cápsula.

El cable sujeto al garfio se tensó a continuación, y la nave rápida volvió hacia la cápsula como un péndulo, golpeando con fuerza contra el costado de la otra nave. Durante un instante, Víctor se sintió mareado y desorientado, luego tiró de sus correas, liberándose, y salió a rastras. Puso las botas magnéticas en el casco y se alivió al sentir que quedaban sujetas al metal. Toron lo siguió, con parches magnéticos en las manos, arrastrándose hacia la cápsula con dos cizallas hidráulicas atadas a la espalda.

Víctor agarró el extractor de calor, y avanzó arrastrándose. Toron se situó a su lado. Los escombros volaban por encima. Llegaron junto a Segundo. Toron le tendió una de las cizallas, y el padre de Víctor se puso a trabajar y conectó las hidráulicas. Habían apuntado a los perforadores, pero Segundo estaba agarrado a un brazo prensor, y se puso a trabajar allí primero. Los dientes de la sierra mordieron el metal, pero no calaron. Lo intentó de nuevo, probando un ángulo distinto, pero una vez más no hubo ningún efecto.

—No puedo atravesarlo —dijo—. El metal es impermeable.

—¿Qué hacemos? —dijo Toron.

—Vico, pon el extractor de calor en la base de este brazo. Absorberemos su calor. La congelación la volverá quebradiza.

Víctor actuó con rapidez, sujetando la garra del extractor de calor en torno al estrecho brazo prensor. Entonces controló el medidor mientras el calor del brazo bajaba rápidamente.

—Ya vale —dijo su padre después de diez segundos—. Suéltalo.

Víctor soltó la garra y retiró el extractor. Su padre atacó al instante el punto congelado con las cizallas. Esta vez las cizallas mordieron, pero en vez de rasgarse, el metal se agrietó, se astilló y luego se quebró. Todo el brazo prensor se soltó y se quedó flotando un momento en el espacio antes de que su padre lo retirara de la nave.

«Un brazo menos. Quedan tres. Y las perforadoras.»

—Ese otro —dijo su padre, indicando el brazo prensor que se encontraba a dos metros a su derecha. Víctor empezó a arrastrarse hacia allí, siguiendo a su padre, deslizando los imanes de su rodillas por la lisa superficie, manteniéndose agachado y asegurado sobre la cápsula. Un atisbo de movimiento en su visión periférica lo detuvo. Se volvió hacia el morro de la cápsula y vio abrirse una escotilla. Emergió una figura con un traje de presión y un casco. No era humana. Tenía tres cuartas partes el tamaño de un ser humano, con un doble grupo de brazos y un par de piernas. Los seis apéndices se pegaron a la superficie mientras la criatura se arrastraba con increíble velocidad, corriendo hacia ellos, con una manguera de aire detrás.

Víctor no pudo moverse. Todo su cuerpo estaba rígido de miedo.

La criatura se detuvo, alzó la cabeza, y los miró. Víctor vio entonces su cara. No era exactamente un insecto: había piel y pelaje y musculatura. Pero parecía una hormiga. Grandes ojos negros. Boca pequeña, con pinzas y protuberancias como dientes. Dos antenas superciliares que se inclinaban hacia delante sobre su rostro.

—Son hormigas —dijo Toron.

La criatura movió la cabeza, mirando su equipo. Entonces, al ver que Víctor tenía la pieza más grande y quizá más amenazante, el extractor de calor, la hormiga se lanzó hacia Víctor con el primer grupo de brazos levantado.

Víctor gritó. Y justo antes de que los brazos lo agarraran, el extremo romo de un par de cizallas golpeó a la hormiga en un lado de la cabeza, derribándola a un lado. Era Toron.

—¡Ayuda a tu padre! ¡Yo la contendré!

La criatura se deslizó y cayó de la nave, girando en el espacio. Sin embargo, su manguera de aire se tensó y aguantó con firmeza, y pronto la hormiga se recuperó y subió por la manguera como si fuera un poste y volvió a la superficie de la cápsula. Toron corrió a la manguera y la cortó con un rápido movimiento de cizalla. El aire brotó de la manguera, y la criatura se lanzó contra Toron, clavándolo a la superficie.

Víctor se movió para intervenir, pero su padre fue más rápido, se le adelantó arrastrándose y se abalanzó contra la criatura.

—Coloca el extractor en ese brazo prensor —gritó el padre—. ¡Ahora!

Víctor se dirigió al brazo y cortó la garra de la base. Puso la potencia al máximo y absorbió tanto calor como pudo. Miró a su padre y Toron y vio que la criatura había desaparecido, expulsada de la nave por uno de ellos. Toron estaba de espaldas, los imanes de sus rodillas vueltos, sujetando la parte inferior de su cuerpo contra el casco. El padre de Víctor estaba arrodillado sobre él, agarrando el estómago del traje de Toron.

—Víctor. Ayúdame —dijo.

Víctor corrió y vio de inmediato que Toron estaba malherido. La parte delantera de su traje, sobre el abdomen, estaba rasgada y ensangrentada. Segundo intentaba desesperadamente mantener cerrado el traje. Toron tosía sangre en el casco, y sus ojos no enfocaban.

—¿Qué hago? —preguntó Víctor.

—Tenemos que sellar el traje. Deprisa.

Víctor abrió la bolsa que llevaba para buscar la cinta.

Todos los trajes tenían un sistema de seguridad interno en caso de rotura: unas correas se cerraban y anillos de gomaespuma estanca se inflaban dentro del traje para sellar la zona pinchada e impedir una fuga de oxígeno. Sin estos selladores de emergencia, se perdía rápidamente toda la presión del aire y morías entre quince y treinta segundos. El problema era que los sellos no eran nunca perfectos. El aire siempre se escapaba, a veces rápidamente, a veces despacio, pero siempre encontraba un modo de hacerlo. En todo caso, los selladores están diseñados para darte unos cuantos minutos extra para poder entrar en la nave antes de asfixiarte o tus fluidos corporales empezaban a hervir. La cinta podía sellar el pinchazo si el agujero era lo bastante pequeño, pero no era una solución óptima, sobre todo en un pinchazo tan grande como el de Toron.

Víctor encontró la cinta y pulsó el mecanismo lateral para eyectar una tira de adhesivo de un palmo.

—Ponla aquí —dijo su padre—, donde tengo los dedos. Deprisa.

El traje estaba húmedo y rojo, y la cinta no se adhería debido al fluido.

—Primero tenemos que detener la hemorragia —dijo Víctor—. Tenemos que aplicar presión a la herida.

—Está perdiendo ahora.

—Morirá desangrado si sellamos el traje —dijo Víctor.

Una mano agarró el brazo de Víctor. Era Toron.

—Encuentra a mi hija. Sigue buscando. Asegúrate de que no muera en vano.

—No vas a morir. Vamos a llevarte de regreso —dijo Víctor, aunque sabía que no era cierto.

Toron trató de sonreír.

—No lo creo.

—Pon la mano en la herida y sujeta —le dijo su padre a Víctor—. Intentaré sellar tu mano dentro del traje.

Toron volvió la cabeza hacia Segundo.

—Siempre intentando arreglar las cosas, ¿eh, primo? Esto está incluso por encima de tus habilidades. —Tosió de nuevo, y dio un respingo, y luego jadeó de dolor. Segundo le sostuvo la mano. El dolor pasó, y cuando Toron volvió a hablar, su voz era forzada y débil—. Salva a la nave —dijo—. Salva a Lola y Edimar. Prométeme eso.

—Lo prometo —dijo el padre de Víctor.

—Fui duro con Edimar. Fui un mal padre.

—Deja de hablar —dijo Segundo suavemente.

Toron volvió a dar un respingo.

Su padre le tendió a Víctor las cizallas

—Corta el brazo prensor.

Víctor vaciló. No quería dejar a Toron.

—Hazlo ahora, Vico.

Víctor se puso en movimiento, arrastrándose por la superficie. Soltó la garra del extractor de calor. El metal estaba resquebrajado y quebradizo. Conectó las cizallas, y el segundo brazo prensor se rompió.

—No te pares —dijo su padre—. Elimina una de las perforadoras de aguja a continuación. No importa lo que pase, sigue. Rompe todo lo que puedas.

Una segunda figura surgió de la escotilla. El padre de Víctor tenía en otro par de cizallas en la mano. Se abalanzó contra la criatura, agachado, embistiendo con las cizallas. Víctor llegó a la perforadora. Era más estrecha que el brazo prensor. La rodeó con la garra y esperó a que el extractor de calor hiciera su trabajo. Miró hacia el lado y vio a su padre luchando contra la criatura: seguía atacando con la cizalla, pero la criatura esquivaba fácilmente los ataques. Si Víctor no ayudaba, la criatura pronto vencería.

Víctor miró de nuevo el extractor. Había terminado. Quitó rápidamente la garra y empleó la cizalla. La perforadora se soltó y Víctor la hizo a un lado antes de volverse a mirar a su padre. La criatura estaba fuera de la nave, colgando en el espacio del extremo de su manguera, inmóvil, el cuerpo destrozado por la cizalla.

Su padre avanzó arrastrándose y cortó la manguera, aislando a la criatura de la nave.

—¿Estás herido? —le preguntó Víctor.

Su padre parecía sin aliento.

—No. Continúa.

Víctor se dirigió a la siguiente perforadora. La congeló. La cortó. La alejó de un empujón.

Se acercaban a la *Cavadora*. Víctor pudo verla a lo lejos. Su padre estaba en la escotilla, mirando hacia el interior. Era un agujero pequeño, demasiado estrecho para sus hombros.

—Hay otro dentro —dijo.

Segundo introdujo la cizalla. Hubo un forcejeo. Sus brazos se agitaron a izquierda y derecha. La criatura tenía una fuerza increíble, y por un momento Víctor temió que los imanes que anclaban a su padre a la superficie de la nave cedieran y Segundo fuera arrojado al espacio.

Pero los imanes aguantaron, y Segundo continuó abalanzándose hacia delante, feroz y rápido.

Finalmente, la lucha cesó. El padre de Víctor resopló y tosió. Parecía exhausto.

—Está muerto —dijo. Iluminó con una linterna el agujero—. Creo que esto es la carlinga. No veo otra forma de entrar en este habitáculo excepto a través de esta escotilla. No hay puertas. Ni puntos de acceso. Creo que estos tres eran la única tripulación.

Víctor se arrastró hacia él.

—Tenemos que detener la cápsula si podemos. ¿Ves algún control?

—Veo un montón de diales y palancas. Y unas cuantas pantallas, pero solo muestran imágenes. No hay datos. No hay texto escrito, ni símbolos, ni instrucciones, nada que sugiera medidas o coordenadas o direcciones. No hay marcas de lenguaje ni símbolos. Nada. Yo no sabría cómo detenerla.

Víctor lo alcanzó y se asomó al interior. La criatura estaba cortada por la mitad y flotaba en el aire, flácida y rezumando líquido. Víctor evitó sus ojos, sintiendo de pronto una oleada de náusea. Apuntó con su linterna la consola de vuelo, que era un anillo alrededor de la ventana frontal, llena de docenas de palancas e interruptores.

—Tenemos que ensanchar este agujero —dijo—. Lo congelaré con el extractor de calor. Corta detrás de mí mientras yo hago un círculo.

Extendió el brazo y pinchó el anillo interior de la escotilla con la garra del extractor de calor y luego la deslizó lentamente. Su padre lo siguió con la cizalla, cortando y resquebrajando el metal. Trabajaron con rapidez, y cuando terminaron, la amplitud del agujero era más que suficiente para que ambos pudieran entrar. Víctor apartó a la criatura con la garra del extractor de calor y voló hacia la consola. Las palancas variaban de forma y tamaño, pero no había nada que indicara su función. Ninguna marca, ninguna palabra, ni número, nada. Algunas de las palancas sin duda serían para la perforadora y el brazo prensor mientras que otras debían de ser para los motores. Pero ¿cuáles? Víctor miró alrededor, buscando pistas. El habitáculo era grande y estaba lleno de equipo. Había largos tubos de gases brumosos y plantas de aspecto extraño. Las pantallas mostraban imágenes de la Vía Láctea, el sistema solar, y una imagen ligeramente borrosa de un planeta.

—Eso es la Tierra —dijo Segundo.

Víctor también pensó lo mismo.

—Sin embargo, no hay ningún dato —dijo—. Ninguna etiqueta, ninguna marca de ningún tipo. Solo imágenes. ¿Estás grabando todo esto?

Segundo escrutó el habitáculo.

—Lo intento.

Víctor concentró su atención en la consola, buscando cualquier símbolo o marca que sugiriera la función de alguna de las palancas. Comprendió que era inútil. No había nada que lo guiara.

—Problemas —señaló su padre.

Víctor siguió el dedo de su padre y miró por la ventana. La

cápsula se dirigía hacia un gran resto del naufragio a un par de kilómetros más adelante.

—No sabemos cómo detenerla —dijo su padre—. Tenemos que salir de aquí.

—Dame un segundo —respondió Víctor, echando mano a una de las palancas. Tiró de ella, y uno de los brazos prensores se extendió ante ellos.

—No tenemos tiempo, Vico.

—Tenemos que salvar esta nave, padre. Podría haber información aquí.

Los escombros se acercaban. La nave entraría en colisión en cuestión de instantes. Víctor estudió las palancas. Había otras tres como la que había probado. Serían los brazos prensores. No era lo que quería.

—Tenemos que irnos ya.

Víctor probó otra palanca, y la nave aceleró levemente.

—Guau —dijo su padre.

Víctor tiró en la otra dirección, y la velocidad se redujo. Pero no lo suficiente.

—Tira más.

—Esto es el tope.

Ya casi estaban encima de los escombros, que tenían al menos cuatro veces el tamaño de la cápsula, con vigas retorcidas y acero destrozado sobresaliendo en todas direcciones y acercándose con rapidez. Su padre agarró la mano de Víctor.

—Muévete. ¡Ahora!

Víctor se lanzó por el agujero y salió arrastrándose al casco. Su padre lo siguió. La sombra de los restos cubría la cápsula. Faltaban segundos para el impacto.

—Tenemos que saltar. Suelta tu cable.

Víctor trató de asir la anilla de su arnés de seguridad. Sus dedos resbalaron. No pudo soltarla.

Un chasquido. Las cizallas de su padre cortaron el cable.

—¡Vamos!

Se lanzaron hacia arriba. Víctor se volvió a mirar. La cápsula se estrelló contra los escombros que tenían debajo. Las vigas del pecio perforaron la ventana de la carlinga. Los cristales se rompieron y chispearon al perderse en el espacio. La nave rápida siguió volando hacia delante, girando torpemente, todavía atada a la cápsula, y chocó contra los escombros, doblándose, rebotando, lastimada. Polvo y residuos diminutos se esparcieron en todas direcciones, nublando la colisión.

—*Cavadora. Cavadora* —decía el padre de Víctor—. ¿Me recibís? Cambio.

Los restos se hacían más pequeños bajo ellos. Seguían volando hacia arriba con la fuerza y velocidad de su impulso. No estaban atados a nada. No tenían nada a mano para detenerse. Segundo estaba a la derecha de Víctor, y la distancia entre ambos crecía a cada segundo. Se habían lanzado en ángulos levemente distintos, y ahora se separaban. A menos que la *Cavadora* los recuperara inmediatamente, seguirían volando eternamente en estas direcciones.

—*Cavadora* —repitió Segundo—. ¿Me recibís?

Hubo un chisporroteo en la conexión, y entonces la voz de Concepción dijo:

—Segundo. Te vemos. Vamos a por ti.

Víctor miró hacia atrás y vio a la *Cavadora* salir de detrás de una sección de escombros.

—Rescatad a Vico primero —dijo su padre.

—Vamos a rescataros a ambos —respondió Concepción.

Víctor volvió la cabeza hacia su padre, que estaba ahora a gran distancia, haciéndose más pequeños a cada momento.

—Toron no lo consiguió —dijo su padre.

—Lo sabemos —contestó Concepción.

La nave se acercó y se detuvo junto a Víctor. Un minero con un cable de conexión vital saltó de la nave y rodeó con sus brazos el pecho del muchacho, deteniendo su vuelo. Era Bazhím.

—Te tengo, Vico.

Víctor se agarró a él mientras Bazhím encendía su mochila propulsora y los llevaba a los dos hacia la *Cavadora*. Más allá del costado de la nave, a cierta distancia, otro minero agarraba también a su padre. Víctor se quedó mirando hasta asegurarse de que su padre estaba a salvo, luego volvió la cabeza y contempló los restos, ahora muy por debajo, donde Toron se había perdido entre el polvo y los escombros.

15

Avisos

Víctor se reunió con el Consejo en la fuga dos días más tarde después de que la búsqueda de más supervivientes resultara infructuosa. Quiso acompañar al grupo para buscar a Janda, pero Concepción le pidió a su padre y a él que rebuscaran entre los restos todo el material que pudiera ser útil. Era difícil, pero si podían encontrar suficientes repuestos para construir un transmisor de línea láser podrían restaurar las comunicaciones de largo alcance de la nave. Su padre dijo que encontrar lo que necesitaban sería como hallar una aguja en un pajar que hubiera sido hecho pedazos y esparcido por todo un condado, pero accedió a hacerlo de todas formas. Cuando Víctor y él regresaron con las manos vacías, Concepción convocó una reunión del Consejo.

Los nueve italianos supervivientes que habían quedado atrapados en el pecio asistieron también. Permanecían agrupados a un lado, el horror de su experiencia todavía era evidente en sus rostros. Ninguno había resultado herido de gravedad en el ataque de la cápsula, pero parecían de todas formas gente rota. Semanas antes, cuando los italianos atracaron con la *Cavadora*, estos estaban llenos de canciones y risas y vida. Ahora eran como fantasmas de las personas que fueron, silenciosos y solemnes y apesadumbrados. Durante los dos últimos días habían esperado pacientemente el regreso del grupo de búsqueda, desesperados por recibir noticias de sus seres queridos perdidos. Pero los dos días terminaron en decepción, y ahora la esperanza a la que pudieran aferrarse era fina como un papel.

—Voy a dar por terminada la búsqueda de supervivientes —dijo Concepción.

Jeppe, un italiano mayor que se había convertido en el portavoz de los supervivientes, se opuso.

—Tiene que haber sitios que no hayamos buscado —dijo.

—No los hay —contestó Concepción—. Por doloroso que esto es, y lo sé bien, todos debemos aceptar los hechos y pasar página.

—¿Y los cadáveres? —preguntó Jeppe—. No podemos dejarlos ahí fuera.

—Podemos y lo haremos —dijo Concepción—. Harían falta semanas para realizar con seguridad la recuperación, y ya nos hemos quedado aquí demasiado tiempo. En otras circunstancias estaría de acuerdo, pero estas no son circunstancias normales. Tenemos que ponernos en marcha. Os recuerdo que hay tres miembros de mi propia familia entre los muertos que no han sido recuperados. Todos estamos haciendo sacrificios.

Se refería a Toron, Faron y Janda. Los mineros no encontraron el cadáver de Janda en su búsqueda, y ahora que la habían dado por terminada, no lo haría nadie. Víctor sintió una punzada de culpa cuando vio a Toron en su mente, muriendo allí en la cápsula, suplicándole que encontrara a su hija.

Concepción continuó hablando.

—Nuestra principal misión ahora es advertir a la Tierra y Luna y a todos en los cinturones de que esa nave casi lumínica viene. La cápsula es una prueba indudable de que la nave es alienígena y que la especie que la pilota tiene intenciones aviesas. Si tuviéramos un transmisor de línea láser podríamos enviar un aviso de inmediato, pero, de momento, no tenemos ninguna comunicación de largo alcance fiable. La radio funciona, pero sin una línea láser dudo que podamos enviar un mensaje desde esta distancia con precisión. Sugiero que fijemos rumbo hacia la Estación de Pesaje Cuatro y tratemos de avisarlos cuando nos acerquemos.

Entonces podremos utilizar su transmisor de línea láser para enviar un aviso desde allí.

—De acuerdo —dijo Dreo—. Pero enviar el mensaje vía línea láser no es seguro. No podemos contar con que nuestro mensaje llegue. Seguimos estando muy lejos de la Tierra. Cualquier mensaje que enviemos en esa dirección tendrá que pasar por varias manos y estaciones relé antes de que llegue a la Tierra. Si el mensaje no se transmite, si se detiene en algún lugar de la cadena, se muere ahí. Sucede continuamente. Ya sabéis cómo funcionan esas estaciones relé. Las corporaciones y las cuentas de pago reciben prioridad. Sus mensajes se transmiten primero. Los ordenadores lo hacen de manera automática. Nosotros somos mineros libres, los despojos del espacio, palurdos ignorantes. Los encargados de la estación apartan nuestros mensajes y solo los envían cuando el servidor tiene espacio disponible.

—Etiquetaremos el mensaje como emergencia —dijo Concepción—. Lo marcaremos como máxima prioridad.

—Naturalmente —dijo Dreo—. Pero es lo que hace todo el mundo. Algunos clanes marcan sus mensajes como emergencia con la esperanza de que les den prioridad y los envíen rápidamente. Créeme, cuando trabajaba para las corporaciones tenía que tratar todo el tiempo con esas estaciones relé. Entre el setenta y el ochenta por ciento de las líneas láser que se envían cada día están etiquetadas como emergencia, aunque la mayoría no lo son. «Emergencia» no significa nada.

—Pero tenemos una abrumadora cantidad de pruebas —dijo el padre de Víctor—. Las imágenes de la cámara del casco demuestran que la cápsula tenía imágenes de la Tierra. El Ojo nos ha dado montañas de datos para sugerir que la nave se mueve en esa dirección. Tenemos testigos oculares de que la cápsula atacó sin provocación. Incluso tenemos imágenes de las mismas hormigas. Nadie puede refutar eso.

—Claro que no, pero nadie sabrá nada de eso hasta que abran el mensaje —repuso Dreo—. Cosa que esas estaciones relé no harán. E incluso en el remoto caso de que alguien abra el mensaje, podrían descartar la poca evidencia que vean como un engaño o simplemente como un error nuestro equipo. Y si piensan eso, harán algo más que no transmitirlo: lo borrarán.

—Haces que parezca inútil —dijo la madre de Víctor.

—Estoy siendo realista. Os estoy contando cómo funciona el sistema.

—Implicaremos a otros clanes y familias —dijo el padre de Víctor—. Les diremos dónde mirar en el espacio profundo, algo que deberíamos haber hecho hace mucho tiempo. Haremos que todo el mundo repare en la nave alienígena. Quien tenga un escáner celestial tan bueno como nuestro Ojo detectará la nave y enviará un mensaje de aviso a la Tierra. Tal vez si construimos una red de avisos, si hacemos suficiente ruido, algo logre pasar.

—Tal vez —contestó Dreo—. Probablemente. Pero ¿de cuánto tiempo disponemos antes de que llegue al Cinturón de Kuiper? ¿Seis meses? ¿Un año?

—Le he pedido a Edimar que nos haga un informe —dijo Concepción—. Nos pondrá al día de la posición y trayectoria de la nave. ¿Edimar?

El grupo se hizo a un lado y Edimar avanzó. Era la primera vez que Víctor la veía desde la muerte de Toron. Parecía exhausta y pequeña. Víctor se compadeció de ella. Había perdido a su padre y su hermana en pocas semanas. Y ahora, sin Toron, tenía la abrumadora responsabilidad de ser la única oteadora de la familia. Su cara era inexpresiva, y Víctor supo que estaba haciendo lo que hacía siempre: enterrar su dolor, contenerlo todo, dejar a todo el mundo fuera.

—Como se ha mencionado —dijo—, ahora sabemos con cierto grado de certeza que la trayectoria de la nave la lleva a la Tierra. Podría cambiar se velocidad en cualquier momento, pero según su actual ritmo de deceleración, llegará a la Tierra dentro de poco más de un año.

Hubo un murmullo de preocupación entre el Consejo.

—Respecto a cuándo alcanzará el Cinturón de Kuiper —continuó Edimar—, obviamente tenemos mucho menos tiempo. He revisado los datos una y otra vez y parece que la nave estará relativamente cerca de nosotros dentro de menos de cuatro meses.

Todos empezaron a hablar al mismo tiempo, alarmados. Fue algo ruidoso y caótico y Concepción llamó al orden.

—Por favor. Silencio. Dejad que Edimar termine.

Las conversaciones remitieron.

—Ni siquiera podremos llegar a la Estación de Pesaje Cuatro a tiempo —dijo alguien al fondo.

—Probablemente tengas razón —contestó Edimar—. He hecho los cálculos. La nave estelar probablemente pasará junto a la Estación de Pesaje Cuatro antes de que lleguemos allí.

—¿Pasar junto a la estación? —dijo Dreo—. ¿Quieres decir que las dos estarán cerca?

—No chocarán —contestó Edimar—. Hay pocas posibilidades de eso. La Estación de Pesaje Cuatro estará a cien mil kilómetros de la trayectoria de la nave. Debería ser una distancia segura.

—En términos espaciales relativos, no es tanta distancia —dijo la madre de Víctor—. Es solo un cuarto de la distancia de la Tierra a la Luna. Demasiado cerca para sentirnos cómodos. Tenemos que actuar ya. Inmediatamente. Tenemos que avisar a la estación de pesaje lo antes posible.

—Pero tenemos que ser claros con el aviso —dijo Dreo—. Sabemos bastante de la cápsula, pero menos de la nave. Como, por ejemplo, su tamaño. ¿Sabemos siquiera qué tamaño tiene?

—No exactamente —dijo Edimar—. Se dirige hacia nosotros, así que no sabemos su longitud. Solo podemos detectar su proa. Pero incluso eso es grande. Al menos un kilómetro de diámetro.

Esta vez la reacción en la sala fue un silencio aturdido.

Víctor pensó que Edimar se había equivocado al dar la cifra. ¿Un kilómetro? Se refería a la anchura de la nave, no a su longitud. No podía ser correcto. ¿Qué podía ser tan grande?

—Todos podéis volver a comprobar mis cálculos —dijo Edimar—. Espero que podáis demostrar que estoy equivocada.

Pero no será así. Yo misma no lo creí hasta que lo comprobé por quinta vez. Esta nave es grande.

«Y llena de criaturas como las que mataron a Janda y Toron y los italianos —pensó Víctor—. ¿Cuántas criaturas podían caber en una nave de ese tamaño? ¿Miles? ¿Decenas de miles? ¿Y qué había de las cápsulas y otras naves armadas? ¿Cuántas cápsulas podían caber en una nave de un kilómetro de anchura?»

Comprendió que enviar una línea láser no era suficiente. Dreo tenía razón. Un aviso podría pasar, pero no con la velocidad necesaria, en cualquier caso. Un montón de cosas podían salir mal, y entonces sorprenderían a la Tierra desprevenida. «Necesitamos un plan de contingencia —se dijo—. Necesitamos un modo de llevar las pruebas a la Tierra y ponerla en las manos adecuadas lo antes posible. Necesitamos que una persona en la Tierra presente las pruebas a la gente que importa, a los que toman las decisiones, a los líderes políticos, a las agencias gubernamentales.» Era la única forma en que serían tomados en cuenta.

Entonces todo quedó claro para él. Comprendió en ese momento lo que tenía que hacer.

—Una nave rápida —dijo.

Todos se volvieron hacia él.

—Tenemos que enviar una nave rápida a Luna. La línea láser es un enfoque que debemos llevar a la práctica, pero no debería ser el único. Si Dreo tiene razón, hay demasiadas posibilidades de que el mensaje no pase. No podemos arriesgarnos. Hay demasiado en juego. Necesitamos un segundo modo de avisar a la Tierra.

—¿Qué estás sugiriendo? —preguntó Concepción—. ¿Que pongamos todas las pruebas en un cubo de datos y enviemos el cubo en una nave rápida a Luna?

—Si solo ponemos un cubo de datos en la nave, probablemente pasará desapercibido —dijo Víctor—. Todas las naves rápidas van directamente a los muelles mineros. No pasan por manos humanas. Y aunque alguien se fije en el cubo, no podemos estar seguros de que esa persona reconozca su significado y lo ponga en las manos adecuadas. Lo que estoy sugiriendo es que enviemos el cubo de datos con un escolta. Que alguien viaje en la nave rápida a Luna con todas las pruebas y luego consiga pasaje a la Tierra para entregarlas a la gente que tiene que verlas.

Hubo una pausa y todos se quedaron mirándolo.

—No puedes hablar en serio —dijo Selmo.

—Víctor —dijo Concepción—, pilotar una nave rápida en una misión de rescate con propulsión de atraque es una cosa. Hacerlo hasta Luna es otro cantar. La nave rápida no está diseñada para albergar a un pasajero.

—Puedo arreglarlo —respondió Víctor—. Puedo construir un asiento y cubrir la carlinga con escudos para bloquear los rayos cósmicos y la radiación solar. Puedo hacer que sea segura. La bodega de carga es bastante grande para albergar baterías y uno de los tanques de aire grandes. Y los trajes ya han sido diseñados para comer y eliminar residuos. Solo es cuestión de apilar los suministros necesarios.

—Ese viaje dura seis meses —dijo Selmo—. ¿Estás proponiendo que alguien viaje en una nave rápida durante seis meses?

—Una carga completa de mineral tarda seis meses —corrigió Víctor—. Una nave rápida con solo un pasajero y equipo tardará mucho más. No querrías acelerar y decelerar tan rápidamente con un humano dentro. Demasiada fuerza g. Siete meses o así es probablemente más preciso.

—¿Quieres atar a alguien entre dos cohetes de espacio profundo y lanzarlo como una bala a Luna? —dijo Selmo—. Es una locura. ¿Quién estaría tan chalado como para hacer un cosa así?

—Yo mismo —respondió Víctor.

La habitación quedó en silencio. Todos lo miraron. Ninguno se movió. Para sorpresa de Víctor, su madre no parecía alarmada. Su rostro, en vez de sorpresa o desacuerdo, mostró una aceptación dolorida, como si hubiera estado esperando este momento, como si hubiera sabido todo el tiempo que Víctor iba a proponer una cosa así, aunque la idea acababa de ocurrírsele. No le había dicho nada de su necesidad de marcharse, de cómo su amor por

Janda le hacía imposible quedarse así. Pero por la expresión de su cara, su madre de algún modo lo sabía ya.

Le pediría disculpas más tarde en privado por sugerir marcharse sin consultarlo primero con ella y con su padre. Pero supo, incluso mientras lo consideraba, que si se le hubiera ocurrido la idea de antemano, no se la habría mencionado a ellos primero. No porque no los respetara o porque pensara que pondrían objeciones, sino porque significaría admitir ante su cara que los dejaba, cosa que sabía que les rompería el corazón.

Pero ¿no era más cruel hacerlo ahí, delante de todos, donde sus padres no podían contestar al asunto como lo harían en privado? No. Porque aquí podían dejar a un lado las emociones. Aquí, en presencia de todos, era más fácil pensar en la necesidad superior.

—Sé que es peligroso —dijo Víctor—. Sé que de hecho parece casi imposible. Pero si puede hacerse, ¿no estamos moralmente obligados a hacerlo? No podemos fiarnos de un único método de advertencia, sobre todo uno tan incierto como una línea láser dirigida a la Tierra. Necesitamos una reserva. Hay todo tipo de consideraciones, lo sé. No tendría grebas ni fuga ni gravedad simulada. Así que la atrofia muscular es una preocupación, igual que la densidad ósea, y el volumen sanguíneo. Pero si alguien va a intentar un viaje como ese y poner tanta tensión en un cuerpo debería ser yo. Soy joven. Estoy sano. Estoy en la flor de la vida. Además, nací en el espacio. Tengo ventaja sobre aquellos que sois mayores y nacisteis en la Tierra y cuyos cuerpos han tenido que ajustarse. Más importante, sé hacer reparaciones. Si le sucede algo a los cohetes o los escudos, puedo arreglarlos. Nadie conoce las naves rápidas mejor que yo.

—No podemos permitirnos dejar marchar a Vico —dijo Dreo—. Es un mecánico demasiado valioso.

—No podemos permitirnos no dejarme marchar —respondió Víctor—. Hasta ahora, todo lo que sabemos sobre esa nave sugiere que es una amenaza, tal vez para toda la raza humana. Esto es más grande que la *Cavadora*, más grande que todos nosotros. Mi padre sabe más que yo de esta nave. Si algo se rompe, él puede arreglarla. Y tenéis también a Mono. Es pequeño, pero increíblemente capaz. No podemos seguir pensando qué es lo mejor para nosotros. Ahora se trata de la Tierra, de nuestro hogar.

Nunca había llamado hogar a la Tierra antes, no en voz alta al menos. Nadie lo hacía, ni siquiera aquellos que habían nacido allí. La *Cavadora* era su hogar. El Cinturón de Kuiper lo era. Pero nadie le discutió. Todos estaban de acuerdo en su profunda lealtad para con la Tierra.

—Tiene razón —dijo Concepción—. Si Vico puede demostrar que es posible un vuelo con la nave rápida, por el bien de la Tierra deberíamos hacerlo. Sugiero que partamos de inmediato hacia la Estación de Pesaje Cuatro mientras Víctor prepara una de las naves rápidas. Cuando esté preparada, deceleraremos lo suficiente para lanzarlo y continuaremos hacia la estación. Si hay alguna objeción o alguna idea mejor, oigámoslas ahora.

La tripulación guardó silencio. La madre de Víctor permaneció callada, mirando a Concepción. Su padre le puso una mano en el hombro.

—Entonces en marcha —dijo Concepción.

En la bodega de carga, Víctor trabajó durante dos semanas en la nave rápida. Construir los escudos fue la parte más difícil. Como no iba a intentar ninguna entrada atmosférica, podía hacer los escudos tan gruesos como fuera necesario, lo cual era bueno. Le preocupaba que los rayos cósmicos penetraran los escudos e interactuaran con el metal para formar neutrones radiactivos, así que cuanto más gruesos mejor. Sin embargo, no se detuvo ahí. También instaló tanques de agua por todo el interior de la carlinga para crear otra capa de protección. Luego introdujo equipo de detección de radiaciones y placas blindadas adicionales por si necesitaba hacer ajustes en ruta.

Mono ayudó, naturalmente, haciendo soldaduras sencillas y

trabajos de corte, mientras intentaba convencerlo de que debían permitir que lo acompañara.

—¿Y si resultas herido? —preguntó Mono una mañana—. ¿Y si le pasa algo a tu traje? Necesitas a alguien que te ayude.

—No se me ocurre nadie mejor que me acompañe, Mono. Pero no puedes venir. Es demasiado peligroso.

—¿Por qué es demasiado peligroso para mí pero no es demasiado peligroso para ti?

—Es peligroso para mí. Pero yo soy más grande. Mi cuerpo puede soportar más castigo.

—Soy duro —dijo Mono, ofendido—. Puedo soportar el castigo.

—No tiene nada que ver con la dureza —dijo Víctor—. Es más bien cosa del tamaño y la estructura del cuerpo. Solo tienes nueve años. Y, créeme, no es el tipo de viaje al que uno quiera ir de todas formas. Será enormemente aburrido. ¿Sabes lo que es estar castigado en tu habitación durante un día?

—Es un castigo cruel y poco habitual.

—Cierto. Intenta hacer eso durante doscientos veinte días. Nada de fiestas de cumpleaños. Ni Navidad. Ni jugar con los amigos. Ni tiempo para estar con tus padres. Ni reparaciones curiosas en la nave. Ni explorar. Ni postre ni galletas ni comilonas. Ni siquiera podré masticar mi comida. Tendré que sorber una papilla vitamínica a través de una pajita en mi casco.

Mono hizo una mueca.

—Qué asco. Odio esa bazofia.

—Tú y yo, los dos —dijo Víctor—. Y la comeré a diario durante siete meses. Sin aliño, sin untarla en pan para que sea tolerable, sin mezclarla con avena azucarada, solo papilla pelada y mondada. Además tengo que llevar un catéter y otro aparato tan repugnante que ni siquiera voy a explicarte qué es ni cómo funciona. Basta decir que no será cómodo. Luego está el castigo. Mis huesos se volverán más finos y susceptibles de romperse. Mis músculos se debilitarán. Mis vértebras se abrirán. Mis discos se llenarán de fluido y me producirán dolores de espalda. Posiblemente el volumen de mi sangre se reducirá; tal vez los depósitos de calcio de mis huesos se debilitarán, y probablemente se acumularán en mis riñones y acabarán formando piedras; fatiga; por no mencionar posible impotencia por exposición a la radiación.

—¿Qué es impotencia?

—Significa que no podré tener hijos. Pero espero que no sea el caso. Por eso tenemos los escudos y los tanques de agua. Lo que quiero decir es que no será una fiesta.

—Pero estarías conmigo —dijo Mono—. Al menos sería divertido.

Víctor sonrió.

—Créeme, Mono. Te hartarías de mí. Estoy seguro de que yo mismo me hartaré de mí.

Mono agachó la cabeza y empezó a llorar.

—No quiero que vayas, Vico. No quiero que te pongas enfermo.

Víctor soltó sus herramientas y se acercó flotando a Mono.

—Eh, sesos de mono. Voy a estar bien. Lo estoy exagerando todo. Isabella tiene todo tipo de píldoras para que me las vaya tomando por el camino y aliviarán gran parte de la incomodidad. No voy a enfermar. Puede que necesite pasar algún tiempo en el gimnasio cuando llegue para recuperar los músculos, pero estaré bien.

—Pero ¿y si te cogen las hormigas?

—Las hormigas no van a cogerme, Mono. No van a coger a ninguno de nosotros. Por eso corremos a avisar a todo el mundo, para que nadie resulte herido.

Víctor quiso decirle a Mono que regresaría pronto y que los dos volverían a ser un equipo cuando todo esto hubiera terminado. Mono continuaría siendo su aprendiz. Aprenderían juntos el resto de la nave. Inventarían cosas, construirían cosas, repararían cosas.

Pero no dijo nada de eso porque sabía que no era cierto. No volvería. Probablemente nunca.

—La *Cavadora* te necesita aquí, Mono. Mi padre te necesita.

Cuando me marche tendréis que hacer más reparaciones por aquí. Él contará contigo para las pequeñas chapuzas. No puede hacerlo todo. Escúchalo. Es el mejor mecánico del Cinturón. Te enseñará mucho más sobre esta nave que yo.

—No quiero que nadie más me enseñe sobre la nave. Quiero ser tu aprendiz. —Mono rodeó con sus brazos el cuello de Víctor y lloró en su hombro.

A lo largo de los días siguientes su padre ignoró su trabajo en otras partes de la nave y se pasó el tiempo en la bodega de carga ayudando a Víctor y Mono a hacer los preparativos finales de la nave. Su madre puso excusas para estar aquí también, haciendo trabajitos en la nave rápida para que fuera lo más cómoda posible. Su padre inspeccionó el trabajo de Víctor y amablemente señaló unos cuantos fallos. Los dos seleccionaron entonces las herramientas adecuadas y se pusieron a trabajar juntos. Aquello recordó a Víctor todos los años que había pasado como aprendiz de su padre, siguiendo sus instrucciones por toda la nave y tendiéndole herramientas cada vez que su padre las necesitaba. Su padre era entonces indestructible en lo que a Víctor atañía. No había máquina en el universo que no pudiera reparar. E incluso ahora que Víctor era mayor y todas las debilidades de su padre resultaban absolutamente obvias, Víctor seguía sintiendo hacia su padre el mismo asombro, aunque ahora el respeto de Víctor no nacía de la capacidad de Segundo para arreglar cosas, sino de su capacidad para amar, su disposición para hacer cualquier sacrificio por Víctor y su madre y la familia. Podía verlo ahora. Sus padres estaban haciendo el mayor sacrificio de sus vidas. Por doloroso que fuera para ellos verlo marchar, de algún modo sabían que sería más doloroso para él si se quedaba.

Víctor se marchó a la mañana siguiente. Casi toda la familia vino a despedirlo. La nave rápida estaba preparada en la cámara estanca, tras haber pasado la meticulosa inspección de Segundo. Todos los suministros fueron subidos a bordo y asegurados. El traje modificado de Víctor, que varias de las mujeres habían preparado siguiendo las instrucciones de Isabella y Concepción, le quedaba mejor de lo que podría haber esperado. Advirtió el catéter y los otros artilugios incómodos que tenía que llevar, pero le pareció que eran más manejables de lo que esperaba.

Isabella lo abrazó y le hizo prometer que tomaría sus píldoras y seguiría la dieta que había esbozado. Víctor llevaba el casco bajo el brazo, y Bahzím y los otros mineros le dieron golpecitos para desearle buena suerte.

Edimar lo abrazó.

—Llega a salvo a la Tierra, Vico. Cuando los humanos maten a todas las hormigas, quiero saber que fuiste tú quien los avisó.

A continuación vino Concepción.

—El cubo de datos está en la nave —dijo—. No dejes que nadie te ignore porque eres joven. Aunque llevas pruebas abrumadoras, va a ser difícil encontrar a alguien que te escuche. Eres un minero libre. Has nacido en el espacio. Son dos pegas que encontrarás en Luna. No te rindas. Busca alguien en quien puedas confiar y sigue tus instintos.

—Haré todo lo que esté en mi mano —respondió Víctor.

Su madre lo abrazó y le dio una pequeña tarjeta de datos para su palmar.

—Esto es de parte de tu padre y mía. No lo veas hasta dentro de un mes,

Víctor no la cuestionó.

—Lo prometo.

—Te quiero, Vico. Si no fueras tan listo y lleno de recursos como eres estaría muerta de miedo. Pero si alguien puede lograrlo, eres tú.

—Yo también te quiero, madre.

Su padre lo envolvió en sus largos y gruesos brazos.

—Estoy orgulloso de ti. No corras riesgos. Tu objetivo es llegar vivo a la Tierra. Sé listo. Cada vez que tengas que tomar una decisión pregúntate qué haría tu madre y luego hazlo. Que yo sepa, no ha cometido un error todavía.

Su madre sonrió.

Unos bracitos rodearon la cintura de Víctor, y Mono lo miró.

—Te estaré esperando, Vico. Cuando vuelvas, conoceré esta nave mejor que tú.

Víctor sonrió y le revolvió el pelo.

—No lo dudo, sesos de mono.

No se entretuvo después. Entró en la cámara estanca y se metió en la carlinga. Dos mineros con trajes especiales retiraron los arneses de anclaje, abrieron la compuerta, y lo empujaron al exterior.

Todo quedó en silencio. Antes de amarrarse, Víctor se permitió una última mirada hacia la *Cavadora*. La compuerta ya estaba cerrada. Mientras seguía mirando, la nave inició su lenta aceleración hacia la Estación de Pesaje Cuatro.

Estaba solo. Miró la tarjeta de datos que su madre le había dado y la introdujo en la rendija situada a un lado de su palmar. En la pantalla apareció el icono, pero no lo pulsó. Comprobó y volvió a comprobar sus mangueras y accesorios. Hizo un barrido con el contador Geiger y no encontró signos de radiación, aunque no lo esperaba, no tan pronto en el viaje. Apartó el artilugio y se amarró. El relleno de gel del asiento era denso y maleable. Cuando los cohetes se encendieran, se apretaría contra él como un puño en una masa de pan. Fue revisando su palmar y encontró el programa de lanzamiento hacia Luna. Había visto a los mineros iniciar el programa incontables veces antes, cuando enviaban los cilindros. Los cohetes aceleraban rápidamente, mucho más rápido de lo que podía soportar un humano. Víctor ya había investigado los niveles de tolerancia humana y había alterado el programa para menguar la aceleración y reducir las ges. Pero cuando su dedo flotó sobre el botón de lanzamiento, se preguntó si había reducido los cohetes lo suficiente. Necesitaba acumular velocidad tan rápidamente como pudiera, pero también debía de tener cuidado. No se había entrenado para esto. Su cuerpo no estaba preparado. Redujo un poco más los parámetros de la aceleración, solo para asegurarse, y luego pulsó el botón.

El programa se inició. Los cohetes se encendieron. La nave avanzó, lentamente al principio. Entonces los cohetes aumentaron su potencia y la nave rápida despegó. Víctor se sintió aplastado contra el asiento y supo inmediatamente que había calculado mal. Debería haber reducido más los parámetros. El rostro se le aflojó. Sintió el cuerpo pesado. Quiso coger el palmar pero la mano no le obedecía. Empezó a experimentar visión de túnel. Notó la laringe constreñida. Iba a morir. Dos minutos de viaje e iba a morir. Pensó en Janda y se preguntó si la vería después de esta vida. Su madre creía en estas cosas, pero Víctor no estaba tan seguro. Esperaba que fuera cierto, naturalmente. No quería otra cosa sino ver a Janda de nuevo. Peo no ahora. Todavía no.

Su mente quedó en blanco.

Luego todo se volvió negro.

Despertó algún tiempo después, el cuerpo ingrávido. La nave se movía a una velocidad increíble, pero ya no aceleraba. No más ges: esta era una velocidad de crucero. Víctor sacudió la cabeza y parpadeó, sintiéndose como un idiota por su error. No era un buen augurio para el éxito del viaje. «Casi me mato desde el principio. Magnífico.»

Parpadeó de nuevo. Ya no parecía que sus ojos se le estuvieran clavando en el fondo del cráneo. Notaba la garganta despejada y libre. Sentía todo el cuerpo entumecido, como si todos sus músculos estuvieran dormidos por falta de circulación, como probablemente fuera el caso. Le dolía la cabeza. Se sentía mareado y desorientado.

Necesito un seguro, comprendió. Si tengo que decelerar y acelerar, no puedo arriesgarme a desmayarme y perder de nuevo el control. Pensó en los sensores biométricos que tenía repartidos por todo el cuerpo monitorizando sus constantes vitales y se preguntó por qué nunca se le había ocurrido conectarlos a las operaciones de la nave. Había sido una estúpida falta de previsión. Esbozó rápidamente un sencillo programa en su palmar que le dijera a la nave que decelerara si su ritmo cardíaco o tensión sanguínea caían por debajo de ciertos niveles. A continuación diseñó un programa que le hiciera preguntas de forma periódica, para que identificara un número tal vez o volviera a teclear una palabra. Si no podía hacerlo, si había perdido sus facultades mentales por algún motivo, la nave deceleraría hasta que se recuperase.

«Pero ¿y si no me recupero? —pensó—. ¿Y si estoy muerto? Si muero entonces la nave decelerará y se quedará aquí y no llegará nunca a Luna.» Eso no serviría. Sería mejor llegar siendo un cadáver con un cubo de datos que no llegar nunca. Alteró el programa para que en el caso de que su monitor cardíaco indicara línea plana durante al menos veinticuatro horas, los cohetes aceleraran al máximo y llevaran su cadáver y, lo más importante, el cubo de datos a Luna lo más rápidamente posible.

A lo largo de las semanas siguientes, aceleró y deceleró de vez en cuando solo para entrenar su cuerpo para soportar las fuerzas, aumentando la velocidad de aceleración y deceleración un poco más cada vez. Se desmayaba a menudo, pero la nave respondía bien y deceleraba cada vez que eso sucedía, permitiéndole recuperarse con rapidez. Al cabo del tiempo pudo permanecer consciente durante dos horas de aceleración rápida. Luego tres. Luego cuatro.

En otras áreas no le iba tan bien. Comer se había convertido en un martirio. Víctor había asumido que acabaría por aceptar la papilla vitamínica, que comerla se volvería tolerable simplemente por costumbre. Pero no fue así. En cualquier caso, la papilla se volvía más repugnante con cada comida, y tuvo que obligarse a comer mientras contenía las ganas de vomitar.

Una de las ideas de su padre resultó de gran ayuda. Le había sugerido llevar una burbuja de escotilla para inflarla periódicamente en una superficie plana dentro de la nave rápida. Con Víctor dentro y con la burbuja llena de aire, Víctor podía salir brevemente de su traje para limpiarle los tubos y cepillarse los dientes y lavarse la piel y hacer todo lo que era necesario para mantenerse higiénico.

El mayor desafío del viaje, aún más terrible que la tensión física o la comida o el reducido espacio de la nave, era el absoluto aburrimiento. Había asumido que cargar su palmar de libros y grabaciones y juegos y puzles sería suficiente para estimular su mente durante siete meses, pero aquí también se equivocó. A medida que se acercaba al mes de viaje, su mente regresaba continuamente al mensaje que le había dejado su madre. Pensó en abrirlo antes de tiempo (¿qué diferencia habría, de todas formas?), pero siempre decidió en contra. Había hecho una promesa.

Estaba tan ansioso de algo diferente, tan desesperado por una pausa en la monotonía que le costó trabajo dormir la noche antes de abrir el mensaje. Al final se quedó dormido, y cuando despertó, pulsó el icono. Su padre había instalado un accesorio de holopad en el palmar, y la cabeza de su madre apareció en el holoespacio. Lo alzó y lo giró hacia él para que pareciera que ella lo miraba directamente. Incluso antes de que hablara, Víctor se sintió más solo y más aislado que en toda su vida. Todavía le faltaban seis meses y ya odiaba esta existencia.

—Llevas un mes de viaje, Vico —dijo su madre—. Y probablemente estarás ya deseando que se acabe. Aguanta, Viquito. Cada vez que te sientas solo, mira este mensaje. Sabe que tu padre y yo estamos pensando en ti y rezando por que llegues a salvo. Estamos orgullosos de ti, y sabemos que estarás bien.

La madre hizo una pausa para recuperarse. Su voz había empezado a quebrarse. Tragó saliva y volvió a hablar con su tono de siempre.

—Pero no hemos hecho este mensaje por eso. Eres mi hijo, Vico. Mi único hijo, la luz de mi vida, así que quiero que sepas que lo que voy a decir lo digo porque te amo y quiero lo mejor para ti. No vuelvas. No regreses a la *Cavadora*. Bajo tu asiento encontrarás un disco con códigos de acceso a una cuenta que tu padre y yo hemos preparado para ti. No es mucho, pero es todo lo que tenemos. Concepción ha donado también sus ahorros. Usa ese dinero para matricularte en una universidad en la Tierra después de dar el aviso. Tu mente es demasiado valiosa para malgastarla en el Cinturón, Vico. Puedes hacer grandes cosas, pero no aquí, no con nosotros. —Su madre lloraba ahora—. Siempre te querré. Haz que estemos orgullosos.

El mensaje terminó. Su madre desapareció. Lo estaban liberando. Le daban un modo de seguir adelante. Se había preguntado qué haría y dónde iría después de haber dado el aviso, y ahora tenía su respuesta. La sensación de soledad lo abandonó. Se sintió renovado, decidido. Podría soportar seis meses más. Por sus padres y por la Tierra, podría soportarlo.

16

Estación de Pesaje Cuatro

Lem estaba en la ventana del puente de mando cuando la Estación de Pesaje Cuatro apareció por fin a la vista. Al principio fue solo un punto lejano en el espacio, indistinguible de las incontables estrellas que tenía detrás. Pero el piloto le aseguró que era en efecto el puesto de avanzada, y Lem hizo el anuncio a la tripulación. Ellos le respondieron con silbidos y aplausos, y unos cuantos tripulantes más cercanos le dieron una palmada de felicitación en la espalda, como si el propio Lem hubiera construido aquella cosa.

A Lem no le importaba la atención positiva. Le había dicho a la tripulación hacía meses que se detendrían aquí a por suministros y un pequeño permiso antes de continuar hacia Luna, y desde entonces la tripulación lo había tratado afectuosamente, sonriendo cuando lo veían, asintiendo cuando pasaba por su lado. De repente, dejó de ser el hijo del jefe. Era uno de ellos.

Cierto, los suministros y el permiso no eran la verdadera motivación de Lem para la visita, y sintió una pequeña punzada de culpa ante tanta celebración. El verdadero motivo para venir era dejar a Podolski para que pudiera borrar los ordenadores de la *Cavadora*. Pero ya que todo el mundo se merecía un pequeño descanso, no había ningún problema.

—Chubs, vuelve las cámaras hacia la Estación de Pesaje Cuatro y proyéctala aquí en el holoespacio —dijo—. Quiero ver qué amenidades nos esperan.

En el Cinturón de Asteroides, las estaciones de pesaje eran empresas enormes, con todo tipo de diversiones para que los mineros desesperados escaparan de la monotonía de sus naves. Casinos, restaurantes, cines. Una cercana a Júpiter tenía incluso una pequeña zona deportiva para combates de lucha libre en gravedad cero y otras actividades. Así que cuando la imagen de la Estación de Pesaje Cuatro apareció en grande en el holoespacio para que todo el mundo del puente de mando la viera, Lem supo de inmediato que no se parecía en nada a lo que esperaba todo el mundo.

Los aplausos murieron. Los silbidos cesaron. Todos se quedaron mirando.

La Estación de Pesaje Cuatro era un puñado de viejas naves mineras y secciones de estaciones espaciales jubiladas conectadas caprichosamente a través de una serie de tubos y túneles para formar una única estructura masiva. No tenía ninguna simetría, ningún diseño, ningún muelle de atraque central. A lo largo de los años se le habían ido añadiendo naves jubiladas de modo aleatorio, conectadas a la estructura donde hubiera espacio. Era como si alguien hubiera hecho una pelota con un basurero espacial y la hubiera decorado con unas cuantas luces de neón. No era una estación de pesaje: era un vertedero.

Lem pudo ver la decepción en el rostro de todos.

—Bueno —dijo, dando una palmada—. No estoy seguro de qué es más feo, las estaciones de pesaje de los mineros libres o sus mujeres.

No era particularmente gracioso, pero Lem esperaba provocar al menos una risita amable. En cambio, recibió silencio y miradas gélidas.

Hora de cambiar el estado de ánimo,

—La buena noticia —dijo, sonriendo y tratando de parecer alegre— es que la estancia en este delicioso oasis del Cinturón de Kuiper es invitación mía. Las bebidas, la comida y la diversión corren por mi cuenta. Considérenlo una anticipo de cortesía Juke Limited.

Como esperaba, esta noticia arrancó una nueva salva de aplausos y silbidos. Lem sonrió. Planeaba darle esta sorpresa a la tripulación sin saber el estado de la estación, y ahora se sintió particularmente aliviado por haberlo pensado de antemano. Vendería una carga de cilindros para pagar los gastos, pero Podolski seguía siendo la verdadera motivación para estar aquí. Lem necesitaba dinero para financiar la estancia de Podolski en la estación y su posterior vuelo a casa, no quería usar ninguna cuenta de la corporación para los gastos. Darle a todos una bonificación era una tapadera cara, pero efectiva, para conseguir dinero para Podolski.

Lem le ordenó a la tripulación que atracara la nave cerca del depósito, una enorme estructura en forma de almacén que era casi tan grande como la estación misma. Aquí los mineros libres que no usaban naves rápidas traían y vendían los minerales o los cilindros a precio más bajo que en el mercado. La estación de pesaje lo enviaba todo a Luna en naves rápidas por un porcentaje. La mayoría de las familias establecidas tenían su propio sistema de naves rápidas y usaban la estación de pesaje solo como fuente de suministros. Pero los recién llegados y advenedizos sin el equipo completo todavía vendían aquí sus cargas de minerales.

Lem y Chubs salieron de la cámara estanca de la nave y pasaron al túnel de atraque. El capataz los estaba esperando. Era un hombrecito sucio con un mono y un par de grebas disparejas en las espinillas que llevaba un holopad que parecía haber golpeado contra el suelo unas cuantas veces. El aire era cálido y denso y olía a polvo de roca, aceite de maquinaria, y sudor humano.

—Me llamo Staggar —dijo el hombre—. Soy el capataz aquí. Son ustedes Jukies, ¿verdad? No se ve su tipo mucho por aquí. La mayoría de las corporaciones se quedan en el Cinturón A.

—Estamos probando las aguas, como si dijéramos —contestó Lem—. Hay un montón de rocas ahí fuera.

Staggar se echó a reír, una carcajada que mostró un caos de mellas y dientes.

—Las bolas de nieve son mejores. Si pueden atravesar el agua congelada y el amoníaco, puede que encuentren algo. Por lo demás, esto es tierra de nadie.

—Ustedes están aquí —dijo Lem—. Los negocios deben de irles bien.

—Los negocios no van bien para nadie aquí fuera, señor. Este lugar floreció hace mucho tiempo, pero un montón de clanes se han marchado. Vamos tirando como todo el mundo.

—¿Adónde van los clanes? —preguntó Lem—. Creía que esto era el paraíso de los mineros libres.

Staggar se rio.

—Difícilmente. La mayoría de los clanes vuelven al interior del sistema, al Cinturón A. No soportan todo este espacio ni el frío. Asumo que es su primera vez en lo Profundo.

—No es el espacio profundo —dijo Lem—. Solo es el Cinturón de Kuiper.

Staggar hizo una mueca,

—¿Solo el Cinturón de Kuiper? Habla como si fuera un lugar de vacaciones. Se ha comprado una casa de verano aquí, ¿no, Jukie? —Se rio de nuevo.

—Nos gustaría vender unos cilindros —dijo Lem—. En efectivo. ¿Con quién tendríamos que hablar?

—Conmigo. Pero les advierto, no conseguirán el mismo precio aquí que en otras partes. Tenemos que ajustarnos para reflejar la gran distancia en la que nos encontramos. Esto es el confín exterior. Estoy seguro de que me entiende.

«Entiendo que eres un rufián», pensó Lem. Pero en voz alta dijo:

—Estamos dispuestos a negociar.

—Tampoco le prometo que vayamos a comprar —dijo Staggar—. Depende de lo que vendan. Tenemos un montón de gente intentando largarnos ganga. Puede que parezcamos tontos a gente ilustrada como usted, pero no lo somos, y será mejor que lo recuerde.

—Me parece que es usted un negociante astuto —dijo Lem—.

Ni se me ocurriría intentar engañarle. Creo que considerará que nuestros cilindros son de alta calidad.

Lem le hizo una señal a Chubs, que tenía un cilindro de muestra. Chubs lo hizo flotar suavemente en el aire hacia Staggar, y el hombre lo cogió fácilmente. Staggar se acercó cojeando a un escáner que había en la pared (al parecer sus grebas disparejas tenían una polaridad diferente y afectaban a su forma de andar), e introdujo el cilindro en una ranura al efecto. En un instante llegó la lectura. Staggar trató de no parecer impresionado.

—Su escáner no miente —dijo Lem—. Apuesto a que es el ferroníquel más puro que ha visto desde hace tiempo.

Staggar se encogió de hombros.

—Es decente. Nada especial, en realidad.

—¿Entonces está interesado o no?

Staggar sacó el cilindro del escáner y se volvió hacia ellos, sonriendo.

—Depende. Verá, tengo un picor en el cerebro y parece que no lo puedo rascar. ¿Por qué un puñado de Jukies quieren vender cilindros aquí? Tienen ustedes su propio depósito cerca de Júpiter.

—Júpiter está muy lejos —respondió Lem—, y estoy ansioso por darle un descanso a mi tripulación. Todo el dinero que nos den volverá probablemente a la economía de su estación. Así que, tal como yo lo veo, es una situación completamente ventajosa para ustedes.

Staggar estudió sus rostros, la sonrisa de oreja a oreja.

—Vaya, sí que es usted un capitán generoso.

Volvió el cilindro y empezó a girarlo hábilmente en el aire delante de él, posándolo en la yema de su dedo.

—Hace esto por pura bondad, ¿verdad? ¿Le ofrece a los chicos y chicas de bordo un último hurra antes de volver a casa?

A Lem no le gustó adónde iba a parar esto.

—Por decirlo con las mismas palabras, sí.

Staggar se echó a reír.

—Le dije que no era tonto, señor Don Importante, y lo decía

en serio. A, un corporativo nunca dice lo que quiere decir. Y B, los corporativos nunca hacen nada por sus tripulaciones a menos que puedan sacar tajada.

—Cree que tengo alguna motivación secreta —dijo Lem, haciéndose el divertido—. ¿No se le ha ocurrido que también yo puedo querer un descanso?

Staggar negó con la cabeza.

—No, me parece que ustedes quieren que esto no aparezca en los libros, ¿me equivoco? No quieren que el viejo Ukko Jukes sepa que están sisando un poquito para ustedes. Minería bajo cuerda, ¿eh? Luego podrán volver a casa y decirle a sus peces gordos que no extrajeron tanto mineral como esperaban. Y todo lo que vendan aquí para ellos no habrá existido nunca, mientras engordan sus propias cuentas bancarias —rio—. No nací en un asteroide, chicos. Reconozco un chanchullo cuando lo veo.

—¿Es así como hace siempre negocios? —preguntó Lem—. ¿Insultando primero a su cliente?

—No vamos a hacer negocios hasta que nos entendamos el uno al otro —dijo Staggar—. Ustedes los corporativos deben de tener pelotas de hierro para aparecer por aquí. Esta no es la sede de un club de fans, si captan lo que quiero decir. A mucha gente no les hará ninguna gracia verlos.

—No hemos venido a hacer amigos —respondió Lem—. Hemos venido a vender unos cuantos cilindros y a pasarlo bien. Dudo que a sus comerciantes les moleste que les demos nuestro dinero.

—Mi dinero, querrá decir.

—¿Cuánto por cilindro?

—No puedo responder a eso hasta que tenga una cuenta —dijo Staggar. Empezó a teclear en su holopad—. ¿A nombre de quién debo ponerlo?

Lem y Chubs intercambiaron una mirada.

—Preferiríamos evitar ningún registro —dijo Lem.

—Apuesto a que sí —dijo Staggar—, pero no puedo comprar nada sin añadirlo al inventario. Ustedes pueden engañar a su jefe, pero yo no puedo engañar al mío. Necesitan una cuenta o no hay venta.

—Ponga mi nombre —dijo Chubs—. Chubs Zimmons.

Staggar miró a Lem.

—¿A su nombre no, amigo? Con esa ropa elegante y por la forma en que habla supuse que era el capitán.

—A mi nombre —dijo Chubs.

El capataz se encogió de hombros.

—Como quiera. —Tecleó un poco más. Con la mirada todavía facha, preguntó—: Por curiosidad, ¿dónde han encontrado ese ferroníquel?

—Preferiríamos no decirlo —respondió Lem—. Secretos del negocio. Estoy seguro de que lo comprende.

Staggar sonrió.

—Eso pensaba. ¿Cuánto quieren vender?

—Depende del precio.

—Les pagaré por tonelada, no por cilindro.

—¿Qué precio? —dijo Chubs.

Staggar se lo dijo.

Chubs se enfureció.

—Esto es escandaloso. Vale veinte veces esa cantidad.

Staggar se encogió de hombros.

—Tómelo o déjelo.

Chubs se volvió hacia Lem.

—Está intentando robarnos.

—Ese es el precio en efectivo —dijo Staggar—. Si quieren cambiarlo por comida o combustible, podría subir un poco más.

—¿Un poco más? —dijo Chubs, enfadado—. Está loco si cree que vamos a aceptar eso.

—Ustedes han venido a mí —respondió Staggar—. Les estoy diciendo mi precio. Si no les gusta, váyanse a otra parte.

—Tiene razón —dijo Lem—. Tendríamos que haber ido a Júpiter. Vamos, Chubs. Le estamos haciendo perder el tiempo a este hombre.

Lem se dio media vuelta y se dirigió a la nave.

Chubs miró a Staggar de arriba abajo.

—Sí, parece que hacen muchos negocios aquí, ¿por qué no dejar que un cargamento grande como el nuestro se marche? No es que necesiten el dinero. —Miró a Staggar, mostrando su disgusto por su aspecto, luego se dio media vuelta y siguió a Lem de vuelta a la nave.

Lem tenía la mano en la compuerta cuando Staggar les gritó.

—Esperen. Tengo otro precio por si los clientes se vuelven testarudos y molestos, como es el caso.

—¿Y qué precio es? —dijo Lem.

Staggar se lo dijo.

—Doble esa cantidad y tendrá un trato —dijo Lem.

—¡Que la doble!

—Seguirá ganando una fortuna. Cosa que, si mis cálculos son correctos, es más que la alternativa: Cero.

Staggar sonrió.

—Los corporativos son todos iguales. Hampones arrogantes, todos ustedes.

—De un hampón a otro, tomaré eso como un cumplido —dijo Lem.

Lem dejó que los oficiales repartieran el dinero entre la tripulación. Era menos de lo que esperaba dar, pero más que suficiente para un descanso de dos días. Debido al bajo precio que había recibido por los cilindros, se había visto obligado a vender más de lo que pretendía en un principio, pero no le preocupaba. Todavía tenía más que suficiente para impresionar al Consejo.

El interior de la estación de pesaje era más atractivo que el interior, aunque no mucho. Dondequiera que Lem y Chubs iban, los comerciantes llamaban a gritos su atención, vendiendo todo tipo de cosas o herramientas mineras y bagatelas sin valor. A Lem le sorprendió el número de gente que vivía aquí: varios centenares si tenía que hacer un cálculo, incluyendo niños, madres con bebés, incluso unos cuantos perros, cosa que a Lem le pareció especialmente divertido ya que habían aprendido a saltar de pared en pared en gravedad cero. Lem lo absorbió todo, sintiéndose a gusto por primera vez en mucho tiempo. No pertenecía al espacio. Pertenecía a la ciudad, donde la energía era palpable y las vistas y sonidos y olores siempre eran cambiantes.

Encontraron en el mercado a una mujer que vendía ropa de hombre, y Lem le compró casi todo lo que tenía. Podolski y los dos guardias de seguridad tal vez tendrían que quedarse aquí un tiempo, y a Lem le pareció mejor que se mezclaran y se vistieran como mineros libres. No sabía si las ropas les vendrían bien, pero como nadie en la estación de pesaje se preocupaba por la moda y todas las ropas eran anchas de todas formas, no le parecía que importara.

Le dio a la mujer una buena propina para que llevara las ropas a la nave, y cuando la mujer, que tenía consigo a un niño pequeño, vio la suma de dinero en su mano, se sintió tan abrumada de gratitud que se echó a llorar y le besó la mano. Lem pudo ver que era pobre y que el niño tenía hambre, así que le dio otro billete grande antes de ponerla en camino.

—¿Se me está volviendo blando? —preguntó Chubs.

—Parecía que ella misma había cosido la ropa —dijo Lem, encogiéndose de hombros—. Un trabajo como ese debe estar bien pagado.

Chubs sonrió, como si lo supiera bien.

A continuación encontraron un zapatero. Lem calculó a ojo el tamaño de pie de Podolski y el guardia de seguridad y luego discutió con el hombre sobre los precios. Cuando se marcharon después de hacer la compra, Chubs se echó a reír.

—Creo que se ha pasado al intentar compensar por haber sido amable con esa mujer —dijo—. Le ha dado para el pelo a ese zapatero.

—Estaba intentando engañarnos —dijo Lem.

—Podríamos volver a buscar a esa mujer —se burló Chubs—. A su padre le encantaría que volviera con una esposa.

Lem se echó a reír.

—Sí, le encantaría tener a una minera libre campesina por nuera. Sobre todo con un hijo. Se sentiría en la gloria.

Entraron en la zona de alimentación, donde una docena de aromas los asaltaron de inmediato: galletas, pastas, pan, guisos, incluso unas cuantas comidas cocinadas, aunque eran desorbitantemente caras. Se encontraron con Benyawe, y los tres ocuparon una barra en un restaurante tailandés. En opinión de Lem no era lo bastante grande para ser considerado un restaurante (solo había espacio para seis personas como máximo), pero Lem prefería la intimidad.

En mitad de la comida, Chubs alzó su botella.

—Por nuestro capitán, el señor Lem Jukes, que salvó nuestra misión y ha obtenido beneficios en el proceso.

Benyawe alzó su copa y se unió al brindis, aunque no parecía particularmente de acuerdo.

—No deberías brindar por mí —dijo Lem—. Nuestro agradecimiento tendría que ir dirigido a la encantadora doctora Benyawe, quien incansablemente preparó el láser y realizó con aplomo nuestras pruebas de campo. Sin su inteligencia, perseverancia y paciencia con su irritable capitán, todavía estaríamos borrando guijarros del cielo.

—Por la doctora Benyawe —dijo Chubs.

Benyawe le sonrió a Lem.

—Brindar por mí no lo convertirá en más tolerable —dijo.

—Por supuesto que no —replicó Lem—. Apenas me tolero a mí mismo.

—Y sería aconsejable recordar que nuestra misión no habrá acabado hasta que regresemos a Luna —dijo Benyawe—. Llevamos meses de retraso, y hay muchos en el consejo de dirección que sin duda habrán descartado esta misión como un fracaso cataclísmico.

La sonrisa de Chubs se desvaneció.

—No intento estropear la velada —dijo Benyawe—. Simplemente les recuerdo que todavía estamos muy lejos de casa.

—Tiene razón —dijo Lem—. Tal vez nuestras celebraciones son un poco prematuras. —Alzó de nuevo su botella—. De todas formas, brindo de nuevo por Benyawe por ser una consejera tan sabia y una experta aguafiestas.

—Bravo, bravo —dijo Chubs, alzando su botella.

Benyawe alzó la suya y sonrió.

—Lem Jukes.

Las palabras sonaron desde la puerta.

Lem y los demás se volvieron hacia la entrada y vieron a un hombre gigantesco de pie en el umbral. Lo flanqueaban otros tres hombres, todos de aspecto duro y sucio y nada amistoso.

—Así que es usted Lem Jukes —dijo el hombretón—. El señor Lem Jukes en persona. Hijo del gran Ukko Jukes, el hombre más rico del sistema solar. Prácticamente estamos en presencia de la realeza.

Sus tres amigos sonrieron.

—¿Puedo hacer algo por usted, amigo? —dijo Lem.

El hombre entró en la habitación, agachando la cabeza para pasar bajo el marco de la puerta.

—Soy Verbatov, señor Jukes. Y no somos amigos. Nada más lejos.

—¿Qué problema tiene conmigo, señor Verbatov?

—Mis amigos y yo éramos parte de un clan búlgaro que trabajaba en el Cinturón de Asteroides hace cuatro años. Nueve familias en total. Una nave Juke nos quitó nuestra concesión y dañó nuestra nave. Nuestra familia no tuvo más remedio que disolverse. Cada uno de nosotros se fue por separado a trabajar en las naves que quisieron aceptarnos. Tal como yo lo veo, Juke Limited nos debe pagar los daños. El valor de nuestra nave y todo el infierno que hemos soportado desde entonces.

Se produjo el silencio. Lem miró a Chubs y escogió sus palabras con mucho cuidado.

—Fueron ustedes sometidos a una injusticia, señor. Y lo siento. Pero su lucha no es conmigo. No somos la gente que les quitó la concesión ni dañó su nave.

—No importa —dijo Verbatov—. Usted es Juke Limited. El hijo del presidente. Representa a la compañía.

—Nuestros abogados representan a la compañía —dijo Lem—. Hasta ahí podrá llegar en la cadena de mando. Si tiene un problema con cómo lo han tratado, le sugiero que acuda a los tribunales.

Verbatov se echó a reír.

—¿Los tribunales de Marte o de Luna, quiere decir? ¿A miles de millones de kilómetros de aquí? No. Me conformaré con un acuerdo fuera de los tribunales. Y no se moleste en decirme que no tiene la pasta. Sé de buena fuente que acaba de cobrar una buena cantidad de dinero y tiene una buena carga en su nave.

—Staggar es amigo suyo, por lo que veo —dijo Lem.

Verbatov sonrió.

—¿Qué acuerdo tienen ustedes dos? —preguntó Lem—. ¿Le recupera usted su dinero y él le da una parte? Me parece sorprendente, señor Verbatov. No parece el tipo de persona que recupera usted gran cosa.

Verbatov se echó a reír.

—¿Tan transparente soy, señor Jukes?

—Sí que lo es.

—Páguenos lo que en justicia nos merecemos —dijo el hombre.

—Ese dinero no es mío. Pertenece a Juke Limited.

—Que nos lo debe.

—Escriba una queja —dijo Chubs—. Nosotros nos encargaremos de que llegue a la gente adecuada.

La sonrisa de Verbatov desapareció. Hizo un gesto a uno de los hombres que tenía detrás.

—Nos pagará lo que nos pertenece, señor Jukes, o nos veremos obligados a tener más conversaciones con su tripulación.

Uno de los hombres de Verbatov entró, arrastrando un cuerpo ingrávido. Era el doctor Dublin. Tenía el rostro hinchado y ensangrentado, pero estaba vivo.

—¡Richard! —dijo la doctora Benyawe, e intentó acercarse a él.

Chubs la agarró por el brazo, deteniéndola.

—El doctor Dublin ha sido muy locuaz —dijo Verbatov—. Nos habló de ese láser de gravedad que tienen en su nave. Dice que convierte la roca en polvo. Muy fascinante. Parece un modo completamente nuevo de extraer mineral. Mis hermanos y yo agradeceríamos un regalo como ese. Eso debería cubrir nuestros perjuicios si el doctor Dublin decía la verdad, como sospecho que era el caso, considerando que se rompió unos cuantos dedos en el proceso.

Lem no dijo nada.

Verbatov miró a Dublin y le dio una palmadita en la cabeza, empujando suavemente su cuerpo hacia la puerta.

—A menos que usted y yo lleguemos a un acuerdo, señor Jukes, el doctor Dublin puede romperse también accidentalmente las piernas.

El dardo alcanzó a Verbatov en la garganta, y por un momento Lem no supo qué estaba pasando. Hubo una serie de pops, y los hombres que acompañaban a Verbatov retrocedieron levemente cuando los dardos los alcanzaron en el pecho, la cara o la garanta. Lem se sintió confuso hasta que Chubs se lanzó desde la mesa hacia la puerta, el arma en la mano. Chubs dejo atrás a Verbatov y salió, apuntando a derecha e izquierda, buscando rezagados. Los ojos de Verbatov fluctuaron y luego se cerraron. Sus hombros se hundieron, pero permaneció erecto en gravedad cero, los pies todavía clavados al suelo por las grebas. Chubs volvió junto a él y le clavó tres dardos más en el pecho a bocajarro.

—¿Qué estás haciendo? —dijo Lem.

—Mi trabajo —replicó Chubs. Agarró al doctor Dublin y empujó su cuerpo hacia la salida. Cuando alcanzó a Verbatov, Chubs apartó el cuerpo del hombre. Los pies de Verbatov, como el tronco de un árbol, no se movieron, pero su torso se inclinó a un lado lo suficiente para que Chubs sacara a Dublin por la puerta y lo llevara al pasillo. Lem y Benyawe lo siguieron.

Los hombres de Verbatov permanecían tan inmóviles como su líder, los hombros hundidos, los ojos cerrados. Chubs comprobó sus cuellos en busca de pulso, esperando claramente no encontrar ninguno.

—Los ha matado —dijo Benyawe.

—Puede darme las gracias más tarde —dijo Chubs, mirando su palmar—. Y acabo de enviar una orden de emergencia a todos los miembros de la tripulación que están en la estación para que vuelvan a la nave cagando leches.

El palmar que Lem llevaba en la cadera vibró cuando recibió el mensaje.

Chubs le quitó rápidamente los dardos a los hombres y los depositó en un pequeño recipiente.

—Los ha matado —repitió Benyawe.

El dueño del restaurante tailandés se acercó, anonadado. Chubs alzó instintivamente su pistola de dardos. Benyawe se interpuso entre él y el otro hombre.

—Basta. No va a matar a gente inocente.

Chubs se encogió de hombros y se volvió hacia Lem.

—Tenemos que movernos. Yo abriré camino. Benyawe y usted tiren de Dublin. Pónganlo erecto si pueden. No demasiado rápido. No queremos llamar la atención.

Chubs se metió las manos en el bolsillo de la chaqueta, ocultando su arma, y empezó a recorrer rápidamente los túneles. Dejaron atrás pequeñas tabernas, quioscos, tiendas y vendedores. En todas partes los miraba la gente (el rostro ensangrentado de Dublin era difícil de ignorar) y todos se apartaban, dejándoles sitio de sobra. Cuanto más se acercaban a la nave, más tripulantes fueron encontrando. Varios se unieron a ellos de camino, echaron un vistazo al doctor Dublin, y avivaron el paso.

No encontraron más resistencia hasta que llegaron al túnel de atraque. Staggar bloqueaba el camino con cuatro hombres. Llevaba un rifle de dardos cruzado en un brazo. Vio al grupo de tripulantes que se acercaba y sonrió.

—¿A qué tanta prisa, señor Jukes? ¿Se marcha tan...?

Un dardo se hundió en su pecho, y un instante después sus ojos se cerraron. El rifle escapó de su mano y quedó flotando ante él.

Los hombres que acompañaban a Staggar buscaron bajo sus abrigos, pero antes de que pudieran sacar nada un puñado de dardos se clavó en sus pechos, cuellos y rostros. En cuestión de segundos quedaron todos quietos y en silencio.

Lem no podía creer lo que estaba viendo. Alrededor de él siete u ocho tripulantes habían sacado sus armas y acababan de disparar. Lem ni siquiera sabía que iban armados.

—¿Están locos? —le gritó Benyawe a Chubs.

Chubs se volvió hacia uno de los tripulantes, ignorándola.

—Quiero todos los dardos recogidos. Ni un solo rastro.

—Sí, señor.

El hombre y los otros tripulantes empezaron a recoger los dardos de los muertos. Lem se quedó mirando asombrado. No había sorpresa en sus rostros. No había pánico. Solo una rápida e incuestionable obediencia. Como si la tripulación estuviera entrenada para momentos como este.

Banyawe miró los cadáveres de pie, luego corrió a alcanzar a Chubs, que se dirigía hacia la nave.

—No puede dispararle así a la gente y esperar que no haya consecuencias —dijo.

—Las consecuencias de que nos quedáramos aquí eran mucho peores.

—Vendrán a buscarnos.

Chubs se detuvo y se volvió a mirarla.

—¿Quién? ¿La policía? Esto es una estación de pesaje, doctora. Probablemente acabamos de hacerle a los dueños de las tiendas y los vendedores de bagatelas el mayor servicio de sus vidas matando a los hampones y criminales que los han estado explotando. —Señaló a los muertos—. Esos son mala gente —dijo—. ¿Es lo bastante sencillo para usted? Probablemente son asesinos. ¿Vio la cara del dueño del restaurante cuando entró Verbatov? Estaba asustado de muerte. Aquí había una historia. Mañana, sus socios y él construirán una estatua en nuestro honor. Ahora bien, si quiere quedarse y esperar a la guardia de seguridad de estación para poder presentar excusas formales, adelante. Pero esta nave se marchará dentro de seis minutos o menos, y le sugiero que suba a bordo.

Chubs cogió el escáner que Staggar había usado antes y llamó por su palmar.

—Podolski, venga aquí.

En cuestión de segundos Podolski salió de la nave vestido con las ropas de minero libre que Lem le había comprado.

—Borre nuestra existencia —dijo Chubs, señalando el escáner—. Toda huella de esta nave y de nuestra visita a este lugar tiene que ser borrada. ¿Comprende?

Podolski parecía inquieto. Advirtió los cadáveres al fondo del túnel de atraque.

—¿Qué sucede? ¿Qué le ha pasado a esta gente?

—No es nada de lo que deba preocuparse —dijo Chubs—. Solo haga su trabajo.

Podolski asintió.

—Ahora —dijo Chubs.

Podolski se puso a ello y empezó a teclear en el escáner.

Chubs se volvió hacia Lem.

—Me disculpará que sobrepase mi autoridad aquí, Lem. Debería ser usted quien diera las órdenes, no yo.

Lem miró a Chubs, como si lo viera por primera vez.

—Es usted algo más que un tripulante de la nave para mi padre, ¿verdad?

Chubs hizo una mueca.

—Podríamos decirlo así.

—Mi padre lo envió en esta misión para protegerme. Para impedir que me hiciera matar.

—Básicamente.

Lem asintió.

—Bien. Siga.

Lem se volvió hacia los tripulantes y habló en voz alta para que todos lo oyeran.

—Mis disculpas a todos. Nuestra estancia aquí queda suspendida. Pero, sinceramente, si su día en este vertedero ha sido la mitad de desagradable que el mío, volver a la nave probablemente sea una buena idea.

Lem abrió la cámara estanca. Dos de los tripulantes entraron primero, escoltando cuidadosamente al doctor Dublin al interior. Los demás los siguieron.

Podolski se entretuvo otro instante en la terminal y entonces se volvió hacia Chubs.

—El escáner está limpio. Nunca hemos estado aquí.

Dos tripulantes salieron de la nave vestidos de mineros libres.

—Me tomé la libertad de elegir a dos de nuestros mejores hombres —dijo Chubs.

—Bien —respondió Lem.

Podolski pareció asustado.

—He estado pensando en ese acuerdo nuestro —dijo—. Y creo que ya no es una buena idea. Este lugar no es seguro.

Chubs le dio una tranquilizadora palmada en la espalda.

—Está bien. Mangler y Wain le proporcionarán toda la seguridad que necesite.

Lem miró a los dos hombres. Estaban allí de pie, inexpresivos, como dos fríos soldados. No, no como soldados: eran soldados. Su padre había llenado esta nave con personal de seguridad y Lem ni siquiera lo había sabido.

—No pueden dejarme aquí —dijo Podolski—. ¿Y si esta gente piensa que soy responsable? ¿Y si saben que soy un corporativo?

Chubs y Lem se reunieron con Benyawe en la compuerta.

—Estará bien —repitió Chubs—. Piense que son unas vacaciones.

Podolski abrió la boca y gritó una respuesta, pero la puerta de la cámara estanca ya estaba cerrada. Lem miró al hombre a través de la ventanita. Podolski parecía lleno de pánico y furioso. Los dos guardias de seguridad estaban de pie detrás de él, sin moverse. Al fondo del túnel, Staggar y los otros cadáveres permanecían erguidos con los imanes de sus botas pegados al suelo y los brazos flojos a los costados.

—Supongo que no va a decirme por qué vamos a abandonar a tres miembros de nuestra tripulación —dijo Benyawe.

—¿No se ha dado cuenta? —respondió Chubs—. Querían quedarse.

Edimar volaba por el pasillo de la *Cavadora* sin mirar a nadie. Había gente por todas partes, cada uno a lo suyo, pasando por su lado, presurosos, pero ella fingía no advertirlos. No podía soportar ver sus caras. Entre ellos habría una o dos personas que todavía la mirarían como si fuera una niña frágil. Habían pasado meses desde la muerte de Alejandra y su padre, pero todavía había algunos en la familia que le dirigían esa mirada de compasión que decía: «Pobrecilla. Tu padre y tu hermana muertos. Pobre, pobre niña.»

«No soy una niña —quería gritarles Edimar—. No necesito vuestra piedad. No quiero vuestra compasión. Dejad de decir que "sabéis" por lo que estoy pasando o que "sabéis" cómo se siente o que "sabéis" lo duro que debe de ser esto para mí. No sabéis nada. ¿Fue vuestro padre quien fue desgarrado por una hormiga y se desangró hasta morir? ¿Fue vuestra hermana quien probablemente voló en pedazos o se quedó sin aire en los pulmones? No, no fueron. Así que dejad de fingir que sois una fuente de sabiduría emocional que comprende la pena y el dolor de todo el mundo. Porque no lo sois. No sabéis nada de mí. Y podéis saltar a un agujero negro, por lo que a mí respecta.»

No lo decía en serio. No esa última parte, al menos. Pero odiaba las miradas de compasión y los suspiros apenados que le dirigían, como si toda su vida careciera ahora de esperanza, como si nada importara en el mundo y se resignara a pasar el resto de su vida chapoteando en la miseria.

El momento más irritante fue cuando su tía Henrika le dijo: «No pasa nada, Edimar. Puedes llorar.» Como si Edimar necesitara permiso de esta mujer. Como si hubiera estado conteniendo todas sus emociones y esperara que algún adulto le indicara que abriera las compuertas. «Oh, gracias, tía. Gracias. Qué amable por tu parte concederme el derecho a llorar delante de ti y humillarme para sí poder demostraros a ti y a tu chismosa y criticona hermana que estoy triste de verdad. ¿Contenta, tiíta? Mira, aquí hay una lágrima, caída de mi propio ojo. Toma nota. Difunde la noticia. Edimar está triste.»

Cuando su tía dijo aquello fue tan doloroso y humillante y presuntuoso que Edimar casi se echó a llorar, allí mismo y delante de todos en lo que podría haber sido un estallido de lágrimas inmediatas. Había estado a punto. Pudo sentir que estaba al borde del precipicio, tan cerca del llanto que el más mínimo cambio en su respiración o la más leve tensión de su garganta la habría hecho caer por el borde y lanzarse a un sollozo incontrolable.

Sin embargo, afortunadamente, por alguna milagrosa muestra de fuerza de voluntad, Edimar consiguió convertir su rostro en una máscara y no traicionó el horror y el *shock* y el dolor que sintió ante las palabras de la tía Henrika. ¿Cómo podía la gente, al intentar servir de ayuda, ser tan fría de corazón, tan irreflexiva y cruel?

Fue especialmente irritante porque Edimar sí que lloraba. Cada día. A veces durante una hora seguida. Siempre sola en la oscuridad del nido del cuervo, donde nadie podía ver ni oír sus lágrimas.

Pero al parecer para gente como tía Henrika, a menos que lloraras delante de todo el mundo, a menos que llevaras la pena puesta y pasearas tus lágrimas para que todo el mundo lo viera, no tenías lágrimas que derramar.

Edimar dobló una esquina y rebotó en una pared, lanzándose pasillo arriba. Sabía que no debería ser tan irascible. Nadie fingía compasión. Todos tenían la mejor intención en mente. Incluso la tía Henrika, a su modo triste y condescendiente. El problema era que la gente que debería callarse era la que más hablaba. Edimar se sentía agradecida a gente como Segundo y Rena y Concepción, gente que no la trataba como a una niña pequeña ni abordaba siquiera el tema de las muertes de su padre y de Alejandra, sino que simplemente le preguntaban por su trabajo y le hablaban del suyo. Eso era todo lo que Edimar quería: ser tratada como una persona que podía dominar la situación en vez de ser tratada como un saco triste y lloriqueante.

Dreo la esperaba ante el comedor. Todos habían acordado reunirse aquí antes de ir a la oficina de Concepción para dar sus informes. Tras la muerte de su padre, Concepción le había pedido a Dreo que la ayudara con el Ojo cada vez que hiciera falta, y Dreo, como el ansioso comandante que era, había aprovechado esta nueva autoridad. Edimar no necesitaba su ayuda y desde luego no la quería, pero Dreo siempre encontraba oportunidades para colarse en su trabajo. Para guardar las formas, Dreo no quería visitarla en el nido del cuervo sin que lo acompañara otro adulto, y por fortuna esto mantenía a Dreo lejos casi todo el tiempo. Lo cual era lo mejor. No sabía casi nada de cómo funcionaba Ojo ni de cómo interpretar sus datos. Comprendía el sistema operativo y poco más. Pero saber cómo funciona un horno no significa que puedas cocinar un soufflé.

—¿Trajiste tu holopad? —preguntó Dreo.

Así que iba a volver a tratarla como a una niña. Ella mantuvo el rostro inexpresivo y alzó el holopad para que lo viera.

—¿Bien? ¿Tiene cargada la presentación?

¿De verdad pensaba que era idiota? ¿O Dreo era así de condescendiente con todo el mundo?

—Puedes mirarlo si quieres —dijo en voz alta.

Él descartó la idea.

—Si hay fallos, ya los iremos viendo. Vamos. —Se dio media vuelta y se dirigió al puente de mando, esperando que ella lo siguiera.

«Qué considerado por tu parte —pensó Edimar—. Irás viendo mis "fallos". Qué jugador de equipo eres, Dreo. Menos mal que tienes tu gran intelecto para rescatarnos de mi defectuosa presentación.»

Edimar suspiró. Estaba siendo engreída otra vez. ¿Qué más

daba si Dreo era un coñazo? ¿Qué más daba que se llevara todo el crédito? El mundo podría estar a punto de acabarse. Había cosas más importantes que sus sentimientos heridos.

Llegaron a la oficina de Concepción y fueron invitados a pasar. Concepción no estaba sola. Segundo, Bahzím, y Selmo estaban también presentes.

—He pedido a unos cuantos miembros del Consejo que nos acompañen —dijo Concepción—. Quiero conocer su opinión. Espero que no os importe.

—En absoluto —dijo Dreo—. Lo preferimos.

A Edimar le molestó que Dreo presumiera de hablar por ella. Tenía razón, naturalmente: prefería conocer sus opiniones. Pero no se lo había dicho a él, y no le gustaba que hiciera suposiciones de su parte.

—Ahora sabemos cómo es la nave de las hormigas —dijo Dreo—. Está cerca y se mueve lo bastante lento para que el Ojo cree una imagen precisa. Dejaré que Edimar haga la presentación, y yo clarificaré los puntos cuando sea necesario.

«Oh, me "dejará" hacer la presentación —pensó Edimar—. Qué amable.» Como si Dreo pudiera hacerla él solo pero estuviera simplemente complaciendo a una niña, como si conociera el material mejor que ella, cuando de hecho era Edimar quien había hecho el noventa y cinco por ciento del trabajo. ¿E iba a clarificar los puntos? ¿Qué puntos, exactamente? ¿Qué sabía de la nave más que ella?

No lo miró, preocupada de que se notara su malestar. En cambio, se puso a trabajar con el holopad, anclándolo a la mesa de Concepción y levantando las diversas antenas. Cuando estuvo preparado, encendió el holo. Una imagen creada por ordenador de la nave hormiga apareció ante ellos.

La habitación quedó en silencio. Como Edimar esperaba, todos pusieron la misma expresión levemente aturdida. La nave no se parecía a nada que los humanos hubieran concebido jamás. Era una especie de lágrima grande y abultada, al parecer lisa como el cristal, con el extremo en punta encarando la dirección hacia la que viajaba. Cerca de la parte frontal había una ancha abertura que sobresalía y rodeaba por completo la punta.

—Para daros una sensación de escala —dijo Edimar—, aquí tenéis cómo se veía la *Cavadora* a su lado.

Una imagen de la *Cavadora* apareció junto a la nave hormiga. Era como ver una uva junto a un melón.

—¿Cómo puede una nave tan grande moverse tan rápido? —murmuró Bahzím.

—No siquiera parece una nave —dijo Selmo—. Es circular. No hay arriba ni abajo. Más bien parece un satélite.

—Es demasiado grande para ser un satélite —repuso Segundo—. Además, sabemos que la cápsula salió de esa nave. Cómo partió a una velocidad tan alta es inimaginable, pero debió hacerlo. Lo que me sorprende es que no puede ver ningún punto obvio de entrada ni de salida.

—¿Y esa ancha abertura en la parte frontal? —señaló Bahzím.

Segundo sacudió la cabeza.

—Si tuviera que hacer una suposición, diría que es una impulsor de ariete. Víctor sospechaba que la cápsula funcionaba con uno, y esto parece un diseño similar. La nave recoge átomos de hidrógeno, que a casi la velocidad de la luz debería ser radiación gamma, y luego los cohetes toman este plasma gamma para convertirlo en impulso. Sería un brillante sistema impulsor porque tendrías una cantidad infinita de combustible y cuanto más rápido te muevas, mas hidrógeno recogerías y por tanto más aceleración e impulso generarías.

—Propulsión por campo recolector —dijo Concepción.

—¿Eso es posible? —preguntó Bahzím.

—Teóricamente —dijo Segundo—. Solo funcionaría en una nave construida en el espacio y dedicada al viaje interestelar. No se podría usar un sistema de propulsión como ese para salir de la atmósfera de un planeta. Demasiada fuerza g. Morirías al instante. Pero, en el vacío, se podría acelerar rápidamente y con seguridad. No obstante, yo no diría que es exactamente una forma de propulsión limpia. Emitiría cantidades masivas de radiación. Nadie querría volar detrás. Ni siquiera a gran distancia. Si se impulsa con plasma gamma, este probablemente interferirá con los sensores y el material electrónico hasta, digamos, un millón de kilómetros de distancia. Sigue demasiado tiempo en su estela y causaría roturas en la superficie de la nave. Y, en distancias más cercanas, probablemente se recibiría una dosis letal de radiación. Si uno se pone detrás, quedaría desintegrado instantáneamente.

—Maravilloso —dijo Selmo.

—Lo que no entiendo es cómo pueden ver adónde van —dijo Bahzím—. No veo ninguna ventana ni sensores discernibles. La superficie es completamente lisa.

—Parece lisa, pero no lo es —respondió Edimar—. Inspeccionando con atención se pueden detectar costuras, hendiduras y rugosidades. Como estos círculos. —Tecleó una orden, y cuatro enormes círculos aparecieron en la nave, uno al lado del otro, alrededor del extremo bulboso de la lágrima—. No sabemos qué son —dijo—. Puertas, tal vez. O quizá naves más pequeñas que se separan de la nave principal. Sean lo que sean, son enormes.

—Todo es enorme —dijo Bahzím—. Lo cual me hace preguntar por la defensa. ¿Cómo se protege contra las amenazas de colisión? Sin un buen sistema MG la pulverizarían los asteroides. Pero miradla. No tiene mataguijarros. Ni cañones. Ningún tipo de armas.

—No pude distinguir ningún arma tampoco —dijo Edimar—. Pero sí tiene un sistema MG. Lo he visto. Cualquier objeto en ruta de colisión queda completamente destruido. Asteroides, guijarros, cometas. Todo desintegrado por láseres desde la superficie de la nave.

—¿La superficie? —preguntó Bahzím—. ¿Dónde?

—Ahí está la cosa. Desde cualquier parte de la superficie. Puede disparar desde cualquier punto de la nave. Es como si la nave toda fuera un arma.

—¿Cómo es posible? Los láseres tienen que salir de algo.

Edimar se encogió de hombros.

—Tal vez haya algún sistema bajo la superficie que los suelta.

Tal vez tiene miles de poros por todo el casco que se abren y liberan los láseres. Funcione como funcione, es más potente que nada que tengamos los humanos porque puede disparar tantos como quiera de una vez. Así que en vez de disparar un solo rayo con dos cañones como hacemos nosotros para eliminar una amenaza de colisión, las hormigas pueden disparar toda una muralla de fuego láser.

La habitación quedó en silencio un momento.

—Eso no es exactamente reconfortante —dijo Concepción.

—Nada de todo esto es reconfortante —masculló Selmo.

—¿Sabemos de qué están compuestos los láseres? —preguntó Segundo.

—No —respondió Edimar—. Pero no creo que sean fotones. Sus rayos pueden tener un metro de grosor y actúan de forma distinta a nuestros láseres. Si tienes razón en lo del impulsor de ariete, si están usando plasma gamma como propulsión, no es descabellado aventurar que usan rayos gamma coherentes como arma también. ¿Por qué? Si pueden dominar los rayos gamma como propulsión, ¿por qué no reconducirlos y laserizarlos como medio de defensa?

—Armas y combustible de la misma sustancia —dijo Concepción—. Sí que es económico.

—¿Plasma láser laserizado? —dijo Selmo—. Eso hace que nuestros MG parezcan una broma.

—Son una broma —apuntó Bahzím.

—La composición de los láseres es todo especulación —dijo Dreo—. Lo que sí sabemos es que sus láseres solo enfilan amenazas de colisión. Las hormigas no arrasan todo a la vista. Son conservadoras con su fuego. Siguen el mismo protocolo de cualquier otra nave en ese aspecto. A menos que el objeto vaya a chocar con ellas, lo ignoran.

—Eso es una buena noticia para nosotros —dijo Edimar—. Nos movemos en la misma dirección, como si fuéramos en paralelo a la trayectoria de la astronave. No vamos en ruta de colisión. Cuando nos adelante, debería ignorarnos.

—A menos que le dispare a toda nave que se le ponga a tiro —dijo Bahzím—. Que no se cargara un puñado de rocas ahí fuera no significa que no nos vaya a disparar a nosotros. ¿Qué sabemos? Tal vez su misión sea destruir todas las naves humanas que vea. No dejó exactamente a los italianos en paz, y no estaban tampoco en ruta de colisión.

—No estaremos cerca cuando pase —dijo Dreo—. Nos movemos en paralelo a su trayectoria pero a gran distancia. Nunca le ha disparado a nada que esté ni remotamente cerca de este alcance.

—¿Entonces nos adelantará antes de que lleguemos a la Estación de Pesaje Cuatro? —preguntó Concepción.

—Sí —respondió Edimar—. Lo cual significa obviamente que pasará ante la estación de pesaje antes de que nosotros lleguemos, aunque no por mucho.

Concepción se volvió hacia Segundo.

—¿Ha habido suerte con la radio?

Llevaban semanas intentando contactar con la estación de pesaje, pero sin éxito alguno.

—La radio solo funciona en distancias cortas —dijo Segundo—. Hemos estado enviando mensajes a la estación, pero todo lo que nos llega de vuelta es estática. Hay un montón de interferencias.

—Tal vez las hormigas están interfiriendo la señal de radio —dijo Bahzím.

Segundo se encogió de hombros.

—¿Quién puede decir si saben siquiera lo que es una radio? Es posible que tengan otro sistema de comunicación completamente distinto. O el problema podría ser la radiación que emite su nave. Tal vez eso afecta de algún modo a las transmisiones. Incluso a esta distancia. No lo sé.

—¿Entonces la estación no está enterada de que la nave viene? —preguntó Bahzím.

—No a menos que ellos la hayan detectado también —dijo Segundo—. Lo cual es posible, pero lo dudo. No va directamente hacia ellos: pasará al menos a cien mil kilómetros, así que probablemente sus ordenadores no los alertarán. Y ya conocéis a los tipos que tienen a cargo de la sala de control. Son estibadores saturados de trabajo haciendo horas extra. No son expertos como Toron o Edimar. Si no se trata de una amenaza de colisión, ¿qué les importa? Si tuviera que hacer una suposición, diría que la estación está completamente desprevenida.

—Lo positivo —dijo Dreo— es que basándonos en la conducta anterior de la nave hormiga, probablemente dejará en paz a la estación de pesaje y seguirá su camino. Nosotros llegaremos un día más tarde, y podremos usar entonces su línea láser.

Concepción se inclinó hacia delante y contempló la nave estelar en el holoespacio.

—Por el bien de todos los que están a bordo de esa estación, rezo a Dios para que tengas razón.

Podolski se ocultaba en una pequeña habitación alquilada adyacente a un puesto de tallarines en la Estación de Pesaje Cuatro cuando las autoridades lo encontraron. Derribaron la puerta de una patada cuando no la abrió, y Podolski se acurrucó al fondo de la habitación. Notó de inmediato que no eran agentes de policía de verdad. Eran hombres duros, vestidos como los hombres que Chubs y la tripulación de la nave habían matado en el túnel de atraque antes de largarse y dejar aquí a Podolski, aislado.

—Hola, hola —dijo el hombretón que iba al frente. Tenía un acento europeo que Podolski no podía situar—. Es usted un pájaro duro de encontrar, amigo. He tenido que preguntarle a tres personas distintas antes de encontrarlo. —Se echó a reír—. Era una broma, amigo —dijo—. Ahora venga No hay por qué llorar. Solo queremos hacerle unas cuantas preguntas.

Podolski se frotó los ojos. ¿Estaba llorando? No se había dado cuenta. Se preguntó dónde estaban Mangler y Wain. Se suponía que tenían que protegerlo. Se suponía que tenían que estar ahí fuera.

—¿Quiénes son ustedes? —dijo.

—Podría decirse que somos los guardianes de la paz por aquí —respondió el hombre—. Y al ver cómo ha habido una disrupción de la paz recientemente, nuestra primera pregunta es: ¿Quién es la gente nueva en la estación? Tal vez tengan alguna información al respecto. ¿Me entiende? Trabajo lógico de detective.

—Yo no sé nada —dijo Podolski.

El hombre sonrió.

—Vamos, vamos, amigo. No se subestime tanto. Estoy seguro de que sabe montones de cosas. Como su nombre, por ejemplo. Eso sí lo sabe, ¿verdad?

—Gunther Podolski.

—Podolski —repitió el hombre, sonriendo—. ¿Ve? Tiene información. Sigamos: ¿En qué nave vino?

—¿Dónde están mis amigos? —preguntó Podolski, encontrando ahora su valor—. Los que estaban fuera.

El hombretón trató de ocultar su malestar.

—Sus amigos están cooperando, Podolski. Les estamos haciendo preguntas, y ellos son felices de responderlas. Usted debería responderlas también. Será más fácil para todo el mundo.

Podolski no dijo nada.

El hombretón miró la maleta de Podolski, anclada a la mesa, y la abrió. Dentro había varios holopads y equipo para acceder y borrar la *Cavadora*. El hombretón silbó.

—No viaja ligero, ¿eh, señor Podolski? Son unas máquinas muy molonas, tan nuevas y brillantes. Si no lo supiera bien, diría que es material corporativo.

Podolski no dijo nada.

—No le mentiré, señor Podolski, esto es una mala noticia para usted. —Alzó la maleta—. Esto es una prueba incriminatoria —dijo—. Uno de los honorables emprendedores de esta estación de pesaje fue atracado y asesinado hace dos días junto con varios de sus empleados, y esta maleta le convierte en el principal sospechoso. Personalmente, no me caía muy bien ese hombre, pero era uno de nuestros ciudadanos, y lo más importante, me debía un montón de dinero. Entonces lo encuentro a usted de repente, señor Podolski, un forastero con todo este equipo para robar a la gente.

—No es para eso —dijo Podolski.

El hombre enarcó una ceja.

—¿No? ¿Tiene otros planes, entonces? Ilumíneme.

Podolski no dijo nada.

El hombretón suspiró.

—No está cooperando, señor Podolski. No soy abogado, pero esto le hace parecer culpable. —Se acercó un paso—. Ahora, si tiene el dinero del señor Staggar, esto podría resolverse con mucha facilidad.

—No tengo su dinero —dio Podolski—. No sé de quién está hablando.

El hombre sonrió.

—Puede que no sepa su nombre, pero conoce al hombre. Le refrescaré la memoria. Un tipo muerto. Túnel de atraque. Feo como una roca, probablemente por recibir golpes en la cara a lo largo de los años por ser testarudo como usted.

La mano del hombre se cerró de pronto en torno al cuello de Podolski y apretó. Podolski jadeó. Sintió la laringe aplastada. Las uñas del hombre se le clavaron en la piel.

—No son preguntas difíciles, señor Podolski. Intento ser razonable, y usted no me sigue el rollo. Así que seré mas claro por su bien. Me da el dinero que recibió del señor Staggar, y yo desviaré el papeleo y me olvidaré que usted y yo nos hemos encontrado. Me parece una proposición razonable. ¿Qué dice?

Podolski vio manchas. Sus pulmones gritaban pidiendo aire. Quería asegurarle al hombre que no tenía lo que estaba buscando. Intentó decir: «No puedo darle lo que no tengo.» Pero todo lo que consiguió fue un susurro desesperado y sibilante.

—No puedo.

El hombre lo consideró un desafío.

Podolski notó que volaba. El hombre lo había arrojado, y Podolski estaba ingrávido. Atravesó la puerta y salió al mercado, su brazo golpeó el marco de la puerta al pasar. Oyó algo crujir. Su cuerpo giró. La gente gritó y esquivó. Chocó con algo a medio vuelo (no supo qué) y luego golpeó la pared de cristal reforzado del otro lado y rebotó. El hombretón lo cogió en el aire y lo hizo chocar de boca contra el cristal. Podolski tenía el brazo roto. Pudo sentirlo doblado torpemente tras él. El hombre se acercó a su oído y dijo algo, pero no pudo entenderlo. Todo sonaba apagado y distante.

Tras el cristal estaba el espacio, negro y silencioso y tachonado de estrellas. Podolski quiso decirle al hombre que tenía dinero para el pasaje a Luna. Podía quedarse con eso. No le importaba. Pero las palabras no se formaban en su boca. Zumbaban en su interior, pero no podía agarrarlas y hacerlas salir.

«Va a matarme —pensó—. Voy a morir aquí, solo, a ocho mil millones de kilómetros de casa.»

Hubo un lejano destello de luz en el espacio.

Entonces el cielo dejó de ser negro. Fue una pared de fuego verde sin llamas que se abalanzaba hacia delante. Y en el microsegundo antes de que lo consumiera todo y quemara el mundo, Podolski advirtió que la muerte venía de todas formas, aunque no de ningún modo que hubiera esperado. Resultó que tampoco iba a morir solo. ¿No estaba la vida llena de sorpresas?

17

Aliados

Concepción convocó al Consejo en el puente de mando aunque estaban a mitad del turno de sueño. Los adultos se reunieron rápidamente, adormilados y despeinados y alarmados.

—La Estación de Pesaje Cuatro ha sido destruida —informó la capitana—. Acabamos de recibir los datos del Ojo hace unos instantes.

Sus rostros mostraron sorpresa, horror, confusión. Los que estaban medio dormidos estaban ahora completamente despiertos.

—La nave hormiga liberó una andanada masiva de su arma cuando pasaba ante la estación —dijo Concepción—. La estación se apagó entonces. Nada de luces. Nada de energía. La estructura principal está intacta en su mayoría, pero varias piezas se han desgajado. No tenemos ningún contacto con ellos, ningún modo de determinar si hay supervivientes. Llevamos un rato intentando establecer contacto, pero sin éxito. Segundo cree que el arma podría ser plasma gamma laserizado. Si es así, entonces es probable que la estación recibiera una dosis fatal de radiación.

—¿Cuánta gente? —preguntó Rena.

—No lo sabemos —respondió Concepción—. Varios cientos como mínimo.

Uno de los supervivientes italianos empezó a llorar, una mujer, Mariana, que había perdido a su marido y cuatro hijos. Rena la abrazó para consolarla. La noticia reabría una herida todavía sin sanar.

—Creía que la nave hormiga estaba lejos de la estación —dijo Segundo.

—Lo estaba. Y es uno de los motivos por los que sospechamos que esto tal vez no haya sido un ataque táctico.

—¿No es un ataque? —dijo Bahzím—. ¿Qué pudo haber sido entonces? ¿Un accidente?

—Edimar lo explicará —dijo Concepción.

Edimar dio un paso al frente, y una imagen de la nave hormiga apareció tras ella en el holoespacio sobre la mesa.

—No fue un accidente —dijo—. Las hormigas dispararon deliberadamente su arma. Pero basándonos en lo que sabemos gracias al Ojo, no está claro que apuntaran a la estación.

—¿A qué otra cosa podrían estar apuntando? —dijo Rena—. Si la alcanzaron con un estallido concentrado, sería demasiada coincidencia sugerir que no la estaban apuntando.

—Es precisamente eso —respondió Edimar—. La nave no disparó un estallido concentrado. Disparó en todas las direcciones a la vez.

Pulsó un comando en la holomesa y una simulación dio comienzo. Plasma gamma salió despedido de todos los lados de la nave hormiga al mismo tiempo, creciendo hacia fuera, haciéndose más grande, hasta que la nave dejó de emitirlo, y la creciente muralla de destrucción se convirtió en un anillo gigante con el agujero en el centro, haciéndose cada vez más grande a medida que se esparcía en todas direcciones.

—La nave hormiga no le disparó a la estación —dijo Edimar—. Le disparó a todo.

La simulación era un bucle y empezó de nuevo desde el principio.

—Si disparó en todas direcciones a la vez —dijo Rena—, y tiene largo alcance, ¿por qué no nos dio a nosotros?

—Porque estamos mucho más lejos —respondió Concepción—. Muy por detrás de la nave. Más de dos millones de kilómetros. Probablemente recibimos algo de radiación, pero se ha disipado en su mayor parte cuando nos ha alcanzado. No es suficiente para dañarnos. No es una dosis letal. Tuvimos suerte.

—No sé si yo lo llamaría suerte —dijo Rena—. Esto significa que las armas de la nave son mucho más poderosas de lo que pensábamos.

—¿Y si no son armas? —planteó Segundo—. O, al menos, si la nave no usó la radiación como arma en ese momento.

—¿Qué quieres decir? —preguntó Concepción.

—Si está chupando átomos de hidrógeno casi a la velocidad de la luz y absorbe toda esa radiación, tiene que expulsarla de algún modo —dijo Segundo—, sobre todo cuando intenta frenar. No quiere lanzarla por detrás como hace normalmente. Eso solo le daría un impulso masivo. Y no quiere acelerar. Quiere decelerar. Así que debe deshacerse de la acumulación de alguna otra forma.

—Y si sus armas y combustible son la misma sustancia como sospechamos... —dijo Concepción.

—Entonces sus armas son el medio de liberar toda esa energía acumulada —terminó Segundo—. Fijaos cómo las armas dispararon en todas direcciones a la vez la misma cantidad. Es lógico, porque si soltara el plasma solo por un lado o si soltara más plasma por un lado que por otro el plasma generaría suficiente impulso en ese lado para cambiar el rumbo de la nave, cosa que no quiere hacer. Tienen fijado su rumbo.

—¿Entonces la Estación de Pesaje Cuatro fue destruida por el tubo de escape de la nave? —preguntó Selmo.

—Si lo quieres llamar así —contestó Segundo—. Es la única pega de su arma. La nave nunca deja de recoger hidrógeno. Y cuando deceleran, es un problema porque no tienen otro medio aparte de sus armas para vaciar todo el exceso. Así que disparan en todas direcciones, y lo que esté ahí fuera, mala suerte.

—Eso es una irresponsabilidad —dijo Bahzím—. Si tienes un sistema como ese, hay que asegurarse de que no hay nada por medio.

—Al parecer, a las hormigas no les importa qué se destruye —dijo Segundo.

—¿Entonces la estación de pesaje estaba en el lugar equivocado en el momento inoportuno? —dijo Rena.

—No —replicó Concepción—. La estación de pesaje fue destruida por una especie descuidada que no tiene ninguna consideración con la vida humana.

Todos guardaron silencio.

—¿Qué vamos a hacer? —preguntó Segundo.

—He tomado una decisión —dijo Concepción—. Solo porque había que tomarla inmediatamente. Si pensáis que estoy equivocada, no es demasiado tarde para cambiarla. Pero no creo estar equivocada. Le he dicho a Selmo que no decelere. En vez de dirigirnos a la Estación de Pesaje Cuatro vamos a interceptar la nave y atacarla.

La reacción fue feroz y fuerte, ya que todos empezaron a hablar y gritar al mismo tiempo. Concepción alzó los brazos para hacerlos callar, pero el tumulto continuó.

La voz de Segundo resonó por encima de las de los demás.

—¡Silencio!

Las voces se apagaron.

—Escuchémosla —dijo Segundo.

—Gracias —respondió Concepción—. Sé que lo que estoy sugiriendo es enormemente peligroso, pero considerad nuestra situación. Por lo que sabemos, nadie más es consciente de que esta nave se dirige a la Tierra. Nadie más sabe que ha matado a cientos de personas, ni que tiene un arma tan poderosa que es capaz de aniquilarlo todo en un radio de cien mil kilómetros o más; o que sus criaturas no le dan ninguna importancia a la vida humana y atacarán sin provocación. Somos los únicos que lo saben. Y ahora mismo no tenemos medios de avisar a nadie. La Estación de Pesaje Cuatro ha desaparecido. Podemos esperar que Víctor llegue a Luna y avise a la Tierra, pero sigue estando a varios meses de distancia. Las hormigas cubrirán un montón de espacio en ese tiempo. Y si las dejamos, si no hacemos nada, morirá más gente.

—¿Cómo podemos impedirlo? —dijo Dreo—. No podemos competir con su tecnología y sus armas. Una flota entera de naves de guerra no podrían detenerla. ¿Pensaste que enfrentarse a la cápsula era imposible? Esto sería mil veces peor.

—No tenemos que destruirla —replicó Concepción—. Podría ser suficiente con dañarla. Eso le daría a la Tierra más tiempo para emplazar una defensa, o a las naves militares tiempo suficiente para venir y destruirla.

—¿Y cómo vamos a dañarla? —preguntó Dreo—. Tenemos cinco MG. Cinco. ¿Has olvidado lo grande que es esa cosa? Tenemos una fracción de su tamaño. Cinco MG podrían no infligir ningún daño.

—No sé cómo lo haremos —dijo Concepción—. Habrá que pensarlo. Pero no hacer nada no es una opción. Si la dejamos continuar, morirán familias. Clanes enteros, tal vez.

—No te ofendas, pero eso no es problema nuestro. Hicimos nuestra parte. Destruimos la cápsula. Salvamos a nueve personas. Enviamos a Víctor a Luna. Perdimos a Toron y Alejandra y Faron. Hemos hecho nuestros sacrificios. Hemos cumplido con nuestro deber. Lo que estás sugiriendo nos matará a todos. Esto está ahora fuera de nuestras manos. Es demasiado grande para que podamos resolverlo.

—Estoy de acuerdo con Concepción —dijo Edimar—. Si podemos hacer un intento para detenerla, deberíamos hacerlo.

—Pues claro que estás de acuerdo —dijo Dreo—. Has perdido a la mitad de tu familia. Estás furiosa. Yo, para empezar, quiero vivir. Además, ¿no acabamos de establecer que tienen un arma que puede destruirlo todo en torno a él? ¿Cómo podríamos acercarnos lo suficiente para atacarla?

—No la consideres un arma —intervino Segundo—. Piensa que es un tubo de escape.

—¿Y qué diferencia hay? Si lo dispara, estaremos igual de muertos.

—Hay una diferencia —dijo Segundo—. Porque si acabas de liberar una cantidad enorme de escape, es razonable que no libere más durante algún tiempo. Si vamos a atacarla, ahora es el momento.

—No puedes hablar en serio —dijo Dreo. Miró a los que tenía alrededor—. ¿Soy el único que cree que esto es una locura? ¿Y nuestros hijos? ¿Estamos dispuestos a arriesgarlos también a ellos?

—No tenemos que hacerlo solos —dijo Concepción—. Hay otras naves ante nosotros. Si podemos contactar con ellas, podremos reclutar ayuda. Tal vez podamos trasladar a los niños a otra nave y mantener a esa nave alejada de la lucha.

—No somos una nave de guerra. Esta no es nuestra pelea.

—Sí que es nuestra pelea —dijo Concepción—. Definitivamente, es nuestra pelea. Esa nave es una amenaza para toda la humanidad. Ahora bien, si todos me decís que estoy equivocada, si todos estáis en desacuerdo, entonces detendré la nave. Si no, vamos a atacar a esa nave.

—¿Cómo podemos reclutar ayuda con toda esta interferencia? —preguntó Rena.

—La radio funcionará en un radio de unos pocos cientos de kilómetros —dijo Segundo—. Son los mensajes a larga distancia los que no pueden llegar. Si nos acercamos lo suficiente a otra nave, podremos enviar un mensaje de banda ancha. Holo a holo.

—¿Quién nos ayudaría? —preguntó Bahzím.

—Tendríamos que ser selectivos —dijo Concepción—. Las únicas naves mineras que podrían interceptar probablemente a las hormigas son las que ya se mueven en esta dirección a alta velocidad. No hay tiempo para que otras naves cambien de rumbo y aceleren para adquirir nuestra velocidad. Selmo, ¿qué naves de las que tenemos delante cumplen los requisitos?

Selmo atravesó con la mano el holoespacio y estudió los datos del Ojo.

—Tengo diez naves delante, pero solo dos igualan nuestra velocidad y se mueven en nuestra dirección.

—¿Dos naves? —dijo Bahzím—. No es mucho para un ataque, sobre todo si una de ellas va a quedarse con las mujeres y los niños.

—¿Cuáles son esas dos naves? —preguntó Concepción.

—Una es una nave WU-HU —dijo Selmo—. Clase-D. Una perforadora. La mitad de nuestro tamaño. No es gran cosa como nave de ataque en realidad.

WU-HU era una corporación minera china, directa competidora de Juke Limited, aunque en comparación eran poca cosa. A Concepción le caían bien. Iban a lo suyo y no recurrían a empujar a la gente de las perforaciones ni a acosar a los clanes. Respetaban a los mineros libres. Fuera quien fuese su capitán, Concepción estaba segura de que los ayudarían.

—¿Qué hay de la otra nave? —preguntó.

Selmo miró los datos y frunció el ceño.

—Sí que puede luchar. Está bien defendida. Montones de armas. Casco fuerte. Pero que me zurzan si quiero su ayuda.

Concepción supo de inmediato qué nave debía ser.

—Es Lem Jukes —dijo Selmo.

Lem cogió una caja de comida y se encontró a Benyawe que comía ya en uno de los mostradores del comedor.

—Tengo una idea que me gustaría que intentara, doctora Benyawe. Algo para mantenerla entretenida en el vuelo a casa.

—En el laboratorio no nos estamos rascando precisamente la barriga, Lem. Trabajamos.

Lem sonrió.

—Naturalmente, esto sería además de sus deberes con el gláser.

—¿Y si me niego? ¿Me abandonará en la próxima parada como hizo con Podolski?

—Podolski tenía una misión especial y estará bien atendido —dijo Lem—. Tiene pasaje a Luna. No lo abandonamos. Todo fue idea suya.

—Pues debió olvidarlo cuando lo dejamos atrás. No parecía demasiado ansioso por quedarse.

—Ir a la estación de pesaje fue un error. Acepto toda la responsabilidad. No tenía ni idea de que rebosaba de delincuentes.

Tomamos una acción decisiva, y no creo que nadie pueda reprocharnos que recurriéramos a la defensa propia. ¿Cómo está el doctor Dublin?

—Recuperándose. Los médicos volvieron a colocar en su sitio los huesos rotos. Tiene la mano escayolada y está tomando medicinas.

—Bien —Lem le quitó la tapa a su caja de comida, permitiendo que el contenido flotara hasta la parte superior del recipiente, donde pudo sorberlo con una pajita.

Ella lo estudió un instante.

—¿Matamos a esos hombres porque sabían lo del gláser?

Lem suspiró.

—Nosotros no matamos a nadie, doctora. Chubs y su equipo de seguridad, trabajando a las órdenes de mi padre, nos salvaron la vida. Y no, no los mataron para proteger secretos corporativos. Nos amenazaban. Estaba usted allí. Ahora, sáqueselo de la cabeza. Necesito ese cerebro suyo concentrado en otros asuntos.

—Idea suya.

—Estoy de acuerdo en que la gravedad enfocada es el futuro de la compañía, pero no en su estado actual, no como gláser. Es demasiado inestable. El campo de gravedad resultante es demasiado impredecible.

—¿Llevamos casi dos años trabajando dieciséis horas al día, casi nos hemos hecho matar por demostrarle este gláser, Lem, y de repente ya no le interesa?

—Al contrario. Estoy muy interesado. Pero creo que estará usted de acuerdo en que nuestro modelo actual necesita algo de trabajo. Simplemente hago una sugerencia para mejorarlo. Si es una idea terrible, dígamelo. Es usted la ingeniero, no yo.

—¿Cuál es la idea?

—Dos aparatos parecidos al gláser conectados entre sí como una bola que pueda ser colocada en lados opuestos de un asteroide. Como orejeras. Funcionan con el mismo principio, pero sus campos de gravedad se contrarrestan unos a otros, así que el asteroide sigue haciéndose pedazos por las fuerzas gravitacionales, pero el campo de gravedad no crece hasta niveles inestables. Queda mucho más contenido. La roca sigue acabando reducida a polvo, pero no muere nadie.

—Pondré a trabajar un equipo —dijo Benyawe—. Yo lo supervisaré personalmente. Es una buena idea. Merece la pena explorarla.

Lem se sorprendió. Esperaba una respuesta amable aunque ligeramente condescendiente sobre cómo la idea se apreciaba pero era demasiado poco práctica, una palmadita en la cabeza que decía en esencia: «¿Por qué no deja que piensen los adultos?» Después de todo, ¿cómo podía él presumir de pensar algo que no se les hubiera ocurrido a ellos? Eran las mentes más brillantes de sus especialidades. Lem no era científico: no sabía de física, no a su nivel, al menos. Sin embargo Benyawe iba a seguir trabajando en la idea. ¿O simplemente le estaba siguiendo la corriente? No. Era una buena idea. Era prometedora. ¿Y no era eso lo que hacían los emprendedores? Tienen ideas, y llaman a la gente que puede hacerlas realidad. ¿No era eso lo que había hecho su padre?

Lem dejó el comedor con paso vivo, cosa que era fácil en gravedad cero. Todo estaba saliendo bien por fin. Todo encajaba. Tenía cuatro bodegas de carga casi llenas de cilindros como regalo para el consejo de dirección. Había hecho pruebas de éxito con el gláser. Podolski se encargaba de la metedura de pata con la *Cavadora*, para eliminarla. Y ahora, si Benyawe y su equipo lo conseguían, podría regresar a Luna con planes para el gláser de la próxima generación, una idea por la que recibiría su reconocimiento.

Lem sonrió.

Había recorrido un camino pedregoso, sí, pero el viejo Lem Jukes había vuelto. Se detuvo y comprobó su reflejo en una de las brillantes columnas metálicas esparcidas por toda la nave. No se había afeitado desde hacía dos días, pero le gustaba el aspecto que le daba a su cara. Era esa expresión endurecida y canalla que parecía encandilar a muchas mujeres que había conocido. Echó atrás los hombros y comprobó su perfil. Era el aspecto de un líder, una cara que exigía que la siguieran. Tenía que darle las gracias a su padre por eso.

Se alisó la chaqueta, comprobó su otro perfil, y continuó su camino. No había llegado muy lejos cuando pasó ante una de los miembros de la tripulación, una mujer que trabajaba en la cocina por su aspecto. Le dirigió la mejor de sus sonrisas, y la mujer asintió y se ruborizó antes de continuar. Así que todavía lo tenía. Después de casi dos años fuera del juego no había perdido su atractivo.

Cogió el tubo para ir a sus habitáculos y se preguntó a quién debería llamar cuando regresara a la Tierra. Probablemente no era demasiado pronto para pensar en eso. Si conseguía un lugar más prominente en la compañía, como esperaba, estaría bien tener una mujer a su lado. No necesariamente una esposa, per se. Pero sí alguien que pudiera acompañarlo a los compromisos de la compañía y encandilar a los miembros del Consejo.

Lem puso un poco de música, se quitó las grebas y avambrazos, y flotó hasta el terminal de su ordenador. No había escasez de mujeres hermosas en su lista de contactos: mujeres del mundo de la empresa, la medicina, la ciencia, el entretenimiento, incluso una condesa danesa, aunque Lem acabó por considerarla demasiado engreída. Fue pasando sus fotos y sonrió al recordar. Muchas habían progresado hasta la tercera o cuarta cita, pero rara vez habían llegado más lejos. Lem viajaba demasiado extensamente y trabajaba demasiado intensamente.

Advirtió que la entrada más reciente tenía más de dos años, pero era de esperar: Lem había estado en el espacio. Otras entradas tenían siete u ocho años, cosa que le sorprendió. ¿Había pasado tanto tiempo? Todavía peor, no había mantenido contacto con ninguna de ellas, aunque había prometido seguir en contacto con todos ellos. De repente advirtió lo tonto que debía parecer intentar contactar con ellas cuando regresara. Eh, ¿me recuerdas? Cenamos hace siete años y fui completamente encantador y luego no llamé nunca. ¿Te recojo a las ocho?

Cuánta clase. Lem permitió que sus ojos se aclimataran hasta que vio su propio reflejo en la pantalla del terminal. Estaba engañándose a sí mismo, y lo sabía. Se apartó de la mesa, buscó la cuchilla y se afeitó. Tenía el pelo demasiado hirsuto.

Se estaba secando la cara con una toalla cuando una alerta sonó en el holoespacio sobre la mesa. Lem pasó la mano a través, autorizando el mensaje. La cabeza de Chubs apareció allí.

—Estamos recibiendo un mensaje de banda ancha-alta por una frecuencia de emergencia, Lem. Y no se va a creer de quién es.

—¿Alguien que conozcamos?

—La *Cavadora*.

Lem se quedó helado. ¿La *Cavadora*? ¿Cómo era posible?

—Creía que no teníamos radio. Creía que teníamos interferencias.

Llevaban días sin recibir ningún mensaje.

—Las interferencias afectan sobre todo las transmisiones de largo alcance —dijo Chubs—. Si una transmisión es lo bastante cercana y potente, parece que llega.

—¿A qué distancia está la *Cavadora*?

—A un día detrás de nosotros. Igualando nuestra velocidad.

Lem maldijo entre dientes. Un día. Los tenían prácticamente encima. Bueno, era perfecto.

—Es peor de lo que piensa —dijo Chubs—. Preguntan por usted personalmente.

Lem cerró los ojos. Todo volvía a hacerse pedazos. Podolski no podría haber borrado ya a la *Cavadora*. Era demasiado pronto. Los mineros libres los habían estado siguiendo. Deben haber leído los archivos de Lem y ahora vienen a pedir su precio por devolver los archivos.

—¿Qué les digo? —preguntó Chubs.

Durante un instante, Lem pensó en no aceptar la transmisión. Si los ignoraba, tal vez se fueran. Pero no, si lo que pretendían era hacerle chantaje, solo irían a otro sitio y venderían los datos, y eso sería peor.

—Pásamelos —dijo—. Pero quiero que veas y grabes este holo, Chubs. Tú solo.

—Entendido.

Chubs desconectó, y la cabeza de la mujer apareció en el holoespacio. Tenía exactamente el mismo aspecto que hacía meses: vieja y dominante y hecha de acero.

Lem comprobó el cuello de su camisa y luego acercó la cara al holoespacio para que ella pudiera verlo también. Habría un retraso de tiempo en la conversación, y la longitud del retraso dependería por completo de lo cerca que estuvieran las dos naves.

La anciana habló primero.

—Señor Jukes, esperaba que nuestros caminos no volvieran a cruzarse nunca más, pero las circunstancias lo exigen. Soy Concepción Querales, capitana de la *Cavadora*. Contactamos con usted porque necesitamos su ayuda. La Estación de Pesaje Cuatro ha sido destruida. Le envío todos los archivos que tengo para demostrárselo a usted y su tripulación.

Lem no dijo nada. Si los archivos llegaban, sabía que Chubs empezaría a repasarlos inmediatamente. Pero ¿la Estación de Pesaje Cuatro destruida? Imposible. Lem se había marchado de allí, ¿cuándo, hacía menos de una semana? Esto era un truco. Estaban planeando algo.

Como si pudiera leer su mente, Concepción dijo:

—Todo lo que voy a decirle le parecerá ridículo, y sin duda pensará que es algún truco por nuestra parte para vengarnos de ustedes por atacar nuestra nave. Le aseguro que no es el caso. Contacto con usted, señor Jukes, porque necesitamos desesperadamente su ayuda. Una nave alienígena ha entrado en nuestro sistema solar. Entre los datos que he enviado están su trayectoria y sus coordenadas. Puede mirarlo y ver que están ahí. Esa nave ya es responsable de las muertes de unas seiscientas personas, incluyendo todos a bordo de la Estación de Pesaje Cuatro y tres miembros de mi propia tripulación. Entre los datos que envío hay un vídeo de la especie alienígena. Esto no es una broma, señor Jukes, y no estaría contactando con usted si no fuera una absoluta necesidad. Le envío las coordenadas de encuentro. Una nave WU-HU en la zona ha accedido a unirse a nosotros para atacar la nave de aquí a seis días. Nuestra esperanza es que añadan ustedes la fuerza de su nave a la nuestra. La nave alienígena continúa decelerando, y si todos aceleramos y cambiamos levemente nuestro curso podremos interceptarla y salvar incontables vidas, quizás a la Tierra misma. Le daré a usted y su tripulación tres horas para revisar nuestros datos y responder. Por favor, reconozca este mensaje como recibido y su intención de responder.

Lem no se movió, intentando que la sorpresa no se reflejara en su cara.

—Mensaje recibido. Responderemos. *Makarhu*, corto.

Retiró la cara del holoespacio. La cabeza de Chubs apareció casi inmediatamente delante de él.

—Tenemos sus archivos. Pensé que podrían estar cargados con algún virus, pero están limpios. El piloto ha ejecutado las coordenadas que nos dio para la nave.

—¿Y...?

Chubs sacudió la cabeza.

—Será mejor que suba aquí, Lem. Hay algo ahí fuera. Algo como no he visto nunca.

Lem y Chubs se pasaron dos horas revisando todos los datos de la *Cavadora*. Cuando terminaron, fueron inmediatamente a buscar a Benyawe. La encontraron en el laboratorio con otros seis ingenieros, dibujando en la pared diseños rudimentarios de la nueva idea de Lem para el gláser.

Benyawe sonrió cuando Lem entró.

—Señor Jukes, estábamos discutiendo este diseño en forma de bola suyo. ¿Podría explicarle a los ingenieros lo que me explicó a mí antes?

—En otro momento —dijo Lem. Pulsó un botón, haciendo desaparecer los dibujos, y se volvió hacia los ingenieros reunidos—. Si nos disculpan, necesitamos un momento en privado con la doctora Benyawe por un asunto urgente.

Indicó la puerta. Los ingenieros intercambiaron miradas, sobresaltados, y luego recogieron rápidamente sus cosas y se marcharon. Chubs cerró la escotilla tras ellos.

—Tiene toda mi atención —dijo Benyawe con expresión preocupada.

Lem pasó primero el holomensaje de Concepción. Luego los vídeos de la *Cavadora* en la pared, Benyawe lo contempló todo en silencio, mostrando pocas reacciones, como una observadora científica calculadora. Ni siquiera dio un respingo como Lem cuando la hormiga apareció en la superficie de la cápsula. Cuando los vídeos terminaron, hizo preguntas concretas, y Chubs respondió proyectando el recto de los datos de la *Cavadora* en la pared. Benyawe guardó silencio mientras los leía, pasando las diversas ventanas, comprobando los cálculos, revisando las coordenadas.

Cuando terminó, se volvió hacia Lem.

—No podemos llamarlos «hormigas» como ellos hacen en español. La comunidad científica nunca aprobaría una clasificación con una lengua viva. Tiene que ser latín. Fórmicos. Al menos esa es mi recomendación profesional.

Lem parpadeó.

—¿A quién demonios le importa cómo los llamemos? Acabo de enseñarle una maldita especie alienígena, Benyawe. ¿Qué más da su nombre?

—Toda la diferencia del mundo —respondió Benyawe—. Este es el mayor descubrimiento científico de nuestra historia, Lem. Esto lo cambia todo. Esto responde a la pregunta científica más fundamental. ¿Estamos solos en el universo? La respuesta, obviamente, es no, no lo estamos. Y aún más, no somos tampoco la especie más avanzada tecnológicamente, cosa que sospecho herirá el orgullo humano.

—No me interesa la ciencia, doctora —dijo Lem—. Su mente científica puede extasiarse con este descubrimiento, pero mi mente lógica, práctica y racional se está meando en los pantalones. Hay una nave alienígena ahí fuera dirigiéndose hacia la Tierra con una potencia de fuego inimaginable y con probables intenciones maliciosas. Ahora, si hay alguna probabilidad de que esto sea una engañifa y Chubs y yo seamos unos idiotas crédulos, dígalo ahora.

—No —contestó Benyawe—. Esto es legítimo. La evidencia es incuestionable.

—¿No hay ninguna duda en su mente? —preguntó Chubs.

—Ninguna. Tenemos que transmitir esta información a la Tierra inmediatamente.

—No podemos —dijo Chubs—. Las comunicaciones de largo alcance se han caído por causa de las interferencias.

—¿Incluso la línea láser? —preguntó Benyawe.

—El transmisor está estropeado. La *Cavadora* cree que el venteo de la nave alienígena puede haber dañado los sensores externos hasta un millón de kilómetros de distancia. No hemos intentado enviar una línea láser desde hace tiempo o habríamos advertido el problema antes.

—Ahora sabe lo que sabemos nosotros —dijo Lem—. ¿Cómo le respondemos a la *Cavadora*? Ya tengo la opinión de Chubs. Ahora quiero la suya.

Benyawe pareció sorprendida por la pregunta.

—Les decimos que lucharemos, por supuesto. Les decimos que estaremos de su lado, dándoles todo lo que tenemos. Hay que detener ese nave, Lem. Destruirla si podemos, aunque sospecho que su capitana tiene razón. Lo mejor que podemos esperar es dañarla. Pero en cuanto a nuestra respuesta debe de ser un sí absoluto y resonante. La *Makarhu* se unirá a la lucha.

Lem asintió gravemente.

—Eso es lo que pensaba que diría.

—¿No está de acuerdo? —preguntó Benyawe—. ¿Mi voto es contrario al de ustedes dos?

—No —dijo Lem—. La decisión es unánime. Atacaremos a esos hijos de puta.

18

Fórmicos

Dos cabezas flotaban en el holoespacio delante de Concepción: Lem Jukes y el capitán Doashang de la Corporación WU-HU. Sus naves estaban todavía a varios días de interceptar la nave fórmica pero ahora se hallaban lo bastante cerca unas de otras para que una conferencia a tres bandas fuera posible sin muchas interferencias. Concepción, a pesar de sentirse agotada y sufrir un ataque de artritis en más lugares de los que se atrevía a contar, puso su mejor cara y la mostró en el holoespacio. Que vean mis ojos y sepan que como familia no les fallaremos.

Hicieron las presentaciones. Doashang parecía un capitán muy capaz. Lem Jukes tenía un aire a su padre, lo que quería decir que era confiado de un modo que era al mismo tiempo atractivo y desagradable. Concepción calculó que tendría treinta y tantos años. Un niño, en realidad. Menos de la mitad de su edad. Dios, sí que era vieja. Todavía estaba en la Tierra cuando tenía esa edad, trabajando en la bodega de su padre en Barinitas, Venezuela, convencida de que permanecería atrapada en el calor y el polvo durante el resto de su vida, vendiendo botellas frías de malta a los fermentadores de banana cuando volvían de los campos.

Cuánto se había equivocado.

Después de las presentaciones, Lem no perdió el tiempo pasando a la táctica. Había sorprendido a Concepción al aceptar tan rápidamente la llamada de ayuda, y ella había supuesto que era debido a su espíritu conquistador, su necesidad de someter y dominar, lo que le había motivado. Pero ahora, mientras ofrecía ideas y mostraba preocupación por la seguridad de las otras naves además de la suya propia, Concepción pensó que tal vez la compulsión de Lem por ayudar podría deberse a un deseo genuino de proteger la Tierra. Eso la tranquilizó. Los movimientos egoístas conducían al abandono y la traición en una batalla, y si alguno de ellos esperaba sobrevivir, tendrían que confiar implícitamente unos en otros.

—Si la cápsula recibió impactos directos de los italianos y no sufrió ningún daño visible —dijo Lem—, solo podemos asumir que la nave principal tiene la misma protección.

—No ganaremos esto con láseres —repuso Concepción—. En el momento en que abramos fuego, los fórmicos sabrán que estamos ahí. En el instante en que sean conscientes de nuestra existencia, tendremos problemas. Podrían ventear sus armas como hicieron cerca de la Estación de Pesaje Cuatro, y ni nos daríamos cuenta de qué nos ha golpeado.

—¿Entonces cómo los atacaremos? —preguntó Doashang.

—Los italianos no pudieron dañar la cápsula con fuego láser —dijo Concepción—, pero unos cuantos de mis hombres pudieron posarse en ella y dañar sus sensores con herramientas.

—No hay sensores ni equipo en la superficie de la nave fórmica —dijo Lem—. Es lisa. No hay nada que atacar. Además, se mueve a ciento diez mil kilómetros por hora. ¿Está sugiriendo que pongamos hombres en la superficie de esa nave a esa velocidad?

—Eso es exactamente lo que estoy sugiriendo —respondió Concepción—. El único modo que conocemos de penetrar su escudo es estar en la superficie, justo en el casco. Sabemos que la superficie de la cápsula era magnética, así que hay altas probabilidades de que la superficie de la nave principal lo sea también. Si nuestros hombres van equipados con imanes, podrían arrastrarse por la superficie de la nave y plantar explosivos. Podríamos poner un temporizador con suficiente retraso para que puedan regresar a nuestras naves y retirarnos a una distancia segura. Si tenemos suerte, podremos entrar y salir sin que los fórmicos sepan siquiera que estamos allí.

—Eso evitará una lucha directa —dijo Doashang—. Me gusta ese aspecto.

—¿Y si el casco es tan fuerte que no lo dañan los explosivos? —preguntó Lem—. No sabemos de qué material está hecho esa nave. Podría ser inmune al ataque. Podría tener diez metros de grosor.

—Si ese es el caso, entonces nada que hagamos podrá detenerlos —dijo Concepción—. Pero no lo sabremos hasta que lo hayamos intentado. Y si el casco es impenetrable, entonces habremos aprendido algo valioso. Es la información la que ayudará a quien los combata a continuación.

—Doy por hecho que tienen ustedes explosivos —dijo Lem.

—Doy por hecho que todos tenemos explosivos —dijo Concepción—. ¿No usan ocasionalmente explosivos para romper la superficie de roca o abrir un pozo?

—Tengo que comprobarlo con nuestro encargado.

—¿No están equipados? —preguntó Concepción—. Tomaron por la fuerza nuestro sitio de excavación. Supuse que lo querían por motivos mineros. ¿Qué iban a hacer con ellos si no extraer minerales?

Hubo un silencio incómodo. Doashang los miró primero a uno y luego a la otra.

—Lo comprobaré con nuestro encargado —repitió Lem.

—Hágalo —dijo Concepción—. Porque cuantos más explosivos plantemos, obviamente infligiremos más daño.

—¿Cómo funcionaría? —preguntó Doashang—. ¿Cómo ponemos a nuestros hombres en la superficie de la nave después de igualar su velocidad'

—Estableceremos tirolinas usando cables de atraque —dijo Concepción—. Luego disparamos cables con anclajes magnéticos hasta su superficie. Cuando los cables estén asegurados, nuestros mineros conectan con la tirolina y vuelan hasta la superficie con sus mochilas propulsoras. No pueden llevar cables de conexión vital porque no podemos acercarnos tanto a la nave fórmica. Pero podrían llevar baterías y oxígeno portátil. Plantan los explosivos, vuelven a trepar por el cable de atraque y los sacamos de allí con el cabestrante.

—Son un montón de imponderables —dijo Doashang—. Mil cosas podrían salir mal. ¿Y si el anclaje magnético alerta la nave al golpearla? ¿Y si la superficie de la nave puede detectar movimiento?

—Son posibilidades —dijo Concepción—. Pero es improbable. Cuando atacamos la cápsula, los fórmicos solo salieron a la superficie después de que dañáramos su equipo. Literalmente chocamos con su costado y pasamos varios minutos en el casco antes de que respondieran.

Guardó entonces silencio, dejándolos reflexionar al respecto.

—No tengo una idea mejor —dijo Doashang por fin—. Y estoy de acuerdo en que el sigilo es lo mejor. Pero no tenemos cabrestante en nuestra nave. Así que no podremos ayudar con los cables.

—De hecho, iba a sugerir que su nave se quedara fuera de la batalla —dijo Concepción.

—¿Por qué? —preguntó Lem.

—Uno de nosotros tiene que quedarse atrás. Los datos que tenemos son demasiado importantes para morir con nosotros. Enviamos a Luna a uno de nuestros tripulantes con muchos de estos datos, pero no tenemos modo de saber si llegará vivo o si alguien lo tomará en serio. Si este ataque fracasa, alguien tiene que comunicarle a la Tierra todo lo que sabemos. Sugiero que sea su nave, capitán Doashang. Pueden grabarlo todo desde lejos. Podemos subir a todas las mujeres y niños de nuestra nave a la suya antes del ataque por si nos sucede algo.

—Estoy de acuerdo —dijo Lem—. Su nave es la más pequeña y la menos armada, capitán Doashang. Si alguien se queda atrás deberían ser ustedes.

Doashang suspiró.

—No me gusta hacer de observador. Pero estoy de acuerdo en que todo lo que sabemos debe ser transmitido a la Tierra. Si voy a quedarme con sus no-combatientes y sus niños, tendremos que abarloar nuestras naves en vuelo a alta velocidad, cosa que es peligrosa. No podemos decelerar para atracar o no alcanzaremos nunca a los fórmicos.

—Tendremos que confiar en nuestros ordenadores y pilotos —dijo Concepción—. Haré que nuestra tripulación comience inmediatamente los preparativos.

A la hora señalada, Rena se dirigió a la escotilla de atraque, llevando una maletita con una sola muda de ropa. Segundo la acompañaba, rodeando sus hombros con un brazo. Había jaleo por todas partes: bebés llorando, madres haciéndolos callar, niños pequeños volando a pesar de las severas órdenes de sus padres para que se estuvieran quietos y callados. Unas cuantas mujeres lloraban también, sobre todo las madres y esposas jóvenes que se abrazaban a sus maridos. Rena se negaba a llorar. Llorar era reconocer que podía suceder algo terrible, que esta separación entre Segundo y ella podía ser la última, y se negaba a creerlo.

La alarma de proximidad sonó, sobresaltándola. Significaba que la nave WU-HU estaba ahora cerca, preparándose para abarloar. Los niños asustados corrieron a los brazos de sus padres, y todos observaron la escotilla de atraque al fondo del pasillo. La escotilla era de acero sólido, sin ventanas, pero Rena la miró como si pudiera ver la nave que se acercaba al otro lado.

La mano de Segundo se dirigió a su palmar y apagó la alarma. El silencio regresó al pasillo, y entonces la voz de Segundo sonó con fuerza.

—Puede que haya una sacudida cuando conecten. Que todo el mundo permanezca cerca de las paredes y se agarre a algo.

Los padres acercaron inmediatamente a sus hijos y flotaron hasta una de las paredes, agarrándose a una tubería o un asidero. Segundo y Rena se dirigieron a una esquina y se anclaron.

—Abarloar así las naves es ridículamente peligroso —dijo Rena en voz baja, y no por primera vez.

—Es necesario —respondió Segundo.

—No es necesario. Deberíamos quedarnos en la nave. O al menos yo debería quedarme. No hay ningún motivo para que me marche. No tengo hijos pequeños. Nuestro único hijo ni siquiera está ya a bordo de esta nave. Debería quedarme contigo. Soy inútil en esa nave.

—No eres inútil —dijo Segundo—. Tienes talento para consolar a los demás. Estas mujeres te necesitan, Rena, ahora más que nunca. Puedes ser una fuerza para ellas.

—También puedo ser una fuerza para ti.

Él sonrió.

—Y lo serás siempre. Pero no puedes estar a mi lado en esto. Yo no estaré en la nave.

Ella volvió la cabeza. No quería que Segundo hablara del ataque. Conocía los detalles: él le había contado el plan y los riesgos que correría, pero Rena no quería pensar en ello. Pensar era imaginar todas las cosas que podían salir mal.

Él la abrazó de nuevo por la cintura. Ella se volvió hacia él y vio que le sonreía amablemente. Era la sonrisa que siempre le dirigía cuando se daba cuenta de que era inútil discutir con ella y aceptaba la derrota. Pero esta vez no podía hacerlo. Ella no podía quedarse. Causaría el pánico. Otras mujeres insistirían en quedarse también, y las que tenían hijos y quisieran permanecer junto a sus maridos se sentirían desgarradas. Marcharse de pronto sería como abandonarlos, y no una orden que se veían obligadas a obedecer.

Rena se sintió entonces a salvo. A pesar del atraque, a pesar de las hormigas o fórmicos o como demonios se llamaran ahora, se sentía a salvo rodeada por sus brazos. Había querido discutir con él y oponerse de nuevo a toda esta estupidez, pero su sonrisa había consumido sus ganas de lucha.

Hubo una violenta sacudida cuando la nave WU-HU hizo contacto, y varias personas gritaron. Las luces fluctuaron. Rena se llevó la mano a la boca, sofocando su propio grito. Entonces se terminó. La nave se estabilizó, y durante un momento todo quedó en silencio. Ruidos apagados sonaron al otro lado de la escotilla de atraque mientras alguien aseguraba un sello y presurizaba la compuerta.

La luz sobre la escotilla pasó de rojo a verde, y dos bruscos golpes resonaron sobre la compuerta. Bahzím abrió la escotilla, y un hombre asiático entró flotando. Su uniforme sugería que era el capitán, y Concepción se acercó a él y lo saludó. Intercambiaron unas palabras, aunque Rena no pudo oírlas. Concepción se volvió entonces hacia todos los presentes en el pasillo y dijo:

—El capitán Doashang ha corrido un gran riesgo al abarloar junto a nosotros, y agradecemos su amabilidad al aceptaros en su nave hasta que este asunto haya terminado. Por favor, mostradle la misma cortesía que siempre me habéis mostrado a mí. Ahora, hagamos esto con rapidez. En fila india, no dejéis de moveros.

La gente más cercana a la escotilla empezó a recoger sus cosas y a moverse.

Rena sintió pánico de repente. Estaba ocurriendo. Se marchaban ya. No había dicho adiós. Esto era demasiado rápido. Se volvió hacia Segundo. Él la estaba mirando. Puso las manos sobre sus brazos y sonrió de nuevo de esa forma cautivadora, la forma que lo bloqueaba cuanto la rodeaba, aquella expresión que podía silenciar al mundo entero para ella.

La gente se colocaba en fila.

Rena los ignoró. Había un millón de cosas que quería decirle. Nada que no hubiera sido dicho ya cada día de sus vidas de casados, nada que él no supiera ya. Pero ella seguía queriendo decirlas. Sin embargo, «amor» pareció de pronto una palabra insignificante. No era amor lo que sentía por él. Era algo mucho más grande, algo para lo que no existía una palabra.

Él le puso algo en la mano. Ella miró. Eran dos cartas selladas. Su nombre estaba escrito en una. La otra era para Víctor. Rena empezó a llorar al instante. No, no iba a aceptar las cartas. Una carta es lo que los maridos escriben a sus esposas cuando creen que no van a regresar. Y él iba a regresar. Esto no era un adiós. Ni siquiera quería pensarlo. Negó con la cabeza, volvió a ponerle las cartas en la mano y le cerró los dedos en torno a ellas.

—Puedes leérmelas cuando todo esto haya terminado —dijo—. Y podrás darle esa carta a nuestro hijo algún día.

Él sonrió, pero pareció un poco dolido.

—Te haré la cena —dijo ella, frotándose los ojos—. Entonces nos tumbaremos juntos en una hamaca, y podrás leerme cada palabra. Nada me haría más feliz.

—¿No sientes curiosidad por saber lo que dice ahora?

Ella le acarició la mejilla.

—Ya sé lo que dice, mi cielo. Y siento lo mismo.

Él asintió. Su verdadera sonrisa regresó. Volvió a guardarse las cartas en la chaqueta.

—Tengo que escoger la hamaca —dijo—. Una hamaca muy pequeña. Estaremos muy apretujados. Tendrás que flotar muy cerca.

Ella lo abrazó, sujetándolo con fuerza, mojándole la camisa con sus lágrimas.

La cola se movía. La mitad de la gente se había marchado ya.

—Será mejor que te vayas —dijo él.

Rena se aclaró la garganta y se serenó. ¿Qué hacía llorando así? Inspiró profundamente y se secó los ojos. Esto era absurdo. Estaba exagerando. Todo iba a salir bien. Él cogió su bolsa y le ofreció el brazo.

—Puedo llevar mi propia bolsa, tonto —dijo ella—. No hay gravedad.

—Nunca le niegues a un hombre sus actos caballerosos —dijo Segundo.

Ella se encogió de hombros, claudicando, y luego enganchó el brazo en el suyo y le dejó escoltarla hasta la escotilla.

Cuando llegaron a la compuerta, él le devolvió la bolsa. La cola nunca dejó de moverse. Se soltaron del brazo. Rena iba a pasar, no había tiempo de detenerse. Se volvió a mirar atrás y lo vio por última vez antes de verse obligada a doblar una esquina. Una mano tomó la suya y amablemente la hizo pasar a la nave

WU-HU. Era una miembro de la tripulación, joven, china y bonita.

—*Huanyíng* —dijo la mujer. Y luego añadió en inglés—: Bienvenida.

—Gracias —respondió Rena.

Las luces de la nave WU-HU eran más brillantes de lo que estaba acostumbrada. Entornó los ojos. La nave era estilizada y moderna, con tecnología por todas partes, no como la *Cavadora*. Se dirigió hacia donde estaban reunidas las otras madres con sus hijos, ofreciendo palabras de consuelo y abrazos donde sabía que eran necesarios.

La escotilla se cerró. Las dos naves se separaron. La tripulación trasladó a Rena y los demás a sus habitáculos. Las habitaciones eran pequeñas, pero todo el mundo tendría al menos una hamaca, y además, era solo para unos cuantos días. Rena se dispuso a colocar su bolsa en el compartimento asignado y vio que estaba abierta. Qué extraño. Estaba segura de haberla cerrado. Miró en el interior y encontró cosas que no había empaquetado. Dos sobres sellados. Uno dirigido a ella, el otro a Víctor.

Mono no iba a subir a la nave WU-HU. De eso estaba seguro. Había venido a la escotilla de atraque con su madre y todas las otras mujeres y niños, pero que tuviera nueve años y fuera pequeño y técnicamente siguiera siendo un niño no significaba que no pudiera ayudar en la *Cavadora*. ¿No le había dicho Víctor que tendría que ascender y ayudar más a Segundo? ¿No era este su trabajo? ¿Quién haría las pequeñas chapuzas para Segundo si la nave necesitaba reparaciones? No, él iba a quedarse. Tenía un deber. Aunque había un problema. Su madre. Le sujetaba la mano como una presa. Para que esto saliera bien, Mono iba a tener que mentir. Y él odiaba mentir, sobre todo a su madre.

Vio cómo la escotilla se abría, y el capitán WU-HU entraba flotando en la *Cavadora*. El hombre habló brevemente con Concepción, y luego Concepción hizo un anuncio. Mostradle respeto al capitán. Sed buenos. Blablablá. Las mismas instrucciones que daban todos los adultos. Pues claro que todos iban a ser buenos. Vamos a alojarnos en la nave de otra gente. Los invitados tienen que comportarse. Todo el mundo lo sabe.

Pero Mono no iba a estar allí. Iba a quedarse. Se volvió hacia su madre y vio que estaba llorando. No abiertamente, no grandes lágrimas como derramaban las niñas de su edad para que un adulto viniera corriendo, sino lágrimas de verdad, lágrimas silenciosas, las que nunca quería que viera Mono.

Le apretó la mano y le habló amablemente.

—Todo va a salir bien, madre.

Ella se frotó la cara, sonrió, y se agachó hasta que los dos pudieron mirarse a los ojos.

—Pues claro, Monito. Mamá se está comportando como una llorona pamplinosa.

Era una palabra que empleaba cada vez que él la pillaba llorando, y Mono sonrió. Sabía que probablemente era demasiado mayor para esas palabras infantiles, pero siempre ayudaban a su madre a dejar de llorar cuando las decía, y por eso a Mono no le importaba.

Advirtió entonces cómo las otras mujeres se abrazaban a sus maridos y se despedían. Su madre no tenía marido. El padre de Mono se había puesto enfermo cuando él era demasiado joven para recordarlo, y las medicinas que necesitaba no estaban a bordo.

Mono vio cómo su madre recogía las cosas y se ponía en cola, todavía secándose los ojos. ¿Cómo iba a dejarla ahora? Le aterrorizaría descubrir que él no estaba en la nave. Le rompería el corazón. Se pondría furiosa.

Pero ¿no le había dicho que era el hombre de la casa? ¿No decía que era su pequeño protector? Siempre de un modo amable, cierto, siempre de un modo que sugería que en realidad no lo decía en serio. ¿No era verdad, acaso? Él era el hombre de la casa. Era su protector. Y si podía demostrárselo, si podía hacer que para ella fuera real, tal vez no lloraría tanto. Tal vez toda la tristeza que sentía por su padre desaparecería.

—Quiero ir al principio de la cola con Zapa —dijo Mono. Zapatón era un chico de su edad: probablemente su mejor amigo si no se contaba a Víctor, su madre o Segundo.

—Quédate conmigo, Monito.

—Por favor. Quiero ver el interior de la nave.

—Entraremos dentro de un momento.

—Pero el padre de Zapa le ha dado un palmar que tiene un traductor de chino para que podamos saludar a la tripulación en su idioma.

Era mentira. La más bajuna de las mentiras para emplearla con su madre. Sabía que si introducía al padre de otro niño en la historia, si hacía que pareciera que se estaba perdiendo algún privilegio u oportunidad porque no tenía un padre que le diera esas cosas, su madre cedería.

Ella suspiró, molesta.

—Quédate donde pueda verte.

Mono no esperó a que cambiara de opinión. Se lanzó hacia arriba, se agarró a un asidero, giró el cuerpo, se lanzó de nuevo, y aterrizó junto a Zapa, que lloriqueaba y se secaba los ojos.

—¿Por qué lloras? —le preguntó Mono.

—Mi papito. Se queda atrás.

Zapa tenía seis hermanos, todos los cuales esperaban en la cola por delante de él, igual que su madre.

—Necesito que finjas que he subido contigo a la nave —dijo Mono.

Zapa se secó la nariz con la manga.

—¿Qué?

—No voy a subir a la nave WU-HU, pero necesito que hagas que parezca que lo he hecho.

—¿No vas a subir a la nave?

—Escucha. Cuando entres, mi madre irá a buscarte. Dile que estoy en el cuarto de baño.

—¿Qué cuarto de baño?

—El cuarto de baño de la nave WU-HU.

—Pero si has dicho que no vas a subir a la nave WU-HU.

—No estaré en el baño, tontorrón. Estaré aquí, oculto en la *Cavadora*.

Zapa abrió mucho los ojos.

—¿Eres estúpido? Vas a meterme en problemas.

—Tengo que quedarme a ayudar. Tú dile a mi madre que me llevé el palmar con el traductor al cuarto de baño para estudiar chino.

Zapa hizo una mueca.

—Hablas locuras, Mono. Estás majara.

—Tú díselo.

Llegaron a la escotilla. Mono miró hacia atrás. Su madre hablaba con alguien, sin prestar atención. Mono se apartó de la cola y se escondió tras unas cajas mientras Zapa y su familia atravesaban la escotilla. Mono se quedó allí, sin moverse hasta mucho después de que la compuerta se cerrara y la nave WU-HU se marchara.

Lem recuperó la imagen de la nave fórmica y la amplió tanto como pudo en el holoespacio sobre la mesa de su habitáculo. Benyawe y Chubs flotaban cerca, observándolo.

—¿Por qué no dispararle simplemente con el gláser? —preguntó Lem—. ¿Por qué no reducir a los fórmicos a cenizas y acabar de una vez? Nada de posarse en la superficie y plantar explosivos. Disparamos el gláser y convertimos la nave en polvo.

—No funcionaría —dijo Benyawe—. La nave fórmica es demasiado grande y demasiado densa. Este gláser no fue diseñado para ese tipo de masa. Fue diseñado para rocas.

—Los asteroides están llenos de material denso —repuso Lem—. En su composición, son esencialmente lo mismo.

—No olvidemos lo que sucedió la última vez que disparamos el gláser —dijo Benyawe—. Es demasiado inestable. No tenemos ni idea de qué tipo de campo de gravedad se produciría, si se da el caso. Tampoco podemos asumir que los mismos metales que encontramos en los asteroides son los que se emplearon para construir esta nave. Los fórmicos puede que usen aleaciones que no se parezcan a nada que hayamos visto jamás. Todo lo que sabemos es que la superficie de esa nave está diseñara para resistir colisiones y alta radiación casi a la velocidad de la luz, lo que significa que son increíblemente fuertes. Mucho más fuertes que ningún asteroide.

—Si ese es el caso, ¿de qué servirán los explosivos? —preguntó Chubs.

—Cómo responda la nave a los explosivos nos dirá mucho sobre la fuerza del casco —contestó Benyawe—. Pero ese no es el único motivo por el que cuestiono el gláser. Consideremos nuestra velocidad. Estamos viajando a ciento diez mil kilómetros por hora. El gláser no fue construido para eso. Si lo sacamos de la nave para disparar, probablemente se atascaría con algo y quedaría reducido a jirones. Incluso las partículas espaciales más diminutas podrían volverlo inútil. Fue diseñado para disparar desde una posición estacionaria. Nuestros trajes espaciales tienen protección gruesa. El láser no.

—Entonces construyámosle una protección —dijo Lem—. Son ustedes ingenieros. Encuentren el modo.

—Es más fácil decirlo que hacerlo —dijo Benyawe—. Esto requeriría un tiempo que no tenemos y recursos de los que no disponemos.

—Tenemos cuatro bodegas de carga llenas de cilindros de metal —insistió Lem—. Tienen todo el metal que necesiten.

—Sí, y haría falta fundirlo y darle forma y construirlo —dijo Benyawe—. Somos ingenieros, Lem. No fabricantes. Dibujamos planos. Otras personas los construyen.

—Los mineros libres pueden construir motores con chatarra y pegamento —dijo Lem—. Sin duda podrán construir un escudo para el gláser.

—No soy una minera libre —dijo Benyawe—. Ojalá tuviera las capacidades que usted quiere que tuviera, pero no es así. Podemos buscar en la tripulación y tal vez hallar a gente con la habilidad necesaria, pero una vez más: el gláser no es la respuesta, ni siquiera con protección. Con toda probabilidad, alertaría a los fórmicos de nuestra presencia y sellaría nuestro destino. No conseguiríamos nada, y nos reducirían a polvo antes de que nos diéramos cuenta de qué nos ha golpeado.

—Vaya —dijo Lem—. Eso sí que es una postura pesimista.

—Me ha preguntado mi opinión científica —respondió Benyawe—, y como ingeniero experta en el arma que quiere usted usar, voy a dársela. Es usted el capitán, Lem. Es quien va a decidir, no yo. Simplemente le ofrezco mis reflexiones para que pueda tomar una decisión informada.

Lem suspiró.

—Lo sé. Me estoy comportando como un capullo. Es un buen consejo. Le transmitiré a la *Cavadora* que tenemos explosivos.

Se excusó entonces, metió la cara en el holoespacio, y llamó a la *Cavadora*. Tras un breve retraso, apareció la cara de Concepción.

—Podemos contribuir con veinticinco hombres —dijo Lem—. No funcionamos con una tripulación completa, así que voy a enviar a todos los hombres que puedo permitirme. Y tenemos explosivos.

Concepción no mostró ninguna emoción.

—Gracias.

Lem esperó a que dijera algo más, pero ella no lo hizo.

—Respecto a otro asunto, capitana —dijo—. La última vez que nos encontramos, descargaron ustedes archivos de mi nave.

—La última vez que nos encontramos mataron ustedes a un miembro de mi tripulación, dañaron mi nave, y pusieron en peligro las vidas de toda mi familia, incluyendo mujeres y niños.

Lem tenía que tener ahora cuidado con su respuesta. Concepción probablemente estaba grabando esta conversación, y no podía hacer ninguna declaración que pudiera ser utilizada contra él en los tribunales. Una disculpa sería una admisión de culpa, igual que decirle que no pretendía lastimar a nadie. Pero lo mejor era evitar por completo este tipo de declaraciones. A menos que se desmoronara y empezara a sollozar como un meapilas, ella probablemente consideraría que no era sincero. Era mejor ignorar por completo el tema.

—Descargar nuestros archivos constituye un robo —dijo.

—Matar a mi sobrino constituye un asesinato.

Lem resistió la urgencia de suspirar. «Vamos, capitana —quiso decir—. ¿Tenemos que jugar al gato y el ratón para ver quién es culpable del crimen mayor? Además, sería homicidio involuntario, no asesinato, y probablemente un cargo mucho menor si se meten por medio los abogados de Juke.» Pero en voz alta dijo:

—¿Cuáles son sus intenciones con estos datos?

Si iba a hacerle chantaje, quería acabar de una vez. Si pretendía venderlos a un competidor, tal vez lograra convencerlo de lo contrario. Lem estaba más que dispuesto a recurrir a su fortuna personal para resolver este asunto.

—Nuestras intenciones eran averiguar quién era el capitán de su nave —dijo Concepción—. Queríamos saber quién era lo bastante cruel para hacer una cosa así.

—Sí, pero ¿cuáles son sus intenciones ahora?

Ella parecía confusa.

—¿Cuáles espera que sean nuestras intenciones? ¿Que usemos sus secretos corporativos contra usted, los vendamos quizás en el mercado negro, que contactemos con uno de sus competidores?

—Sí, la verdad es que sí.

Ella se echó a reír.

—No somos como usted, Lem. Por mucho que le cueste creerlo, hay gente decente en el universo que no confabula ni hace a un lado a los demás para conseguir beneficios. No he pensado siquiera en sus archivos desde que los cogimos. Hemos estado ocupados intentando permanecer con vida. Si quiere que los borre de nuestro sistema, lo haré con gusto. No me sirven para nada.

—¿Ahora mismo? —Lem no podía creer lo que estaba oyendo—. ¿Los borrará inmediatamente?

—Daré la orden en el momento en que terminemos esta llamada.

—¿Cómo sé que no está mintiendo? ¿Cómo sé que no se los quedará o los venderá?

Ella sacudió la cabeza, compadeciéndolo.

—No lo sabrá, Lem. Tendrá que aceptar mi palabra. —Hizo amago de poner fin a la llamada, pero entonces regresó—. Por cierto, les enviamos una línea láser antes de que nos atacan, avisándoles de la nave fórmica. Pero como dejaron su posición para descargar contra nosotros su ataque sin provocación, no recibieron ese mensaje. Lo cual es una lástima. Si lo hubieran recibido, tal vez no habría matado a mi sobrino ni destruido nuestro transmisor láser. Lo que significa que podríamos haber advertido a la Estación de Pesaje Cuatro y a todos los demás hace mucho tiempo. Si tiene un gramo de alma, Lem, sospecho que saber eso (saber las ramificaciones de su decisión, saber lo dañino que es realmente su egoísmo) lo mantendrá despierto de noche mucho más tiempo que sus preciosos archivos corporativos.

Su rostro desapareció, poniendo fin a la transmisión.

Cómo se atrevía, pensó Lem. Cómo se atrevía a echarle la culpa de la destrucción de la Estación de Pesaje Cuatro. Se apartó de la mesa. Mineros libres. Sucios carroñeros. No tendría que haber mencionado los archivos. Ahora ella sospecharía que tenían gran valor. Probablemente estaría contactando con la nave WU-HU para intentar vendérselos ahora mismo.

No. Sabía que no era cierto. Los estaba borrando. No mentía.

Pero ¿le había enviado de verdad una línea láser advirtiéndolos de la presencia de los fórmicos? ¿O era algún truco para hacerlo sentirse culpable? ¿Qué había dicho su padre? «La culpa es el arma más grande porque el corte que produce rara vez sana y apunta al corazón.»

No, Concepción Querales no se parecía en nada a su padre, que podría intentar cargarlo de culpa por alguna ganancia personal, pero algo le decía a Lem que Concepción no jugaba a ese juego. Los engaños, la dominación y la manipulación retorcida de la condición humana no eran el estilo de la vieja dama.

Mono se encontraba en la bodega de carga, retorciendo su dedo meñique y deseando estar a millones de kilómetros de distancia.

—¿En qué piensas? —dijo Concepción—. Desobedeciste órdenes directas y aterrorizaste a tu madre.

Mono se sintió encoger un poco. Todos los hombres que se habían quedado en la nave, junto con Concepción, estaban por allí cerca, mirándolo furiosos. Incluso Segundo, que no se enfadaba nunca, parecía como si estuviera dispuesto a darle la azotaina de su vida. Mono se maldijo a sí mismo. Tendría que habérselo pensado un poco mejor. Naturalmente, su madre descubriría tarde o temprano que no estaba en la nave WU-HU. Se daría cuenta de que Zapa estaba mintiendo. No podía fingir que Mono estaba en el cuarto de baño eternamente. Pero Mono no había pensado hasta tan lejos. No había considerado lo que sucedería a continuación. Su madre acudió llorando al capitán de la nave WU-HU y el capitán llamó por radio inmediatamente a la *Cavadora*. Después de eso, solo fue cuestión de segundos que Concepción llamara por los altavoces de la nave y le dijera a Mono que, dondequiera que estuviese, fuera a la bodega de cargo de inmediato.

—¿Qué tienes que decir en tu defensa? —preguntó Concepción.

—Quería ayudar —dijo Mono—. Soy bueno con las chapuzas. Vico lo dijo. Podría hacer falta.

Concepción se frotó los ojos.

Segundo se volvió hacia ella.

—¿Qué vamos a hacer? No recomiendo que volvamos a abarloar. La nave WU-HU nos golpeó con fuerza. Recibimos unos cuantos daños estructurales leves, nada de lo que preocuparnos, pero suficientes para debilitar la zona en torno a la escotilla de atraque. Yo no me arriesgaría a otro contacto a alta velocidad si no es absolutamente necesario.

—Nos has puesto en una situación muy difícil, Mono —dijo Concepción—. Creía que Vico te había entrenado mejor.

Eso bastó. Podía soportar las miradas de enfado de dos docenas de hombres; podía soportar una buena reprimenda; pero pensar que esto pudiera decepcionar a Vico, pensar que Vico lo desaprobaría, era demasiado para que pudiera soportarlo. Se cubrió los ojos y empezó a llorar.

—No se lo digáis a Vico. Por favor. No se lo digáis a Vico.

Para sorpresa de Mono, respondieron con silencio. Nadie le llamó la atención. Nadie le dijo que ya no podía seguir siendo aprendiz. Tan solo se quedaron allí, viéndolo llorar. Finalmente Concepción volvió a hablar, y esta vez su voz sonó calmada.

—A partir de ahora, Mono, cuando yo te dé una orden o cuando tu madre te dé una orden, la obedecerás. ¿Está claro?

Él asintió.

—Quiero oír tu respuesta.

—Sí, señora.

—Agradezco tu predisposición para ayudar, Mono, pero mentirle a tu madre y hacer que otros mintieran por ti no es la manera en que actuamos. Somos familia.

Él quiso decir que era por la familia por lo que se había quedado y por la familia por lo que había mentido, pero no le pareció que eso ayudara a su situación.

Concepción lo hizo quedarse a un lado mientras los hombres comprobaban su equipo. Cascos, trajes, mochilas propulsoras, imanes, radios de los cascos. Mono los observó trabajar, sintiéndose como un idiota y furioso consigo mismo. Había asustado a su madre cuando todo lo que quería era espantar su miedo.

Segundo emplazó un banco de trabajo para montar los temporizadores y los discos magnéticos en los explosivos, que no estaban activados. Eso requería un disco de explosión, que los hombres insertarían en el mecanismo cuando fijaran las cargas en la nave fórmica, de modo que no hubiera posibilidades de detonarlas prematuramente. Segundo reclutó a cuatro hombres para que lo ayudaran a montar los temporizadores, pero enseguida quedó claro que los hombres estaban fuera de su elemento: podían colocar explosivos, pero no sabían soldarlos y prepararlos. Finalmente, después de cuarenta y cinco minutos, Segundo los dejó marchar y llamó a Mono.

—No creas que esto significa que no estás metido en problemas —le dijo.

Mono se mantuvo impertérrito y no dijo una palabra. Le preocupaba decir algo equivocado o sonreír en el momento inoportuno y enfadar a Segundo y arruinar su oportunidad de servir de ayuda.

Montar los temporizadores fue algo chupado. Vico y él habían hecho trabajos similares con otras cosas docenas de veces. Era solo cuestión de cortar y volver a conectar y poner unos cuantos puntos con la pistola soldadora. Los discos magnéticos eran un poco más complicados, y Mono acabó cambiando el diseño que Segundo había empezado. En vez de poner los imanes debajo del explosivo, que reduciría el efecto dañino sobre la cubierta, Mono usó imanes más pequeños en torno al borde del aparato y aumentó su atracción con una segunda batería. En realidad, no era nada innovador. Mono estaba simplemente copiando algo que Víctor había hecho cuando repararon una de las bombas de agua. Pero Segundo, que lo había estado observando trabajar en silencio, cogió la pieza cuando terminó y asintió.

—Es el tipo de trabajo que haría Vico.

Era más alabanza de la que Mono podía haber esperado, y aunque pensó que podía causarle algún problema, no pudo evitar sonreír.

Segundo aseguró su casco y salió a la cámara estanca. Les faltaban minutos para alcanzar la nave fórmica, y una silenciosa intensidad se había posado entre los hombres. Habían ensayado sus maniobras tantas veces en los últimos días, usando una pared de la bodega de carga como casco de la nave fórmica y colocando explosivos falsos una y otra vez hasta que fue una segunda naturaleza para ellos, que Segundo no sentía tanta ansiedad como había pensado. Podrían conseguirlo.

Cuando todos estuvieron en la cámara estanca con la puerta asegurada, Bahzím los hizo comprobar y volver a comprobar el equipo de los otros. Segundo fue especialmente concienzudo con los que lo rodeaban y no encontró ninguna anomalía. Concepción los reunió entonces en círculo para una oración en la que pidió protección y piedad y que una mano celestial cuidara a las mujeres y niños. Al decir «amén», Segundo se persignó y ofreció su propia oración silenciosa por Rena y Víctor.

Todo se desarrolló rápidamente después de eso. Bahzím les ordenó que aseguraran la anilla de sus arneses de seguridad al cable de atraque que sería disparado hasta la superficie de la nave. Segundo se colocó delante de la cola para ser el primero en llegar a la nave fórmica. Sabía que muchos de los hombres más jóvenes lo observaban con atención, y sospechaba que les tranquilizaría verlo salir. Concepción se ató al asiento del cabrestante. Los recogería a todos cuando las cargas estuvieran colocadas. Segundo no podía recordar la última vez que la había visto con un traje y un casco.

—Recordad —dijo Concepción—. Vuestros trajes no fueron diseñados para paseos en el espacio a esta velocidad. Os protegerán de colisiones con el polvo espacial, pero cualquier cosa más grande os atravesará como metralla. Así que cuanto menos tiempo paséis ahí fuera, mejor. Bajad, moveos rápido. Colocad los explosivos, volved a engancharos al cable, y yo os traeré de vuelta. Nada más.

«Cierto —pensó Segundo—. Nada más. Solo dar un paseo espacial a una velocidad de locura, aferrarse a los imanes por su vida, y abordar una nave alienígena de cincuenta veces nuestro tamaño. Fácil.»

Encendió su VCA, y las ventanas de datos aparecieron en su visera. Parpadeó para pasar unas cuantas carpetas hasta que encontró la foto familiar que estaba buscando. Una foto donde aparecían Rena, Vico y él en alguna reunión familiar hacía unos cuantos años. Sonrió al ver lo pequeño que era Vico entonces, todavía un niño. Se había convertido en un hombre demasiado rápido. La sonrisa de Segundo se desvaneció. Se preguntó dónde estaba Víctor en este momento, camino de Luna todos estos meses, su salud deteriorándose lentamente.

Las imágenes tomadas desde dentro del casco de Lem Jukes aparecieron en el VCA de Segundo.

—Estamos en posición —dijo Lem—. Dé la orden.

La *Makarhu* se acercaba a la nave fórmica por el lado opuesto, y Lem, como Concepción, controlaba el cabrestante de su nave. El plan era que Lem disparara su cable al mismo tiempo que la *Cavadora* el suyo. Entonces ambas naves enviarían a sus hombres.

—Vamos a abrir nuestras puertas —dijo Concepción.

Las grandes compuertas se abrieron de par en par, y Segundo contempló con asombro y horror el tamaño de la nave que tenían delante. La *Cavadora* estaba a más de cien metros de la nave, pero su visión ocupaba toda la compuerta. Segundo había visto reproducciones y modelos de la nave, pero hasta ahora no había captado su absoluta inmensidad. Era más grande que ninguna estructura que hubiera visto jamás, y sin embargo era tan lisa y uniforme y singular en su diseño que no parecía una estructura. No parecía algo fabricado. Parecía una gota gigante de pintura roja cayendo del cielo a la Tierra. El color sorprendió a Segundo, aunque no estaba seguro de por qué. ¿Qué esperaba? ¿Un negro amenazador?

«Estos no son monstruos ignorantes —advirtió—. Son la peor pesadilla de los niños. El monstruo que piensa. El monstruo que puede construir y moverse rápido y desafiar toda defensa.» Lo estaba negando, comprendió. Había visto su cápsula, había visto su tecnología pero la parte obstinada y de especie dominante de su cerebro se había negado a creer que un rostro tan horrible, tan parecido a una hormiga, pudiera ser más innovador o más inteligente que los seres humanos. Sin embargo, aquí tenía la prueba. Aquí había un kilómetro entero de prueba.

—¿Seguro que quieren seguir con esto? —preguntó Lem—. ¿Ven lo que yo veo?

—Lo vemos —respondió Concepción—. Y estoy más convencida que nunca. No podemos dejar que esto llegue a la Tierra.

—Tiene razón —dijo Lem—. Pero no me gusta.

Segundo estuvo de acuerdo. No estaba convencido de que fueran a ser ellos quienes la detuvieran, pero había que detenerla.

—*Makarhu*, ¿están preparados para disparar su cable? —preguntó Concepción.

—*Makarhu* preparada —respondió una voz de hombre.

—A mi señal —dijo Concepción—. Cuatro. Tres. Dos. Uno. Cable fuera.

El cable de atraque salió disparado con un gran imán redondo en el extremo. Segundo vio el cable desenrollarse mientras volaba hacia la nave. Pareció extenderse eternamente, y entonces golpeó la superficie, agarrándose con firmeza. Concepción disparó el cabrestante, y tensó el cable.

—¡Vamos, vamos, vamos! —gritó Bahzím.

Segundo se lanzó y pulsó el mando su mochila propulsora. Salió volando hacia la nave, agudamente consciente de que también se movía en dirección a la nave a ciento diez mil kilómetros por hora. La más pequeña de las rocas podría matarlo, y la idea le instó a pulsar el mando con más fuerza. La nave fórmica se acercaba rápidamente. Un pitidito en el VCA de Segundo le avisó de una colisión inminente y le instó a reducir la velocidad. Segundo lo ignoró. Necesitaba llegar abajo rápido o retrasaría la cola. Treinta metros. Veinte. Pulsó el segundo gatillo, y los retrocohetes de sus muslos y pecho frenaron velozmente su descenso. Dos segundos más tarde colocaba los pies delante.

Contacto. Los imanes de sus botas, afortunadamente, se aferraron a la superficie. En la mano tenía ya un disco magnético con asidero. Lo colocó en la superficie y ancló su cuerpo con el imán mientras su mano derecha soltaba la anilla del cable, todo con un movimiento fluido, como habían ensayado.

Rotó a la derecha, apartándose del cable, dejando sitio. Los otros llegaron tras él. Chepe, Pitoso, Bulo, Nando y los demás, con Bahzím el último. Segundo miró hacia delante. El equipo de Lem bajaba por un cable de la nave Juke tal vez a unos trescientos metros. Incluso de lejos Segundo pudo ver que los trajes y el equipo Jukes eran muy superiores a nada que tuvieran los hombres de la *Cavadora*.

—Desplegaos —dijo Bahzím—. Volved al cable dentro de doce minutos.

Segundo se puso a cuatro patas y se arrastró hacia delante, manteniendo el cuerpo agachado y alejándose cuanto pudo de todos los demás. La idea era dispersarse y colocar los explosivos distanciados para crear un amplio círculo de daños. Los imanes de las manos y rodillas de Segundo lo sujetaban con firmeza al casco, pero eran incómodos y difíciles de mover. Tenía que tirar con fuerza de cada pierna para romper momentáneamente la atracción y alzar el imán lo suficiente para moverlo. Era agónico y mucho más difícil que en los ensayos. Después de veinte metros, le ardían los muslos y respiraba entrecortadamente.

Ahora pudo ver que la superficie de la nave no era tan lisa como había parecido desde la distancia. Había miles de aberturas cerradas en filas por toda la longitud de la nave, como campos plantados. Cada abertura eran tan grande como el casco de Segundo, y supo que si alguna se abría sería para liberar sus armas. Trató de no apoyar en ellas ningún peso por miedo a que el imán pudiera disparar algo y abrirlas. Era como arrastrarse por un campo de minas.

Finalmente se detuvo y miró alrededor. Los hombres de ambas naves estaban repartidos por toda la superficie. Algunos colocaban explosivos, otros seguían arrastrándose, varios explosivos estaban ya en su sitio, cada uno con una lucecita verde parpadeante que indicaba que el explosivo estaba armado. Segundo sacó su primer explosivo de su bolsa y lo colocó suavemente sobre la superficie. Insertó el disco detonador en la rendija y luego colocó el temporizador para hacerlo estallar dentro de tres horas.

Todos habían acordado mantener silencio radial durante esta

fase de la operación para poder concentrarse en colocar las cargas sin interrupciones. Pero de repente todo el mundo empezó a gritar. Segundo alzó la cabeza y vio que uno de los explosivos había estallado antes de tiempo, desgarrando el casco y esparciendo escombros. Las voces en su casco eran rápidas y frenéticas.

—¿Qué ha pasado?

—¡Pitoso ha muerto!

—¡Estalló bajo él!

—¿Qué hacemos?

—Volved al cable. Colocad los explosivos y regresad. ¡Moveos!

El explosivo de Segundo parpadeaba en verde, listo. Lo dejó y se volvió hacia el cable que estaba al menos a treinta metros de distancia, cinco minutos de arrastrarse. No iban a conseguirlo, advirtió. Aunque volvieran al cable y subieran hasta la nave, no podrían alejar la *Cavadora* con suficiente velocidad. Toda la operación se basaba en entrar y salir y colocarse luego a distancia segura sin ser detectados, antes de que los fórmicos pudieran responder. Ya no iba a ser así. Los fórmicos sabían que estaban aquí.

Segundo se arrastró con más rapidez, sin molestarse esta vez en evitar las aberturas. Los muslos le ardían. Le dolían los brazos. El sudor le corría por la frente y le caía en los ojos. El lugar de la explosión estaba delante, entre el cable y él: tendría que rodearlo. Mientras se acercaba, siguiendo la curvatura de la nave, vio el agujero. Tenía un metro de ancho y se extendía entre dos filas de aberturas. Segundo miró en el interior pero no vio más que oscuridad y sombras.

—Vamos —gritaba Bahzím—. ¡Moveos!

Segundo sacó sus dos últimos explosivos, los colocó en la superficie de la nave uno al lado del otro, e insertó rápidamente los discos. Antes de ajustar el temporizador, alzó la cabeza. Dos hombres habían llegado al cable. Segundo no pudo ver quiénes eran. Vio cómo enganchaban sus anillas y se lanzaban hacia arriba, alejándose de la nave hacia la *Cavadora*.

Volvió su atención a los explosivos y empezó a colocar los temporizadores. Un momento después Chepe gritó por la radio.

—Hay movimiento aquí. Algo sube por el agujero.

Segundo alzó la cabeza. Chepe había llegado al borde del agujero pero ahora se retiraba: unas formas surgían de la oscuridad. Dos fórmicos con trajes espaciales, cargando equipo, salieron a la superficie, veloces y parecidos a insectos, meneando muchas patas. Dos más los siguieron. Luego otros tres. Unos cuantos fórmicos llevaban gruesas placas. Otros tenían herramientas y máquinas de forma extraña.

«Son una cuadrilla de reparación —advirtió Segundo—. Creen que algo ha chocado con su nave y han salido a repararlo. No tienen ni idea de que estamos aquí.»

Los fórmicos permanecieron quietos y mantuvieron la distancia, mirando a los hombres de un modo calculador y carente de emoción, como si se sintieran más intrigados que asustados por la presencia humana. Entonces uno de los fórmicos miró directamente a Segundo, y la conducta de todos ellos cambio en un instante. Al unísono, todos volvieron la cabeza hacia Segundo, y sus expresiones planas pero aterradoras se volvieron aún más sombrías y amenazantes. Era como si lo reconocieran.

Dos de los fórmicos soltaron sus herramientas y lo atacaron. Segundo no podía retirarse. No había ningún sitio al que ir. Agarró con fuerza los imanes de sus manos, retiró las rodillas de la superficie, torció el cuerpo, y pataleó con todas sus fuerzas cuando el primer fórmico se abalanzó. La criatura no se lo esperaba, y Segundo sintió que sus botas rompían hueso cuando entraron en contacto con el pecho del fórmico. Su boca se abrió en agonía, y su sujeción a la nave se rompió. Salió volando en la dirección en la que había sido pateado.

—¡Ayudadlo! —gritaba alguien.

El segundo fórmico se abalanzó. Segundo no tuvo tiempo de volver a posar los pies. Una patada lo alcanzó en el abdomen, luego otra. El dolor lo atravesó. Los fórmicos eran pequeños, pero tenían la fuerza de alguien de tres veces su tamaño. Segundo golpeó con el imán de su mano, alcanzando al fórmico en el casco. La criatura retrocedió unos cuanto pasos, extendió las patas inferiores en una pose de lucha y abrió la boca, revelando sus fauces llenas de moco y sus dientes. Segundo casi pudo oírla sisear.

Tras él pudo ver a otros hombres peleando con los fórmicos. Dos salieron volando de la nave, con los fórmicos aferrados a ellos. Perdidos. Segundo oía sus gritos pero no podía hacer nada para ayudarlos.

El fórmico atacó de nuevo, pero ahora Segundo estaba preparado. Barrió con las piernas, sorprendiendo al fórmico y haciéndolo tambalear. Entonces golpeó de nuevo con el imán de su mano, entabló contacto y resquebrajó el casco de la criatura. El fórmico se dejó llevar por el pánico, intentó buscar asidero, y Segundo aprovechó el momento para rotar las piernas y engancharlas en torno a la cintura de la criatura. El fórmico pataleó, pero su cuerpo estaba girado de manera inadecuada. Segundo golpeó con el imán una y otra vez, aporreando la visera del casco con todas sus fuerzas. El fórmico se debatió y agitó, pero la visera se rompió tras los repetidos golpes. Segundo apartó a la criatura de una patada, y el fórmico voló hacia arriba, agitando brazos y patas. Su manguera de aire se estiró hasta tensarse, pero la criatura continuó revolviéndose.

Segundo giró, volvió a posar las piernas en el casco, y se dirigió al cable. Por toda la superficie de la nave los hombres repelían los ataques fórmicos y corrían hacia sus cables respectivos. Dos hombres de Jukes cayeron de la nave. Luego otro. Después alguien de la *Cavadora*. Segundo no pudo ver quién.

Un fórmico a su izquierda estaba inclinado sobre uno de los explosivos, hurgándolo con curiosidad. El explosivo detonó, desintegrando a la criatura y abriendo otro agujero en el casco. El estallido cegó momentáneamente a Segundo.

Al instante los fórmicos cambiaron de táctica, abandonando a aquellos que luchaban para correr hacia los explosivos más cercanos, que soltaron y arrojaron al espacio.

—Están quitando las cargas —dijo Bahzím.

Un fórmico cerca de Segundo intentaba soltar uno de los explosivos. Segundo corrió hacia él, pero el fórmico fue más rápido y arrancó el explosivo de la nave. Segundo no se detuvo. Golpeó con el imán de mano y alcanzó a la criatura. El fórmico recibió el impacto, pero en vez de contraatacar, extendió las manos y agarró los imanes de Segundo, tratando desesperadamente de hacerlo caer de la nave.

Más manos agarraron de repente a Segundo, tirando de él, golpeándolo, asiendo los imanes que lo sujetaban a la superficie. Tres fórmicos, luego cuatro, todos cayendo sobre él. Advirtió que los nuevos no llevaban traje. Llevaban zapatos en los pies que se agarraban al casco y máscaras pequeñas y selladas sobre sus bocas de insecto, pero por lo demás no iban protegidos, como si no hubieran tenido tiempo para vestirse antes de precipitarse al exterior.

Atacaron a Segundo con implacable ferocidad, tirando de los imanes de sus manos y sus rodillas. Segundo pataleó y se sacudió y luchó, pero fue inútil. Un imán de mano se soltó. Luego el otro. Luego el último imán de rodilla se desconectó, y Segundo quedó de pronto flotando sobre la superficie de la nave. Los fórmicos que lo atacaban no lo soltaron para salvarse, sino que continuaron agarrados a él, pinchando, golpeando, apuñalando. Una de las criaturas anclada a la superficie lo empujó, y eso fue todo lo que hizo falta. Se alejó flotando de la nave, girando, golpeando, intentando furiosamente romper la presa que los fórmicos tenían sobre él.

El dolor explotó en su pierna. Se miró. Uno de los fórmicos sin casco se había quitado la mascarilla y había mordido el traje de Segundo, hasta alcanzar la carne de su pantorrilla. La gomaespuma del interior del traje se infló alrededor de la rotura, sellando la filtración, pero Segundo apenas lo sintió por encima de la caliente y punzante agonía del mordisco. Gritó, mitad de dolor mitad de furia, pero si alguien pudo oírlo, no respondieron.

Lem se aferró al lado de la bodega de carga y contempló horrorizado cómo sus hombres en la superficie de la nave fórmica corrían hacia el cable. Chubs estaba junto a él en el cabrestante, esperando la orden de tirar. Lem amplió la imagen en su visera. De los agujeros abiertos en el casco salían fórmicos sin trajes espaciales y se lanzaban contra los hombres. Cuando alcanzaban a alguno, soltaban sus imanes y ser perdían con él en el espacio.

—Ni siquiera se molestan en ponerse trajes —dijo Lem—. Se suicidan para expulsarnos de la nave. Mueren y ni siquiera les importa.

Lem enfocó entonces la base del cable y vio cómo uno de los hombres de Jukes enganchaba su arnés. Justo cuando el hombre estaba a punto de lanzarse hacia él la seguridad de la bodega de carga, dos fórmicos lo agarraron por la cintura desde atrás y lo sometieron. El hombre se retorció y se debatió y luchó, pero los fórmicos mostraron una fuerza increíble y parecían impertérritos ante sus ataques.

Lem extendió una mano.

—Chubs, dame tu arma.

—No podrá alcanzarlo a esta distancia.

—Dame tu arma.

Chubs se la entregó. Era un arma pequeña y de apariencia insignificante, con su cañón corto y sus diminutos cartuchos de dardos. Lem la manejó con cuidado, pues había visto en la Estación de Pesaje Cuatro lo letal que podía ser. Con el dedo en el gatillo, aseguró su posición con los imanes de sus botas y extendió el brazo, apuntando a los dos fórmicos que luchaban contra el hombre en el extremo del cable. Sin embargo, la pelea era veloz y violenta, y Lem vio rápidamente lo peligroso que sería disparar a la melé. Ni siquiera de cerca estaba seguro de poder alcanzar a los fórmicos y no al hombre. Lem maldijo ente dientes y apuntó a uno de los agujeros por donde continuaban saliendo fórmicos en un flujo continuo. Le sorprendió ver a tantas criaturas salir al vacío del espacio con una débil máscara como protección, o, como era el caso con algunos, sin protección de ningún tipo. Era suicida. Nada podía sobrevivir más de... ¿Cuánto? ¿Veinte segundos? Ni siquiera tanto. ¿No sabían que se estaban matando a sí mismos? Y si era así, ¿qué tipo de líder exigía y recibía ese tipo de lealtad?

Lem apretó el gatillo. Descargó un dardo. Voló hacia el agujero pero desapareció de la vista en la distancia cuando se hizo demasiado pequeño para seguirlo. Lem bajó el arma. Chubs tenía razón: era absurdo.

Volvió su atención hacia la base del cable. Los dos fórmicos se habían ido, y el hombre que se había enganchado al cable parecía muerto. Su cuerpo colgaba flácido del arnés, flotando en el espacio, doblado en una posición imposible.

Otros dos hombres de Jukes llegaron al cable. Uno de ellos soltó al muerto y empujó su cadáver, enviándolo al espacio. Mientras prendían sus arneses al cable, llegaron otros dos tripulantes y se engancharon también. En vez de subir ordenadamente por el cable, los hombres lucharon momentáneamente por la posición, pugnando por ser el primero. Lem advirtió que su lucha interna sería su perdición, ya que vio que tres fórmicos corrían veloces hacia ellos.

—Tira del cable —dijo Lem. Salvar a cuatro hombres era mejor que no salvar a ninguno.

Chubs desconectó el ancla magnética y encendió el cabrestante. El cable empezó a retirarse de la nave fórmica, pero no antes de que tres criaturas se agarraran a las piernas de los hombres y empezaran a escalar. Ahora había siete cuerpos en el extremo de la cuerda, todos sacudiéndose, luchando, pataleando, y girando.

El cabrestante continuó recogiendo cable, más rápido ahora. Uno de los fórmicos adelantó a la retorcida masa de cuerpos y trepaba ahora directamente por el cable hacia Lem.

Lem disparó el arma, pero debió de fallar, ya que el fórmico continuó su avance, ileso e imparable.

—Voy a cortar el cable —dijo Chubs.

—No —gritó Lem—. Hay hombres en ese cable.

El fórmico se movía más rápido ahora, deslizándose por el cable, los ojos clavados en los de Lem. Cuarenta metros de distancia. Luego treinta.

—Va a llegar a la nave —dijo Chubs.

—Recoge el cable —dijo Lem—. Es una orden.

Lem pudo ver ahora la boca del fórmico, cerrada con fuera para mantenerse vivo en el vacío el máximo tiempo posible. «Cáete —pensó Lem—. Vamos. Abre la boca y muere.»

El fórmico casi lo había alcanzado ya. Diez metros. Cinco.

El cable se soltó del cabrestante, cortado por Chubs, y la bodega de la bahía de carga se cerró. A través del cristal Lem vio cómo el impulso del fórmico lo llevaba hasta la nave. La criatura chocó contra la puerta cerrada y rebotó, arañando la nave con sus armas un momento mientras se debatía por encontrar asidero. Los hombres del cable gritaron, suplicando que no los dejaran atrás. Chubs pulsó la orden en su muñeca para cortar la frecuencia de radio.

Lem lo agarró por la parte delantera del traje y lo golpeó contra la pared.

—¡Te di una orden!

—Y su padre me dio otra. Protegerlo a toda costa. Su palabra puede más que la suya.

Chubs abrió una frecuencia con el puente.

—Alejadnos de la nave fórmica lo máximo posible. ¡Ahora!

—No podemos dejar a la *Cavadora* —dijo Lem.

—Si los fórmicos están dispuestos a enviar hombres sin aire, estarán dispuestos a freírlos con láseres si eso significa acabar con nosotros.

La expresión de Lem se endureció.

—Has matado a nuestros propios hombres.

—Le he salvado la vida, Lem. Ya son dos veces que me la debe.

Mono flotaba ante la ventana del nido del cuervo, la cara apretada contra el cristal, los labios temblando. Desde aquí podía verlo todo: hombres alejándose de la nave fórmica; fórmicos arrancando los explosivos; un enjambre de fórmicos saliendo por los agujeros para luchar, patalear, morder y atacar. Eran peores que ningún monstruo que Mono hubiera imaginado, aún más horribles por los sonidos que llegaban por la frecuencia de radio, que Mono había abierto en el terminal de Edimar. Gritos frenéticos. Hombres gritando. Los sonidos de la refriega. Concepción diciéndole a todos que volvieran al cable. Mono quiso acercarse a la radio y apagarla, pero tenía demasiado miedo para moverse.

No tendría que haber dejado a su madre. Eso había sido un estúpido error. Esto era asunto de adultos. No debería estar aquí. Había ayudado, sí, y desempeñado un papel importante, pero ahora mismo no le importaba. Volvería atrás y no desempeñaría ningún papel si eso significaba poder estar en la nave WU-HU con su madre.

¿Por qué le había mentido? Amaba a su madre, y ahora su último acto hacia ella sería una mentira. Y sí, sería su último acto. Iba a morir. Lo sabía. Había oído todo lo que habían dicho los hombres en los días pasados, aunque pensara que hablaban en voz baja y no los oía. Si los fórmicos los descubrían, no tendrían ninguna posibilidad.

«Lo siento, madre.»

Se sentía doblemente avergonzado porque sabía que Vico no tendría miedo. Vico no se asustaría con esto. Estaría allí abajo con los otros, luchando. Y, sin embargo, incluso pensar tan solo en Vico daba a Mono un poco de valor. Se lanzó hacia la radio y la apagó. La habitación quedó en silencio. Mono inspiró profundamente. Podía sentir que lo calmaba, así que volvió a inspirar, un profundo aliento tranquilizador como le había enseñado su madre a hacer cada vez que lloraba tanto que respiraba de manera entrecortada. «Ahora tranquilo —decía su madre, acunándolo amablemente entre sus brazos—. Vas a ponerte malo, Monito. Inspira profundamente.» Y entonces le pasaba los dedos por el pelo y le canturreaba al oído hasta que volvía a recuperar el control.

Funcionó ahora, aquí en el nido del cuervo. Los labios de Mono dejaron de temblar, y sus músculos se relajaron. Fuera, la lucha continuaba, pero dentro, aquí en el nido del cuervo, Mono se sentía casi en paz.

Una puerta se abrió en el costado de la nave fórmica, y un gran mecanismo se desplegó. Mono no pudo adivinar qué era ni cómo funcionaba. Vico probablemente lo sabría. Vico podía mirar cualquier cosa y saber exactamente cómo arreglarla o para qué servía.

El mecanismo giró y apuntó sus muchas barras hacia la *Cavadora*. Hubo un destello de luz y luego una muralla de calientes glóbulos brillantes de radiante plasma brotó de las barras, corriendo hacia Mono como diez mil bolas de luz.

Segundo daba vueltas en el espacio, luchando a la desesperada contra los dos últimos fórmicos que se aferraban a su cuerpo. Uno de ellos se encaramó a su espalda, abrió las fauces y echó atrás la cabeza, dispuesto a morder y rasgar y pinchar su traje. Segundo pulsó el gatillo de impulsión y golpeó al fórmico con una andanada de aire comprimido que lo sobresaltó y lo hizo alejarse.

El último fórmico le daba patadas, lo golpeaba, lo mordía. Segundo lo volteó, lo agarró por debajo de la mandíbula y le torció la cabeza hasta que oyó cosas romperse dentro. El fórmico se debatió y pataleó y luego se quedó quieto. Segundo lo soltó y pulsó el disparador, alejándose de él. Su respiración era entrecortada. Tenía poco aire. Estaba sangrando. Había agujeros en su traje. Varias alarmas sonaban en su VCA. Una mostraba una silueta de su traje moteado de luces parpadeantes que indicaban dónde había un desgarro o un pinchazo. Lo peor estaba en su pierna, donde lo había mordido el fórmico. El sistema de emergencia había apretado la correa de su pierna, sellando el escape de aire del desgarrón, pero no aguantaría mucho. Buscó en su bolsa cinta de emergencia. Soltó una tira y la colocó sobre un sibilante pinchazo en su brazo. Pulsó el mecanismo de la cinta para soltar otra tira. Luego otra. Sus dedos enguantados eran grandes y torpes y seguían pegándose a las esquinas de las tiras de cinta antes de que pudiera aplicarlas. Dos veces tuvo que rendirse y arrojarlas a un lado, cosa que era enloquecedora porque sabía que necesitaba cada tira. Cubrió tantos agujeros como pudo, pero entonces se quedó sin cinta. Todavía quedaban unos cuantos desgarrones, nada grande, agujeros diminutos, pero su VCA continuó haciendo sonar la alarma.

Segundo parpadeó una orden para apagarla. El ordenador preguntó si estaba seguro, ya que un daño que ponía en peligro su vida estaba todavía sin reparar. Segundo parpadeó una afirmación, y la alarma quedó en silencio.

Su tanque de oxígeno estaba casi vacío. Necesitaba aire desesperadamente. Tenía un tanque de repuesto en la bolsa con quince minutos más de oxígeno, pero sabía que probablemente no duraría otros cinco. Soltó el tanque agotado y atornilló el de repuesto. El oxígeno fresco entró en su casco. Lo disfrutaría mientras durara.

Se volvió en dirección a las naves y no vio nada más que espacio vacío. Sabía que seguía moviéndose a increíble velocidad en esa dirección, pero nunca volvería a ver las naves. La nave WU-HU lo habría adelantado hacía mucho, siguiendo a la nave fórmica, grabándolo todo. No lo verían. Era una mota en un mar de negro.

Rena.

Al menos ella estaba a salvo. Se tomaría esto a mal, pero estaba con las demás. Se consolarían unas a otras, se darían fuerzas mutuamente. Sobrevivirían. Quiso que supiera que era lo último en su mente, y que no había muerto con dolor. Bueno, no dolor absoluto: la herida de su pierna se había convertido en un ardiente entumecimiento. Algunos de los otros habían sufrido mucho más. Se concentró en el punto en el espacio donde asumía que estaría la nave WU-HU y le dijo a su VCA que pasara al transmisor de radio la energía restante para emitir la señal.

—Rena. No sé si recibirás esto, pero mi traje está pinchado y el aire se escapa. Aunque la nave WU-HU decelerara ahora y supierais exactamente dónde estoy, nunca llegaríais a tiempo. Así que no paréis. Seguid adelante. No sé si la *Cavadora* escapó, pero no lo creo. Dile a Abbi que Mono lamentaba haberle mentido. Dile que la quiere. Dile que no podríamos haber hecho esto sin él. Es la verdad.

«Las mujeres buscarán una líder, Rena, alguien que las ayude a superar todo esto. No seas modesta. Los dos sabemos que agradecerán que las guíes. Trabaja con el capitán. Me parece que es un buen hombre. No vayáis inmediatamente a la Tierra. No sé qué saldrá de esto, pero prefiero que te mantengas lejos y sobrevivas. Hazlo por mí, mi amor. Lamento que no vayamos a compartir una hamaca cuando leas mi carta, pero sabe que siento cada palabra. Te amo, Rena. Para siempre jamás, te amo.»

El aire en su casco empezaba a escasear, y no quería que ella lo oyera jadeando. Desconectó el transmisor. Desconectó su VCA. Todo quedó en silencio excepto el débil zumbido del regulador que bombeaba los últimos restos de aire. Segundo dejó que su cuerpo se relajara. Tenía frío y estaba cansado, pero ignoró el frío. En torno a él resplandecían las estrellas. Algunas brillantes, otras tenues, lo más constante en su vida. Segundo les sonrió, feliz al menos de morir entre amigas.

19

Interferencia

Rena escuchó la transmisión en el puente de mando de la nave WU-HU. La estática chisporroteó durante buena parte del mensaje, y durante varios segundos las palabras de Segundo se perdieron por completo. Sin embargo, Rena captó el sentido. Conocía a Segundo lo bastante bien para llenar los huecos.

El capitán Doashang pidió disculpas porque no habían podido recibir la transmisión completa, explicando que las emisiones alienígenas interferían con la calidad de la señal. No obstante, le aseguró a Rena que la nave había decelerado lo más rápido que pudo al recibir la transmisión, pero que, tristemente, no habían podido localizar a Segundo ni a ninguno de los hombres.

—Gracias por intentarlo —dijo Rena—. Agradezco que haya tenido la consideración de reproducir el mensaje para mí. Significa más de lo que puede imaginar.

—Nos tomamos la libertad de hacerle una copia —dijo Doashang, ofreciéndole un pequeño disco de recuerdos—. Pensamos que querría tenerla para sus archivos personales.

Fue ese acto de amabilidad lo que la hizo desfondarse. Se echó a llorar, lágrimas breves y silenciosas, mientras se cubría el rostro con las manos. Una de las tripulantes la consoló, pasando un amable brazo por sus hombros, y fue ese contacto lo que le dio fuerzas de nuevo. Se irguió y se secó los ojos.

—Perdóneme —le dijo al capitán.

—No hay nada que perdonar, señora Delgado. Le doy mi más sincero pésame. Los consejeros afectivos de mi tripulación estarán disponibles para usted y los tripulantes de su nave.

—Muy amable. Gracias.

—He preparado unas declaraciones para explicarle a los suyos lo sucedido en la batalla. Creo que es necesario darle a las familias un relato de la valentía mostrada por sus maridos y padres.

Doashang le había pedido amablemente a las mujeres y niños que se quedaran en sus habitáculos durante el ataque para que su tripulación y él pudieran realizar sus funciones sin interrupción. Rena, traída de su habitación hacía unos momentos, era la única persona de la *Cavadora* que sabía que había sido destruida.

—Todo el mundo está ansioso por tener noticias —dijo—. Gracias.

El capitán Doashang la miró con compasión.

—Quiero ser lo más sensible que pueda con las familias, señora Delgado. Ahora que la he conocido y he oído la transmisión de su marido, me pregunto si no sería mejor que les diera usted el informe de la batalla.

—¿Yo?

—La acompañaré, si está de acuerdo. Pero usted conoce mejor a estas familias, y me pregunto si es mejor que esta noticia la transmita una amiga en vez de un desconocido.

Rena tardó un instante en encontrar la voz.

—Con el debido respeto, capitán, no sé si estoy en el estado emocional adecuado para hacer eso.

Él asintió, ruborizándose.

—Naturalmente. Ha sido una desconsideración por mi parte pedirlo, sobre todo en su momento de dolor. Perdóneme.

Pero, antes de marcharse, Rena lo volvió a considerar. Si pudiera elegir que alguien le dijera una noticia tan devastadora, querría que fuera alguien a quien quería, un amigo, una persona que sufriera también, alguien que la abrazara y llorara con ella.

—Pensándolo bien, capitán, creo que puede que tenga usted

razón. Me reuniré con las familias individualmente. Pero primero debo escuchar el relato completo yo misma.

El capitán se lo enseñó todo. Ella vio los vídeos y escuchó las transmisiones. Se rebulló cuando la nave de Lem Jukes se alejó y huyó. Se le rompió el corazón cuando la *Cavadora* se desintegró ante sus ojos. Su hogar, el único mundo que conocía, había desaparecido.

¿Por qué no había venido Concepción con ella? Rena había insistido en que se uniera a los demás en la nave WU-HU, argumentando que, según sus propias órdenes, todas las mujeres y los niños tenían que abandonar la *Cavadora*. Pero Concepción se había echado a reír. «Las viejas testarudas son la excepción», había dicho.

Ahora estaba muerta. Todos estaban muertos. Bahzím, Chepe, Pitoso, Mono: primos, hermanos, sobrinos, tíos. La mitad de toda la gente que conocía y amaba en el mundo. Además del hombre a quien amaba más que a todos ellos.

Los vídeos terminaron. Rena sabía todo lo que necesitaba saber. Irguió la espalda. Tenía los ojos secos.

—Vamos, capitán. Usted y yo tenemos trabajo que hacer.

El capitán Doashang permaneció al lado de Rena mientras se reunía con todas las mujeres de la *Cavadora*. Doashang les prometió a todas ellas protección y pasaje seguro al Cinturón de Asteroides. La nave tendría que racionar su suministro de alimentos (la corporación no había planificado para tantos pasajeros), pero ni Doashang ni su tripulación recibirían ni un gramo más de comida que los demás. Los niños no pasarían hambre. Las mujeres lloraron de pena y gratitud, y una incluso le besó la mano mientras sollozaba.

Después, en el pasillo, se volvió hacia Rena.

—Mis oficiales y yo dejaremos libres nuestras habitaciones para esas familias que no tienen todavía alojamiento.

—Eso no es necesario, capitán.

—Yo también tengo hijos, señora Delgado. Nos espera un largo viaje hasta el Cinturón de Asteroides. Cuanto más cómodos estén los niños, más agradable será el vuelo para todos nosotros.

Ella asintió.

—Cierto. Me encargaré de ello. Gracias. Además, con su permiso, me gustaría organizar un grupo de trabajo. No queremos ser una carga. Agradeceríamos que se nos permitiera ayudar a mantener la nave como podamos.

—Permiso concedido. Discuta los detalles con uno de mis oficiales.

El comunicador de muñeca del capitán vibró.

—Si me disculpa...

Doashang corrió al puente. Su primer oficial, Wenchin, lo estaba esperando ante los monitores.

—Encontramos a un fórmico flotando en el espacio —informó Wenchin—. Está muerto. O al menos eso creemos. No llevaba traje. Debió de haberse caído de la nave. Tengo un equipo ahí fuera comprobándolo.

En los monitores, cinco hombres de WU-HU con trajes espaciales rodeaban al fórmico. Habían colocado varios instrumentos en su cuerpo, pero mantenían la distancia.

—No puede haber sobrevivido tanto tiempo en el vacío —dijo Doashang—. Inmovilicen sus miembros y métanlo en una bolsa. Usen todas las precauciones posibles. Trátenlo como si fuera el más letal de los riesgos biológicos. Que los hombres que han salido descontaminen sus trajes. Luego lleven al fórmico al doctor Ji para que lo examine. Cuanta más información sobre estas criaturas podamos enviar a la Tierra, mejor.

—Sí, señor.

El capitán Doashang se dirigió al oficial de comunicaciones.

—¿Ha habido suerte para contactar con Lem Jukes?

—No, señor. La nave fórmica provoca todo tipo de interferencias. Causa una perturbación que randomiza la información digital. Recibo transmisiones, pero a un ritmo mucho más lento.

Un bit por segundo en vez de un trillón de bits por segundo. Lo que significa que básicamente no recibo nada. No es suficiente información para descifrar nada. No podemos enviar ni recibir mensajes de largo alcance. No como líneas láser concentradas o comunicaciones generales.

—Eso es inaceptable. Necesito enviar un aviso al Cinturón de Asteroides.

—No sé qué decirle, señor. La única comunicación de radio que funciona es de corto alcance. Y nos hemos desviado de las rutas principales para seguir a la nave fórmica, así que ninguna otra nave va a acercarse ni siquiera remotamente a esta posición. Podríamos acelerar y volver a las principales rutas de vuelo y esperar a que una nave pase lo bastante cerca para oír nuestra transmisión. Pero podría ser una larga espera, señor. Y no podemos determinar si la interferencia sigue afectando a ese cuadrante. Si es así, con quien contactemos tampoco podrá enviar transmisiones de largo alcance. La forma más segura de enviar la noticia al Cinturón, señor, puede que sea ir hasta allí nosotros mismos.

—Eso está a varios meses de distancia.

El oficial pareció impotente.

—No es lo ideal, señor. Pero andamos escasos de opciones.

—¿Está enviando radio la nave fórmica? ¿Cómo llegan sus mensajes?

—Por lo que podemos decir, los fórmicos guardan silencio, señor. Aunque estuviéramos cerca, no detectaría ni un graznido.

El capitán Doashang se volvió hacia Wenchin.

—Fije un rumbo hacia la estación más cercana del Cinturón de Asteroides, a la velocidad máxima que permita nuestro suministro de combustible.

—¿Qué hay de Lem Jukes? —preguntó Wenchin.

—Está fuera de alcance, y dudo que le importe lo que nos suceda. Abandonó a sus propios hombres. No se preocupó por nosotros. Probablemente se dirige también al Cinturón.

Wenchin transmitió la orden, y la nave aceleró rápidamente.

Doashang permaneció en el puente hasta que el doctor Li lo

llamó para que acudiera al centro médico varias horas más tarde. Ji parecía pálido y conmocionado cuando llegó Doashang.

—Me imagino que no es el examen post mórtem más agradable que ha realizado —dio Doashang.

—Eso es quedarse corto —respondió Ji.

Los dos se detuvieron ante una gran ventana que asomaba a una habitación donde un equipo de técnicos examinaba y grababa al fórmico diseccionado.

—¿Qué son? —preguntó Doashang.

—Son semivertebrados —contestó Ji—, en tanto tienen una sola columna neural, pero claramente han evolucionado a partir de hexiformas exosesqueletales.

—¿Y eso qué significa?

—Evolucionaron de criaturas muy parecidas a las hormigas, pero dejaron la hormiguez atrás.

—¿Entonces no son insectos?

—Descienden de criaturas parecidas a insectos. Han ocurrido ciertos cambios evolutivos. Son de sangre caliente, por ejemplo. Aíslan y sudan para regular la temperatura corporal de forma muy parecida a nosotros. Tiene un endoesqueleto cubierto de músculos y piel y pelaje. La mayoría de sus órganos son un misterio para mí, aunque lo hemos documentado todo. Tienen obviamente seis patas. El par mediano tiene una musculatura que sugiere que puede soportar peso, aunque quizá no tanto como las caderas o los muslos. La cavidad de la articulación es extraordinariamente flexible, aún más que los hombros humanos. Además tienen músculos en la espalda altamente desarrollados, lo que sugiere que tienen una fuerza enorme.

—Ya hemos visto prueba de eso. Lo que quiero saber es cómo podemos matarlos.

—No son indestructibles. Son duros y resistentes, pero se les puede romper. Sin embargo, lo que me asusta más que su físico es lo que les vimos hacer en los vídeos. Estuvieron inmediatamente dispuestos a dar sus vidas por impedir cualquier ataque. Sin vacilación. Solo ferocidad animal implacable y una devoción completamente desaforada. Estas no son solo criaturas tecnológicamente superiores, capitán. Es una especie que nunca se rendirá hasta que el último de sus miembros haya sido destruido.

—Respecto a ese punto, doctor, lo cumpliremos con sumo placer.

Lem se encontraba en la sala de ingenieros, que había sido convertida en una especie de sala de guerra, mirando todas las notas en las paredes-pantalla que tenía alrededor. Había anagramas anatómicos de un fórmico; bocetos de la nave fórmica con diversas teorías científicas sobre su funcionamiento; fotos y análisis del arma que había destruido a la *Cavadora*; una carta del sistema que mostraba la trayectoria de la nave fórmica, además de numerosas notas, listas, ideas y teorías.

—Tenemos toda esta información —dijo Lem—. Toda esta información crítica que la Tierra necesita desesperadamente, y no podemos hacer nada al respecto. —Se volvió y miró a Chubs, Benyawe y el doctor Dublin, que seguía teniendo las manos escayoladas—. A menos que transmitamos todo esto a la tienda, no vale nada.

—Estamos a merced de nuestra radio —dijo Chubs—. Hasta que superemos la interferencia no hay mucho que podamos hacer.

En las semanas transcurridas desde el ataque, la interferencia de la nave fórmica había imposibilitado las comunicaciones de largo alcance. Lem había ordenado a los oficiales de radio que emitieran continuamente una transmisión en bucle sobre los fórmicos, detallando las coordenadas de la nave, el rumbo de vuelo, sus dimensiones y su velocidad, pero por lo que sabían los oficiales de radio, no habían podido enviar nada. Cada día salían cientos de transmisiones y llegaban cero. La *Makarhu* gritaba un aviso, pero nadie podía oír ni una palabra.

—¿Entonces cómo superamos la interferencia? —preguntó Lem.

—No conocemos sus límites —respondió Chubs—. Ahora mismo estamos a cuatro millones de kilómetros de la trayectoria de la nave fórmica. Podríamos retroceder, pero no sabemos hasta donde tendríamos que ir. ¿Diez millones? ¿Veinte? ¿Cien? Además, si nos distanciamos más de la nave, no podremos localizarla. Está ya tan por delante de nosotros que desaparece de nuestros escáneres durante días seguidos. Estamos fuera del alcance de sus armas, lo cual es bueno, pero si nos desviamos más de nuestro actual rumbo o velocidad nos quedaremos tan por detrás de la nave que la perderemos por completo. Podríamos hacerlo, pero es un riesgo. Puede que no lleguemos al final de la interferencia antes de que la nave llegue a la Tierra.

—No quiero perderla de vista —dijo Lem—. Pero a menos que hagamos algo para contrarrestar esta interferencia, la Tierra no recibirá mucho aviso, si es que llega a recibir alguno. Estarán completamente desprevenidos ante un ataque.

—No sabemos si los fórmicos pretenden atacar —dijo Dublin—. Tenemos la sospecha, pero no podemos estar seguros de lo que vayan a hacer hasta que lleguen a la Tierra.

—No vienen a pedir una tacita de azúcar —dijo Chubs—. Ya hemos visto lo que le han hecho a la *Cavadora*.

Lem se estremeció. La *Cavadora*. Sabía que no era culpa suya que hubieran sido destruidos: tendrían que haber escapado cuando él lo hizo. Con todo, no podía desprenderse de la acuciante idea de que tendría que haber hecho más. Pero no sabía qué: no había más que pudiera haber hecho, en realidad. No se podía salvar a los hombres atrapados en la nave fórmica, era imposible acudir al rescate. La *Cavadora* tendría que haberlo visto. Pero no, Concepción se había adherido a una estúpida y autodestructiva idea de «nunca dejar a ningún hombre atrás», lo cual era una tontería. Lem estaba a favor de salvar a la gente, por supuesto. Pero cuando quedaba claro que el rescate era imposible, ¿de qué servía quedarse? En el calor del momento había reprendido a Chubs por ordenar a la nave que se marchase, pero ahora veía la sabiduría de aquella acción. Lo único que la *Cavadora* había conseguido quedarse atrás para rescatar a sus hombres fue su propia triste destrucción.

Pero así eran los mineros libres. Respetaba su valor. Pero ignorar el instinto de autoconservación por bien de la familia no parecía noble. Parecía irresponsable.

Había también una cosa más. Intentaba no pensar en ello, ya que le hacía sentirse insensible y cruel. Pero tampoco podía negarlo: la destrucción de la *Cavadora* significaba la destrucción de la copia de sus archivos. Concepción había dicho que los borraría, pero ahora sabía sin ninguna duda que así era. Existía la remota posibilidad de que alguna de las mujeres hubiera llevado una copia a la nave WU-HU, pero era improbable. Les preocupaba proteger a sus hijos y sobrevivir. Quemar a Lem Jukes en la hoguera legal no estaba en sus cabezas. Se hallaba a salvo. Los archivos habían desaparecido.

—Mi argumento —estaba diciendo Dublin— es que no sabemos todavía por qué se dirigen a la Tierra. ¿Qué quieren? ¿Nuestros recursos? ¿Entablar contacto? ¿Estudiarnos?

—No han venido a entablar contacto —dijo Lem—. Su cápsula destruyó a los mineros libres italianos.

—Sí —replicó Dublin—, pero solo después de que estuviera doce horas entre ellos. Tal vez intentó establecer contacto con ellos durante todo ese tiempo.

Lem negó con la cabeza.

—Concepción nos lo contó todo. Los italianos no captaron nada que pareciera una señal de comunicación por parte de la cápsula.

—Tal vez tengan un modo de comunicarse que no conocemos —dijo Dublin—. Tal vez intentaran comunicarse, pero los humanos carecemos de la tecnología para recibir sus transmisiones.

—Mataron a los italianos —insistió Chubs—. Si alguien no responde a tu saludo, no los masacres.

—Intento mirar esto desde una perspectiva científica —dijo Dublin.

—No importa que intentaran comunicarse o no —repuso

Chubs—. Querían matarnos. ¿No ha visto los vídeos? ¿Ha visto la cara de ese fórmico que escalaba por el cable de atraque? No venía a presentarse. Venía a arrancarle la cabeza a Lem.

Dublin alzó las manos en gesto de rendición.

—No los estoy defendiendo. Solo estoy recordando que proceden de una estructura social completamente diferente con conductas y valores completamente distintos.

—Hay una teoría que no hemos abordado —dijo Benyawe. Se acercó al boceto de la nave fórmica de la pared, lo estudió, se volvió hacia ellos—. ¿Y si es una nave colonia?

—¿Colonia? —dijo Chubs—. No puede ser. El planeta está ocupado. Es nuestro. No hay vacantes.

—Tal vez no les importa —respondió Benyawe—. Tal vez procedan de una civilización donde los alienígenas comparten planetas.

—O tal vez pretendan quedárselo para sí —dijo Lem. Se dio media vuelta y estudió el diagrama del fórmico—. Todo este tiempo hemos dado por supuesto que nos consideran sus iguales. Pero ¿y si no es así? ¿Y si tienen hacia nosotros la misma consideración que nosotros hacia las moscas o los conejos? Si quieres construir una casa en un solar y encuentras una familia de conejos viviendo en el terreno, no consideras que la tierra pertenezca a los conejos y te vas a construir a otra parte. Le disparas a los conejos o los espantas.

—Hay doce mil millones de personas en la Tierra —dijo Chubs—. Con ciudades e industria y tecnología. Es más que una familia de conejos.

—Bien. Escoja un animal distinto. Digamos, lombrices de tierra. ¿Cuántas lombrices hay en el solar? ¿Miles? ¿Decenas de miles? ¿Y hormigas? ¿Un millón? Tienen colonias y casas, pero ¿qué nos importa? Arrasamos la tierra y construimos de todas formas. Mi argumento es que tal vez no consideren que el planeta sea nuestro. Simplemente, da la casualidad de que vivimos allí. Tal vez consideren que está ahí para que la tomen.

—Hay un agujero en esa teoría —dijo Dublin—. La interferencia. Si los fórmicos no nos consideran como iguales o al menos cerca de su lugar en la jerarquía de las especies, ¿por qué se esfuerzan tanto en cubrir su aproximación con la interferencia? Lo que le están haciendo a nuestra radio sugiere que nos temen y han desarrollado tácticas para evitar que los detectemos. Eso implica que nos consideran una amenaza.

—Solo si la interferencia es deliberada —dijo Lem—. Pero ¿y si no lo es? ¿Y si no es más que un producto secundario de su sistema de propulsión? ¿Y si no tienen idea de que están estropeando nuestra radio? Sí, funciona en provecho suyo, pero eso no significa que sucede porque lo quieren.

—Si eso es cierto —dijo Benyawe—, entonces la Tierra corre más peligro de lo que creíamos. Si los fórmicos no hacen nada deliberadamente para ocultar su aproximación, si no les importa que los veamos o no, entonces es que no nos consideran una amenaza. Confían tanto en poder destruirnos que no importa que sepamos que vienen.

Cuanto más hablaba, menos le gustaba a Lem lo que oía.

—¿Entonces qué podemos hacer? —preguntó—. No podemos comunicarnos con nadie. No podemos adelantar a la nave... no a su velocidad actual de todas formas. Se mueve demasiado rápido. No podremos alcanzarla aunque quisiéramos.

—Cosa que definitivamente no queremos hacer —dijo Chubs.

—Veo dos opciones —repuso Benyawe—. Podemos desviarnos y arriesgarnos a que haya una forma de salir de esta interferencia. O podemos continuar siguiendo la nave y recopilar datos y esperar que decelere lo suficiente para que la adelantemos y lleguemos primero a la Tierra.

—También es un riesgo —dijo Lem.

—No hay respuesta fácil —contestó Benyawe.

—Mi voto es para la Opción B —dijo Dublin—. Eso nos acerca a la Tierra. Ese es nuestro destino.

—Estoy de acuerdo —coincidió Benyawe—. Es posible que podamos aprender algo más sobre los fórmicos, una debilidad, tal vez. Eso sería más valioso para la Tierra que ninguna otra cosa. Si perdemos la nave de vista, perdemos esa posibilidad.

—Los fórmicos dejan una estela de destrucción —dijo Chubs—. La gente puede necesitar ayuda. Yo voto por seguir nuestro rumbo.

—Una extraña filosofía para usted —dijo Benyawe—, considerando que ha dejado también toda una estela de destrucción.

—Siempre para protegernos —replicó Chubs, molesto.

Un navegante del puente apareció en la pantalla-pared.

—Señor, los sensores indican que la nave fórmica ha vuelto a ventear.

—Deceleren inmediatamente —dijo Lem—. No quiero que nos metamos en el plasma gamma. Detengan por completo nuestro avance si es necesario.

Era la segunda vez que la nave venteaba desde la batalla con la *Cavadora*. El navegante hizo una serie de movimientos con la nave fuera de la pantalla, luego regresó.

—Deceleración iniciada, señor.

—¿Había alguna nave de la nave fórmica que pueda haber sido afectada por el plasma?

—No lo sé, señor. El único motivo por el que detectamos a la nave fórmica a esta distancia es por su tamaño. Todo lo que sea más pequeño no aparece en los sensores.

—Sigan oteando. Háganmelo saber si encontramos algo que pueda haber sido alcanzado por el plasma.

—Sí, señor.

El navegante desapareció. Benyawe se acercó a la carta del sistema que se extendía sobre una pared. Una línea que representaba la trayectoria de los fórmicos cruzaba el espacio. Benyawe tocó varios puntos en la línea, dejando parpadeantes puntitos rojos.

—La primera ventilación sucedió aquí, cerca de la Estación de Pesaje Cuatro. La siguiente fue aquí, más o menos seis UA más tarde. Ahora tenemos una tercera ventilación aproximadamente otras seis UA después.

—Así que ventilan cada seis UA —dijo Dublin.

—Lo que significa que podemos saber aproximadamente

cuándo volverán a ventilar —dijo Benyawe. Corrió el dedo por la línea cada seis unidades astronómicas y dejó más puntos. Cuando llegó al Cinturón interior, colocó un punto cerca de un asteroide.

—¿Qué asteroide es ese? —preguntó Lem.

Benyawe lo amplió hasta que llenó la pantalla. A Lem le pareció el hueso de un perro: una barra fina en el centro, con dos lóbulos nudosos a cada extremo.

—Se llama Kleopatra —dijo Benyawe—. Clase M. Mide doscientos diecisiete kilómetros de diámetro. —Pasó los dedos por la pantalla y rotó el asteroide hasta que el lado opuesto quedó a la vista. Allí, en la superficie de uno de los lóbulos, había un puñadito de luces.

—¿Qué es eso? —preguntó Lem—. Amplíe la imagen.

Benyawe movió los dedos y amplificó las luces, revelando un enorme complejo minero de al menos cinco kilómetros de ancho. Edificios, plantas de fundición, cavadoras, barracones. Una miniciudad industrial.

—Es una instalación Jukes —dijo Benyawe.

—¿Una de las nuestras? ¿Cómo es que nunca había oído hablar de ella? —preguntó Lem.

—Su padre tiene más de cien de estas instalaciones por todo el Cinturón —contestó Chubs—. Al construir una ciudad, básicamente reclamamos toda la roca. Clavamos una bandera en el suelo y le decimos a la competencia que se largue. Muy inteligente. Todo ese hierro vale una fortuna.

—Si los fórmicos ventean cerca de Kleopatra, aunque el plasma golpee la otra cara del asteroide, esa gente no tendrá una oportunidad —dijo Dublin.

—¿Cuánta gente trabaja ahí? —preguntó Lem.

Benyawe pulsó el complejo con el dedo, abrió una ventana de datos, y empezó a leer. Después de un instante, se volvió hacia ellos, preocupada.

—¿Cuántos? —preguntó Lem.

—Más de siete mil —respondió Benyawe.

20

Soledad

Al principio Víctor no le prestó atención al dolor de espalda. Después de cinco meses de viaje en la nave rápida los achaques y dolores inexplicados se habían vuelto una segunda naturaleza para él. Sus músculos se atrofiaban, sus huesos se debilitaban: era de esperar que sintiera molestias. Pero entonces el dolor de espalda empeoró y se volvió tan intenso en ocasiones que parecía un cuchillo que lo apuñalara y se retorciera en su interior. Venía en oleadas, y no importaba cómo colocara el cuerpo en la nave rápida, el dolor continuaba. Luego el dolor se extendió al costado y su ingle. Después apareció sangre en su orina, y supo que tenía problemas.

Todos los síntomas apuntaban a un cólico nefrítico. Sus huesos sufrían osteoporosis y el calcio liberado se congregaba en los riñones. Dormir era difícil. Sentía ansiedad y náuseas y le preocupaba vomitar dentro del casco. Bebió muchísima agua, pero no sirvió de nada. Había traído unos cuantos analgésicos leves, pero se los había tomado ya hacía meses después de unos días de migraña. Ahora se maldijo. Las migrañas eran un amable besito en la mejilla comparadas con esto.

Después de tres días le preocupó que la piedra pudiera ser demasiado grande para pasar, y se preguntó qué sucedería si ese era el caso. ¿Sufriría infección? ¿Podría matarlo? ¿No recibiría la Tierra el aviso por culpa de un estúpido terrón de calcio cristalizado?

La expulsó al cuarto día, y el dolor fue tan inesperadamente ardiente e intenso que por un momento pensó que iba a morirse. Cuando acabó, se quedó dormido al instante, agotado.

Continuó bebiendo mucha agua durante las semanas siguientes, pero eso no impidió que siguiera teniendo piedras. Expulsó cuatro en total. Ninguna fue tan dolorosa como la primera, pero todas lo dejaron ansioso e inquieto. Ahora fue agudamente consciente de que su cuerpo se deterioraba, y no dejaba de preocuparse por una docena de otros males que pudieran afectarle en cualquier momento. Su densidad ósea fue su principal preocupación. ¿Rompería el peso de su propio cuerpo sus piernas cuando se incorporara en Luna? La gravedad de Luna era solo una fracción de la de la Tierra, pero tal vez sería suficiente para sobrecargar sus huesos debilitados. Luego estaba el tema de su apetito. Lo había perdido casi por completo recientemente. ¿Estaba malnutrido? ¿Y su corazón? También se estaba debilitando. ¿Cedería antes de que llegara a la Luna? ¿Y la radiación? ¿Aguantaba el escudo? Advirtió que tenía que reforzarlo. Tenía que añadir otra placa al exterior. Estaba seguro de que contraería cáncer si no lo hacía.

Víctor introdujo las órdenes en su palmar para iniciar la deceleración. La nave se había estado moviendo a velocidad alta y constante durante meses, y si mantenía esa velocidad y salía al exterior le parecería que la nave no se movía ya que él lo haría a la misma velocidad. Pero salir a alta velocidad era arriesgado. Se expondría a la radiación gamma y la amenaza de los micrometeoritos. Ser alcanzado por una diminuta partícula de roca sería probablemente fatal. Víctor no podía correr ese riesgo. No con tanto en juego. Sería más seguro decelerar y reparar los escudos en parada plena. Añadiría un montón de tiempo a su viaje, sí, y no alcanzaría Luna tan rápido como había esperado, pero consideró que el blindaje y las precauciones extra merecían el retraso.

La nave tardó casi dos días en decelerar. Víctor no quiso acelerar el proceso y poner ninguna carga indebida en su cuerpo, débil como estaba, así que hizo que la nave redujera gradualmente la velocidad. Cuando se detuvo del todo, sacó su manguera de aire y atornilló un tubo de oxígeno a la parte trasera de su traje. A continuación cogió su cinturón de herramientas, que se abrochó a la cintura. Luego abrió la escotilla y salió al exterior. Usando los asideros abiertos en el casco, Víctor se arrastró hacia la popa de la nave para comprobar cómo aguantaban las placas traseras. Su mano resbaló de uno de los asideros, y Víctor instintivamente se agarró al cable de seguridad sujeto al arnés de su pecho para sujetarse.

Solo que el cable de seguridad no estaba allí.

En su prisa por salir había olvidado anclarse a la nave.

Víctor arañó el casco, tratando de encontrar dónde agarrarse, desesperado por detenerse, pero su cuerpo estaba ahora en movimiento, dirigiéndose hacia la parte trasera de la nave, y ya había dejado atrás el último asidero. Sus gruesos guantes resbalaron por la superficie de metal, sin detenerse en nada. Estaba gritando ahora, la voz ronca y cascada por la falta de uso. Resbalaba por el lado de la nave. No había nada que agarrar. Iba a morir.

Entonces lo vio ante él. Una tubería de algún tipo, un pequeño tubo de metal en la esquina trasera de la nave. Más allá había espacio. Si fallaba, estaba perdido. Flotaría hasta quedarse sin aire. Se acercó al tubo, y justo antes de extender la mano supo que no podría agarrarlo. Estaba demasiado lejos, justo más allá del alcance de sus dedos.

De un solo rápido movimiento, su mano se dirigió al cinturón de las herramientas y sacó una larga llave que extendió y enganchó alrededor del tubo en el último momento posible, deteniéndose. Su corazón redoblaba. Le costaba trabajo respirar. El agarre de la llave sobre el tubo era leve y precario. Fácilmente podría resbalarse. Con suavidad, tiró y volvió a lanzarse hacia la nave.

La llave resbaló del tubo, pero Víctor se movía ya en la dirección adecuada. Flotó lentamente hacia la carlinga, se metió dentro, y enganchó el cable de seguridad en su arnés. Se maldijo a sí mismo por ser tan estúpido. Había llegado hasta aquí, arriesgando su vida, con información que el mundo entero tenía que ver, y casi lo había estropeado todo al no enganchar una simple anilla de metal a su arnés. «Brillante, Víctor. Un auténtico genio.»

Con el cable asegurado, regresó al exterior, comprobó las placas, descubrió que estaban bien, pero decidió instalar las de repuesto encima de las ya existentes. Bien podría. Los repuestos no servían de nada dentro de la nave. Además, necesitaba trabajar. Necesitaba ocupar su mente con trabajo durante un tiempo. Había construido y reparado todos los días de su vida desde que se convirtió en aprendiz de su padre, y los cinco últimos meses no habían sido más que inactividad aturdidora.

Cuando terminó la instalación volvió a sellar dos veces las junturas para asegurarse de que aguantaran. Sabía que estaba perdiendo el tiempo. Los sellos estaban bien. Simplemente, no quería volver la nave.

Al cabo de un rato, regresó a la carlinga. Su mano se detuvo en la escotilla un momento antes de cerrarla, mientras sus ojos escrutaban la extensión del espacio que tenía ante él. Solo quedaban unos pocos meses para llegar a Luna. Podría soportar esto un poco más. Selló la escotilla y empezó a acelerar. El ordenador reconfiguró su rumbo de vuelo para compensar el retraso y revisó el tiempo de llegada, poniéndolo en su destino tres semanas más tarde de lo que había esperado originalmente. Víctor sintió ganas de golpear algo. Tres semanas. Era mucho más de lo que había previsto. Pero ya era demasiado tarde. «Lo hecho, hecho está», pensó. Con un suspiro, permaneció inmóvil en el asiento de vuelo mientras la nave rápida ganaba velocidad.

Un mes más tarde la sensación de impotencia abrumó a Víctor. Estaba seguro de que se había desviado de rumbo. O el ordenador tenía un problema técnico. O se estaba quedando sin aire. Se sorprendía mirando a la nada. Había perdido el sentido del gusto. O tal vez las proteínas de la comida se habían deteriorado tanto por la radiación que la comida ya no tenía ningún sabor. Fuera como fuese, ya no tenía apetito. Perdió peso. Notaba las muñecas y tobillos delgados y débiles. Había traído tiras de goma para hacer ejercicios de resistencia, que había realizado rigurosamente todos los días desde su partida. Ahora ignoraba todo ejercicio. ¿Por qué molestarse? De poco estaba sirviendo. A estas alturas, sus huesos eran probablemente palillos. Durante meses había combatido el insomnio. Ahora parecía dormir todo el tiempo. No había tocado su palmar desde hacía días. Había libros que había empezado y no había terminado, acertijos que había dejado sin resolver. No le importaba.

Una mano sacudía suavemente su hombro, despertándolo. Alejandra estaba a su lado, vestida con el camisón blanco y prístino. Le sonrió y cruzó los brazos sobre su pecho.

—Estás perdiendo la cabeza, Vico. Estás psicológicamente frito. Llevas tanto tiempo encerrado aquí dentro y tu sueño es tan irregular que solo estás cuerdo cuando sueñas.

La voz de Víctor sonó seca y frágil, y su sonido le sorprendió.

—¿Estoy soñando? —Miró alrededor. Todo parecía normal. Los instrumentos. El equipo Los tanques de aire.

—No encontrarás ningún elefante rosa, si eso es lo que estás buscando —dijo Alejandra—. Estoy aquí. Eso debería ser prueba suficiente para ti. —Se sentó ante él, con las piernas dobladas recatadamente hacia un lado—. Has dejado de hacer ejercicio y de comer. ¿Te has visto? Te estás reduciendo a la nada.

—No tengo espejo.

—Probablemente sea lo mejor. Lo romperías. Además, necesitas un corte de pelo.

—Me estoy volviendo loco, ¿verdad?

Ella fue contando sus problemas con los dedos.

—Ansiedad severa. Depresión. Ignoras la comida y el ejercicio. Duermes siguiendo pautas completamente impredecibles.

No puedes pensar bien, y estás hablando con una persona muerta.

—Es una opción de persona muerta muy buena. Eso debería hacerme ganar algunos puntos.

Ella puso los ojos en blanco.

—Isabella te dio píldoras para regular tu sueño. ¿Por qué dejaste de tomarlas?

—No me gusta tomar píldoras. Me gusta estar al control.

—No estás al control. Ese es el problema, Vico Loco. No eres dueño de ti mismo. Si no tienes cuidado, te arrojarán a una habitación acolchada cuando llegues a Luna. No hará falta gran cosa para convencerlos. Ya pensarán que estás loco por viajar desde el Cinturón de Kuiper en una nave rápida. En cuanto empieces a farfullar sobre alienígenas, sus sospechas quedarán confirmadas. Tienes que ser un modelo de cordura, Vico. Tener el aspecto que tienes no va a ayudar.

—Tú, por otro lado, pareces todo lo contrario. Nunca te dije lo hermosa que eres. Nunca pensé en decirlo siquiera, pero es verdad.

—Ahora estamos hablando de ti.

—Ojalá no lo hiciéramos. Tú eres mucho más interesante.

Ella sonrió y no dijo nada.

—Te alejaron por mi causa, Janda. Si hubiera sabido que iban a hacer eso, habría cambiado las cosas.

—¿Cómo? ¿Fingiendo no ser mi amigo? ¿Evitándome? ¿Portándote de manera formal a mi lado y tratándome como si fuera solo una conocida? Eso habría sido peor.

—Esos no son tus pensamientos —le dijo él—. Son míos, proyectados en ti. Solo estás diciendo lo que mi mente te dice que digas.

—Pero tú conocías mis pensamientos, Vico. Siempre lo supiste. El único motivo por el que no sabías que te amaba era porque yo misma no lo sabía. Pero era así.

—No hables en pasado —dijo Víctor—. Eso significa que se ha terminado.

Despertó. Solo. Todo estaba donde siempre. Los instrumentos. El equipo. Los tanques de aire. Se obligó a comer. Bebió agua y tomó vitaminas. Hizo los ejercicios de resistencia y se sorprendió al descubrir lo débil que estaba. Comprobó los instrumentos. Tenía siete semanas para recuperar la salud. Bebió más agua e hizo otra tanda de ejercicios de piernas.

Había tráfico alrededor de Luna, pero el sistema LUG de la nave rápida de Víctor se hizo cargo de los controles de vuelo mucho antes de que llegara a la masa de naves. Cargueros, naves correo, navíos de pasajeros llegando y saliendo de la Tierra, nuevas naves mineras corporativas dirigiéndose hacia el Cinturón de Asteroides, muchas de las cuales tenían el logotipo de Juke Limited.

La nave rápida había decelerado hacía horas, y ahora que estaba ya tan cerca, le pareció que la velocidad de atraque del sistema LUG era enloquecedoramente lenta. Pronto otras naves rápidas se congregaron alrededor de ella, venidas de todas partes, todas conducidas hacia el mismo destino; dónde exactamente, Víctor no tenía ni idea.

Podía ver la Tierra, pero se sintió muy decepcionado ya que esperaba que estuviera mucho más cerca. Era de noche en la superficie del planeta, y había millones de luces tintineando bajo la atmósfera. Toda esa gente, pensó, y ninguno de ellos sabía lo que les esperaba. O tal vez sí lo sabían. Tal vez la noticia había llegado. Víctor esperó que fuera cierto. Eso significaba que su trabajo estaba hecho.

Las colonias e industrias de Luna constituían una parte diminuta de la superficie del satélite. Víctor había visto imágenes, pero habían sido tomadas desde el espacio, así que esperaba un pequeño puesto de avanzada. Cuando la luna giró a medida que las naves rápidas se acercaban y la ciudad de Imbrium quedó a la vista, Víctor se quedó boquiabierto de asombro. Fábricas, altos hornos, enormes complejos industriales con tantas luces y tubos que parecían ser ciudades. Entonces Imbrium apareció a su derecha. Edificios y luces y aceras cubiertas de cristal. Era la mayor estructura de construcción humana que había visto jamás.

Pudo sentir que su cuerpo se hacía más pesado. La gravedad se apoderaba de él. Las naves rápidas que lo rodeaban se colocaron en fila, todas con su enorme cargamento de cilindros. Víctor siguió con la mirada la hilera que tenía delante y vio que el sistema LUG conducía a las naves rápidas a un enorme complejo más allá de la ciudad.

Entonces, de repente, su nave rápida se desvió de las demás y cambió de rumbo, volando hacia un hangar con un techo de al menos cien metros de altura. Los motores de la nave se apagaron y el aparato flotó hasta el hangar. Había naves rápidas dañadas por todas partes en diversos estados de reparación, pero no había ningún trabajador que Víctor pudiera ver. Unos brazos robóticos se extendieron y agarraron a la nave rápida. Su movimiento hacia delante se detuvo, y Víctor fue lanzado contra su arnés de seguridad. El dolor lo dejó sin aliento, y estaba seguro de haberse roto algunas costillas. Tosió, intentando recuperar la respiración. La nave rotó noventa grados, con el morro apuntando hacia arriba. Víctor quedó de espaldas. Los brazos robóticos lo alzaron rápidamente y engancharon la nave a un largo bastidor de naves rápidas que colgaban de sus morros a diez metros del suelo. Los brazos robóticos lo soltaron y se dirigieron a otra parte.

Todo quedó en silencio. La nave se balanceó suavemente del bastidor, una sensación extraña causada por la gravedad que Víctor no había experimentado nunca. Esperó, pero nadie vino a por él. Soltó el arnés, todavía gimiendo por el dolor en el pecho. Sentía pesado el cuerpo. Se levantó del asiento y miró por la ventana. Estaba demasiado lejos del suelo. No se fiaba de la fuerza de sus piernas en gravedad parcial con una caída como esa. Escrutó el suelo del almacén, buscando gente. No había nadie. Todo era automático. Una nave rápida se deslizó de pronto por el bastidor ante él, empujándolo hacia dentro, bloqueando parcialmente su visión. Los brazos robóticos estaban archivándolo aquí. Tenía que salir.

Probó con la escotilla. No podía abrirla. La otra nave rápida estaba almacenada demasiado cerca. Recurrió a la radio y probó con una frecuencia.

—¿Hola? ¿Puede oírme alguien?

De nuevo, el sonido de su propia voz lo asustó. Era ronca y quebradiza y apenas era más que un susurro. Nadie respondió. Solo se oía estática. Probó con otra frecuencia. Nada. Luego intentó con una tercera y encontró cháchara. Hombres hablando, dando números y datos; Víctor no los entendía. Los interrumpió.

—¿Hola? ¿Puede oírme alguien?

La cháchara se detuvo. Hubo una pausa.

—¿Quién es?

—Me llamo Víctor Delgado. Soy un minero libre del Cinturón de Kuiper. Estoy atrapado en una especie de almacén.

—Salga de esta frecuencia.

—Por favor. Necesito ayuda. Tengo información que debe llegar a la Tierra.

—Sanjay, tengo a alguien en la frecuencia que no quiere marcharse.

Una voz diferente, más grave, exigente, con un acento que Víctor no fue capaz de reconocer.

—No sé quién eres, amigo, pero esta es una frecuencia restringida. Ahora sal de aquí cagando leches antes de que te expulse.

—Por favor, necesito hablar con alguien al mando. Toda la Tierra está en peligro. —Las palabras sonaron trilladas, incluso para él.

—Tú eres el que corre peligro, amigo. Marcus, triangula la señal y encuentra a este bromista. Quiero esta basura fuera de mi frecuencia.

Víctor permaneció en la frecuencia, pero no dijo más. Que triangularan. Que lo encontraran.

Una hora más tarde llegó un rover policial. Un solo agente

con uniforme y casco salió con una linterna y empezó a escrutar el interior del almacén con aburrido desinterés.

Víctor golpeó el costado de la nave con una herramienta para llamar la atención del hombre, pero este no pudo oírlo. Víctor se dirigió a la parte trasera de la nave, que ahora era el fondo. Conectó su herramienta cortadora y empezó a cortar la pared de la nave, rociando el interior de la nave con pequeñas ascuas de metal ardiente. Presionó con más fuerza, cuidando de no dañar su traje. La cortadora se abrió paso. Ascuas calientes cayeron de la nave al almacén. El oficial lo vio.

Pasó otra hora antes de que alguien que pudiera manejar la maquinaria llegara para bajar la nave del bastidor. Cuando lo sacaron de la nave rápida y lo pusieron en el suelo, las piernas de Víctor cedieron por completo. Se tambaleó y se desplomó. Trató de incorporarse con los brazos pero no pudo. Se quedó allí sin moverse mientras el oficial conectaba un cable de audio a su traje.

—Necesito ver alguna identificación —dijo el oficial.

—No tengo ninguna. Soy un minero libre.

—Nacido en el espacio, ¿eh? Déjame adivinar, no tienes tampoco permiso para atracar.

—Vengo del Cinturón de Kuiper.

El oficial pareció divertido.

—¿En una nave rápida? Seguro que sí.

—¿No me cree? Compruebe el ordenador de vuelo.

El oficial lo ignoró y tecleó unas notas en su pad.

—Así que nada de permisos, ni de papeles, ni códigos de entrada, nada.

—Tengo que hablar con alguien al mando.

—Tienes que hablar con un abogado, nacido en el espacio.

Lo llevaron al rover y lo subieron al maletero. Víctor se sintió completamente indefenso... y eso que estaba solo un sexto de la gravedad de la Tierra.

El oficial lo condujo a una instalación médica, donde unos enfermeros lo pusieron en una camilla y le inyectaron fluidos intravenosos y le administraron diez vacunas distintas. Cuando terminaron, un oficial con uniforme de color diferente entró y ató con alambre las muñecas de Víctor a la camilla. Hasta que el hombre no empezó a recitar una letanía de derechos legales Víctor no advirtió que lo habían arrestado.

21

Imala

Imala Bootstamp no intentaba despedir a nadie del Departamento Comercial Lunar, pero desde luego se sintió bien cuando lo hizo. El culpable era uno de los grandes jefazos, un auditor veterano de la quinta planta que llevaba con el DCL más de treinta años. Imala, una simple auditora ayudante en la agencia, estaba tan abajo en la escala que necesitó un mes para que alguien con autoridad le echara una ojeada a lo que había encontrado.

Había intentado acudir a su jefe inmediato, un idiota pervertido llamado Pendergrass, cuyos ojos se dirigían a sus pechos cada vez que se veía obligada a llamar su atención hacia algo.

—Aléjate del sendero de la guerra, Imala. —Fue lo único que le dijo Pendergrass—. Suelta el pequeño *tomahawk* y concéntrate en tu trabajo. Deja de seguir huellas que no deberías estar siguiendo.

«Oh, Pendergrass. Eres tan, tan listo. Qué gracioso por tu parte hacer referencia a mi herencia apache.»

Creía que el mundo había superado los insultos raciales: desde luego, nunca había escuchado ninguno mientras crecía en Arizona. Pero tampoco había conocido a nadie como Pendergrass, que llamaba a su cubículo su «wigwam» y que siempre hacía un círculo con los labios y se los cubría con los dedos cada vez que pasaba junto a él en la sala de descanso. Podía haber ido a Recursos Humanos y cursar una queja hacía mucho tiempo, pero la tontita de

RH asignada a su planta se acostaba con Pendergrass, un hecho que Imala encontraba a la vez repulsivo y tristemente patético. Además, Imala no quería que nadie librara sus batallas por ella. Cuando sintiera la necesidad de «seguir el sendero de la guerra» empuñaría su propio *tomahawk*, muchas gracias.

No podía acudir tampoco al jefe de Pendergrass, un pelele pelota que tenía la cabeza tan metida en el culo de su jefe que llevaba un riñón por gorra. Todo lo que recibiría de él era una bonita charla condescendiente sobre la importancia de seguir la cadena de mando. Luego Gorra de Riñón iría a ver a Pendergrass y le echaría la bronca por no mantener a su apache atada en corto. Y si eso sucedía, Imala lo pasaría mal con Pendergrass.

Así que hizo lo siguiente que podía hacer, aunque fuera ligeramente poco ético aunque completamente necesario. Llegó mintiendo al despacho del director.

—¿Tiene una cita con el director Gardona? —preguntó la secretaria, sin levantar la cabeza de su terminal.

—Sí —dijo Imala—. Karen O'Hara. Revista *Finanzas espaciales*. Vengo aquí para el artículo.

Imala se sentía ridícula con el pelo recogido en un moño y vestida con chaqueta y pantalones a la moda, alquilados para la ocasión, pero sabía que era necesario que pareciera el personaje. No le preocupaba que la secretaria la reconociera. La agencia empleaba a cientos de personas, y todos los curritos con los que Imala trabajaba nunca se relacionaban con nadie por encima del quinto piso. Ni siquiera utilizaban las mismas entradas. Era como dos países vecinos cuyas fronteras no se cruzaran nunca.

Una semana antes, Imala había intentado concertar una cita con el director como ella misma, pero en cuanto la secretaria se enteró de que era una auditora ayudante, la desvió a sus superiores y le colgó. Tampoco era posible enviar un e-mail o llamar por teléfono. Todos los mensajes del director eran cribados, y todos los intentos de contactar con él habían sido bloqueados. Era ridículo. ¿Quién se creía que era ese tipo? Esto era el Departamento Comercial Lunar, no la maldita Casa Blanca.

Así que aquí estaba, haciendo la cosa más estúpida que había hecho en su vida, todo por conseguir una entrevista con alguien que pudiera tomársela en serio.

—Por aquí, por favor —dijo la secretaria, conduciendo a Imala a través de dos puertas que requerían autorización de holohuella. La secretaria agitó la mano a través de la holocaja junto a la puerta, y los cerrojos se abrieron.

Tanta seguridad puso nerviosa a Imala, y empezó a preguntarse si esto era buena idea. ¿Y si el director no consideraba que su información fuera lo bastante importante para pasar por alto su poco ortodoxa manera de llamar su atención? ¿O si estaba equivocada respecto a los datos? No, de eso estaba segura. La última puerta se abrió, y la secretaria la condujo al interior. Imala entró, y la secretaria desapareció por donde había venido.

El director Gardona estaba de pie ante su puesto moviendo su punzón a través del holoespacio, revisando documentos tan rápido que Imala no pudo imaginar cómo era posible que leyera nada. Le echó sesenta y pocos años, el pelo blanco, en forma, guapo. El traje que llevaba costaba probablemente más de tres meses de salario de Imala.

—Pase, señorita Bootstamp —dijo—. Tengo mucho interés en conocerla.

Así que sabía quién era. Imala no estuvo segura todavía si esto era bueno o malo.

Él se guardó el punzón en el bolsillo y la miró, sonriente.

—Pero dígame primero, ¿Karen O'Hara es una periodista real de *Finanzas espaciales* o se ha sacado ese nombre de la manga?

—Real, señor. Por si lo comprobaba usted en las redes.

—Como si tuviera tiempo para esas cosas. —Le señaló un sillón crisálida que parecía una esfera vacía con el cuarto delantero rebanado. Eran magníficos para la gravedad mínima, e Imala se metió dentro. Gardona ocupó el sillón situado enfrente de ella.

—Pero ¿por qué accedió a verme, señor, si sabía quién soy?

Gardona extendió las manos en un gesto inocente.

—¿Por qué no iba a querer conocer a una de mis empleadas? Y una bastante buena, además, según me han dicho.

O estaba mintiendo o había gente vigilándola y no lo sabía. Pendergrass y Gorra de Riñón preferirían que les arrancaran las uñas antes de dar un informe positivo.

—Pido disculpas por el tonto engaño, señor, pero llegar hasta usted por los medios tradicionales no funcionaba.

—Soy un hombre ocupado, Imala. Mi secretaria protege mi tiempo.

Así que también sabía cómo había intentado contactar con él. O tal vez simplemente daba por hecho que había acudido a la secretaria.

Él se echó a reír.

—Hacerse pasar por secretaria. Hacen falta agallas, Imala. Agallas o estupidez, no estoy seguro de qué.

—Quizás un poco de ambas cosas, señor.

—Y con la excusa de hacerme una entrevista exclusiva. —Agitó un dedo ante ella—. Apelando a mi narcisismo, ya veo.

—Pareció la historia más creíble, señor.

—Bueno, me halaga que me considere lo suficientemente importante para tener una entrevista personal en una revista tan famosa. —Cruzó las piernas—. Bueno, tiene mi atención, Imala. Soy todo oídos.

Ella fue directo al grano.

—Tengo pruebas, señor, de que Gregory Seabright, uno de nuestros auditores veteranos, ha estado ignorando y en muchos casos ocultando falsos informes financieros de Juke Limited desde hace casi doce años.

—Conozco a Greg, Imala. Lo conozco desde el instituto. Es una acusación muy seria.

—Hay más, señor. También tengo pruebas de pagos al señor Seabright por parte de una pequeña subsidiaria de Juke Limited por más de cuatro millones de créditos.

Gardona se quedó callado un momento. Todavía sonreía, pero ya no había vida tras su sonrisa.

—Si esa alegación fuera cierta, Imala, cosa que dudo, no puedo imaginar que Greg fuera tan tonto como para mantener esos pagos archivados o hacer que fueran fácilmente detectables. Es uno de nuestros mejores auditores. Cubriría sus huellas.

—Oh, cubrió sus huellas, señor. Las cubrió con tantas capas que he tardado dos meses en unir todas las piezas. Tuve que husmear y rebuscar en lugares que normalmente no me son accesibles. Es un hilo muy largo el que tuve que seguir para conectar al señor Seabright con los pagos, pero si la fiscalía es lo bastante paciente, puedo conectar los puntos para ellos.

—¿La fiscalía?

—Obviamente. Las naves de Juke Limited han estado superando los límites de peso de los envíos a la Tierra sin pagar las tasas y aranceles requeridos. Estamos hablando de cientos de millones de créditos. Jukes le ha estado pagando para que haga la vista gorda y así poder continuar con sus prácticas de impuestos y tarifas ilegales.

—¿Y puede usted demostrar todo esto?

Imala alzó un cubo de datos.

—Más de tres mil documentos.

—Comprendo. ¿Y cuándo investigó y recopiló usted todo esto?

—En horas fuera del trabajo. Me lo encontré solo porque estaba estudiando antiguos archivos, intentando familiarizarme con algunas de nuestras cuentas más grandes.

—Esto es preocupante, Imala. ¿Quién más sabe esto?

—Solo mi jefe inmediato, Richard Pendergrass.

—Comprendo. Bueno, tendré que examinar esto inmediatamente. Si se demuestra que es cierto, sería devastador para la reputación de esta agencia. Le pido que lo mantenga en silencio hasta que podamos efectuar una investigación interna.

Empezó a ponerse en pie.

—Una cosa más, señor Gardona. Juke Limited es nuestro mayor cliente. Ocultar algo tan grande durante tanto tiempo es demasiado para una sola persona. No puedo demostrarlo más allá de la definición legal de duda, pero tengo otros seis nombres en este cubo de datos que sospecho son conscientes y participan de esta práctica.

Gardona cogió el disco.

—Espero que esté equivocada, Imala. Gracias por llamar mi atención sobre esto.

Imala salió del despacho, y a últimas horas de la tarde del día siguiente se extendió la noticia de que Gregory Seabright había sido despedido. No suspendido. No de permiso. Despedido.

Imala se encontraba en su cubículo (que era más pequeño que la mayoría de los frigoríficos y a veces igual de frío, ya que estaba directamente debajo de uno de los conductos de aire acondicionado), y se sintió mejor de lo que se había sentido en mucho tiempo. Había derrotado al Hombre. Se había enfrentado al gigante y había lanzado su piedra y le había dado en el centro de la frente. Gregory Seabright, sucio codicioso, había caído. Y no solo Seabright, sino también Ukko Jukes, el hombre más rico del sistema solar. O, como Imala sabía demasiado bien, uno de los hombres vivos más deshonestos. Sí, señor, ni siquiera el viejo Ukko Jukes estaba a salvo de su justicia.

Dio una palmada en su mesa. Eso sí que era hacer auditorías. Si su padre pudiera verla ahora... «¿Auditoría? —dijo cuando ella le contó sus planes de posgrado—. ¿Auditoría? —pronunció la palabra como si le dejara un regusto agrio en la boca—. Eso es peor que contabilidad, Imala. Ni siquiera vas a contar judías. Vas a comprobar para asegurarte que alguien más las ha contado. Es la carrera más absurda, infructuosa e insignificante que nadie podría elegir. Eres más lista que eso. Puedes hacer cualquier cosa. No pierdas el tiempo siendo una comprobadora de contables de judías.»

Pero oh, cómo se había equivocado su padre. El trabajo de auditoría era lo que hacía que todo funcionara. Sin las auditorías viviríamos en la barbarie financiera. Los mercados se desplomarían. Los bancos irían a la quiebra. Todo el sistema se vendría abajo.

Pero eso no se le podía explicar a su padre. Se habría encogido de hombros y habría hablado así. Pero coger a un delincuente, meter a un tipo malo en la cárcel, eso sí lo entendería, eso era algo de lo que podría enorgullecerse.

Cuando ahorrara lo suficiente para enviar un holo a la Tierra y cuando la fiscalía lunar se implicara y los medios de comunicación se enteraran, llamaría a casa y diría: «¿Ves, padre? Tu hija pequeña ha podido con Ukko Jukes. ¿Es lo bastante grande para ti?»

Pendergrass asomó la cabeza por encima de la pared del cubículo.

—¿Te has enterado de lo de Seabright?

—Sí, me he enterado.

—¿Tienes algo que ver?

Ella se encogió de hombros.

—Vamos, Imala. Me dijiste que estaba haciendo trampas. No creí que fuera posible. Pensé que estabas cazando brujas. Ya sabes, recién salida de la facultad y dispuesta a comerte el mundo. Toda esa basura idealista. A veces encontramos gente así.

Imala no dijo nada.

—Supongo que me equivoqué —dijo Pendergrass—. Tendría que haberte escuchado. Un error por mi parte.

Imala alzó una ceja.

—¿De verdad estás admitiendo que te equivocaste?

—Eh, para todo hay una primera vez.

Él sonrió y por una vez no le miró el pecho.

—Como ofrenda de paz, quiero invitarte a almorzar —dijo Pendergrass.

«Ah —pensó Imala—. Así que a eso quería llegar.»

Él debió de darse cuenta de lo que estaba pensando.

—No es una cita, Imala. Hanixa va a reunirse con nosotros en el restaurante. Seríamos tres.

Nada podía ser menos apetecible que compartir una mesa con Pendergrass y su zorrita de RH, pero Imala no quería rechazar una rama de olivo ofrecida. Eso solo empeoraría las cosas. Así que cogió su abrigo y la siguió al exterior.

El coche negro que los esperaba en la acera fue la primera bandera roja. Pendergrass abrió la puerta de pasajeros trasera, todavía tan amistoso como siempre, e Imala entró aunque en su cabeza sonaban campanas de alarma.

Cuando la puerta se cerró sin que Pendergrass se uniera a ella, Imala advirtió el error que había cometido. Había un hombre sentado frente a ella, el rostro oculto en las sombras. Imala no necesitó ver sus rasgos para saber quién era.

—Hola, Imala. Me llamo Ukko Jukes.

El coche se apartó de la acera y se unió a la pista. Dondequiera que fuesen, Ukko ya había programado el destino en el sistema. Imala pensó en echar mano al picaporte de la puerta y correr el riesgo de saltar del coche. Pero aceleraron de repente, y de todas formas supuso que las puertas tendrían echado el seguro.

—¿Va a matarme? —preguntó.

Él la sorprendió riéndose, una gran risotada que llenó el coche.

—No se corta con las palabras, ¿verdad, Imala? Tranquilícese, querida. No soy el villano que cree que soy.

—¿Entonces quién es el villano? ¿Gregory Seabright?

Ukko frunció el ceño.

—El director Gardona contactó conmigo esta mañana y me informó de la investigación. Me sentí tan decepcionado y sorprendido como él. Furioso, en realidad. Si se demuestra que esto es cierto, significa que hay gente en mi compañía que cree que puede robarme.

Imala no pudo ocultar el sarcasmo en su voz.

—¿Entonces no tenía ni idea de que esto estaba ocurriendo?

Él pareció ofendido.

—Por supuesto que no. ¿Cree que sería tan estúpido para hacer una cosa así? Soy un hombre de negocios, Imala. Algunos incluso dirían que un hombre de negocios muy hábil. ¿Cree que me saltaría las reglas y me arriesgaría a perder licencias consignatarias que generan miles de millones de ingresos mensuales? No soy ningún idiota, Imala. Aunque fuera el monstruo de tres cabezas que cree que soy, no soy tan tonto para arriesgar a que mi compañía se disuelva y sea arrastrada por el lodo por unos pocos de cientos de millones de créditos.

—Lo dice como si no fuera un montón de dinero.

—¿Sabe cuánto valgo, Imala? ¿Tiene idea de cuánto dinero ha generado mi corporación en el tiempo que llevamos hablando?

—Apuesto a que ha conquistado a un montón de mujeres con esa frase.

Él volvió a echarse a reír.

—Créame, Imala, lo que mi gente ocultaba con Gregory Seabright era una gota en mi cubo.

Estaba exagerando. Imala tenía una idea bastante buena de cuánto valía. No había visto todos los archivos en la agencia, así que no podía estar completamente seguro. Pero sabía lo suficiente para sospechar que el dinero que Seabright había ayudado a ocultar no era calderilla. Además, Seabright era solo una persona. Imala estaba casi segura de que Jukes estaba llenando bolsillos por toda la agencia. Seabright era simplemente el descuidado que había sido pillado.

—¿Así que me ha secuestrado para convencerme de que es inocente de todo mal? —preguntó Imala.

—¿Secuestrado? Cielos, Imala. Le gusta lo dramático, ¿no? No, comparto este coche con usted camino de su cita para almorzar para poder hacerle una proposición.

—Si va a ofrecerme dinero para que me calle, no se moleste.

Él se echó a reír y sacudió la cabeza.

—Sinceramente. Creo que nunca he conocido a nadie que piense tan mal de mí. Debería tenerla cerca más a menudo, Imala, solo para sentirme humilde.

Ella se cruzó de brazos y no dijo nada.

—Quiero ofrecerle un empleo, Imala. Es todavía joven, y carece de experiencia, así que no es un puesto superior. Pero obviamente tiene pasión por el trabajo y es muy buena en lo que hace. Ha descubierto un lío en el DCL que nadie más ha visto durante años.

—Los otros auditores miran los totales. Yo miro todos los números.

—Exactamente. Usted mira todos los números. Eso es lo que

necesito, Imala. Alguien que mire donde otros no lo hacen. Hay gente en mi compañía que me ha engañado, y quiero saber quiénes son. No se en quién confiar. Necesito alguien intachable que me informe a mí directamente.

—No me necesita a mí —dijo Imala—. La mayoría de los archivos que encontré implican a gente de su personal. Cualquiera que investigue puede seguir esos hilos y darle una lista de nombres.

—Sí, pero ¿qué tamaño tiene este problema? ¿Encontró todos los archivos? ¿Descubrió todo lo que hay oculto? Temo que esto pueda ser más grande de lo que pensamos. Esta gente son auditores, Imala. Saben cómo hacer desaparecer sus delitos. Quiero saber quiénes son. —Su rostro se ensombreció, y ella vio un atisbo del hombre que se rumoreaba que era—. Nadie me roba, Imala. Nadie.

¿De verdad que no sabía que esto estaba ocurriendo? ¿Era de verdad inocente? Imala no podía negar que era posible. El hombre tenía cientos de miles de empleados. No podía conocer las acciones de todos ellos. Y ninguna de las pruebas que había encontrado implicaba a Ukko de ningún modo, al menos directamente.

—Usted y yo sabemos que nadie en el sector privado mirará siquiera su informe hasta que lleve cinco años en el DCL, Imala —dijo Ukko—. Conozco la burocracia con la que está tratando. Sé que debe de odiarla. Y lleva aquí, ¿cuánto, seis meses?

«Siete meses y trece días», pensó Imala. Tiempo suficiente para saber que amaba el trabajo y odiaba a la gente.

—¿No se le ha pasado por la cabeza que contratarme sería un conflicto de intereses teniendo en cuenta la investigación pendiente? —dijo en voz alta—. No puedo aceptar, señor Jukes.

—Ni siquiera le he dicho el salario.

—No importa. Mancharía la investigación. Parecería dinero para silenciarme.

Él le dijo el salario.

Era un montón de dinero, aunque no demasiado como para parecer un soborno. Era probablemente comparable a lo que gente con unos cuantos años más de experiencia que ella ganaba hoy en día en el sector privado. ¿Y no había demostrado que era tan capaz como ellos, si no más? Era exactamente el salario que sabía que se merecía. Durante un momento vaciló. Más ingresos significaba que podría salir de aquella caja de cerillas que tenía por apartamento y empezar a pagar sus préstamos estudiantiles. Tal vez incluso enviar dinero a casa.

No. ¿En qué estaba pensando? La estaba comprando. Igual que había comprado a Seabright y Pendergrass. ¿Cómo podía olvidarse de Pendergrass? La serpiente la había arrojado al cubil del león.

—Detenga el coche —dijo.

—¿Debo entender esto como un no a mi oferta?

—Puede entenderlo como un demonios no y puede metérselo por ese arrugado culo blanco suyo. No va a comprarme.

La expresión de él continuó siendo impasible.

—Está cometiendo un error, Imala. Le estoy ofreciendo una oportunidad.

—Me está apartando de la investigación. Está barriendo. Me quita de en medio y sus títeres en el DCL harán desaparecer toda la investigación. Dígame si me voy acercando.

Ukko agitó la muñeca, el coche se detuvo en la acera. La puerta de Imala se abrió.

—Disfrute de su almuerzo, Imala. Espero que muestre más respeto la próxima vez que alguien simplemente le ofrezca lo que se merece.

Ella empezó a bajarse.

—Y una cosa más —dijo Ukko—. Un consejito no solicitado. Conozca a la gente antes de tacharlas de villanos de negro corazón. Juzga usted muy rápidamente la personalidad, Imala. Y no siempre tiene razón.

Ella se bajó del coche. La puerta se cerró. El vehículo volvió a internarse en el tráfico y desapareció.

Miró alrededor. Estaba en el barrio francés, una parte pija de la ciudad con tiendas elegantes que vendían bombones y perfumes y ropas de precio ridículo. Todas las calles de la ciudad estaban cubiertas de cúpulas reforzadas que protegían de la radiación solar y mantenían el aire y el calor, pero solo en el barrio francés las cúpulas estaban pintadas del color azul claro del cielo de la Tierra con algún blanco ocasional de nubes hinchadas. Imala lo odiaba. Era como todo el mundo que trabajaba en el DCL. Falso y amañado.

Al otro lado de la calle había un restaurante. Pendergrass y su zorrita sin cerebro estaban sentados ante una mesa fuera, comiendo pasta a través de contenedores semisellados. Imala debía de haber estado trazando círculos con Ukko si Pendergrass había llegado aquí primero. Él la vio, sonrió y le hizo señas para que fuera a reunirse con ellos. Imala se giró sobre sus talones y empezó a caminar hacia la oficina, ignorándolo. Si cruzaba la calle y se acercaba a Pendergrass estaba seguro de que cogería su pasta y se la estamparía en la cara.

Imala tardó más de una hora en volver al DCL, y fue después de quitarse las grebas y dar grandes saltos lunares por la acera con la gravedad menor. La gente la miró con desdén, ya que dar pasos lunares no era de recibo en el barrio francés, pero a Imala no le importó. «Es la luna, gente. Superadlo.»

Un mensaje la esperaba en el holoespacio de su cubículo. Decía: VENGA A MI DESPACHO, HABITACIÓN 414.

Imala comprobó el directorio de la agencia, preocupada de que la habitación estuviera asignada a uno de los auditores que había señalado. Se sintió aliviada cuando vio que no era así. Un auditor veterano llamado Fareed Bakárzai, a quien no conocía, ocupaba el lugar. Sintió recelos por ser convocada a la oficina de un desconocido tan pronto después de reunirse con Garona y Ukko Jukes. No podía ser una coincidencia.

Cogió el tubo hasta el cuarto piso y llamó a la puerta de la oficina.

—Pase.

La oficina de Fareed Bakárzai era un desastre organizado.

Había montones de discos, cajas y clasificadores por todas partes, todo sujeto al suelo con largas tiras. Filas de viejos libros de tarifas y códigos fiscales alineaban los estantes, aunque debían estar desfasados años, si no décadas. Imala no había visto tanto papel desde que llegó a Luna.

Fareed apagó su holoespacio y se volvió hacia ella. Tenía más o menos la misma edad que el director Gardona, pero las similitudes acaban ahí. Fareed le recordó a Imala a unos cuantos catedráticos de la Universidad de Arizona: chaqueta de punto, barba, aspecto ligeramente desmañado, el tipo de persona que encuentras dirigiendo una tienda de antigüedades llena de basura.

—Señorita Bootstamp —dijo, extendiendo una mano—. Soy Fareed. Bienvenida. Probablemente no lo sabe, pero soy el hombre que la trajo aquí. A Luna, quiero decir. Leí su trabajo sobre las discrepancias en el negocio del hierro y me pareció ingenuo en algunos puntos pero acertado en su mayoría. Observaciones muy agudas para tratarse de una estudiante universitaria. Hice que RH investigara un poco. Cuando vieron que había cursado usted una solicitud hice que la sacaran del montón y les dije que la entrevistaran.

Imala se quedó momentáneamente sin habla. No tenía ni idea.

—No sé qué decir. Gracias, señor.

Él agitó un dedo.

—Nada de «señor». Fareed. —Señaló el caos—. Le ofrecería un lugar donde sentarse, pero no hay ninguno y de todas formas estamos casi ingrávidos aquí arriba.

Ella miró alrededor y no dijo nada.

—Se preguntará por qué la he traído aquí —dijo él—. Y seré sincero con usted. No son buenas noticias. —Hizo una pausa y suspiró—. Esencialmente fue usted despedida hace media hora.

—¡Qué!

Fareed alzó una mano.

—Ahora, antes de que se enfurezca y diga algo que pudiera lamentar, escúcheme. No está despedida. El equipo directivo se reunió, y luché por usted.

—Espere. ¿No estoy despedida?

—Lo estuvo. Los convencí para que la conservaran, aunque no en su antiguo trabajo. Eso quedó fuera de la cuestión. Tiene una nueva tarea.

—¿Por qué me despidieron en primer lugar? —Pero en cuanto hizo la pregunta supo la respuesta. Ukko. Lo había rechazado hacía una hora, y Ukko no había perdido tiempo en mandar un holo a quienquiera que poseyera en la agencia.

—¿Tiene comprado Ukko Jukes al director Gardona? —preguntó Imala—. ¿Es eso?

—Cuidado con lo que dice, Imala. Estas paredes son finas. Había varios motivos legítimos para su despido.

Ella se cruzó de brazos, furiosa.

—¿Como cuáles?

—Fingió ser periodista y le mintió a una compañera, violando el código ético de la agencia.

Imala levantó una mano.

—Le mentí a una secretaria. Y lo hice en interés de la agencia. Gardona no me habría recibido de otro modo.

—También fisgoneó archivos de la agencia para los que no tenía autorización de acceso.

—Estaba efectuando una investigación sobre prácticas ilegales. No podía ir exactamente a Seabright y pedirle que me enseñara sus archivos.

—Hay canales que seguir para este tipo de archivos, Imala. Se los saltó todos y jugó a ser la sheriff.

No podía creerlo. Había hecho lo que nadie en la agencia había tenido valor de hacer (y tal vez incluso el cerebro para hacerlo), y la estaban vilipendiando.

—¿A quién se supone que debía de haber acudido? —preguntó—. ¿A Pendergrass? Porque acudí a él. Me dio largas.

Fareed pareció sorprendido.

—¿Cuándo fue eso?

—Hace un mes.

—¿Tiene alguna documentación de esto? ¿E-mails? ¿Holos?

Ella trató de recordar.

—No. Lo hice venir y se lo enseñé todo en persona.

Fareed se sintió decepcionado. Se encogió de hombros.

—Probablemente solo dirá que pensaba que estaba exagerando y admitirá que cometió un error.

—Eso es exactamente lo que hizo. Justo antes de llevarme fuera y meterme en un coche con Ukko Jukes.

Fareed se sobresaltó.

—¿Cuándo?

—Hace una hora. Estuve ahí en el almuerzo.

—Comprendo. —Fareed volvió tras su mesa, caminó un momento, luego se volvió hacia ella—. No puedo conseguirle su antiguo trabajo, Imala. Ni siquiera sabiendo que acudió a Pendergrass. El equipo directivo fue inflexible.

—Naturalmente. Ukko Jukes los tiene en el bolsillo. Intentan hacerme callar y que todo el escándalo con Seabright será borrado.

—Ya se está borrando —dijo Fareed—. Jukes ha accedido a pagar todos los impuestos y aranceles atrasados, además de las tarifas y las penalizaciones. Tanto la agencia como Jukes realizarán investigaciones internas separadas, y eso será el final de todo.

—Dígame que está bromeando. Deberíamos llevar esto a la fiscalía.

Fareed negó con la cabeza.

—No va a suceder, Imala. Van a enterrarlo.

—Entonces acudiré a la prensa. Se lo diré a quien quiera escuchar.

—Nadie escuchará, Imala. Hay influencias mucho más grandes de lo que usted se da cuenta.

Le estaba diciendo que Ukko poseía también a los medios de comunicación; que todo lo que hiciera sería aplastado por él. Increíble. Estaban dejando que este hombre los intimidara. Incluso Fareed (que parecía un tipo decente y que probablemente no recibía un céntimo de Ukko) estaba aplastado bajo el pulgar de Ukko simplemente porque estaba en un sistema que el otro controlaba.

—Le he conseguido un puesto en Aduanas —dijo Fareed—. No es glamuroso, pero se trata de trabajar con gente, que es lo que necesita.

—¿Y eso qué se supone que significa?

—Es un poco áspera, Imala. No ha hecho ningún amigo desde que vino aquí. Desprecia a todo el mundo. Esto podría ser bueno para usted.

—Yo no desprecio a todo el mundo.

—Nómbreme a una persona en su departamento con quien tenga amistad.

—Todos le bailan el agua a Pendergrass. No les importa el trabajo. Cometen errores constantemente.

—¿Cómo sabe que cometen errores?

—Porque he comprobado su trabajo. Es chapucero.

—Sí, y estoy seguro de que todos aprecian que usted, una ayudante novata, examine su trabajo en busca de errores.

—Desde luego, Pendergrass no va a hacerlo.

Fareed suspiró.

—Está acabada, Imala. Me jugué el cuello por usted cuando los tipos de arriba estuvieron dispuestos a ponerlos en un lanzadera de vuelta a la Tierra. Al menos puede fingir estar agradecida y aceptar este trabajo. ¿Quién sabe? Dentro de unos cuantos años, tal vez pueda ayudarla a entrar en una firma privada.

Imala no supo si golpear la pared o echarse a llorar. ¿Unos cuantos años? ¿Tal vez podría ayudarla dentro de unos cuantos años? ¿Eso era hacerle un favor? Quiso decirle que no. Quiso rechazarlo lo mismo que había hecho con Ukko. Pero ¿de qué le serviría? En el momento en que tu permiso de trabajo terminara, estabas acabada. Si salía de aquí sin un empleo, la enviarían a la Tierra sin hacer más preguntas. Y luego ¿qué? ¿Volver a Arizona a enfrentarse a su padre y decirle cuánta razón había tenido? No, no podía hacer eso.

—¿Qué auditorías haré en Aduanas? —preguntó.

—No hará trabajo de auditoría. Será asistente social.

—¿Asistente social? No tengo formación para eso.

—Demuéstreles lo inteligente y agradable que es, Imala, y estoy seguro de que le darán más responsabilidades.

Le tendió una unidad de datos.

—¿Qué es esto? —preguntó ella.

—Su primer caso. Un minero libre que llegó hace una semana en una nave rápida desde el Cinturón de Kuiper. Sin identificación. Sin autorizaciones de atraque. Atiéndalo.

—¿Cómo? No sé qué hacer con esto.

—Conoce la ley de aduanas, Imala. Conoce las regulaciones. El resto es papeleo. Si sonríe de vez en cuando, puede que sea buena en esto.

Imala salió de la oficina con la unidad de datos. Se introdujo en el tubo y descendió lentamente, sintiéndose aturdida. Había llegado a Luna porque creía que podía hacer algo importante con su vida, algo significativo. Ahora había sido relegada a resolver pequeñas violaciones aduaneras. Pendergrass tenía razón. Había seguido el sendero de la guerra y elegido una guerra que no tenía ninguna posibilidad de ganar.

No se molestó en volver a su mesa. Allí no había nada que necesitara.

Se detuvo en el vestíbulo y conectó la unidad de datos a su pad de muñeca. Había un solo archivo. Un fino dossier sobre Víctor Delgado. No le dijo mucho, aparte del hecho de que Delgado pedía hablar con alguien que tuviera autoridad desde su llegada. A Imala le pareció divertido. «Lo siento, Víctor. Te ha tocado una antigua ayudante novata en la lista negra. Estoy lo más lejos de la autoridad que puedas imaginar.»

22

POM

Wit O'Toole estaba sentado en el asiento de pasajeros del helicóptero de ataque Air Shark mientras volaba al sur desde la aldea de Pakuli en Sulawesi Central, Indonesia. Bajo él, los densos bosques tropicales de los llanos empezaban a mezclarse con árboles más bajos de las montañas mientras el helicóptero dejaba el valle fluvial y ascendía por las colinas. Los huecos entre los árboles revelaban pequeñas granjas familiares aisladas con sencillas casas de madera construidas entre maizales o cafetales. A medida que el helicóptero iba ascendiendo aparecieron campos de arroz escalonados que se aferraban a las laderas de las montañas como si fueran una escalera verde que subiera por el paisaje. Si no fuera por las aldeas quemadas y los cadáveres que se podrían al sol, Wit habría podido pensar que esto era el paraíso.

Indonesia libraba dos guerras civiles a la vez. El gobierno de Sulawesi combatía contra un grupo islámico extremista conocido como los rémeseh aquí en las montañas, mientras que el gobierno de Nueva Guinea luchaba contra insurgentes nativos en esa isla. Los civiles estaban pillados en el fuego cruzado, y la situación se volvía lo suficientemente cruenta para que el mundo desarrollado empezara a preocuparse. La noticia de la iglesia calcinada podría ser exactamente el tipo de historia de interés humano que haría que los medios se fijaran. Los ojos de la gente pasaban de los titulares de granjeros montañosos asesinados en Indonesia. Pero diles que unos militantes islámicos habían encerrado a una congregación de cristianos en su pequeña capilla en la montaña e incendiado el edificio con la gente dentro, y de repente tenías noticias que preocupaban a la gente.

Wit esperaba que fuera así. El pueblo de Indonesia necesitaba ayuda, más ayuda de la que los POM podían proporcionar. Y si el incidente de la iglesia volvía los ojos del mundo hacia la situación de Sulawesi tal vez aquella gente quemada viva no habría muerto en vano.

Wit se volvió hacia Calinga, que ocupaba el asiento del piloto.

—Toma vídeos de todo. Pero sé discreto, no dejes que la gente vea que estamos haciéndolo.

Calinga asintió. Comprendía.

Las cámaras de los cascos y trajes eran tan pequeñas y ocultas que a Wit no le preocupaba demasiado que los aldeanos se dieran cuenta: la mayoría de ellos probablemente nunca había visto tecnología así, de todas formas. Le preocupaba más que Calinga y él pudieran tomar las tomas adecuadas. Los cuerpos incinerados. Los restos ennegrecidos y chamuscados de un juguete o una muñeca. Las mujeres de la aldea llorando la pérdida de los seres queridos. Los medios anhelaban ese tipo de horror, y si Wit podía ofrecérselo, entonces podría iniciar la secuencia de acontecimientos que tal vez pudiera acabar ayudando al pueblo de Indonesia.

Sin embargo, ese esfuerzo tardaría meses. La guerra a la apatía se movía mucho más lenta que las guerras reales libradas sobre el terreno. Suficientes ciudadanos y grupos pro derechos humanos tendrían que ver los vídeos e indignarse y quejarse a los legisladores para que al final alguien con autoridad emprendiera alguna acción. No sería fácil. Si la economía daba otra zambullida o si algún político o famoso era sorprendido en un escándalo sexual, los medios continuarían ignorando a Indonesia y no vendría ninguna ayuda ni protección.

Sin embargo, Wit no estaba en misión para concienciar a la

opinión pública. Conseguir los vídeos era un objetivo terciario. Su primera orden del día era recuperar el cuerpo de uno de sus hombres, que había muerto en el ataque. Luego trataría con los rémeseh que habían quemado la aldea, bien deteniéndolos, que nunca era lo ideal, o eliminándolos, que nunca era agradable.

Wit vio las columnas de humo mucho antes de que llegaran a la aldea de Toro. La capilla sería ya poco más que un montón humeante, pero los terroristas habían iniciado otros incendios, y el viento probablemente había extendido las llamas a las praderas.

Calinga posó el helicóptero en la aldea, a una manzana al sur de donde había ardido la iglesia. Había cientos de aldeanos congregados, pero dieron un amplio rodeo al helicóptero y volvieron las cabezas para protegerse del viento de las aspas. Wit y Calinga bajaron plenamente armados para el combate, y Wit pudo ver las caras de los aldeanos cambiar del miedo al alivio. Sabía quiénes eran los POM y la protección que proporcionaban. Otros, sobre todo los niños, se agolparon alrededor de los dos hombres, indicándoles que los siguieran a la aldea. Todos hablaban indonesio a la vez, y Wit solo pudo entender palabras sueltas. Le estaban diciendo que su hombre estaba muerto.

Se referían a Bogdanovich, uno de los POM de la última tanda de reclutas. Wit había enviado al ruso a la aldea hacía semanas, junto con Averbach, un POM más veterano, para proteger la localidad de los ataques que los rémeseh estaban haciendo por todas las tierras altas. Cuando al sur estalló una escaramuza entre los rémeseh y un grupo de granjeros, Wit le ordenó a Bogdanovich y Averbach que fueran a ofrecer apoyo.

Bogdanovich, sin embargo, se había negado a abandonar la aldea, temiendo que la escaramuza fuera una distracción para hacer un ataque coordinado sobre la aldea. Averbach acabó yendo solo al sur. Cuando regresó, la capilla estaba ardiendo, y Bogdanovich estaba muerto en la calle.

Wit llegó a la capilla y encontró a Averbach sacando cuerpos. Varios de los cadáveres estaban ya tendidos en la calle, cubiertos por sábanas, y los aldeanos gemían y sollozaban y alzaban los brazos hacia el cielo mientras identificaban a los muertos.

Había también otros cuerpos. Unos diez hombres. Todos cosidos a balazos o con otras heridas, yaciendo en charcos círculos de su propia sangre. Varias mujeres y niños les arrojaban rocas a estos cadáveres, escupían y los maldecían y gritaban entre lágrimas. Al parecer, Bogdanovich no había caído sin luchar.

Una mujer mayor estaba arrodillada junto a otro cuerpo, este envuelto en sábanas ensangrentadas y cubierto por pétalos de flores. Los aldeanos y los niños señalaron el cuerpo y le dijeron a Wit lo que ya sospechaba. Era Bogdanovich.

Wit asintió y les dio las gracias, luego fue directamente a ver a Averbach, cuyo rostro estaba cubierto de hollín y sudor, y que había vuelto a entrar en la capilla para recuperar más muertos. Wit y Calinga se pusieron los guantes de látex y lo siguieron. Sin decir palabra, ayudaron delicadamente a Averbach a levantar otro cadáver de las cenizas y colocarlo sobre una sábana, que luego usaron como camilla para llevar el cadáver a la calle. Era un trabajo horrible y desagradable. El aire estaba cargado con el olor de restos humanos calcinados, y las vigas y las cenizas continuaban humeando, quemando los ojos de Wit, que necesitó mucha concentración para no vomitar y mantener una compostura reverente.

Cuando terminaron, veintiséis cuerpos calcinados yacían en hilera, algunos de ellos tan quemados que era imposible reconocerlos. Muchos eran niños. A una manzana de distancia ardía otro fuego en la calle. Algunos aldeanos habían arrastrado a los militantes rémeseh muertos y los habían amontonado para prenderles fuego. Bogdanovich permanecía intacto, y ahora había más ancianas de la aldea arrodilladas ante él, ofreciendo su respeto y sus oraciones.

Wit habló con uno de los hombres en su indonesio vacilante, preguntándole si alguien de la aldea había visto en qué dirección habían huido los rémeseh supervivientes. Como sospechaba, no le faltó gente que contestara. Todos señalaron hacia el sur.

—Dejaré a uno de mis hombres aquí con ustedes —les dijo Wit en indonesio—. Les protegerá. Es tan buen soldado como Bogdanovich, si no mejor.

—Nadie es mejor —exclamó la multitud—. Nadie es más valiente. Más gente habría muerto de no ser por él.

Wit sacó la camilla del helicóptero, y luego, con delicadeza, Calinga y él metieron a Bogdanovich en una bolsa para transportar cadáveres. Lo mantuvieron envuelto en las sábanas, luego subieron el cuerpo al Air Shark. Calinga se quedó en tierra. Wit ocupó el asiento del piloto y Averbach se sentó a su lado.

—Es culpa mía —dijo Averbach cuando estuvieron en el aire—. Bog se había vuelto nativo. Se enamoró de una de las mujeres de la aldea. No sucedió nada entre ellos. Nunca estaban solos. Pero me di cuenta de las miradas furtivas que se dirigían. Y me di cuenta de que él se daba cuenta y que no parecía importarle. Nunca me dijo nada, pero tendría que habérselo dicho a usted. Tendríamos que haberlo retirado. Eso nubló su juicio.

—Eso imaginaba —dijo Wit—. No era propio de Bog desobedecer una orden.

—Los aldeanos dijeron que Bog habría abatido a todos los rémeseh de no ser por la capilla. La mujer estaba dentro. Cuando le prendieron fuego y atrancaron la puerta, Bog fue hacia allí. Trató de conseguir suficiente cobertura para llegar a la puerta, pero era una trampa. Tenían a tres francotiradores esperando. Quemaron la iglesia no para matar a la gente de dentro, sino para eliminar a Bog. —Averbach sacudió la cabeza—. Tendría que haber estado con él. Podría haber abatido a los francotiradores.

—Te envié al sur —dijo Wit—. Obedeciste órdenes. Eso es lo que tenías que haber hecho.

Volaron hacia el sur, pero vieron poco a través del dosel de la jungla. Después de una hora de búsqueda regresaron a Pakuli y entregaron el cuerpo de Bogdanovich al equipo médico que lo prepararía para devolverlo a Rusia.

«Otro perdido», pensó Wit. Ya eran cuatro en Indonesia. Cuatro de más.

Había esperado que los indios se unieran a la lucha. Le vendrían bien los PC: eran excelentes rastreadores. Pero los indios se mostraron quisquillosos. Los PC estaban dispuestos, pero los que mandan no querían enviar soldados.

«Necesito más hombres —pensó Wit—. Tendría que haber aceptado a ese hijo de perra maorí, Mazer Rackham. Me vendría bien ahora.»

Envió un escuadrón a la jungla al sur de la aldea de Toro, pero no esperaba que encontraran gran cosa. Los rémeseh hacía tiempo que habrían desaparecido, probablemente ya estaban muy lejos antes incluso de que Wit llegara a la aldea.

Volvió a su tienda y emplazó su terminal. Calinga había recopilado todos los vídeos que había grabado en la aldea y los había enviado al correo de Wit, que revisó lo que había filmado junto con lo suyo y montó una pieza de tres minutos que mostraba el horror y el sufrimiento en Togo. No se censuró. Lo mostró todo. Los cadáveres. El llanto. Las cenizas. No añadió música alguna. No necesitaba que fuera sensacionalista. El vídeo pelado y mondado hablaría por sí mismo. Tituló el archivo «Víctimas de los rémeseh», y luego añadió la fecha y la localización. Después lo subió a las redes y esperó. A la mañana siguiente varias organizaciones de noticias habían recogido el vídeo, aunque incluso estas lo habían dejado en segundo plano.

La historia que consiguió más atención en las redes fue una inexplicada interferencia en las comunicaciones espaciales. Los científicos de la Tierra y Luna decían que era un aumento de la radiación cósmica, aunque nadie podía determinar la fuente. De hecho, la interferencia parecía proceder de todas las direcciones a la vez, elevando el ruido de fondo a un grito y haciendo imposible comunicarse en el espacio. Un reputado astrónomo hacía la ronda por los programas de entrevistas y hablaba de inexplicados estallidos gamma, pero no ofreció ninguna otra explicación. Muchos vuelos comerciales y de pasajeros entre la Tierra y Luna estaban temporalmente suspendidos, y representantes de la industria minero-espacial hacían declaraciones oficiales a la prensa, asegurando a las familias de los mineros corporativos que estaban haciendo todo lo posible por asegurar la seguridad de sus empleados y determinar el origen del problema.

Al principio Wit pensó en terroristas. Era una forma brillante de impedir el comercio y devastar la economía, sobre todo en los países que dependían del comercio espacial. Pero acabó por descartar la idea. No podía imaginar a un grupo terrorista con suficiente talento científico y recursos para construir un aparato tan poderoso para causar este nivel de interferencia, por no hablar de ponerlo en el espacio.

Es más, la interferencia crecía gradualmente. El ruido de fondo aumentaba de volumen, lo que sugería que el aparato en el espacio o bien aumentaba su potencia o lo que lo estuviera causando se acercaba a la Tierra.

Un sitio de noticias tenía una historia relacionada que decía: BLOGUEROS CHALADOS ACHACAN LA INTERFERENCIA A ALIENÍGENAS.

Wit seleccionó el enlace y leyó el artículo. El periodista se burlaba del centenar de vídeos que habían aparecido recientemente en las redes, diciendo que la interferencia estaba causada por alienígenas. Wit siguió los enlaces y vio varios vídeos. Muchos eran cabezas parlantes, en su mayoría teorías conspirativas que rayaban en lo cuasi-científico y hacían vagas referencias a encubrimientos del gobierno (chalados, en efecto). Otros eran bastante entretenidos. Oscilaban entre lo ridículo a lo cómico a lo tristemente patético. Poemas, canciones, incluso un espectáculo de marionetas con el que Wit no pudo evitar reírse. La mayoría tenían valores de producción cero, pero varios habían sido hechos usando todos los recursos de la magia del cine para crear criaturas y entornos tan parecidos a la vida y tan creíbles que Wit tuvo que verlos dos o tres veces para encontrar las imperfecciones que refutaban su autenticidad.

Los comentarios de la mayoría de los vídeos eran lo que cabía esperar. Odio, burla, crueles ataques personales. Pero de vez en cuando, sobre todo en aquellos vídeos que habían recreado a los alienígenas con sorprendente realismo, los comentarios eran de felicitación: ¡Bien hecho! Parecía real. Casi me lo creo. ¡Me meé en los pantalones!

Wit sabía que los vídeos eran falsos. Pero no pudo dejar de preguntarse: ¿Y si las interferencias de radio son alienígenas? ¿Y si las teorías conspirativas tenían razón? ¿Y si un ejército alienígena se estaba acercando a la Tierra en este mismo momento? Era una idea descabellada, sí, pero era posible. Y si era cierta, sus soldados estarían completamente faltos de preparación. No podía permitirlo. Tenía que entrenarlos para semejante contingencia. Ellos se burlarían, sí; incluso se reirían de él, pero tenía un deber que cumplir. Y sin embargo, ¿cómo entrenas a tus soldados para un enemigo que no comprendes? ¿Cómo los preparas para una situación completamente impredecible? ¿Serían hostiles los alienígenas? No había manera de saberlo con seguridad hasta que fuera demasiado tarde. «No, el único entrenamiento que puedo darle a mis hombres es analizar antes de actuar en una situación extraña, y suponer intenciones hostiles en todos los casos.»

A la mañana siguiente, Wit reunió a todos los POM en Indonesia. Muchos estaban en el campamento de Sulawesi y los reunió en el comedor. Los otros, destinados en aldeas cercanas o en Nueva Guinea, se unieron vía holo.

Wit se plantó en el holoespacio ante ellos.

—Tengo unos vídeos que quiero que vean —dijo. Les puso algunos vídeos de alienígenas de las redes. Sus reacciones no fueron muy distintas a los comentarios online. Se rieron. Se burlaron. Se mofaron. Aplaudieron y silbaron ante las presentaciones realistas.

—Eh, Deen, ¿no es esa tu novia? —gritó alguien cuando un alienígena particularmente desagradable apareció en pantalla.

—No podría ser la chica de Deen —exclamó otro—. Ella es mucho más fea.

Más risas.

—Estoy rodeado de genios cómicos —dijo Deen, imperturbable.

Cuando los vídeos terminaron, Wit volvió a asomar al holoespacio.

—¿Qué pasa, capitán? —preguntó Lobo—. ¿Nos preparamos para combatir a algunos alienígenas?

—Tal vez.

Todos se rieron, pero como la expresión de Wit permaneció inalterable, las risas se apagaron rápidamente y una confusa incomodidad ocupó su lugar.

—No puede hablar en serio, capi —dijo Deen—. He visto cientos de esos vídeos. Todos son falsos.

—¿Eso es lo que haces en tu tiempo libre, Deen? —dijo Chiwon.

—Eh, ¿qué es esto? ¿El día de vamos a dársela a Deen? —dijo este.

—En serio, capitán —intervino Mabuzza—. ¿No llevamos viendo invasiones alienígenas desde, no sé, el siglo XX?

—Pero eso no significa que no vaya a suceder —dijo Wit—, y que no será terrible cuando suceda. —Hizo una pausa y escrutó al grupo—. Situación. Cien alienígenas aterrizan en este campamento y empiezan a matar a todo el mundo. ¿Qué hacen ustedes?

Silencio. Entonces alguien dijo:

—Salir corriendo.

Los hombres se echaron a reír.

—Muy bien —dijo Wit—. Nueva situación. Cien rémeseh atacan el campamento y empiezan a matar a todo el mundo. ¿Qué hacen ustedes?

—Los enviamos al infierno —dijo Deen, entre otra ronda de risas.

Wit sonrió.

—Me alegra ver que tenemos un plan para los rémeseh. —Hizo de nuevo una pausa, y en voz más alta preguntó—: ¿Para qué nos entrenamos?

Los hombres respondieron al unísono:

—¡Para toda contingencia!

Wit dobló el volumen.

—¿Para qué nos entrenamos?

—¡PARA TODA CONTINGENCIA!

—Una contingencia es un hecho posible que no se puede predecir con certeza —dijo Wit—. Y no podemos descartar con un ciento por ciento de certeza la validez de esta idea. ¿Es probable? No. ¿Es posible? Sí. ¿Es absurda? Podemos pensar que sí, pero prefiero estar entrenado para lo absurdo que muerto.

Los hombres no dijeron nada. Tenían su atención.

—¿Qué militares en el mundo se están preparando para este hecho? —preguntó Wit—. Respuesta: ninguno. ¿Qué militares serían sorprendidos con los pantalones bajados y completamente faltos de preparación para esto? Respuesta: todos ellos. Pero nosotros no. ¿Para qué nos entrenamos?

—¡PARA TODA CONTINGENCIA!

—¿Entonces cómo nos preparamos? —preguntó Wit.

Ellos le respondieron con silencio.

—Analizas antes de actuar —dijo Wit—. No tienes ni idea de a qué te enfrentas. Tu entrenamiento y tácticas previas pueden hacerte matar en el instante en que las intentas. No puedes asumir que este enemigo pensará o luchará o reaccionará como un humano. Un humano aterrorizado huirá. Un pitbull aterrorizado te saltará a la yugular. ¿Cómo responderá un alienígena al miedo? ¿Experimenta el miedo siquiera? Analizas antes de actuar. Tomas nota de todo. Sus movimientos, armas, conducta grupal, anatomía, reacciones al entorno, velocidad, equipo. Incluso el detalle más mínimo es información nueva y valiosa. Analizas antes de actuar. —Unos cuantos hombres asentían—. Y en todos los casos —dijo Wit—, sin excepción, siempre supones intenciones hostiles. Hay que suponer que quieren matarte. Eso no significa que dispares primero, solo que nunca, nunca, nunca te fías. Y cuando muestren hostilidad, no vacilas en eliminarlos.

Miró a cada uno de los hombres.

—Situación. Un centenar de alienígenas aterrizan en el campamento. ¿Qué hacemos? ¿Deen?

—Analizamos antes de actuar, señor. Suponemos intenciones hostiles.

—Correcto. ¿Y qué hacemos si demuestran ser hostiles?

—Los enviamos al infierno, señor.

—Puedes apostar tu culo —dijo Wit.

23

Kleopatra

El pitido de alerta en el escritorio de Lem lo despertó, y se levantó de su hamaca. Flotó hasta la mesa y pasó la mano por el holoespacio, donde apareció la cabeza de Chubs.

—Los fórmicos se aproximan a Kleopatra —dijo.

—¿Han ventilado? —preguntó Lem.

—No. Están decelerando. Rápido. Hicimos algunos escaneos de largo alcance adicionales para ver por qué. Parece que una masa de naves se ha congregado en Kleopatra y se han colocado directamente en el rumbo de los fórmicos. Esencialmente están emplazando un bloqueo.

—¿Cuántas naves?

—Veinticuatro la última vez que contamos. Los datos del escáner estelar continúan llegando, así que puede que haya más naves a medida que nos acerquemos. Todavía estamos a cierta distancia tras la nave fórmica, pero cubriremos la diferencia con la deceleración que llevan a cabo. Me adelanté y ordené a la tripulación que igualara su deceleración y mantuviera nuestra distancia hasta que pudiera usted subir aquí.

—Voy para allá.

Lem se puso el uniforme y se dirigió al puente de mando. Todavía se estaba abotonando la chaqueta cuando llegó y se reunió con Chubs en el holoespacio. La carta del sistema había sido sustituida por una imagen de todas las naves colocadas en el espacio formando el bloqueo. Había cierta distancia entre cada nave, pero juntas formaban una muralla gigante entre la nave fórmica y la Tierra.

—¿Quiénes son? —preguntó Lem.

—Corporativos y mineros libres —respondió Chubs—. Podemos ver por su forma y diseño que son naves de Juke Limited, WU-HU, MineTek y varios clanes de mineros libres.

—Entonces la gente sabe lo de los fórmicos —dijo Lem—. ¿Lo sabe todo el mundo? ¿Lo sabe la Tierra?

—Es imposible decirlo —respondió Chubs—. Pero lo dudo mucho. Todavía estamos demasiado lejos para que la nave fórmica aparezca en los telescopios de la Tierra. La nave es demasiado pequeña y demasiado oscura. Y la interferencia es tan intensa como siempre. Estas naves que forman el bloqueo no pueden comunicarse con la Tierra más que nosotros. Que ellos lo sepan no significa que lo sepa nadie más. Además, fíjese que todas son naves mineras. No hay naves militares entre ellas. Ya estaban aquí. Mi deducción es que una de ellas vio a los fórmicos en su escáner estelar y alertó a las demás naves en las inmediaciones. Las transmisiones en el radio de unos pocos cientos de kilómetros pasan bien, y esta es una ruta de vuelo importante. Así que tiene que haber tráfico. Además la interferencia haría que las naves se unan para intentar descubrir qué pasa.

—¿Cuándo los alcanzarán los fórmicos?

—En unas cuantas horas.

—Estas naves no tienen ni idea de lo que son capaces los fórmicos. Intentarán comunicarse con ellos como hicieron los italianos. Tenemos que comunicarles lo que sabemos.

—No podemos, Lem. Tendríamos que estar más cerca para contactar por radio. Eso nos pondría al alcance de las armas de los fórmicos. Es probable que haya una batalla, y nosotros nos quedaríamos pillados en medio.

—No podemos quedarnos cruzados de brazos y dejarlos morir, Chubs. Algunas de esas naves son nuestra propia gente.

Chubs bajó la voz.

—¿Puedo hablar con usted en privado, Lem?

Lem se sintió sorprendido por la pregunta, pero accedió. Pasaron a la sala de reuniones adyacente al puente de mando, y Chubs cerró la puerta tras ellos.

—No podemos perder de vista nuestra misión, Lem. Tenemos datos que hay que llevar a la Tierra.

—No estamos perdiendo nada de vista —contestó Lem—. Vamos a salvar vidas. No tenemos que unirnos a la lucha. Ni siquiera tenemos que reducir la velocidad. Entramos volando rápidamente y transmitimos un mensaje a las naves al pasar. Les decimos que huyan. Les enviamos todo lo que sabemos, y nos largamos. Hemos estado esperando a que los fórmicos deceleraran para poder adelantarlos y llegar antes a la Tierra. Esta es nuestra oportunidad.

—Es demasiado peligroso, Lem. No podemos acercarnos a la nave fórmica. Tiene que ventilar de un momento a otro. Si estamos aunque sea remotamente cerca cuando lo haga, nos convertirá en cenizas. Pensemos otra alternativa. Cambiemos de rumbo ahora. Nos salimos de la eclíptica y subimos en una parábola alta, pasando por encima de la nave fórmica mientras está detenida. Luego volvemos hacia Luna. De esa forma, aunque la nave ventile, estaremos demasiado lejos para sufrir ningún daño.

—Entonces todo el mundo a bordo de esas naves morirá —dijo Lem—. Se quedarán y lucharán y morirán. Además, perderemos un tiempo valioso dando un rodeo. Mira, he oído tu consejo. Lo agradezco. Reconozco que lo que estoy proponiendo es un riesgo. Pero yo decido. No vamos a abandonar a nadie más para salvar nuestros cuellos. Ya lo he hecho demasiadas veces. Continuamos el rumbo. —Pasó la mano por el holoespacio sobre la mesa de conferencias en una secuencia concreta, y apareció la cabeza del piloto—. Vuelva a acelerar a nuestra velocidad anterior —dijo Lem.

—Sí, señor.

El piloto miró hacia su izquierda mientras extendía la mano hacia los controles.

—Aplace esa orden —dijo Chubs.

El piloto dejó de moverse. Lem se quedó de una pieza. Chubs acababa de desafiar su autoridad delante de un miembro de la tripulación. El piloto no se movió. O estaba demasiado aturdido por la insubordinación de Chubs para cumplir las órdenes de Lem, o cumplía las órdenes de Chubs sobre las del capitán.

Chubs pasó la mano por el holoespacio, y el piloto desapareció.

—No puede hacer esto, Lem.

—Soy el capitán de esta nave. No me digas lo que puedo y no puedo hacer.

—No lo entiende, Lem. No puedo dejarle que haga esto.

La expresión de Chubs era tranquila y su tono amable, pero la implicación estaba clara. Reclamaba tener más autoridad. Estaba socavando por completo la posición de Lem como capitán. Era una insubordinación total, incluso un motín descarado. Lem abrió la puerta y llamó a dos tripulantes para que entraran. Cuando lo hicieron, señaló a Chubs.

—Este hombre queda despedido de su puesto. Será confinado en su habitáculo durante el resto de este vuelo. Lo quiero fuera del puente.

Los dos tripulantes parecieron acharados y no se movieron.

—¿Hay algo que no esté claro en estas órdenes? —dijo Lem—. Pongan a este hombre bajo arresto.

Hubo un silencio embarazoso. Los dos tripulantes se miraron el uno al otro y luego miraron a Chubs, como si esperaran recibir órdenes suyas.

Lem lo entendió de repente. No era la persona al mando. Nunca lo había sido. Ni un solo minuto de la expedición. El verdadero capitán era Chubs. Y todos lo sabían menos él.

—No tiene autoridad para despedirme, Lem —dijo Chubs amablemente—. Su padre temía que pudiéramos vernos metidos en una situación difícil, y me concedió autoridad para anular cualquier decisión que pudiera ponerle a usted en peligro físico. Y a mi juicio, lo que está proponiendo lo pone en peligro, así que no lo haremos.

Su tono era amable, pero definitivo.

Lem se volvió hacia los dos tripulantes, que evitaron su mirada, cohibidos.

Lem se rio por dentro. Todo el viaje había sido una charada. Toda su misión: servir como capitán, supervisar las pruebas de campo, salvaguardar el gláser. Era uno de los juegos de su padre, que no le había dado ninguna autoridad. No había confiado en él. Simplemente había permitido que Lem jugara tontamente. Todo porque su padre no consideraba que fuera lo bastante inteligente para tomar sus propias decisiones y dirigir su propio destino.

—He corrido peligro todo este viaje —dijo Lem—. Eso no te ha detenido antes.

—Nunca corrimos peligro durante el empujón —respondió Chubs—. Y la Estación de Pesaje Cuatro me pilló desprevenido. Cometí el error de acceder a unirnos a la *Cavadora*. Si hubiera sabido entonces lo que sabemos ahora, nunca lo habría permitido. Su padre me cortará la cabeza por eso. No voy a cometer de nuevo ese error.

Lem sonrió.

—Bueno, agradezco saber ahora la verdadera situación.

—Seguiremos la ruta en parábola —dijo Chubs—. Y daremos esas órdenes en su nombre, para que nadie sepa que ha habido ninguna injerencia en su autoridad. Esto se tratará como si fuera decisión suya.

—Gracias —dijo Lem, sin ningún atisbo de sarcasmo—. Es muy considerado. —No iba a actuar como un niño irascible. Ni siquiera estaba enfadado con ellos. Simplemente cumplían con su trabajo.

—Y por si sirve de algo —dijo Chubs—, creo que su curso de acción es mejor que lo que vamos a hacer. Quemaremos un montón de combustible cambiando de rumbo. Tenemos el combustible, sí, pero hacer esto agotará casi todas nuestras reservas. Llegaremos a Luna, pero no podremos desviarnos otra vez. Llegaremos a lo justo. Así que si por mí fuera, nos lanzaríamos hacia delante y correríamos el riesgo. Pero no depende de mí. No es mi nave.

—Tampoco es mía —dijo Lem.

Chubs asintió. Se entendían mutuamente.

Lem dio permiso a los hombres para marcharse y se quedó en la sala de reuniones, de pie ante la ventana. Pronto el tapiz de estrellas que tenía delante rotó ligeramente mientras la nave cambiaba de rumbo. Lem sabía que habría una batalla en Kleopatra. O una matanza, más probablemente. Lem no creía que pudiera haber salvado a todas las naves, pero estaba seguro de que podría haberlo hecho con unas pocas. Habría sido una simple cuestión de convencerlas para que huyeran, y en realidad no habría sido difícil. En cambio, las dejaba aisladas y huía, como había hecho con Podolski y la *Cavadora* y sus propios hombres.

«Soy tu marioneta, padre. Incluso cuando estás a miles de millones de kilómetros de distancia.»

Advirtió que no había nadie en la nave en quien pudiera confiar. De hecho, mientras trabajara para su padre, no podría confiar en nadie que fuera su empleado. Su padre se tomaría todo tipo de molestias y utilizaría a cualquier persona para mantenerlo bajo su control. «Ah, padre. Qué ironía. Probablemente incluso piensas que te comportas como un padre amoroso y protector.»

Lem miró su reflejo en el cristal y se alisó la chaqueta.

«Es la guerra, padre. Nunca estaré libre de ti mientras poseas esta compañía y yo sea tu empleado. Se acabó jugar a tus lecciones vitales. Es hora de que te enseñe unas cuantas propias.»

24

Cubo de datos

A estas alturas, Víctor estaba convencido de que todos en el centro de rehabilitación pensaban que estaba loco. Los enfermeros y celadores lo trataban con amabilidad, pero en el momento en que empezaba a hablar de hormigas y alienígenas y toda la interferencia en el espacio, todos adoptaban esa sonrisa falsa que decía «Sí, sí. Escucho todo lo que dices, Vico, y te creo». Lo cual era mentira. Si le creyeran, harían algo. Le devolverían sus pertenencias y lo enviarían a alguien que pudiera ayudar: un funcionario del gobierno, la prensa, el ejército, cualquiera que se lo tomara en serio y le ayudara a advertir a la Tierra. En cambio, el personal asentía y sonreía y lo trataba como si fuera un caso clínico mientras lo llevaban en silla de ruedas a sus diversas sesiones de fisioterapia y lo llenaban de inyecciones que supuestamente lo ayudarían a recuperar masa muscular.

Así que cuando le dijeron que alguien del Departamento Comercial Lunar venía a hablar con él sobre su caso, Víctor se permitió sentir esperanzas. «Por fin. Alguien con autoridad que puede ayudarme.»

Entonces lo condujeron a una habitación donde lo esperaba una mujer, y todas las esperanzas de Víctor saltaron por la ventana. Era demasiado joven. No mucho mayor que él, probablemente. Una interina o recién salida de la facultad. Una don nadie en el sentido profesional.

—Hola, Víctor. Soy Imala Bootstamp.

—¿Quién es su jefe? —preguntó Víctor.

La pregunta la pilló desprevenida.

—¿Mi jefe?

—La persona a quien da cuentas. Su superior. Es una pregunta sencilla.

—¿Por qué es relevante eso?

—Es absolutamente relevante porque esa es la persona con quien necesito hablar. De hecho, necesito hablar con el jefe del jefe del jefe de su jefe. Pero como probablemente no tendrá usted acceso a esa persona, empezaré por su jefe e iremos subiendo.

Ella sonrió, se acomodó en su silla, y miró alrededor.

—Estas instalaciones parecen buenas. ¿Cuidan bien de ti?

—La cama es cómoda, pero estoy prisionero. Las dos cosas se anulan la una a la otra.

Ella asintió.

—Parece limpio al menos.

Estaban sentados a solas en una habitación completamente blanca con una pared y un techo de cristal que les permitía ver la ciudad y el tráfico de naves en lo alto.

—¿Ha estado aquí antes? —preguntó Víctor—. Trabaja con el DCL. Es trabajadora social. Todos los inmigrantes heridos vienen aquí. ¿Me está diciendo que nunca ha hecho este trabajo antes?

—Digamos que soy nueva —respondió ella.

Víctor notó que la estaba irritando. No le importó.

—Por cierto, ¿sabe quién es su jefe? —dijo—. Porque parecía bastante insegura cuando lo pregunté hace un segundo.

—Creía que era yo quien iba a hacer las preguntas.

—¿Tampoco está segura de eso?

Ella forzó una sonrisa.

—Muy bien, Víctor. Si vamos a ser completamente sinceros el uno con el otro, no, no sé quién es mi jefe. Recibí este encargo hace veinte minutos por parte de alguien que ni siquiera trabaja en Aduanas. Así que técnicamente no es mi jefe. No siquiera he estado todavía en las oficinas de Aduanas. He venido directamente desde mi trabajo anterior. Así que ni siquiera tengo un terminal de ordenador ni una mesa ni una cuenta de correo todavía. Si la puerta estuviera cerrada, no podría entrar en el edificio porque no tengo todavía anillo de acceso. ¿Te parece justo? Es mi resumen.

—Guau —dijo Víctor—. No puedo decirle cuánta confianza provoca en mí saber que la trabajadora social que me han asignado, la persona responsable de sacarme de aquí, tiene tantísima experiencia en el tema. Chico, sí que voy a dormir bien esta noche.

—Puedes cursar una solicitud para que te atienda un nuevo trabajador social, pero deberías saber que hay un retraso de tres semanas. No esperes que una persona nueva entre por esa puerta mañana.

Él se inclinó hacia delante.

—Mire, señorita Bootstamp...

—Llámame Imala.

—Bien. Imala. Estoy segura de que es una persona agradable. Y normalmente no soy un capullo, pero no es usted la respuesta a mi problema. Está tan lejos de la respuesta a mi problema que ni siquiera tendríamos que estar hablando. Le deseo lo mejor en su nuevo trabajo, pero la mejor manera de ayudarme es averiguar quién es su jefe y llevarme ante esa persona. ¿Tiene sentido?

Ella guardó silencio un momento. Luego volvió a sonreír.

—Quebrantaste la ley, Víctor. Tal vez no te lo hayan explicado con la suficiente claridad, pero entraste en la gravedad lunar en una nave tripulada sin permiso ni autorización. Un delito bastante serio. También interrumpiste ilegalmente una frecuencia gubernamental de control de vuelo. Otro serio delito.

—No sabía que era una frecuencia restringida. Intentaba...

—No he terminado —dijo ella—. Tampoco tienes pasaporte, ni certificado de nacimiento, ninguna prueba de identidad, ningún derecho a estar en esta luna. Puede que hayas quebrantado estas leyes por ignorancia, pero a la ley no le importa. Mi trabajo es revisar la ley contigo y escuchar tu caso para ver si tu situación merece una indulgencia legal basándose en circunstancias atenuantes más allá de tu control. Estas son definidas como pérdida potencial de la vida y potencial daño de propiedad de valor «significativo». Puede que no te guste el hecho de que sea nueva e inexperta. Pero soy la persona asignada a tu caso. Este es mi trabajo y voy a hacerlo. Obviamente, piensas que soy estúpida. Y al parecer no tienes habilidades sociales porque eres incapaz de ocultar el hecho de que piensas que soy estúpida. Pero ahí está el tema: no soy estúpida. Sé cómo funciona este mundo. Tú no. Conozco las leyes de comercio y aduanas. Tú no. Sé qué es necesario para ponerte en libertad. Tú no. Así que puedes hacer exigencias hasta que la cara se te ponga morada, pero nunca verás a nadie por encima de mí hasta que yo lo diga. Y ahora mismo no lo digo. Por lo que a mí respecta, tienes dos opciones: Puedes someterte a mis preguntas y posiblemente dejarme que te ayude. O puedes quedarte sentado en tu habitación hasta que expire tu período de gracia y el juez te meta en una lanzadera de vuelta adondequiera que fuese que viniste. Tú decides. Cuando vuelva mañana, puedes darme tu respuesta.

Se levantó. Y sin esperar a que él respondiera, salió por la puerta y se marchó.

«Magnífico —pensó Víctor—. No es suficiente que tenga a una don nadie. Tiene que ser una don nadie altanera.» Suspiró. No estaba ayudando a la situación. Y ahora había desperdiciado otro día precioso.

La esperó al día siguiente en la misma habitación.

—Obviamente, no puedo pasar por encima de usted sin pasar por usted —dijo Víctor—. Así que hagámoslo a su manera. Y déjeme que empiece diciendo que todo lo que voy a contarle puede ser demostrado. Tengo pruebas. Todo está en mi cubo de datos, que el personal guardó con todas mis otras pertenencias cuando llegué aquí. Si quiere más pruebas, puedo decirle dónde mirar exactamente para verificar su veracidad con sus propios ojos. ¿Le parece justo?

—Por mí, bien —dijo Imala.

—¿Ha oído hablar de la interferencia en el espacio que impide todas las transmisiones?

—Todos los días en las noticias.

—Bueno, yo sé qué está causando esa interferencia. Y si puede conseguir mi cubo de datos, se lo demostraré.

Ella salió diez minutos. Cuando regresó traía una bolsa de plástico con todas las pertenencias de Víctor. Él sacó el cubo de datos, lo colocó sobre la mesa, y lo conectó, creando un holoespacio en el aire sobre el aparato.

—La interferencia la causa una astronave alienígena que viaja casi a la velocidad de la luz y viene en rumbo directo hacia la Tierra.

—¿Una nave alienígena?

—Eso es.

—¿Y viene hacia la Tierra?

—Es lo que he dicho.

—Comprendo.

—Sé que le parece una locura. Sé que cree que estoy loco. Pero mi familia me puso en una nave rápida en el Cinturón de Kuiper. A ocho mil millones de kilómetros de aquí. He pasado en esa nave casi ocho meses. Había muchas posibilidades de que no consiguiera llegar vivo a Luna. Y si sabe algo de las familias de mineros libres sabrá que simplemente no hacemos esas cosas. Protegemos a los nuestros. La familia es lo primero. Y si no sabe nada de los mineros libres, ¿entonces por qué tiene este trabajo?

—No he dicho que estuvieras loco.

—No hace falta. Está escrito en su cara. Y, sinceramente, no puedo permitirlo. Necesito que tenga una mentalidad abierta y mire estas pruebas sin haberlas descartado de antemano. No me importa lo que piense de mí. Solo me importa que la información que tengo llegue a todo el mundo en Luna y la Tierra. Eso no sucederá si hacemos esto sin que usted intente desaprobarlo.

—Te dije que escucharía, Víctor.

—Escuchar no es suficiente. Tiene que tener una mente abierta. Si juega a la burocracia y se preocupa de cómo afectará esto a su situación con ese nuevo jefe suyo, solo buscará excusas para enterrarlo.

—Recuerda, no soy estúpida —dijo Imala—. Mantendré una mente abierta. Simplemente, tendrás que confiar en mí.

Víctor no quería confiar en ella. Quería confiar en la persona que estuviera cinco o seis peldaños más arriba en el organigrama, pero qué otra opción tenía.

Se lo enseñó todo: las cartas, la trayectoria, los restos de los italianos, vídeos de su padre y Toron y él atacando la cápsula, las hormigas contraatacando ferozmente, la muerte de Toron, entrevistas con los italianos supervivientes que contaban el ataque de la cápsula a sus naves. Incluso había imágenes de Víctor modificando la nave rápida y lanzándola hacia Luna. Tardaron casi dos horas en verlo todo, y Imala permaneció en silencio todo el tiempo. Cuando Víctor terminó, permaneció en silencio unos instantes.

—Vuelve a poner la parte en que vemos a los alienígenas —dijo.

Víctor encontró el punto y lo reprodujo.

—Para ahí —dijo Imala.

Víctor congeló la imagen en el rostro de la hormiga.

Imala la contempló durante dos minutos enteros. Finalmente, miró a Víctor.

—¿Esto es una broma?

—Sí, es un gran bromazo elaborado, Imala. Fui e inventé una nave casi-hiperlumínica solo para poder quedarme con usted.

—Lo pregunto, Víctor, porque me parece completamente real. No solo el alienígena, sino todo. Todos los datos. Los cálculos. Los escáneres estelares. Parece auténtico, y lo creo.

—¿Lo cree?

—Por completo. Pero si es un engaño entonces necesito saberlo ahora porque estoy dispuesta a ayudarte tanto como pueda. Y si te ayudo, y esto resulta no ser real, perderé mi trabajo, y tú y yo iremos a prisión durante mucho tiempo.

—Es real. Si puede conseguir acceso a un telescopio lo bastante potente para ver hasta tan lejos, podrá verlo con sus propios ojos.

Ella negó con la cabeza.

—Eso tardará demasiado tiempo. Los únicos telescopios de esa potencia en Luna pertenecen a Ukko Jukes. Y, créeme, no nos ayudará.

—¿Entonces llevará esto a su jefe?

—Pues claro que se lo llevaré a mi jefe. Tengo que hacerlo. Es mi trabajo. Pero no el cubo de datos original. Quiero que eso se quede contigo. Le llevaré una copia. Hoy. Justo después de salir de aquí. Pero eso no puede ser todo lo que hagamos, Víctor. No voy a poner el destino del mundo en manos de unos cuantos burócratas de Aduanas Lunares. No conozco a esta gente, y aunque los conociera no les confiaría algo así. Tristes experiencias recientes me han enseñado a no fiarme nunca de mis superiores. Así que seguiremos los canales adecuados, sí. Empezaremos a hacer rodar la pelota de esa forma. Pero también lo haremos a nuestro modo. Difundiremos la noticia a nuestra manera. Ahora. Inmediatamente.

—¿Cómo? ¿Acudimos a la prensa?

—No. No será lo bastante rápido. El mundo no ve las noticias lunares. Quiero decir ahora mismo, Víctor. Subiremos este vídeo del alienígena a las redes. Ahora mismo. Conseguiremos que la gente de todo el mundo vea este vídeo en menos de una hora.

—¿Cómo vamos a hacer eso?

Ella sacó su holopad del bolso, lo colocó sobre la mesa, y copió el vídeo del cubo de datos de Víctor a su propio holoespacio. Usando su punzón, seleccionó una parte del vídeo donde aparecía el alienígena atacando a Víctor, su padre y Toron en la cápsula y lo hizo a un lado. Luego seleccionó otros trozos de vídeo. El interior de la cápsula fórmica. Los restos de las naves italianas. Relatos seleccionados y aterradores de los supervivientes italianos. Entonces creó varios marcos con información adicional, incluyendo coordenadas, trayectoria, y otros datos de Edimar. Cuando terminó, lo reprodujo todo. Tenía poco más de cinco minutos de extensión.

—No podemos hacerlo demasiado largo —dijo—. O la gente no lo verá.

—Es bueno —repuso Víctor—. Tiene la longitud justa.

Ella empezó a mover el punzón en el holoespacio, recuperando varias ventanas diferentes.

—Hay unos veinte sitios importantes donde podemos subirlo. Todos tienen un montón de tráfico. Otros sitios lo verán y lo recogerá. Se convertirá en viral.

—¿Con qué rapidez?

—No lo sé decir. Supongo que muy rápido. Cuando coja impulso, estallará. ¿Quieres decirle al mundo entero que vienen los alienígenas? Esta es tu oportunidad. —Le tendió el punzón. Las ventanas en el holoespacio estaban todas seleccionadas. Veinte sitios de vídeos en las redes. Un gran botón verde en el centro del holo estaba marcado como «enviar». Todo lo que tenía que hacer era tocarlo.

Víctor pensó en su padre y en su madre y en Concepción y en Mono y en todos los de la *Cavadora* rezando para que llegara este momento. Para esto había venido y casi había muerto. Para esto había muerto Toron. Pensó en Janda. Pensó en su mano sobre la suya, sujetando también el punzón. Pensó en los dos mil millones de personas de la Tierra que iban a recibir la llamada de alerta de sus vidas.

—Será mejor que esto funcione —dijo Víctor. Y entonces extendió la mano y pulsó el botón.

Consideraciones finales

La historia de esta novela no empezó siendo una novela. Empezó como el trasfondo de *El juego de Ender*, que fue publicada por primera vez como novela corta en 1977, y más tarde como novela larga en 1985. Trasfondo, por definición, es todo lo que sucede en el mundo de una historia antes de que la historia comience. Es fácil ignorarlo. Después de todo, es el pasado. Sin embargo, en el caso de *El juego de Ender*, yo diría que sin la historia tan rica e imaginativa que Scott Card le dio a su universo, la premisa de la novela habría fracasado.

Consideremos cómo comienza la novela. Tenemos a un niño de seis años con un aparato médico en la nuca (probablemente conectado a su bulbo raquídeo) que monitoriza todas sus acciones, pensamientos y conversaciones para determinar si tiene lo que hay que tener para ser el siguiente gran comandante militar. Eso provoca la pregunta: ¿Qué le ha sucedido a la raza humana para llevarnos a permitir semejante invasión de la intimidad personal o, ya puestos, el uso de niños inocentes para la guerra? La respuesta, naturalmente, son los fórmicos. Scott Card creó una historia para ese mundo llena de invasiones alienígenas y acciones heroicas a vida o muerte donde la raza humana casi había sido extinguida. O, en otras palabras, creó una historia donde las circunstancias de la historia de Ender podían existir. Y sin embargo solo nos presentó de esa historia lo que necesitábamos saber. Sabíamos que hubo dos conflictos llamados la Primera y la Segunda Guerra Fórmica, y oímos susurros de los hechos centrales, como la Batalla del Cinturón o «la destrucción de China», pero los detalles concretos de esas guerras quedaron en su mayor parte sin explicar. En cambio, Scott mantuvo nuestros ojos y láseres enfocados en la historia que estaba contando, la historia de Ender Wiggin.

Saltemos a 2009. Marvel Cómics acaba de publicar una adaptación en diez números de *El juego de Ender* y otra adaptación en diez números de *La sombra de Ender*. La respuesta de críticos y fans fue abrumadoramente positiva, y las alabanzas bien merecidas. Los cómics estaban maravillosamente dibujados y extremadamente bien escritos. El mérito es de Marvel, que mostró su respeto y amor por el material original siendo fiel a las historias originales de Scott y contratando a algunos de los creadores con más talento del cómic de hoy en día para dar vida a las historias. (Christopher Yost, Pasqual Ferry, Mike Carey, Sebastian Fiumara, Frank D'armata, Giulia Brusco, Jim Cheung, Jake Black y otros.)

Marvel quería hacer más y montó un equipo para adaptar *La voz de los muertos* y *Ender en el exilio*, las dos como series limitadas. Además, produjo unos cuantos cómics unitarios situados en el universo de Ender. Uno de esos cómics adaptaba el relato de Scott Mazer encarcelado. Otro contaba cómo Peter y Valentine iniciaban y luego detenían la Guerra de la Liga. Otro contaba una historia de Valentine completamente original. En resumen, el mundo de Ender Wiggin prosperaba en los cómics.

Pero Marvel no había acabado. Querían hacer más. Y fue aquí donde Scott Card hizo la propuesta que acabaría siendo el libro que tiene usted ahora en sus manos. Esencialmente, Scott preguntó: «¿Y si en vez de otra adaptación Marvel hace una serie original en el universo de Ender? ¿Y si contamos la historia de las dos primeras guerras fórmicas? ¿Por qué no dar vida al trasfondo de *El juego de Ender*, con un grupo de personajes completamente nuevo?

Marvel dijo que sí, y Scott y yo acordamos escribir la serie.

Yo había estado adaptando con la adaptación al cómic de *La voz de los muertos* y *Ender en el exilio*, además de escribir unos cuantos cómics unitarios. Scott también tenía experiencia en los cómics, ya que había escrito *Ultimate Iron Man* para Marvel unos cuantos años antes. Tampoco era la primera vez que Scott y yo trabajábamos en equipo. Habíamos colaborado en la novela *Procedimiento invasor* y en una serie limitada para EA Comics basada en el famoso videojuego *Dragon Age*.

Mientras Marvel empezaba a preparar el equipo artístico, Scott y yo empezamos a desarrollar la historia. *El juego de Ender* llevaba en la mente de Scott más de treinta años, así que muchas de aquellas primeras sesiones consistieron en Scott compartiendo todo lo que se había estado cociendo en su cerebro durante todos esos años y yo tomando notas furiosamente. Las primeras conversaciones se centraron principalmente en la construcción del mundo. Scott había pensado mucho en la idea de la minería en los asteroides y cómo funcionaría esa industria. ¿Cuál era la ciencia que había detrás? ¿Cómo traían los mineros el material a la Tierra? ¿Qué infraestructura económica debía existir para que la supervivencia en lo Profundo fuera posible? ¿Trabajarían los mineros exclusivamente en el Cinturón de Asteroides, o se aventurarían más lejos? ¿Había solo corporaciones haciendo el trabajo o quedaba sitio en la economía para familias y clanes mineros independientes? Y si era así, ¿cuál era la relación entre los mineros libres y los corporativos? ¿Cómo mezclan su poso genético y existen en un entorno tan vacío y aislado?

¿Y el ejército? Scott y yo sabíamos que Mazer Rackham tenía que jugar un papel central en esta historia. ¿Dónde fue entrenado? Y, más importante, ¿quién lo entrenó? ¿Quién le enseñó a Mazer sus dotes de mando?

Una vez que tuvimos el armazón básico del mundo, empezamos a poblarlo de personajes. Sabíamos desde el principio que no íbamos a escribir *El juego de Ender*. Esta no sería la historia de un solo héroe: sería la historia de muchos.

El desafío era que íbamos a escribir un comic-book. Y los

comic-books, por si no se habían dado cuenta, tienen generalmente veintidós páginas. Solo puedes meter un número limitado de viñetas por página, y cuanto más diálogo escribas, más dibujo cubres. Así que es mejor ser extremadamente económico con las palabras. Algunas de las ideas y personajes que Scott y yo estábamos desarrollando simplemente no encajaban en los cómics.

Por entonces Marvel nos presentó el trabajo artístico de Giancarlo Caracuzzo, que nos alucinó con sus entornos, sus personajes y su estilo. El increíble talento de Jim Charalampidis se unió como colorista, y en poco tiempo a nuestros buzones empezaron a llegar páginas bellamente vibrantes del cómic.

Crear cómics es muy parecido a hacer cine, en tanto es un proceso conjunto. Las ideas pueden venir de cualquier parte, y las contribuciones de cada individuo dan forma al resultado para todos. El personaje de Víctor Delgado, por ejemplo, siempre existirá en mi cabeza exactamente tal como lo dibujó Giancarlo. Y los tonos terrosos que Jim le dio a la *Cavadora* son los colores que veo cada vez que pienso en la nave

Hay más gente implicada en los cómics, naturalmente, pero la persona que se merece más crédito y una ovación que dure toda la vida es Jordan D. White, nuestro editor en Marvel, que colaboró en todos los aspectos del cómic y que tal vez sea la persona más amable en la industria hoy en día. (Deberían seguirlo en Twitter en @cracksh0t. Es un cero, no una O.)

Vaya también nuestro agradecimiento a Jake Black, Billy Tan, Guru-eFX, Cory Petit, Jenny Frison, Salvador Larroca, Aron Lusen, Bryan Hitch, Paul Mounts, Arune Singh, John Paretti, Joe Quesada y todos los demás en Marvel.

Mientras Scott y yo seguíamos desarrollando las historias para cada número, continuamos creando elementos para la historia que simplemente no encajaban en los cómics. Para que se hagan una idea de a qué me refiero, esta novela solo incluye la historia contenida en los tres primeros cómics. Y ni siquiera la historia completa de esos números: hay partes de los números dos y tres que no existirán en la novela hasta un libro siguiente.

Así que Scott y yo tuvimos que hacer algunas concesiones y excluir a gente y acontecimientos de los cómics que sabíamos que solo existirían en las novelas. Si han leído los cómics además de este libro habrán advertido algunos de los cambios. Scott y yo lo pensamos así: los cómics son una adaptación de las novelas aunque existieron antes que las novelas. O tal vez sería más adecuado decir: los cómics son una expansión del trasfondo de *El juego de Ender* y una adaptación de las novelas que los siguen. Humm. Piensen demasiado en eso y puede que acaben un poco mareados. Naturalmente, esta forma de desarrollar una historia no es nueva en el universo de Ender. Recuerden, *El juego de Ender* empezó siendo una novela corta.

En cuanto a esta novela, gracias a todos en TOR, sobre todo a nuestra editora Beth Meacham, cuyos sabios consejos fueron básicos para que esta novela cobrara vida. Gracias también a Kathleen Bellamy, Kristine Card, y mi esposa Lauren Johnston, por su paciencia mientras Scott y yo nos encerrábamos en nuestros respectivos despachos para hacer posible esta novela. Gracias, Zina, Luke, Jake, Layne, y la pequeña Meg. No habríamos podido conseguirlo sin vosotros.

AARON JOHNSTON
13 de octubre de 2011

Índice